KB054267

백신애 중단편선
혼명에서

책임 편집 · 서영인

문학평론가, 근대문학연구자, 현재 국립한국문학관에서 일하고 있다.
평론집으로 『충돌하는 차이들의 심층』 『타인을 읽는 슬픔』 『문학의 불안』을, 연구서로
『식민주의와 타자성의 위치』 등을 썼다.

한국문학전집 46
혼명에서
백신애 중단편선

초판 1쇄 발행 2019년 12월 19일

지 은 이   백신애
책임 편집   서영인
펴 낸 이   이광호
주   간   이근혜
편   집   박지현
펴 낸 곳   ㈜**문학과지성사**
등록번호   제1993 –000098호

주   소   04034 서울 마포구 잔다리로7길 18(서교동 377-20)
전   화   02)338-7224
팩   스   02)323-4180(편집) 02)338-7221(영업)
전자우편   moonji@moonji.com
홈페이지   www.moonji.com

ⓒ ㈜**문학과지성사**, 2019. Printed in Seoul, Korea.

ISBN 978-89-320-3599-4 04810
ISBN 978-89-320-1552-1 (세트)

이 책의 판권은 저작권자와 ㈜문학과지성사에 있습니다.
양측의 서면 동의 없는 무단 전재 및 복제를 금합니다.

이 도서의 국립중앙도서관 출판예정도서목록(CIP)은 서지정보유통지원시스템 홈페이지(http://seoji.nl.go.kr)와
국가자료공동목록시스템(http://www.nl.go.kr/kolisnet)에서 이용하실 수 있습니다. (CIP제어번호: CIP2019050792)

백신애 중단편선
혼명에서

서영인 책임 편집

문학과지성사

한국문학전집 46

| 차례 |

| **일러두기** |

1. 이 책의 표기는 1988년 문교부 고시 '한글 맞춤법'에 따르는 것을 원칙으로 했다. 현대의 독자에게 의미를 전달하기 어렵다고 생각되는 이전 표기법은 현대어로 바꾸었고 문장부호 등도 현대 표기로 통일했다. 그러나 경상도 방언이 다수 사용된 작품의 특성을 살리고 독자에게 원작의 분위기를 전달하는 데 도움이 된다고 생각되는 표현은 가급적 원문대로 표기하고 필요한 경우 주석을 통해 그 의미를 설명했다.
2. 원본의 한자는 가능하면 한글로 바꾸었으며, 작품 이해를 위해 필요한 경우에는 괄호 안에 한자를 넣었다.
3. 외래어 표기는 1986년 문교부 고시 '외래어 표기법'에 따르는 것을 원칙으로 했다. 그러나 작품 고유의 분위기를 전달하기 위해 필요하다고 생각되는 경우는 가급적 원문을 그대로 살리고자 했다.
4. 작품의 출처는 주석에 밝혔다. 개작의 경우는 작가 생존 시 개작되었을 경우 개작본을 정본으로 한다는 원칙에 따라 개작본을 기준으로 했으며 최초 발표 내용에 대한 정보를 함께 밝혔다.

나의 어머니

 ×× 청년회 회관을 건축하기 위하여 회원끼리 소인극(素人劇)[1]
을 하게 되었다. 문예부에 책임을 지고 있는 나는 이번 연극에도
물론 책임을 지지 않을 수가 없게 되었다. 시골인 만큼 여배우가
끼면 인기를 많이 끌 수가 있다고들 생각한 청년회 간부들은 여
자인 내가 연극에 대한 책임을 질 것 같으면 다른 여자를 끌어내
기가 편리하다고 기어이 나에게 전 책임을 맡기고야 만다. 그러
니 나의 소임은 출연할 여배우를 꾀어들이는 것이 가장 중한 것이
었다. 그러나 아직 트레머리[2]가 사오 명에 불과한 시골이라 아
무리 끌어내어도 남자들과 같이 연극을 하기는 죽기보다 더 부끄
러워서 못 하겠다는 둥, 또는 해도 관계없지만 부모가 야단을 하
는 까닭에 못 하겠다는 둥, 온갖 이유가 다 많아서 결국은 여자라
고는 출연할 사람이 한 사람도 없게 되고 부득이 남자들끼리 하는
수밖에 없었다. 그래서 우리들은 밤마다, 밤마다 ××학교 빈 교

실을 빌려서 연극 연습을 시작하게 되었다.

　연습을 시키고 있는 나는 아직 예전 그대로의 완고한 시골인 만큼 일반에게 비난을 받지나 않을까? 하는 여러 가지로 완고한 시골에서 신여성들이 취하기 어려운 행동에 대한 고려를 하지 않을 수 없어서 다른 위원들과 같이 여러 번 토론도 해보았으나, 내가 없으면 연극을 하지 못하게 되는 수밖에 없다는 다른 위원들의 간청이 있어서 나는 끝까지 주저하면서도 끝까지 일을 보는 수밖에 없었다. 오늘은 그 공연을 이틀 앞둔 날이다. 학교 사무실 시계가 열한 시를 치는 소리를 듣고서야 우리는 연습을 그쳤다.

　딸자식은 으레 시집갈 때까지 친정에서 먹여주는 것이 예부터 해오던 습관이라면 나도 아직 시집가지 않은 어머니의 하나 딸이니 놀고먹어도 아무렇지 않을 것이었지마는 오빠가 ××사건으로 감옥에 들어가고 보통학교 교원으로 있던 내가 여자 청년회를 조직하였다는 이유로 학교 당국으로부터 일조에 권고사직을 당하고 나서는 그대로 할 일이 없으니 부득이 놀 수밖에 없게 되었다. 그래서 날마다 먹고는 식구가 단출한 얼마 안 되는 집안일이 끝나면 우리 어머니 말씀마따나 빈둥빈둥 놀아댄다. 어떤 때는 회관에도 나가고 또 어떤 때는 가까운 곳으로 다니며 여성 단체를 조직하기에 애를 쓰기도 하고, 그렇지 않으면 하루 종일 또는 밤이 새도록 책상 앞에서 책과 씨름을 하는 것뿐이다. 한 푼도 벌어들이지는 못하지마는 어쩐지 나는 나대로 조금도 놀지 않는 것 같기도 하였다. 그러나 우리 어머니는 종종

"아까운 재주를 놀리기만 하면 어쩌느냐!"

고, 벌이가 없는 것을 한탄하시기도 한다. 벌이를 하지 않으면 아까운 재주가 쓸데없는 것이라는 것이 우리 어머니 생각이다. 그러면 나는

"아이고, 바빠 죽겠는데."

하고 딴청을 들이댄다.

"쓸데없이 남의 일만 하고 다니면서 바쁘기는 무엇이 바빠!"

하며 나를 빈정대신다.

내가 밤낮 남의 일만 하고 다니는지 또는 내 할 일을 내가 하고 다니는지 그것은 둘째로 하고라도 나의 거동은 언제든지 놀고 있는 것 같아 보이는 것도 무리가 아니라고 생각되었다.

오늘은 ××에서 '여자 ××회'를 발기하니 좀 와서 도와다오, 하니 거절할 수 없고, 오늘은 또 ××가 저희 집이 조용하다니 그곳에도 가서 하려던 얘기를 해주어야겠고, 오늘은 또 ××회로 모이는 날이니, 내가 빠지면 아니 될 것. 동무가 보내준 책이 몇 권이나 있는데 그것도 읽어야겠고, 여러 곳에서 편지가 왔으니 꼭 답을 해주어야겠고, 이것이 모두 나에게는 바빠 못 견딜 만치 바쁘고 모두가 해야만 할 일같이 생각된다. 그러나 남의 눈에는 한 푼도 수입이 없으니 나는 날마다 놀기만 하는 것같이 보이는 것도 무리가 아니다. 더욱이 우리 어머니, 어머니에게는 하루나 이틀이 아니고 몇 해든지 자꾸 나 혼자만 바쁘고 남의 눈에는 '아까운 재주'를 놀리기만 하면서 먹기가 좀 어색하게 생각되지 않을 수가 없었다.

열일곱 살 때부터 교원으로서 얼마 안 되는 월급이나마 받아서 꼭꼭 어머니 살림에 보태드릴 때는 내 마음대로 무슨 일이든지 하고 싶은 대로 했었고, 또 마음으로는 하고 싶어도 그만 참고 있으면 어머니가 척척 다 해주시기도 했었다. 말하자면 어머니는 어떻게든지 내 마음에 맞도록 해주시려고 애를 쓰시던 것이었다.

그러나 이제는 으레 해야 할 말도 하기가 미안하고 아무리 마음에 맞지 않는 것이라도 불평을 말할 수가 없어졌다. 심지어 몸이 아플 때도 어디가 아프다는 말조차 하기가 미안해진다. 병원! 약값! 이것이 연상되는 까닭이다. 그리고 때때로

"사람이 오륙 명씩이나 모두 장정의 밥을 먹으면서 1년 내내 한 푼도 벌이라고는 하는 인간이 없구나!"

하며 어머니 얼굴이 좋지 않아지면 나는 말할 수 없는 미안스러움과 죄송스러운 감정에 북받치고 만다. 그러면서도 어머니가 너무 심하게 구시면 어떤 때는

'아이고, 어머니도 내가 벌지 않으면 굶어 죽는가베.³ 아직은 그래도 먹을 것이 있는데!'

하는 야속한 생각도 난다. 그러나 이 생각도 감옥에 들어 계시는 오빠를 위하여 차입을 한다, 사식을 댄다, 바득바득 애를 쓰는 어머니 모양을 생각하면 그만 가슴이 어두워지고 만다.

오늘도 집으로 돌아오는 길에서

'대문이 닫혔으면 어떻게 하나. 어머니가 아직 주무시지 않으시면 어쩔까!'

하는 걱정과 함께

　'지금 나에게도 무슨 돈이 월급처럼 꼭꼭 나오는 데가 있었으면……'

하는 엉터리없는 공상을 하기도 하였다. 가라앉지 않는 뒤숭숭한 가슴으로 조심스럽게 대문을 밀었다. 의외로 대문은 소리 없이 열렸다.

　'옳다, 되었다.'

　나는 소리 없이 살며시 대문 안에 들어서서 도적놈처럼 안방 동정을 살폈다. 안방에는 등잔불이 감스릿하게⁴ 낮추어져 있었다.

　'어머니가 벌써 주무시는구나.'

하는 반갑고 안심되는 생각에 갑자기 가벼워진 몸으로 가만히 대문을 잠그고 들어서려니까 안방 창문에 거무스름한 어머니 그림자가 마치 지나가는 구름처럼 어른거리더니 재떨이에 담뱃대를 함부로 탁탁 때리는 소리와 함께 길게 한숨을 쉬더니

　"아이고 애야, 글쎄 지금이 어느 때냐."

하는 어머니의 꾸지람이라기보다는 앓는 소리가 흘러나왔다.

　'아이고머니, 아직 안 주무셨구나.'

는 생각이 번뜩하자 나도 떨리는 한숨이 길게 나왔다. 방문을 열고 들어서니 아직 이불도 펴지 않고 어머니는 밀창⁵ 앞에 쭈그리고 앉아서 지금까지 애꿎은 담배만 피우며 나를 기다리신 모양이다.

　무겁던 가슴이 뜨끔해졌다. 이러한 경우는 교원을 그만두게 된 후로는 수없이 당하는 것이지만 그래도 그대로 들어가 모른 척하

고 누워 잘 수는 없었다. 그렇다고 내 가슴에 받치어 그대로 엉엉 마음 풀릴 때까지 울지도 못할 것이다.

나는 문턱에 걸치고 들여다보던 반신(半身)을 막 방 안에 들여 놓으며 어머니 앞에 털썩 주저앉아서 하하 웃었다. 그러나 그 순간 뒤에 나는 울고 싶으리만치 괴로웠다. 내가 바라보는 어머니의 표정은 너무도 침울하였던 까닭이다.

"이런…… 어머니 어디 갔다 오셨어요? 벌써 10시가 되어오는데."

나는 12시가 가까워오는 것을 다행히 조금이라도 어머니의 노기를 덜고자 일부러 10시라고 했다.

물끄러미 등잔만 쳐다보던 거칠어진 어머니 얼굴에서 두 눈이 휘둥그레지며

"10시?"

하며 나에게 반문하였다. 나는 또 가슴이 뜨끔해졌다.

"10시? 10시가 무엇이냐? 10시? 10시라니! 11시 친 지가 언제라고…… 벌써 닭 울 때가 되었단다."

나직하게 목을 빼어 어안이 막힌다는 듯이[6] 나를 바라보며 핀잔을 주기 시작하셨다.

나는 그만 온몸의 피가 뜨거워지는 것 같더니 그 피가 일제히 머리를 향하여 달음질쳐서 올라오는 것 같아서 진작 입이 떨어지지를 않았다.

"글쎄 지금이 어느 때라고! 네가 미쳤니? 지금까지 어디를 갔다 오노 말이다."[7]

그 말소리는 어머니다운 애정과 애달픔과 노여움이 한데 엉킨 일종의 처참한 음조에 떨리는 그것이었다.

어리광으로 어머니 노기를 풀려고 하하 웃기 시작한 나는 어머니의 이 말소리에 몸을 어떻게 지탱할 수가 없어서 벌떡 일어나 책상에다 머리를 내던지며 주저앉았다.

"남부끄러운 줄도 어쩌면 그렇게도 모르니? 이 밤중에 어디를 갔다 오느냐 말이다. 네가 지금 몇 살이니? 응. 차라리 나를 이 자리에서 당장 죽여나 주든지!"

"가기는 어디를 가요? 연극 연습 한다고 그러지 않았어요? 거기 갔었어요!"

나의 이 대답에 어머니는 기가 막힌다는 듯이 입을 벌린 그대로 얼굴이 푸르러졌다.

"연극하는 데라니? 아이고, 이 애 좀 보게. 그곳이 글쎄 네가 갈 데냐! 아무리 상것의 소생이라도 계집애가 그런 데 가는 것을 본 적이 있니? 모이는 자식들이란 모두 제 아비 제 어미는 모른다 하고 사회니 지랄이니 하고 쫓아다니는 천하 상놈들만 벅적이는데……"

"어머니, 잘못했어요. 남의 말은 하면 무엇 해요. 저도 잘 알고 있지 않습니까! 그만 주무세요."

나는 덮어놓고 어머니를 재우려 했다. 나는 어찌하든지 어머니와는 도무지 말다툼을 하지 않으려 했다. 아무리 설명을 하고 이해를 시켜도 점점 어머니의 노기만 더할 뿐인 것을 나는 잘 안다. 이따금 어머니가 심심하실 때에 이야기를 하라고 하시면 옛이야

기 끝에

"성인도 시속을 따르란 말이 있지요."

하며 이야기 꼬리를 멀리 돌려서 나의 입장과 행동을 변명도 하고 될 수 있는 정도까지 어머니를 깨우치려고 애를 쓴다. 그러면 그때는 나에게 감복이나 한 듯이

"너는 어떻게 그런 유식한 것을 다 아느냐."

하고 엄청나게 감복하시며 기특하고도 귀엽다는 듯이 바라보신다. 그때만은 나도 어머니의 따뜻한 사랑 속에서 숨을 쉬는 듯한 행복을 느낀다.

그러나 그것도 잠깐이다. 나면서부터 완고한 옛 도덕과 인습에 푹 싸인 어머니시라 그만 씻어버린 듯이 잊어버리고 다시 자기의 주관으로 들어간다. 그런 까닭에 나는 어머니와는 입다툼은 하지 않는다. 억지로라도 어머니를 누워 재우려고 겨우 책상에서 머리를 들었다.

"아이고 어머니! 글쎄 그만 주무세요. 정 그렇게 제가 잘못했거든 내일 아침이 또 있지 않아요? 그만 주무세요, 네?"

어머니는 휙 돌아앉아 담배만 자꾸 피우신다. 그 입술은 여전히 노여움에 떨리고 있었다.

"어머니 잘못했어요. 참 잘못했습니다. 잘못한 것만 야단을 하시면 어떻게 해요. 이제부터 그러지 말라고 하셨으면 그만이지! 에로나!⁸ 주무세요. 왜 저를 사내자식으로 낳으시지 않으셨어요. 이렇게 잠도 못 주무시고 하실 것이 있습니까?"

억지로 어리광을 피우는 내 눈에는 눈물이 팽 돌았다. 나는 얼

14

른 닦아 감추려 하였으나 차디찬 널빤지 위에서 끝없이 떨고 있을 오빠의 쓰린 생각이 문득 나며 덩달아 솟아오르는 눈물을 걷잡을 수가 없었다.

"어머니! 참 우스워 죽을 뻔했어요. 이 주사 아들이 여자가 되어서 꼭 여자처럼 어떻게 잘하는지 우스워서 뱃살이 곧을⁹ 뻔했어요. 모레부터는 돈 받고 연극을 합니다. 그때는 저녁마다 어머니는 공구경을 시켜드리겠습니다. 참 잘해요."

아무리 나는 애를 써도 어머니 노기는 풀리지도 않았다. 오히려 점점 노기가 높아가는 것 같았다. 어머니 무릎에 손을 걸었다.

"글쎄 왜 이러느냐. 내야 잘 때가 되면 어련히 잘라구. 보기 싫다. 내 눈앞에서 없어져라. 계집아이가 무슨 이유로 남자들과 같이 야단이냐. 이런 기막힐 창피한 꼴이 또 어디 있어."

어머니가 어디까지든지 늦게 온 나를 이상하게 의심하여 자기 마음대로 기막힌 상상을 해가며 나를 더럽게 말하는 것이 말할 수 없이 가슴이 터져 오르나 그래도 이를 바득바득 갈면서

"어머니 잡시다!"
하고 떨치는 손을 다시 어머니 무릎에 걸었다.

"팔자가 사나우려니까 천하제일이라고 칭찬이 비 오듯 하던 자식들이…… 아이고, 내 팔자도…… 너 보는 데 좋네, 좋다 하니 내내 그러는 줄 아니? 그래도 제집에 돌아가면 다 욕한단다. 네 오라비도 그렇게 열이 나게들 쫓아다니고 어쩌고 하더니 한번 잡혀간 뒤로는 그만이더구나. 너도 또 추켜내다가 네 오라비처럼 감옥 속에나 보내지 별수 있을 줄 아니?"

나는 그만 도로 책상에 와 엎드렸다. 자신의 편함과 혈육을 사랑하는 것밖에 아무것도 모르고 도덕과 인습에 사무친 저 어머니의 자기 생명같이 키워놓은 단 두 오누이로 말미암아 오늘에 받는 그 고통을 생각할 때, 나는 가슴이 다시금 찌르르하고 쓰라렸다.

　'저 어머니가 무엇을 알리? 차라리 꾸지람이라도 실컷 들어두자.'

하는 가엾은 생각에 죽은 듯이 엎드려 있었다.

　방 안의 공기가 쌀쌀하게 움직이더니 납을 녹여 붓는 듯이 무겁게 가라앉는다.

　"이 애, 밥 안 먹겠니?"

　어머니 노기는 턱없이 올라가다가 풀리기도 잘한다. 그것은 마음이 약하신 어머니는 모든 짜증과 괴로움에 문득 속이 상하시다가도 그 속풀이를 하는 곳이 언제든지 얼토당토않는 데 마주치고만 것을 깨달으면 곧 눈물로 변해서 사라지고 만다.

　언제든지 밤참을 꼭꼭 잡수시는 어머니이다. 내가 돌아오기를 기다려 지금까지 잡숫지 않은 모양이다. 나는 새삼스럽게 가슴이 차게 놀랐다. 갑자기 어떻게 대답을 해야 좋을지를 몰랐다.

　"안 먹겠어요."

　연극 연습을 하던 때에는 어느 정도까지 시장함을 느꼈으나 지금은 모가지까지 무엇이 꽉 찬 것 같았다. 뒤미처

　"먹지 않어? 왜 안 먹어!"

　어머니는 조금 불쾌한 어조로 다시 권하셨다. 잇따라 숟가락이 쇠그릇에 칼칼스럽게 마주치는 소리가 났다. 얼마 후에 또다시

"이 애, 밥 먹어라. 네 오라비는 저렇게 떨고 있으련마는 그래도 나는 이렇게, 나는 먹는다. 저 나오는 것을 보고 죽으려고……"

목이 멘 한숨과 함께 숟가락을 집어 던진다. 나는 지금까지 참 았던 울음이 와락, 치받쳐 전신이 흔들렸다.

이윽고 다시 담배를 넣기 시작하시던 어머니가 지금까지의 것은 모두 잊어버린 것 같은 부드러운 말소리로 다시 권하셨다.

"배고프지! 좀 먹으렴."

나는 감격에 받쳐 다시 가슴이 찌르르해졌다.

나 까닭에 썩는 속을 오빠를 생각하여 눌러버리고, 오빠를 생각 하여 애끓는 간장을 그나마 조금 편히 곁에 앉힌 나를 위하여 억 제하려는 가슴을 어머니, 나는 그 어머니의 가슴을 잘 안다. 그 괴로움을 숨 쉴 때마다 느낀다. 기어이 몸을 일으켜 다만 한 숟가 락이라도 먹어 보이고 싶으리만치 내 감정은 서글펐다.

천천히 마루로 나가시던 어머니가 얼마 후에 손에 감주[10] 한 그 릇을 떠가지고 들어오셔서 내 옆에 갖다 놓으시며

"밥 먹기 싫거든 이거나 좀 먹어라."

나는 가슴이 터져라! 하고 큰 소리로 외치고 싶었다.

가엾은 어머니! 가엾은 딸! 담배 한 대를 또 피우고 난 어머니 는 허리를 재이며[11] 자리에 누우셨다. 내가 이 감주를 먹지 않으 면 어머니 속이 얼마나 아프시랴! 오빠 생각에 넘어가지 않는 음 식이라도 내가 먹지 않을까 해서 일부러 많이 먹는 척하시는 가엾 은 어머니가 얼마나 슬퍼하실까?

나는 한입에다 그 감주를 죄다 삼켜버리고 크게 웃어서 어머니

를 안심하시게 하고 싶은 감정에 꽉 찼으나 전신은 돌과 같이 여물어졌다.

석유가 닳을까 하여 등잔불을 끄고 자리에 누웠다. 이웃집 시계가 새로 1시를 땡! 쳤다. 어머니가 후, 한숨을 쉬셨다.

'아! 어머니! 가엾은 어머니! 지금 어머니는 내가 안타까운 어머니의 속을 알지 못하고 야속한 어머니로만 여기는 줄 아시고 그다지 괴로워하십니까. 이 몸을 어머니가 말씀하신 그 김가에게 바쳐 기뻐하는 어머니 얼굴을 잠시라도 보고 싶을 만치 이 딸의 가슴은 죄송함에 떨고 있습니다. 어떻게 하면 이 세상에서 어머니를 마음 편하게 모실 수가 있을까요! 내가 사랑하는, 장래 나의 남편이 되기를 어머니 모르게 허락한 ××. 그도 나와 같은 울음을 우는 불행과 저주에 헤매는 가난한 신세이외다. 그러면 나는 무엇으로 어머니를 편하게 할까요. 그러나 아! 나의 어머니여, 나는 어머니가 좋아하시는 김가에게도 이 몸을 바치지 않을 것입니다. 또 내일 밤도 빠지지 않고 가야 합니다.

가엾은 나의 어머니여.'

꺼래이

끌려갔습니다.

순이(順伊)들은 끌려갔습니다.

마치 병든 거러지[1] 떼와도 같이……

굵은 주먹만큼씩 한 돌멩이를 꼭꼭 짜박은 울퉁불퉁하고도 딱딱한 돌길 위로……

오랜 감금 생활에 울고 있느라고 세월이 얼마나 갔는지는 몰랐으나 여러 가지를 미루어 생각하건대 아마도 동짓달 그믐께나 되는가 합니다.

고국을 떠날 때는 겹저고리에 홑속옷을 입고 왔으므로 아직까지 그때 그 모양대로이니 나날이 깊어가는 시베리아 냉혹한 바람에 몸뚱어리는 얼어터진 지가 오래였습니다.

순이의 늙으신 할아버지, 순이 어머니, 그리고 순이와 그 외에 젊은 사내 두 사람, 중국 쿨니[2] 한 사람, 도합 여섯 사람이 끌려가는 일행이었습니다.

'뾰족삿게'³를 쓰고 기다란 '빨또'⁴를 입은 군인 두 사람이 총 끝에다 날카로운 창을 끼워 들고 앞뒤로 서서 뚜벅뚜벅 순이들을 몰아갔습니다.

몸뚱어리들은 군데군데 얼어터져 물이 흐르는데 이따금 뿌리는 눈보라조차 사정없이 휘갈겨 몰려가는 신세를 더욱 애끓게 했습니다. 칼날같이 섬뜩하고 고추같이 매운 묵직한 무게 있는 바람결이 엷은 옷을 뚫고 마음대로 온몸을 에어냈습니다. 모든 감각을 잃어버리고 마치 로봇같이 어디를 향하여 가는 길인지, 죽음의 길인지 삶의 길인지 아무것도 모르고 얼어붙으려는 혼만이 가물가물 눈을 뜨고 엎어지며 자빠지며 총대에 휘몰려 쩔름쩔름 걸어갔습니다.

"슈다!"

하면 이편 길로

"뚜다!"

하면 저편 길로, 군인의 총 끝을 따라 희미한 삶을 안고 자꾸자꾸 걸었습니다.

길가에 오고가는 사람들이 발길을 멈추고 애련하다는 표정으로 바라보며, 어린아이들은 어머니 팔에 매달리며 손가락질했습니다.

그러나 순이들은 부끄러운 줄 몰랐습니다.

'나도 고국에 있을 그 어느 때 순사에게 묶여 가는 죄인을 바라보며 무섭고 가엾어서 저렇게 서 있었더니⋯⋯'

하는 생각이 어렴풋이 나기는 했습니다마는 얼굴을 가리며 모양 없이 웅크린 팔찜[5]을 펴고 걷기에는 너무나 꽁꽁 언 몸뚱이였으며 너무나 억울한 그때였습니다. 그저 순이들은 바람맞이[6]에서 가물거리는 등불을 두 손으로 보호하듯 냉각된 몸뚱어리 속에서 가물거리는 한 개의 '삶'이란 그것만을 단단히 안고 무인광야를 가듯 웅크릴 대로 웅크리고, 눈물 콧물 흘려가며 찔름찔름 걸어 갔습니다.

걷고, 걷고 또 걸어 얼마나 걸었는지 순이 일행은 거리를 떠나 파도치는 바닷가에 닿았습니다.

어떻게 된 셈판인지 순이 일행은 커다란 기선 위에 끌려 올라갔습니다.

어느 사이에 기선은 육지를 떠나 만경창파 위에 출렁거리기 시작했습니다.

"아이고 아빠! 우리 아빠!"

"순이 아버지, 아이고, 아이고 순이 아버지."

"순이 애비 어디 있니? 순이 애비……"

순이는 할아버지와 어머니와 서로 목을 얼싸안고 일제히 소리쳐 울었습니다.

가슴이 찢어지고 두 귀가 꽉 먹어지며 자꾸자꾸 소리쳐 불렀습니다.

"여봅쇼, 울지들 마오. 얼어 죽는 판에 눈물은 왜 흘려요."

젊은 사내 두 사람은 순이들의 울음을 막으려고 애썼으나 울음소리조차 내지 못하는 순이 할아버지는 그대로 털썩 갑판 위에 주저앉아 작대기 든 손으로 쾅쾅 갑판을 두들기며 곤두박질했습니다.

"여봅시오. 우리 아버지가 저기서 죽었어요."

순이도 발을 구르며 소리쳤습니다.

"죽은 아들 뼈를 찾으러 온 우리를 무슨 죄로 이 모양이란 말이오."

할아버지는 자기의 하나 아들이 죽어 백골이 되어 누워 있다는 ×××란 곳을 바라보며 곤두박질을 그칠 줄 몰라 했습니다.

그러나 기선은 사정없이 육지와 멀어지며 차차 만경창파 위에서 출렁거리기 시작했습니다. 그때 한 떼의 물결이 철썩하며 갑판 위에 내려 덮이며 기선은 나무 잎사귀처럼 흔들리기 시작했습니다. 그 순간 일행은 생명의 최후를 느끼며 일제히 바람 의지가 될 만한 곳으로 달려가 한 뭉치가 되었습니다.

그때 중국 쿨니는 메고 왔던 보퉁이 속에서 이불 한 개를 꺼내어 둘러쓰려 했습니다. 이것을 본 젊은 사내 한 사람이 날랜 곰같이 달려들어 그 이불을 빼앗아 순이 할아버지를 둘러주려고 했습니다.

중국 쿨니는 멍하니 잠깐 섰더니 갑자기 얼굴에 꿈틀꿈틀 경련을 일으키며 누런 이빨을 내놓고 벙어리 울음같이 시작도 끝도 분별없는 소리로

"으어……"

하고 울었습니다. 그 눈에서 떨어지는 굵다란 눈물방울인지 내려 덮치는 물결 방울인지 바람결에 물방울 한 개가 순이의 뺨을 때렸

습니다.

　순이는 한 손으로 물방울을 씻으며 한 손으로는 이불자락을 당겨 쿨니도 덮으라고 했습니다.

　"아이고, 우리를 데리고 온 군인들은 어디로 갔을까?"

　누구인지 이렇게 말했으므로 일행은 고개를 들어 살펴보니 과연 군인 두 사람의 흔적이 없었습니다.

　"모두들 추우니까 선실 안으로 들어간 게로군. 빌어먹을 자식들."

하고 젊은 사내는 혀를 찼습니다. 그 말을 듣자 순이는 벌떡 일어나

　"우리도 이러다가는 정말 죽을 테니 선실 안으로 들어갑시다."

하고 외쳤습니다.

　"안 됩니다. 들어오라고도 않는데 공연히 들어갔다 봉변당하면 어찌하게."

하고 젊은 사내는 손을 흔들며 반대했습니다.

　"봉변은 무슨 오라질 봉변이에요. 이러다가 죽기보담 낫겠지요. 점잔과 체면을 차릴 때입니까?"

　순이는 발악을 하듯 외쳤습니다.

　"쿨니에게 이불 빼앗을 때는 예사고 선실 안에 들어가는 것은 부끄럽단 말이오? 나는 죽음을 바라고 그대로 있기는 싫어요. 봉변을 주면 힘 자라는 데까지 싸워보시오."

　순이는 그대로 있자는 젊은이들이 얄밉고 성이 났습니다. 자기들의 무력함을 한탄만 하고 앉아 있는 무리들이 안타까웠던 것입

니다.

순이는 기어이 혼자 선실을 향하여 달려갔습니다. 기선은 연해 출렁거리며 이따금 흰 물결이 철썩 내려 덮치곤 했습니다. 일행의 옷은 물결에 젖고 젖은 옷깃은 얼음이 되어 꼿꼿하게 나뭇가지처럼 되었습니다.

선실로 내려가는 층층대를 순이는 굴러떨어지는 공과 같이 내려갔습니다.

선실 안에는 훈훈한 공기가 꽉 차 있어 순이는 얼른 정신을 차릴 수가 없었습니다. 잠깐 두리번두리번 살펴보다가 한옆에 걸터앉아 있는 군인 두 사람을 찾아내었습니다. 순이는 번개같이 달려가 군인의 어깨를 잡아젖히며

"우리는 죽으란 말이오."

하고 분노에 떨리는 소리로 물었습니다.

군인은 놀란 듯이 잠깐 바라본 후 웃는 얼굴을 지으며 제 나라 말로

"모두 이리 내려오너라."

라고 말했습니다.

순이는 선실 안 사람들이 웃는 소리를 귀 밖으로 들으며 다시 갑판 위로 올라갔습니다. 풍랑은 사나울 대로 사나워 잠시라도 훈훈한 공기를 쏘인 순이 창자를 휘둘러 몸에 중심을 잡고 한 발자국도 내디디지 못하게 했습니다. 그러나 순이는 일행이 있는 곳을 바라보았습니다.

이제는 아주 얼음덩이가 된 이불자락에다 머리를 감추고 모두

죽었는지 살았는지 움직이지도 않고 있는 것이 보였습니다.

순이는

"모두 이리 오시오."

하고 소리쳤습니다마는 풍랑 소리에 그 음성은 안타깝게도 짓밟히고 말았습니다.

순이는 더 소리칠 용기가 없어 일행을 향하여 한 발자국 내놓자, 사나운 바람결이 몹쓸 장난꾼같이 보드라운 순이 몸뚱이를 갑판 위에 때려누이고 말았습니다. 다시 일어나려고 발악을 하는 그의 귀에 중국 쿨니의 울음소리가 야곡성같이 울려왔습니다.

이윽한 후[7] 군인 한 사람이 갑판 위로 올라와 본 후 순이를 일으키고 여러 사람도 데리고 선실로 내려왔습니다.

선실 안에 앉았던 사람들은 일행의 모양을 바라보며 모두 찌글찌글 웃었습니다.

병든 문둥이 환자 모양이 그만큼 흉할지 얼고 얼어 푸르고 붉고 검고 한 얼굴로 콧물을 흘리며 엉금엉금 층층대를 내려서는 여섯 사람의 모양을 보고 웃지 않을 이 누가 있었겠습니까.

일행의 몸이 녹기 시작하자 시간은 얼마나 지났는지 기선은 어느 조그만 항구에 닿았습니다.

쌓아둔 짐 뭉치에 기대 누운 순이 할아버지는 뼈끝까지 추위가 사무쳤는지 한결같이 떨며 끙끙 앓기만 하고 순이 어머니는 수건을 폭 내려쓰고 팔찜을 낀 채 역시 웅크리고 앉아 있었습니다.

"여기서 내리는 모양이구려."

젊은 사내가 순이 곁에 오며 말했습니다. 순이는 그곳에서 또다시 내릴 생각을 하니 다시 그 차가운 바람결이 연상되어 금방 기절할 것같이 소름이 끼쳤습니다. 그러는 중에 군인이 일어서서 순이 할아버지를 총대로 툭툭 치며 무어라고 말했습니다.

"안 돼요, 여기서 내릴 수 없소. 이 치운데[8] 노인을 어떻게……"

순이는 군인의 총대를 밀치며 말했습니다. 군인은 신들신들 웃으며 어서 일어나라는 듯이 발을 굴렀습니다.

"아무래도 죽을 판이면 우리는 또 치운 데로 나갈 수 없소."

하고 할아버지를 가로막아 앉으며 손을 내저었습니다. 군인은 한번 어깨를 움쭉해 보이며 무엇이라 한참 지껄대니까 선실 안에 가득한 그 나라 사람들은 순이를 바라보며 혹은 웃고 혹은 가엾다는 듯이 머리를 흔들고, 서로 고개를 끄덕이며 중얼중얼했습니다. 순이는 그들의 중얼거리는 말소리에서

"꺼래이, 꺼래이……"

하는 가장 귀 익은 단어가 화살같이 두 귀에 꽂히는 것을 느꼈습니다. '꺼래이'라는 것은 고려라는 말이니 즉 조선 사람을 가리키는 것이었습니다.

'꺼래이'라는 그 귀 익고 그리운 소리가 그때의 순이들에게는 끝없는 분노를 자아내는 말 같았습니다.

"우리가 지금 웃음거리가 되어 있는 것이로구나. 치움[9]에 못 이겨, 또 아무 죄도 없이 죽음의 길인지 삶의 길인지도 모르고 무슨 까닭에 꾸벅꾸벅 그들의 명령대로만 따르겠느냐."

라고 순이는 부르짖었습니다. 그러나 사람들과 군인들은 순이를

무지몰식한[10] 야만인 그리고 무력하고도 불쌍한 인간들의 표본으로만 보았음인지 웃고 떠들고 '꺼래이'만을 연발하는 것이었습니다. 그때까지 웃으며 무엇이라 중얼거리기만 하던 군인 한 사람이 갑자기 정색을 지으며 총대로 순이 옆구리를 꾹 찌르고 한 손으로 기다랗게 땋아 내린 머리채를 거머잡고

"쓰까레."[11]

라고 소리쳤습니다. 이것을 본 순이 어머니는 벌떡 군인 턱밑에서 솟아 일어서며 지금까지 눌러두었던 분통이 툭 튕기듯이 군인의 멱살을 잡으려 했습니다.

"여보십시오. 공연히 그러지 마시오. 당신이 여기서 발악을 하면 공연히 우리까지 봉변을 하게 됩니다."

하고 젊은 사내는 순이 어머니를 말렸습니다. 군인들은 그 당장에 자기들이 취할 태도를 얼른 생각해내지 못하여 눈만 커다랗게 뜨고 있는 것을 보자 순이는 히스테리 같은 웃음을 꽉 입안에 깨물며 눈물이 글썽글썽했습니다.

"할아버지, 일어나세요. 아버지 뼈를 찾지는 못했으나 아버지 영혼은 고국으로 가셨을 것입니다. 공연히 남의 땅 사람과 발악을 하면 뭣 합니까."

순이도 울고 할아버지, 어머니 모두 주르륵 눈물을 흘리며 그 조그마한 항구에 내렸습니다.

일행 여섯 사람은 또다시 군인을 따라 이윽히 걸어가다가 붉은 기를 꽂은 ×××에 이르렀습니다. 그곳에 이르니 군인 복색을 한 중국인 같은 사람이 일행을 맞았습니다. 같이 온 군인은 그곳

군인에게 일행을 맡기고 따뜻해 보이는 벽돌집 안으로 들어갔습니다.

순이들은 이제까지 언어가 통하지 못하여 안타깝던 설운 생각이 일시에 폭발되어 그 중국 사람 같은 군인 곁을 따라갔습니다.

"여보십시오……"

순이는 그 군인이 행여나 조선 사람이었으면…… 하는 기대에 숨이 막힐 듯이 그 군인의 입술을 바라다보았습니다.

"왜? 이러심둥."

의외에도 그 군인은 조선 사람, 즉 꺼래이의 한 사람이었습니다. 일행 중 중국 쿨니를 빼고는 모두 너무나 반갑고 기뻐서

"아이고…… 당신 조선 사람이세요?"

하고는 그 군인 팔에 매달리듯 둘러섰습니다.

"내! 나 고려 사람입꼬마."

그 군인은 이렇게 대답하며 순이를 바라보았습니다. 순이는 무슨 말을 먼저 해야 좋을지 몰랐으므로 잠깐 묵묵히 조선말 소리의 반가움을 어찌할 줄 몰라 했습니다.

"저 젊은이, 당신 남편이오?"

하고 군인은 아무 감동도 없는 무뚝뚝한 표정으로 순이에게 젊은 사내 둘을 가리켰습니다. 그제야 순이는 오랫동안 잊어버렸던 처녀다운 감정을 느끼며, 얼어붙은 얼굴에 잠깐 부끄러운 표정을 지었습니다.

"아니올시다. 이 애는 우리 딸이에요. 이 늙은이는 우리 시아버니랍니다. 저 젊은이들과 중국 사람은 ×××에서 동행이 된 사

람인데 알지도 못하는 사람입니다."

순이 어머니는 지금까지 같이 온 젊은이들보다 자기들 세 사람을 어떻게 구원해달라는 듯이 이렇게 말했습니다.

"여기가 어대야요?"

순이만 자꾸 바라보는 군인에게 순이는 머뭇거리며 물었습니다.

"영기 말임둥? 영기는 ××××××라 합니!"

"여보시오."

곁에서 젊은 사내가 가로질러 말을 건넸습니다.

"우리 두 사람은 해삼위[12]에 있는……"

하고 말을 꺼냈으나, 그 군인은 들은 척도 아니하고

"어서 들어갑소. 영기 서서 말하는 것 안 임니."

하며 일행을 몰아 마주 보이는 허물어져가는 흰 벽돌집을 가리켰습니다.

"여보세요, 우리를 또 감금한단 말이오? 우리 두 사람은 '코뮤니스트'입니다. 우리는 감금받을 이유가 없습니다."

라고 두 젊은이는 버티었으나 군인은 들은 척도 하지 않고 앞서 걸었습니다.

"여보시오, 나리, 우리 세 사람은 참 억울합니다. 내 남편이 3년 전에 이 땅에 앉아 농사터를 얻어 살았는데 지난봄에 그만 병으로 죽었구려. 우리 세 사람은 고국서 이 소식을 듣고 셋이 목숨이 끊어질지라도 남편의 해골을 찾아가려고 왔는데 ×××에서 그만 붙잡혀 한마디 사정 이야기도 하지 못한 채 몇 달을 갇혀 있다가

또 이렇게 여기까지 끌려왔습니다. 어떻게든지 놓아주시면 남편
의 해골이나 찾아서 곧 고국으로 돌아가겠습니다."

라고 순이 어머니는 군인에게 애걸을 하듯 빌었습니다.

"여보시오 나리, 이 늙은 몸이 죽기 전에 아들의 백골이나마 찾
아다 우리 땅에 묻게 해주시오. 단지 하나뿐인 아들이요, 또 뒤
이을 자식이라고는 이 딸년 하나뿐이니 이 일을 어찌하오."

순이 할아버지도 숨이 막히며 애걸했습니다.

"당신 아들이 왜 영기 왔심둥?"

군인은 울며 떠는 노인을 차마 밀치지 못하여 발길을 멈추고 물
었습니다.

"네…… 휴우, 우리도 본래는 남부럽지 않게 살았습니다.
네…… 그런데 잘못되어 있던 토지는 다 남의 손에 가버리고 먹
고살 길은 없고 하여 3년 전에 내 아들이 이 나라에는 돈 없는 사
람에게도 토지를 꼭 나누어준다는 말을 듣고 저 혼자 먼저 왔습지
요. 우리 세 식구는 오늘이나 내일이나 하고 우리를 불러들이기
만 바랐더니 지난봄에 갑자기 죽었다는 소식이 오니……"

노인은 더 말을 계속할 수 없어 그대로 목이 메고 말았습니다.
군인은 체면으로 고개만 끄덕이더니

"영기서 말하면 안 되옵니. 어서 들어갑소. 들어가서 말 듣겠
으니."

하고 다시 뚜벅뚜벅 걸어 흰 벽돌집 안에 들어갔습니다.

조금 들어가니 나무로 만든 두터운 문이 있는데 그 문에는 참새
들 똥이 말라붙어 있고, 먼지와 말똥, 집수새[13] 등이 지저분하게

깔려 있어 아무리 보아도 마구간이었습니다. 집 외양은 흰 벽돌이나 그 집의 말 못 할 속치장이 다시 놀라게 했습니다.

덜커덕, 하고 그 나무 문이 열리자 그 안을 한번 바라본 일행은 하마터면 뒤로 넘어질 뻔했습니다.

그 문 안은 넓이 칠팔 평은 되어 보이는데 놀라지 마십시오. 그 안에는 하얀 옷 입은 우리 꺼래이들이 '방이 터져라'고 차 있었습니다.

"아이고머니, 조선 사람들……"

순이 세 식구는 자빠지듯 방 안으로 뛰어 들어갔습니다.

"동무들, 방은 잉것 하나 뿐입꼬마. 비좁더라도 들어가 참소."

맨 나중까지 들어가지 않고 버티고 서 있는 젊은 사내 한 사람의 등을 밀어 넣고 덜커덕, 문을 잠그고 군인은 뚜벅뚜벅 가버렸습니다.

순이들은 잠깐 정신을 차려 방 안을 살펴보니 전날에는 부엌으로 쓰던 곳인지 한쪽 벽에 잇대어 솥 걸던 부뚜막 자리가 있고 그 곁에 부리키 물통[14]이 놓여 있으며 좁다란 송판을 엉금엉금 걸쳐 공중 침대를 만들어두었습니다. 그 공중 침대 위에는 빽빽하게 백의동포가 딸래장자[15]의 상자 속같이 옹기종기 올라앉아 있었습니다.

좌우간 앉아나 보려 했으나 가뜩이나 비좁은 터에 또 여섯 사람이나 새로 들어앉을 자리가 있을 리가 없었습니다.

땅바닥에라도 앉으려 했으나 대소변이 질퍽하여 발붙일 곳도 없었습니다.

문이라고는 들어온 나무 문과, 그 문과 마주 보는 편에 커다란 쇠창살을 박은 겹유리 문이 하나 있을 뿐이었습니다. 그 쇠창살도 부러지고 구부러지고 하여 더욱 그 방의 살풍경을 나타냈습니다.

"어찌겠소, 잉? 여기 좀 앉소. 우리도 다 이럴 줄 모르고 왔었꽁이."

함경도 사투리로 두 눈에 눈물을 흠뻑 모으며 목멘 소리로 겨우 자리를 비집어내며 한 노파가 말했습니다.

가뜩이나 기름을 짜는 판에 새로 온 일행이 덧붙이기를 해놓으니 먼저 온 그들에게는 그리 반가울 것이 없으련마는 그래도 그들은 방이야 터져나가든 말든 정답게 맞아주며 갖은 이야기를 다 묻고 또 자기네들 신세타령도 했습니다. 그래서 어떻게 빈줄러내었는지[16] 순이 세 식구와 젊은 사내 둘이 올라앉게 되었는데 이불을 멘 중국 쿨니는 끝까지 자리를 얻지 못하고, 아니 자리를 빈줄러낼 때마다 뒤에 선 젊은 사내들에게 양보하고 맨 나중까지 우두커니 서서 자기 자리도 내어주기를 기다리고 있었습니다. 순이들은 그래도 동포들의 몸과 몸에서 새어 나오는 훈기에 몸이 녹기 시작하자 노곤노곤하니 정신이 황홀해지며 따뜻한 그리운 고향에나 돌아온 것같이 힘이 났습니다.

"저 되눔은 앉을 재리가 없나? 왜 저렇게 말뚝 모양으로 서 있기만 해."

하며 고개를 드는 노파의 말소리에 순이는 놀란 듯이 돌아보았습니다. 그때까지 쿨니는 이불을 멘 채 서 있었습니다. 순이는 갑판 위에서 이불을 나눠 덮던 그때 쿨니의 울며 순종하던 얼굴을 생각해보았습니다. 능히 자기가 앉을 수 있었던 자리를 조선 청년에게 양보해준 그의 마음속이 가여웠습니다. 쿨니가 자리를 물려준 그 마음은 도덕적 예의에 따른 것이 아님은 뻔히 아는 일이었습니다. 그 자리에 자기와 같은 중국 사람이 하나라도 끼어 있었다면 그는 그렇게 서 있지는 않았을 것입니다.

그때 쿨니의 심정은 꺼래이로 태어난 이들에게는, 아니 더구나 보드라운 감정을 가진 처녀 순이는 남 몇 배 잘 살펴볼 수 있었습니다.

순이는 가슴이 찌르르해지며 벌떡 일어나 그 나무 문을 두들기기 시작했습니다.

이윽히 두들겨도 아무 반응이 없으므로 그는 얼어터진 손으로는 더 두들길 수가 없어 한편 신짝을 집어 힘껏 문을 두들겼습니다.

"왜 두들기오, 안 옵누마."
하며 방 안의 사람들은 자꾸 말렸습니다.

그러나 순이는 자꾸만 두들겼더니 갑자기 문이 덜커덕 열렸습니다. 순이는 더 두들기려고 울러 메었던 신짝을 그대로 발에 꿰신으며 바라보니 아까 그 조선 사람 군인이 서 있었습니다.

"어째 불렀슴둥?"
하며 퉁명스럽게 그러나 두들긴 사람이 순이였기에 얼마만치 부드러워지며 물었습니다.

"이것 보세요. 이렇게 좁은 자리에 어떻게 이 많은 사람이 앉을 수 있어요. 아무리 앉아봐도 다는 앉을 수가 없습니다. 다른 방으로 나누어주든지 어떻게 해주세요."

하고 얼굴이 붉어져 서 있는 쿨니를 가리켰습니다. 군인은 고국 말씨를 잘 못 알아듣겠다는 듯이 자세히 귀를 기울이고 있더니

"동무 말소리 잘 모르겠었꼬마, 무시기 말임둥, 앉을 재리가 배잡단[17] 말입꼬이?"

하고 말했습니다. 순이는 기가 막혔습니다.

"참 어이없는 조선 동포시구려!"

김빠진 삐루[18]같이 순이 입안이 밋밋해졌습니다.[19] 그때 노파의 손자인 듯한 소년 하나가 하하 웃으며 뛰어나와

"예! 예! 그렇섯꼬이."

하며 순이를 대신하여 군인에게 대답했습니다. 군인은 고개를 끄덕끄덕하며 두 손을 펴고 어깨를 움찔해 보이며

"할 쉬 없었꼬마, 방이 잉것뿐입꼬마."

하고는 문을 닫아버리려 했습니다. 순이는 와락 군인의 팔을 잡으며

"한 시간 두 시간이 아니고 오늘 밤을 이대로 둔다면 어떻게 하란 말이오. 상관에게 말해서 좀 구처해주시오."

하고 말했습니다. 군인은 휙 돌아서며

"동무들, 내가 뭐를 알 쉬 있음둥? 저 위에서 하는 명령대로 영기는 그대로만 합꾸마. 나는 모르겠꽁이."

하고는 덜컥 그 문을 잠그려 했으나 순이는 한결같이 잠그려는 그

문을 떠밀며

"여보세요, 이대로는 안 됩니다. 무슨 죄예요, 글쎄 무슨 죄들인가요. 왜 우리를, 죄 없는 우리를 이런 고생을 시킵니까. 다 같은 조선 사람인 당신이 모르겠다면 우리는 어떻게 하란 말이오."

군인은 난감하다는 듯이 다시 고개를 문 안으로 들이밀며

"글쎄, 동무들이 무슨 죄 있어 이라는 줄 압꽁이? 다 같은 조선 사람이라도 저 위에 있는 사람들은 맘이 곱지 못하옵니. 나도 동무들같이 욕본 때 있었꼬마. ××에 친한 동무 없음등? 있거든 쇠줄글해서 ×××에게 청을 하면 되오리."

하고 이제는 아주 잠가버리려 했습니다.

"아니, 보십시오. 그러면 미안합니다마는 전보 한 장 쳐주시겠습니까?"

이제까지 잠잠히 앉았던 젊은 사내 둘은 무슨 의논을 하였는지 군인에게 이렇게 말했습니다.

"무시기?"

군인은 젊은 사내의 말을 알아듣지 못하고 재차 물었습니다.

"전보 말이오, 전보 한 장 쳐달라 말이오."

하고 젊은 사내가 대답하려는 것을 노파의 손자인 소년이 또 하하 웃으며

"안입꼬마. 쇠줄글 말입니."

하고 설명을 했습니다.

"아아! 쇠줄글 말임둥, 내 놓아드리겠꽁이."

하며 사내들에게 연필과 종이쪽을 내주더니

"동무 둘은 이리 잠깐 나오오."

하며 두 사내를 문 밖으로 데리고 나가버렸습니다. 순이는 어이없이 서 있다가 문턱에 송판 한 조각이 놓인 것을 집어 들고 문 앞을 떠났습니다. 그 송판을 솥 걸었던 자리에 걸쳐놓고 그 위에 올라앉으며 그때까지 그대로 서 있는 쿨니를 향하여

"거기 앉아."

하며 자기가 왔었던 자리를 가리켰습니다.

"아! 이 되놈을 그리로 보냄세. 당신이 이리로 오소."

방 안 사람들은 모두 순이를 침대 위로 오라고 했습니다. 쿨니는 그 눈치를 챘는지 순이 자리에 앉으려던 궁둥이를 얼른 들어 손으로 순이를 내려오라고 하며 부뚜막 위로 올라앉았습니다.

그의 눈에는 눈물이 핑 돌며

"스파시바 제브슈까."[20]

했습니다. '아가씨 고맙습니다.'라는 뜻인가 보다고 생각하며 순이는 침대 위로 올라앉았습니다. 쿨니는 짐 뭉치 속에서 어느 때부터 감추어두었던지 새카맣게 된 빵 뭉치를 끄집어내어 한 귀퉁이 뚝 떼더니 순이 앞에 쑥 내밀었습니다. 쿨니의 얼굴은 눈물과 땟물이 질질 흐르고 손은 새카맣게 때가 눌어붙어 기다란 손톱 밑에는 먼지가 꼭꼭 차 있었습니다.

"꾸쉬, 꾸쉬."[21]

한 손에 든 빵 쪽을 묵턱묵턱 베어 먹으며 자꾸 순이에게 먹으라고 했습니다. 순이 눈에 눈물이 고이며 그 빵 쪽을 받아 들었습니다.

"고맙소."

하고 머리를 끄덕여 보이며 급히 한입 물어뜯으려 했으나, 이미
하루 반 동안을 물 한 모금 먹지 않은 할아버지, 어머니가 곁에 있
었습니다. 순이는 입으로 가져가던 손을 얼른 멈추며 할아버지께

"시장하신데 이것이라도……"

하며 권했습니다.

"이리 다고 보자."

순이 어머니는 그제야 수건을 벗고 빵 쪽을 받아 한복판을 뚝
잘라

"이것은 네가 먹어라. 안 먹으면 안 된다."

하고는 또 한 쪽을 할아버지에게 드렸습니다.

할아버지는 남 보기에 목이 막힐까 염려가 될 만치 인사체면 없
이 빵을 베어 먹었습니다.

"싫어, 난 먹지 않을 테야."

"왜 이래, 너 먹어라."

하고 순이 모녀는 한참 다투다가 결국 또 절반으로 떼어 한 토막
씩 먹게 되었습니다마는 온 방 안 사람이 빵 먹는 사람들의 입을
물끄러미 바라보고 있는 것이었으므로 순이는 차마 먹을 수가 없
었습니다.

부뚜막 위에서 내려다보고 앉았던 쿨니는 자기가 먹던 빵을 또
절반 떼어

"순이, 너는 이것 더 먹어라."

라고나 하듯이 순이에게 주었습니다.

순이는 얼른 손이 나가다가 문득 생각났습니다. 자기들은 중국 사람이라고 자리조차 내주지 않던 것이……

그러나 이미 주린 순이는 두번째 빵 쪽을 받아 쥐고 있었습니다.

방 안의 사람들은 모두 세 집 식구로 나누어 있는데 도합 열아홉이었습니다. 늙은이, 노파, 젊은 부부, 총각, 처녀 들이었습니다. 그들이 순이 모녀를 붙들고 하는 이야기를 들으면 모두 함경도 사람들이며 고국에는 바늘 한 개 꽂을 만한 자기들 소유의 토지라고는 없는 신세라 공으로 넓은 땅을 떼어 농사하라고 준다는 그 나라로 찾아온 것이었는데 국경을 넘어서자 ×××에게 붙들려 순이들처럼, 감금을 당했다가 이리로 끌려왔다는 것이었습니다.

"이 땅에는 돈 없는 사람 살기 좋다고 해서 이렇게 남부여대로 와놓고 보니 이 지경입꾸마. 굶으나 죽으나, 고국에 있었다면 이런 고생은 안 할 것을……"

젊은 여인 하나가 이렇게 한탄했습니다.

"우리는 몇 번이나 재판을 했으나 또 한 번만 더하면 놓이게 되어 땅을 얻어 농사를 하게 되든지 다시 이대로 국경으로 쫓아내든지 한답대."

속옷을 풀어 젖히고 이를 잡기 시작한 노파가 말했습니다.

"우리가 무슨 죄일꼬…… 농사짓는 땅을 공띠어 준다길래[22] 왔지."

늙은이 하나가 끙끙 앓으며 이를 갈듯이 말하자

"참말 그저 땅을 떼어 준답두마, 우리는 바로 국경에서 붙들렸으니까 ××탐정꾼들인가 해서 이렇게 가두어둔 거지!"

하고 늙은이 아들인 성한 사내가 말했습니다.

"아이고, 말 맙소. 아무래도 우리 내지 땅이 좋습두마, 여기 오니 얼마우자 미워서 살겠습디?"

하고 사내를 반박했습니다.

'얼마우자,' 이것은 조선을 떠나온 지 몇 대나 되는, 이 나라에 귀화한 사람들을 이르는 말이니 그들은 조선 사람이면서 조선말을 변변히 할 줄 모르는 것이었습니다. 분명한 '마우자'[23]도 되지 못한 '얼'인 '마우자'란 뜻이었습니다.

"못난 사람을 '얼간'이라는 말과 같구려."

하고 순이 어머니가 오래간만에 웃었습니다.

"아까 그 군인도 역시 얼마우자로구먼."

하고 순이가 중얼거렸습니다. 이 말을 들은 노파의 손자는 또 깔깔 웃었습니다.

"아이고 어찌겠니야, 여기서 땅을 아니 떼어주면 우리는 어찌겠니……"

노파는 웃을 때가 아니라는 듯이 걱정을 내놓았습니다.

"설마 죽겠소. 국경 밖에 쫓아내면 또 한번 몰래 들어옵지요. 또 붙들어 쫓아내면 또 들어오고 쫓아내면 또 들어오고, 끝에 가면 뉘가 못 이기는기강 해봅지요. 고향에 돌아간들 발붙일 곳이라고는 땅 한 조각 없지, 어떻게 살겠습니……"

자기가 먼저 설두[24]를 하여 데리고 온 듯한 사내가 이렇게 말했습니다.

"아이고 듣기 싫소, 이놈의 땅에 와서 이 고생이 뭣고 글쎄."

"아따 참, 몇 번 쫓겨 가도 나중에는 이 땅에 와서 사오 일갈이〔四五日耕〕쯤 땅을 얻어놓거든 봅소."

"아이고…… 어찌겠느냐……"

노파는 자꾸 저대로 신음만 했습니다.

한시도 못 참을 것 같은 그 방 안의 생활도 벌써 일주일이 계속되었습니다.

아침에는 일찍 일어나 일제히 밖으로 나가 세수를 시키고, 저녁에 한 번씩 불려 나가 대소변을 보게 하는 것이었습니다. 일정한 변소도 없이 광막한 벌판에서 제 맘대로 대소변을 보게 하는 것이었습니다.

하루는 역시 대소변 시간에 순이는 대소변이 마렵지 않아 혼자 방 안에 남아 있다가 쓸쓸하여 밖으로 나갔습니다.

그날 밤은 보름이었던지 퍽이나 크고도 둥근 달이었습니다. 시베리아다운 넓은 벌판 이곳저곳에서 모두들 뒤를 보고 있고, 군인 한 사람이 총을 짚고 파수를 보고 있었습니다.

물끄러미 뒤보는 사람들을 바라보며 서 있는 순이에게 파수병이 수작을 붙였습니다.

"저 달님이 퍽이나 아름답지?"

라고나 하는지 정답게 제 나라말로 순이 곁에 다가섰습니다. 순이는 웬일인지 그 나라 군인들이 겁나지 않았습니다. 총만 가지지 않았으면 맘대로 친해질 수 있는 정답고 어리석고 우둔한 사람들같이 느꼈습니다.

"……"

순이도 언어가 통하지 않으므로 말을 할 수 없고 하여 달을 가리키고 뒤보는 사람들을 가리킨 후 한번 웃어 보였습니다.

군인은 아주 정답게 나직이 웃고 입술을 닫은 채 팔을 들어 달을 가리키고 순이 얼굴을 가리키고 난 후 싱긋 웃고 순이를 와락 껴안으려 했습니다. 순이는 깜짝 놀라 휙 돌아서 방 안을 향하여 달음질쳤습니다. 군인은 순이를 붙들려고 조금 따라오다가 마침 뒤를 다 본 사람이 서 있는 것을 보고 그대로 서 있었습니다.

그 이튿날이었습니다. 아침에 식료를 가지고 온 군인 얼굴이 전날과 달랐으므로 순이는 자세히 바라보니 그는 훨씬 큰 키와 하얀 얼굴과 큼직하고 귀염성 있는 눈을 가진 젊은 군인이었습니다.

'어제저녁 파수 보던 그 군인……'

순이는 속으로 말해보며 얼른 고개를 돌리려 했습니다. 군인은 싱긋 웃어 보이며 그대로 나갔습니다.

그날 하루가 덧없이 지나간 후 또 대소변 보는 시간이 되었습니다. 공연히 순이는 가슴이 울렁거려 문을 꼭 닫고 방 안에 남아 있었습니다.

이윽고 뒤를 다 본 사람들이 돌아오자 문을 잠그러 온 군인은 역시 그 젊은 군인이었습니다. 순이는 가만히 구부러진 쇠창살을 휘어잡고 달 밝은 시베리아 벌판의 한쪽을 내다보고 있었습니다.

"아이고 어찌겠느냐……"

노파는 밤이나 낮이나 이렇게 애호[25]하며 끙끙 신음을 시작했습니다. 언제나 밤이 되면 한층 더 심하게 안타까워하는 그들이었습니다.

젊은 내외는 트집거리고 여기저기 신음 소리에 순이의 가슴은 더욱 설레어 적막한 광야의 밤을 홀로 지키듯 잠 못 들어 했습니다.

그 이튿날 아침 일찍 웬일인지 군인 두 사람이 들어와서 먼저 와 있던 여러 사람을 짐 하나 남기지 않고 죄다 데리고 나갔습니다.

"아이고, 우리는 또 국경으로 쫓겨나는구마. 그렇지 않으면 왜 이렇게 일찍 불러내겠느냐."

노파는 벌써 동당발[26]을 굴리며

"아이고, 아이고 어찌겠느냐."

라고만 소리쳤습니다.

방 안에는 순이들 세 식구만 남아 있고 그 외는 다 불려 나갔습니다. 갑자기 방 안이 텅 비어지니 쌀쌀한 바람결이 쇠창살을 흔들며 그 방을 얼음 무덤같이 적막하게 했습니다.

세 식구는 창 앞에 가 모여 앉아 장차 자기들 위에 내려질 운명을 예상하고 묵묵히 앉아 있었습니다.

그때 한 떼의 사람들이 일렬로 늘어서서 앞뒤로 말을 탄 군인을 세우고 건너편 벌판을 걸어가는 것이 보였습니다.

"어찌겠느냐, 어디를 갑누마……"

노파의 귀 익은 애호성이 화살같이 날아와 순이 세 식구가 내다보는 창을 두드렸습니다.

'이리에게 잡혀가는 목자 잃은 양 떼와도 같이 헤매어 넘어온 국경의 험악한 길을 다시금 쫓겨 넘는 가엾은 흰옷의 꺼래이 떼······'

눈물이 좌르룩 흘러내리는 순이 눈에 꼬챙이로 벽에 이렇게 새겨져 있는 것이 보였습니다.

'이 몸도 꺼래이니 면할 줄이 있으랴.'

바로 그 곁에 또 이렇게 쓰어 있었습니다. 순이도 무엇이라고 새겨보고 싶었으나 자꾸만 눈물이 났습니다.

'아버지, 아버지는 왜 이 땅에 오셨습니까. 따뜻한 우리 집을 버리시고······ 할아버지와 어머니와 이 딸은 아버지 해골조차 모셔 가지 못하옵고 이 지경에 빠졌습니다. 아버지 영혼만은 고향집에 가옵시다. 순이.'

라고 눈물을 닦으며 손톱으로 새겼습니다.

그날 해도 애처로이 서산을 넘고 그 키 큰 젊은 군인이 문을 열어주어도 세 식구는 뒤보러 나갈 생각도 하지 않고 울었습니다.

그렇게 몇 날을 지낸 이른 아침이었습니다. 순이 세 식구는 또 밖으로 불려 나갔습니다. 나가는 문턱에서 그 키 큰 군인이 아무 말 없이 검은 무명으로 지은 헌 덧저고리 세 개를 가지고 차례로 한 개씩 등을 덮어주었습니다.

"추운데 이것을 입고라야 먼 길을 갈 것이오. 이것은 내가 입던 헌것이니 사양 말아라."

하고 쳐다보는 순이들에게 힘없는 정다운 눈으로 무엇이라 말했습니다.

"감사합니다."

순이들은 치하했으나 군인은 그대로 입을 다물고 순이 등만 툭 쳤습니다. 비록 낡은 덧저고리였으나 순이들은 고향을 떠난 후 처음 맛보는 인정이었습니다.

넓은 마당에 나서자 안장을 지은 두 마리의 말이 고삐를 올리고, 처음 보는 조선 군인이 손에 흰 종이쪽을 쥐고 서서

"동무들 할 수 없었고마, 국경으로 가라 합니……"

하고는 할아버지로부터 차례로 악수를 해준 후

"잘 갑소……"

라고 최후 하직을 했습니다. 순이들이 아버지 백골을 찾아가게 해달라고 아무리 애걸했으나 다시 무슨 효험이 있을 리 만무했습니다.

"자 갑누마, 잘 갑소."

그 얼마우자 군인도 처량한 얼굴로 길을 재촉하자 두 사람의 군인이 총을 둘러메고 말 위에 올랐습니다. 그중에 한 사람은 그 키 큰 젊은 군인이었습니다.

황량한 시베리아 벌판, 그 냉혹한 찬바람에 시달리며 세 사람은 추방의 길에 올랐습니다. 벌판을 지나 산등도 넘고 얼음길도 건너며 눈구덩이도 휘어가며 두 군인의 말굽 소리를 가슴 위로 들으며 걷고 걸었습니다. 쫓겨 가는 가엾은 무리들의 걸어간 자취 위

에 다시 발을 옮겨 디딜 때 자국마다 피눈물이 고여 있었습니다.

말 등 위에 높이 앉은 군인 두 사람은 높이높이 목을 빼어 유유하게 노래를 불러 그 노랫소리는 찬 벌판을 지나 산 너머로 사라지며 쫓겨 다니는 무리들을 조상하는 것 같았습니다.

이따금 추위와 피로에 발길을 멈추는 세 사람을 군인은 내려다보고 다섯 손가락을 펴 보였습니다. 아직 50리 남았다는 뜻이었습니다.

한 떼의 싸리나무 울창한 산길을 지날 때 어느덧 산 그림자는 두터워지며 애끊는 시베리아의 석양이었습니다.

어머니와 순이에게 양팔을 부축받은 할아버지가 문득 발길을 멈추더니 아무 소리 없이 스르르 쓰러졌습니다.

"할아버지! 할아버지."

"아버님, 아버님."

부르는 소리는 산둥허리를 울렸으나 할아버지는 대답이 없었습니다.

말에서 내린 군인들은 할아버지를 주무르고 일으키고 해보며 이윽히 애를 쓴 후 입맛을 다시고 일어서 모자를 벗고 잠깐 묵도를 했습니다.

키 큰 군인은 다시 모자를 쓴 후

"순이!"

하고 부른 후 이미 시체가 된 할아버지 목을 안고 부르짖는 순이 어깨를 가만히 쓰다듬었습니다.

그때 천군만마같이 시베리아 넓은 벌판을 제 맘대로 달려온 바

람결이 쏴아, '싸리' 숲을 흔들며,

"순이야, 울지 말고 일어서라."

고 명령하듯 소리쳤습니다.

복선이

유록 저고리[1] 다홍치마에 연지 찍고 분 바르고 최 서방에게 시집오던 그날부터 이때까지 열네 해 동안이나 불려오던 복선이라는 그 이름 대신 '최 서방네 각시'라는 새 이름을 얻게 되었다.

울타리 밑에서 동리 아기들 소꿉놀이에 서투른 어린 솜씨로 만든 '풀각시' 같은 복선이다. 갸름한 얼굴이라든지 호리호리한 몸맵시며 동글동글한 눈동자, 소복한 코끝이며 다문다문 꼭꼭 박힌 이빨 모두가 어느 편으로 보아도 소꿉놀이에 나오는 각시 그대로였다.

지금은 최 서방네 각시인 복선의 맏이 되는 복련이도 열네 살 되는 가을에 남의 집에 머슴살이하는 '김 도령'에게 시집을 갔다가 불행히도 사들사들 마르기 시작하더니 단 1년도 못 되어 애처롭게 죽고 말았다. 그러므로 그들의 부모는 복선이도 일찍 시집을 보냈다가 복련이처럼 죽게 될까 하여 많이 키워가지고 성내의 조금 맑은 사람에게 시집을 보내려고 생각하였으나, 한 탯줄에 다섯이나 딸을 낳은 그의 부모라 조금 그럼직한 혼인 말이 나오면 두 귀가 번쩍 열리지 않을 수 없었다. 최 서방에게도 그의 부모는 반기듯이 응하여 단 한 말에² 시집을 보내고 말았던 것이다.

최 서방은 전에 철로공부(鐵路工夫) 노릇도 해왔고 지금은 품팔이 일꾼이라 머리도 깎았고 일하러 나갈 때는 누런 '골덴' 바지도 입고 '지까다비'³도 신고 하니 큰딸의 남편 김 도령보다는 겉만이라도 나을 뿐 아니라 얼굴도 미끈한 데다가 큰딸의 시집과 같이 층층시하가 아니라 단 하나 시어머니뿐인 단출한 식구였으므로 시집을 보내면 좀 편하리, 한 것이다.

그러나 이보다도 더 딱한 사정이 있었다. 그것은 복선이 하나 입이라도 덜어버리는 것이 그들에게는 짐을 하나 벗게 되는 것이 되므로 이왕 보내야 할 시집이니 이삼 년 더 키워서 보내나 마찬 가지일 것이니, 맏형이 죽은 것도 제명이요 제 팔자이지 열네 살에 시집갔다고 죽었을 리야 있었겠나 하는 것이다.

복선이만 해도 나면서부터 오늘까지 보리밥 덩이라도 맘껏 먹어보지도 못했고 굶음에 절여진 그다. 시집을 가면 일도 많이 하지 않을 것이고 밥도 많이 먹어볼 수 있고 그뿐인가, 지금까지 자기가 먹던 몇 숟갈로 동생들의 배를 채운다 하여 시집가면 어떻고 어떻다는 것을 깊이 생각해보지도 않았고 또 몰랐었다.

시집가는 날 분 바르고 고운 옷 입고 하는 것이 명절을 만난 것 같아서 동네 순네 어머니가 쪽을 틀어주고 할 때는 엉둥덩둥하면서도⁴ 기쁜 것 같아서 곱게 차린 모양을 동네로 다니며 남들에게 보이고 싶기까지 하였다.

　단방[5] 한 칸, 정주[6] 한 칸인 오막살이일망정 남편도 끔끔했고[7] 시어머니도 자별하게 인자하였다. 그러나 오직 한 가지 딱한 것은 벌써 나이 찬 남편이 밤이면 추근추근 굴어서 잠을 못 자게 하는 것이다.

　일은 비록 고달프고 배는 항상 굶주려도 저녁 먹고 등잔불 끄고 동생들과 같이 옹게종게 누워 자던 옛날이 그리웠다.

　어떤 날 밤은 참다못하여 흑흑 느껴 울어버리기도 하였다.

　그러다가도 꿀꺽 울음소리를 삼키고 두 팔만을 시어머니 곁으로 파고들듯 잠이 들기도 하였다.

　최 서방은 이곳저곳 일터를 찾다가 마침 성내에 들어가서 정미소 일꾼으로 쓰이게 되어 하루 40전 이상 1원까지 벌이하게 되는 날도 있게 되므로 이따금 간고기[8] 마리도 사 오고 흰쌀도 팔아 오므로 시집오던 처음보다는 훨씬 살기가 나아져갔다.

　이러는 사이에 달이 가고 해가 바뀌어 복선이도 제법 노랑머리 쪽이 어울려졌다. 그러나 '풀각시'같이 거칠어 처음 보는 사람들은 모두 어린 각시라고 웃었다.

　최 서방이 낮에 성내로 일하러 간 후로는 한 가지 두통거리가 생겨났다. 그것은 동네 총각들 때문이었다. 불과 50호밖에 살지 않는 그 산촌에서 복선이에게 젊은 남자들이 추근추근 따라다니기도 하였다. 그래도 복선이는 치마꼬리를 휘어잡고 입술을 다문 채 모르는 척 눈을 감고 제집 일만 부지런히 한결같이 살아갔다.

"이번 추석에는 임자도 비단 저고리 하나 해줄까."

시집온 지 두 해 되는 8월 초생에 최 서방이 일터로 나갈 때 웃으며 복선이에게 이렇게 약속하였다.

"아이고, 내야 소용없어. 당신 옷이나 해 입지!"

하며 얼굴을 붉혔다.

"내야 옷이 있는데, 이번엔 고운 것 바꾸어다 주지."

최 서방은 싱긋싱긋 웃으며 집을 나갔다. 복선이는 사립문을 나가는 최 서방의 지까다비 신은 발자취 소리를 들으며

"해행!"

하고 웃었다.

입으로 비록 사양은 하였을망정 속으로는 무척 기뻤던 것이었다.

비단 저고리라 해도 인조견임에는 틀림이 없을망정 그는 분홍 저고리 검정 '보일' 치마⁹가 소원 소원이었으나 시집온 지 두 해가 되어도 아직 그 소원을 풀지 못했던 것이다.

그날은 유별나게도 가슴이 뛰놀며 싱긋 웃고 나가던 최 서방의 모양이 마음에 무척 좋게 여겨지고 어서 그날 해가 지면 정말 어떤 옷감을 가져올까…… 하고 눈이 감기도록 기다렸다. 이렇게 남편을 기다린 적도 시집온 지 처음인 것 같아서 공연히 마음이 분주하였다. 그는 저녁때 시어머니가 놀러 나간 틈을 타서 한 짝밖에 없는 소탕 장롱을 열고 자기 옷을 챙겨보았다. 시집오던 날 입었던 유록 저고리만이 툭진 무명옷 틈에 끼어 있는 복선의 단

50

한 가지 '치레'[10]였다. 그는 금년 추석에도 그 저고리를 입으려고 생각하였던 것을 생각하고

"아이고, 이번 추석에는 분홍 저고리 입겠구나."

하며 바쁘게 주름살이 깊어진 유록 저고리를 한 팔 끼워보았다. 그리고

"해행."

하고 웃고는 빨리 장 속에 집어넣고 밖으로 나왔다.

웬일인지 그날은 최 서방이 날마다 돌아오는 때가 지나도 돌아오지 않았다.

"오늘은 일 마치고 옷감을 바꾸느라고 늦게 되는가 보다."

시어머니와 복선이는 불안한 가슴을 진정하며 저녁을 마쳤다.

"행여나 길에서 땅꾼[11]에게 빼앗기지나 않았는가."

밤이 깊어질수록 복선이는 걱정이 되었다.

"흐흥, 올 추석에는 친정에도 놀러 갔다 오너라. 시집을 와도 좋은 저고리 하나 얻어 입지 못했는데 설마 올게[12]야."

시어머니가 채 입을 닫기 전에 갑자기 문전이 요란해졌다.

"거 누군가?"

시어머니는 벌떡 일어나 지게문[13]을 열어젖혔다. 복선이도 가슴이 덜컥하여 벌떡 일어나 뜰로 뛰어 내려갔다.

"최 서방댁 있소? 어서 이리 좀 나오."

그 말소리는 몹시 컸다.

"이 집에 누가 있소? 방금 최 서방이 큰일이 났으니 빨리 나하고 갑시다!"

시어머니와 복선이는 열어젖힌 지게문을 닫을 줄도 모르고 무슨 영문인지 더 물어볼 말도 나오지 않았다. 허둥지둥 뛰어나 갔다.

　"최 서방이 지금 기계에 치여서 말이 아니오."

　달음박질을 쳐 산비탈 길을 내려오는 복선이는 가보지 못한 성내 가는 길이었지마는 넓은 한 줄기 길과 같이 눈앞에 뻗쳐 있었다. 고운 옷감 떠 오겠다던 최 서방은 정미소 기계에 치여 즉사를 하고 만 것이었다.

채색교 彩色橋

무지개 섰네, 다리 났네.
일곱 가지 채색으로
저 공중에 높이 났네.

뒤뜰에서 어린 학도들이 무지개가 선 공중을 바라보고 노래 부르며 놀고 있다.

천돌이는 무거운 짐을 문턱에 내려놓고

"제에기 그놈의 하늘……"

하고 동편 하늘 높이 무지개가 놓인 것을 원망스럽게 바라보며 혀를 찼다.

"그놈의 비가 오려거든 그만 쏼쏼 와버리든지, 오기 싫거들랑 그만 쨍쨍 가물어서 온 천지를 홀카닥 불태워버리든지 할 것이지 그저 날마다 찔찔거리다가 말고, 말고 하니까 사람이 배겨낼 수가 있어야지."

혼자 중얼거리며 부엌에서 늙은 어머니가 튀어나오더니, 물 묻은 손을 치마에다 이리저리 문지르며 역시 무지개가 선 아름다운 하늘을 원망한다.

"벌써 두 장이나 터지게 되니 어디 살 수가 있어야지."

천돌이는 콧구멍만 한 방 안으로 짐 뭉치를 끌고 들어갔다.

"제에기 꼭 장날만 골라서 비가 온단 말이야!"

그는 속이 상해 못 견디겠다는 듯이 푸우 한숨을 내쉬며 짐 뭉치는 방 한편 구석에 밀어놓고 자기는 방 한가운데 가 아주 큰대자로 펄쩍 드러누웠다.

"점심은 어쨌노! 먹었나?"

하며 늙은이는 다시 부엌으로 들어갔다.

"여태껏 점심도 못 먹었을라구! 돈벌이야 하든 못 하든 우선 먹어나 놓고 볼 일이니까."

천돌이는 퉁명스럽게 대답하였다.

"글쎄 또 비가 오니까, 장도 채 못 보았을 것 같아 어느 결에 점심이나 먹었겠나 싶어서 죽이라도 행여 먹을까 싶어 쑤었지."

늙은이는 연해 부드러운 말로 아들의 마음을 위로하듯 중얼거리며 바가지로 득득 소리를 내며 죽을 퍼 담았다.

"흥, 사시로 죽만 먹고 살자는 거요? 어떤 놈들은 쌀밥도 못 먹겠다고 지랄을 하는데."

천돌이는 연해 짜증난 소리로 혼자 튀적거리면서도,[1] 그래도 죽 냄새가 구수하게 콧구멍을 간질이자 못 이기는 체 부스스 일어나

54

앉으며

"무슨 죽이오?"

하고 부엌으로 통한 지게문을 향하여 버럭 소리를 질렀다.

"무슨 죽이오라니, 보리죽밖에 더 다른 죽이 있을 리가 있니?"

늙은이는 방 안에다 죽 그릇을 들여놓으며, 아들 눈치를 힐끗 보았다. 말소리에 비하여 별로 성이 난 것 같지 않은 아들의 얼굴 빛에 저윽히² 안심이 되는 듯이 천돌이 죽 그릇에 숟가락을 걸쳐 주며,

"어서 좀 먹어봐. 점심을 먹었더라도 벌써 배가 다 꺼졌겠다."

하고 죽 그릇을 천돌이 앞에 바짝 밀어주었다.

"어디 좀 먹어볼까!"

천돌이는 숟가락을 들더니, 한 숟가락 푹 떠서 질질 흘려가며 홀쩍홀쩍 들이삼키기 시작하더니 삽시간에 한 그릇을 홀딱 먹어 버리고 손등으로 입을 슬쩍 문지른 후

"히, 참 엄마!"

부뚜막에 걸터앉아서 땀을 졸졸 흘리며 죽을 퍼먹던 늙은이는 아들을 쳐다보며

"뭐야! 왜?"

하고 고개를 치켜든다.

"글쎄…… 젠장!"

천돌이 음성은 짜증이 잔뜩 난 것 같으나, 무슨 기쁜 일이나 있는지 입은 연해 빙글거리는 것이 늙은이는 이상하여 재차 기척을 살폈다.

"엄마! 저어."

"뭐냐! 말을 해야 알지."

"허 참, 아니 엄마 솜씨는 이것뿐이오? 날마다 쑤는 죽이 짜다가 싱거웠다가, 되었다가 물렁거렸다가 어이 참 솜씨도…… 그만치나 죽을 쑤었으니 하머나[3] 물미가 나서[4] 선수가 될 터인데, 참."

천돌이는 싱글싱글 웃기 시작하였다.

"아이고 그, 그…… 자식도 못났다. 늙은 어미 솜씨 나무라기가 일쑤로구나, 버릇없이."

늙은이 역시 아들의 말이 악의에서 나오는 것이 아님을 아는 것인지 웃으며 대꾸를 하였다.

"아이 참, 엄마는 솜씨가 없어……"

"아아니, 이 자식이 왜 이래. 늙은 어미 솜씨 좋으면 시집을 보낼 처녀애던가…… 웬 걱정이냐."

"그런 게 아니야 글쎄."

"그러면 보리 가루하고, 물하고 소금만 넣어서 끓인 죽에 무슨 별맛이 날 리가 있니? 어떤 사람은 보리죽에도 넣지 않은 꿀맛이 나게 한다더냐?"

늙은이는 일부러 샐쭉해진 모양을 해 보이며 비꼬아댔다. 천돌이는 대답 대신

"히힝."

하고 열쩍은 웃음을 웃으며 늙은이의 눈치를 힐끗, 바라보더니 다시 펄쩍 드러눕고 만다.

"그렇게 더운 방에만 누웠지 말고 뜰에 좀 나오려무나."

하는 늙은이의 말에 정신이 번쩍 난 듯이 벌떡 일어나 밖으로 슬 그머니 나와 앉았다. 비에 젖은 뜰은 시원했다. 동편 하늘에는 아 까 그 찬란하던 무지개는 사라졌고 새파란 하늘에 흰 구름 뭉치가 뭉게뭉게 떠오르고 있었다.

"글쎄 엄마."

"허, 얘가 미쳤나 보다."

늙은이는 못마땅한 얼굴로 땀에 젖은 적삼을 벗어 방에 던지고 양팔에 새까맣게 밀린 때를 치마를 움켜다 닦으며 뜰에 나와 앉았 다. 매미 소리가 요란하게 들려왔다.

"요즘 보니까 네 태도가 야릇하더구나. 맛없는 어미 손에 얻어 먹기 싫거든, 어디 가서 솜씨꾼 색시나 주워 오렴. 그러면 보리죽 에도 꿀맛이 날 테지."

천돌이는 매미 소리에 기울이고 있던 귀가 이 말에 번쩍 뜨이는 것 같아

"누가 장가들고 싶어 하는 줄 아나베."

하고 가슴이 뜨끔한 것을 숨기려고 시치미를 딱 잡아떼보았다.

"글쎄 장가들 나이도 되기야 했지. 그리고 나도 나이가 먹어가 니까 남의 집 일도 예전같이 해줄 수 없고 하니, 너만 장가를 보내 면 오죽 좋겠느냐. 며느리가 살림을 살면 나야 또 무슨 장사라도 할 테고……"

"무슨 장사를 해요?"

"떡도 만들어 팔고, 콩나물도 기르고, 풀도 비어⁵ 팔고, 밑천 안 드는 장사가 수두룩하지. 그래도 혼자 손에 지금이야 할 수 있나.

부지런한 계집아이나 며느리로 보면 좁쌀거리는 내 손으로도 벌 거야. 남의 집에 늙은것이 일해주러 다니기보다는 나으리라."

천돌이는 처음부터 늙은이에게 이런 말이 나오라고 하는 수작이었기는 하나, 그래도 제 속판을 들여다보이기가 싫어서 또 한 번 시치미를 떼보느라고

"그렇지만, 어디 그렇게 얌전한 계집애가 있어야지."

하고 늙은이의 눈치를 살핀다. 그리고

"설혹 있다 치더라도 우리 같은 가난뱅이에게 누가 딸을 주겠어요."

하고 다시 한 걸음 내밀어보는 것이었다. 그의 눈앞에는 지금 어릴 때부터 고생 가운데에서 자라난 복순이의 얌전한 얼굴이 떠오르며 가슴이 터질 듯 기뻤다.

뒤뜰에서 뛰며 놀고 있던 동네 학도들과 같이 펄쩍펄쩍 뛰어보고도 싶었다. 그는 천연스럽게 앉아 배길 수가 없어 벌떡 일어나 비에 젖었던 밀짚모자를 장대 끝에 꿰어 처마 끝에 기대 세웠다.

"엄마, 1년만 참아요. 이 집을 팔아버리고 번 돈을 보태서 집이나 밴밴한 것 한 채 삽시다."

하고 은근하게 늙은이를 위로하였다. 늙은이는 또 늙은이대로 눈치 채는 바가 있는 터이라,

'행여나 저 자식이 못된 계집애에게 반하지나 않았는가!'

하는 염려가 가득은 하지만은, 그럴 듯 그럴 듯은 하면서도 시치미를 딱 잡아떼버리는 천돌이 속판을 따져볼 길이 없었다.

남편이 죽고, 연달아 큰아들이 죽고, 또 잇따라 딸 둘을 시집보

내고, 막내아들 천돌이와 단둘이서 허물어진 움막 단칸집에서 근근이 살아오는 터이다. 자기는 남의 집에 드나들어 일도 해주고, 천돌이는 여남은 살부터 성냥 상자를 메고 장날마다 장판으로 돌아다니며 팔아서 죽이나마 남 먹을 때 빠지지 않고 끼니를 이어오는 터이다.

"에, 당황 사소! 에, 석냥요, 에, 당황, 마치, 석냥!"[6]
하고 온 장판에 애교를 떨치며 얼마씩이라도 벌어오기 시작한 지도 벌써 근 10년이다. 그러니 그사이에 천돌이는 잔뼈가 굵어 지금 스물한 살이다. 그는 작년부터 성냥 장수를 집어던지고, 단봇짐 장수를 시작하여 잘 팔릴 잡화를 그동안 모은 밑천으로 제법 한 짐 장만해가지고 이곳저곳의 가까운 촌장으로 돌아다니며 팔게 되었다.

그러므로 10여 년 동안 이곳저곳 장터에다가 밥줄을 달고 있는 돌림 장꾼 천돌이었고, 누구에게든지 친절하고 서글서글하게 말 잘하고, 붙임성 있고, 잘 웃고 하는 천돌인 까닭에, 장터마다 단골도 많고, 같은 돌림 장꾼들 사이에서도 신용이 두터웠다. 그뿐 아니라 이웃 장을 보려고 오고 가는 길에는 장꾼들이 천돌이가 빠지면 섭섭함을 느끼기도 하는 터이었다.

"놈이 똑똑해. 늙은이, 한때를 볼 거요."
하고 동네에서도 천돌이 칭찬 않는 사람이 없고, 늙은이 듣는데도 자주 이런 말을 하는 것이었다.

"천돌이, 요사이 소고기 값이 왜 그렇게 비싼가?"

하고 장터에서 돌아오는 길에 한 장꾼이 말을 꺼내는 것이었다.

"허 참, 그것도 모르나요? 소 값이 올랐으니까, 소고기 값도 오르는 것이지요."

천돌이 대답은 이러하였다.

"그러면 소 값은 왜 오르나?"

"아따 그 양반, 그것도 모르시오?"

"그래, 모른다."

"소 값이 왜 오르는 걸 모르신다 말이오?"

"그래, 나는 모르겠다."

"정말 몰라요?"

"그래, 나는 몰라."

"헤, 그러면 나도 모르지."

그들은 일제히 웃으며 길 걷는 괴로움을 잊는 것이었다. 그러므로 천돌이는 장꾼들 사이의 화형(花形)⁷이다.

"그렇지만 금년은 너무 가물어서 어디 살 수 있겠나. 못자리가 죄다 갈라졌으니……"

하고 한바탕 웃음이 끝나자, 뒤를 이어서 생강 장수 박 첨지가 또 말머리를 틀어놓는다.

"영감, 염려 마시오. 금년은 큰비 옵네다."

하고 또 말을 받는 것은 천돌이다.

"어째서 그래."

"허 참, 그것도 모르세요? 초여름에 벼룩이란 놈이 많았지요?"

"그래, 벼룩이 많으면 큰비 온다던가?"

"모두들 헛나이를 먹었나 보오."

"헛나이를 안 먹었으면 어떤 해 여름에는 벼룩이 없다더냐."

"글쎄 다른 해보다 유별나게 많더란 말이오. 그러니까 벼룩이란 놈은 사람을 물거든요. 물것이 많으면 물이 흔하다는 거라오. 물이 흔하면 비가 많이 오는 거지 뭐요."

"그 또 참 자식, 웃기는구나. 벼룩이 많으면 비가 많이 온다?"

"그럼, 오구말구. 물것이 많으면 물이 흔한 법이지……"

"꼭 많이 오겠나?"

"암, 오다뿐이겠소. 그러면 내기할까요. 비가 많이 오면 영감 딸 날 주겠소?"

또 한바탕 웃음이 터진다. 박 첨지도 지지 않으려고

"그래, 내기하자. 비만 오면 딸뿐이겠나, 내 목이라도 바치지."
하고 대꾸를 하는 것이었다.

언제든지 아무 의미 없이 지껄대기 위하여 떠들어대며 우스운 농담만 하는 천돌이었으나, 이 생강 장수 박 첨지를 보고 하는 말에는 다른 사람이 해득 못 할 무엇을 농담에 싸가지고 씩 붙여보는 것이었다. 박 첨지 역시 요즈음 짐작하는 바가 있다. 이래 봬도 일생을 돌림 장꾼으로 다녀온 생강 장수다. 어련히 잘 알라고…… 다른 사람같이 자기에게 오는 말을 농담이든 잡담이든 그 속에 뼈다귀가 들고 안 들었음을 모를 리 없고, 그 쌓인 뼈다귀를 이리 넘길까 저리 넘길까 하는 앞선 생각까지 척 하고 있는 판이다.

그날은 산 너머 매화골 장을 보고 돌아온 날이다. 그 장에 웬일인지 박 첨지가 보이지 않았으므로 천돌이는 오래오래 맘먹어오던 무엇 까닭에 어니로 볼일 보러 가는 척하고 물 건너 박 첨지 집을 찾아갔다.

천돌이가 사는 동네 앞을 흐르는 큰 냇물의 다리를 건너면 얼마 안 가서 박 첨지의 움막이 있다. 그는 다리를 건너기 전에 먼저 냇가에 내려가 얼굴과 손발을 깨끗이 씻고 난 후, 밀짚모자일지라도 멋있게 젖혀 썼다.

'그놈의 첨지가 그만 밤사이에 죽어버렸으면.'

하고 생각했다. 그 첨지가 미워서가 아니라, 첨지에게 자기의 속을 들여다보일까 겁이 났던 까닭이다. 그래도 내친걸음이라, 사내자식이 그대로 돌아서기 싱거워서 꾹 참고 그대로 혼자 열쩍은 웃음을 웃어가며 박 첨지 집을 향하여 걸었다.

종담장[8]도 없는 벌판의 외딴 토막집, 즉 박 첨지의 집 앞에까지 당도하였다. 금방 앞으로 쓰러질 것 같은 그 집 방 지게문은 열려 있고, 인기척은 없었다. 차라리 아무도 없으면 그대로 돌아가버리고 싶었다. 그러나 할 수 없어 이리저리 머뭇거리다 말고 기침을 두어 번 하며 용기를 내어

"영감 집에 있소?"

하고 소리를 쳐보았다. 아무 대답이 없었다. 그는 부쩍 용기가 나서 이제는 열린 방문 앞까지 다가가 서며

"영감이 집에 없나, 있나. 집에 사람이 없나. 빈집 같네, 영감!"

하고 소리를 크게 질렀다. 그제야 방 한옆에서 숨바꼭질이나 하

는 것같이 박 첨지의 딸 복순이가 고개만 쏙 내밀어 천돌이를 날름 쳐다보며

"어데 가고 없는데."

하는 말을 끝까지 채 못 하고 자라목같이 다시 쏙 들어가며 생긋 웃었다. 천돌이는 발끝이 자르릇 우는 것 같았다.

'히힝, 첨지가 어디 가고 없단 말이지! 안성맞춤이란 거다. 고놈의 계집애 누구를 녹이려고 웃기는 또…… 어디 보자. 오늘은 하늘이 두 조각이 나더라도 한번 부딪쳐보고야 말걸.'

천돌이는 단단히 아랫배에 힘을 주어 혼자 결심을 하면서도 가슴속은 떨리고 간지러워 조금 머뭇거려지는 다리에 힘을 주어, 문턱에 가 비위 좋게 척 걸터앉았다.

"영감이 어델 갔나?"

조금 떨리는 음성에 간신히 위엄을 내어 말을 건넸다.

"몰라."

복순이는 싹 돌아앉았다. 해어진 옷을 깁는지 바느질 그릇을 앞에 당겨놓고 만지작거리기만 한다. 가난한 그 살림 속에서라도, 계집애답게 비록 낡은 무명이나마 살구꽃 색 물들인 저고리에 검정 치마를 입었고, 숱 많고 긴 머리를 되는대로 충충 땋아 늘이고, 돌아앉아 있는 그 모양을 천돌이는 오래 바라보고 있을 수가 없었다. 그 가느다란 허리에 제 힘찬 팔이 감기는 것 같은 착각에 온몸이 떨렸다.

기다리고 별러오던 이 좋은 기회! 어인 일인지 가슴은 졸이면서 말문이 딱 절벽같이 닫혀 떨어지지를 않는다. 가슴은 염치없

이 몹시도 뛰었다.

"그래, 어제 장에 영감이 왜 안 갔던가!"

그는 간신히 한마디 말을 또 건넸다.

"몰라!"

천돌이 말문은 또 쇠통이 내리려⁹ 한다.

'에잇, 사내 녀석이 못나게.'

그는 아래윗니를 한번 꽉 깨물어 한숨을 한번 확 내뿜고 난 후, 첨지가 돌아오기 전에 어서어서 수작을 해야겠다고, 갑갑함을 못 참아 했다.

'조놈의 계집애……'

역시 말문에는 쇠통이 내리고, 가슴만 후다닥거리고 몸까지 문턱에 가 천근만근 들어붙어버렸다.

"이리 좀 보렴. 대답 좀 시원하게 하면 어떠냐."

그는 두 눈을 부릅뜨고 간신히 또 한마디 끄집어냈다.

"무슨 대답?"

복순이 음성이 우렛소리같이 두 귓구멍에 왕! 울리어 전신이 찌르르하였다.

"애, 날 좀 보렴. 못나기야 했지마는…… 저, 그렇지마는…… 암만 못나도 저, 이리 좀 오렴."

"……"

복순이는 부끄러워 못 참겠다는 듯이 앞으로 고개를 아주 내려 뜨리며 상긋 웃는 듯하였다. 천돌이는 그만 말문이 확 터지는 듯 막아둔 물목을 툭 끊어버린 듯 용기가 불쑥 솟았다.

"너는 내가 보기 싫으냐."

"……"

"대답을 좀 하렴. 싫다면 그만이지. 누가 억지로 자꾸 그러니!
어서어서."

"……"

"너의 아버지가 오면 어떡해. 글쎄 어서 대답 좀 해보아!"

"……"

"너의 아버지가 오면 나를 죽이려들지 않겠니…… 어서 대답
해요……"

"무슨 대답. 아버지가 벌써 오실까 봐."

복순이의 똑똑한 그 한마디에 천돌이 전신은 날랜 사자와 같이
긴장되었다.

"저 얘, 나는 너 까닭에 죽겠다. 누워서나 앉아서나, 길을 걸어
갈 때나, 그저 네 얼굴이 자꾸 보인단다. 참을 수가 있어야지……"

"……"

"그래도 나는 워낙 못생겼으니까, 너는 나를 미워하겠지? 네가
나를 싫다고 하는 날에는 나는 그만이다. 나는 그까짓 죽어버릴
테다."

"누가 죽으랬나……"

"네가 날 싫다면 죽으란 거나 마찬가지지!"

"아이 참……"

안타까운 듯 뒷문으로 달아날 듯, 복순이는 벌떡 일어섰다. 천
돌이는 질겁을 하듯 몸을 날려 방 안으로 뛰어들어 뒷문 턱에서

복순이 가느다란 그 허리를 잡아 앉혔다.

"너도 나를 좋다고 해, 아이고."

물에 빠진 사람이 구원의 줄을 죽어라고 휘어잡는 것같이, 천돌이는 복순이 허리를 묵척[10] 늘어져라 껴안고, 그 허리를 놓치면 금방 제 목숨이 떨어질 것 같았다.

그 후부터 오늘까지 거의 밤마다 그들은 서로 만나는 것이었다. 그들은 어서 돈냥이나 벌면 잔치를 해야 될 것이고, 양편 부모에게는 어떻게 허락을 받을까…… 하는 것이 만날 때마다 의논하는 산더미 같은 큰 문젯거리였다.

그러다가 요즘에는 원래가 꼼꼼하지 않은 성질인 천돌이었으므로 박 첨지와 농담을 할 때마다 갑갑한 자기의 심정을 슬쩍슬쩍 내보이는 것이었다.

"그러면 영감 딸 날 주려오?"

하고 끝맺게 되는 것도 요사이는 거의 천돌이의 으레 하는 문자가 되고 만 것이었다.

박 첨지도 자기 처지에 천돌이 이상 가는 사위는 바라볼 수 없는 일일 뿐 아니라, 가난한 살림, 더구나 담장조차 없는 길가 움막에다 다 큰 딸을 두기도 걱정인 터이기에 혼자 나름으로는 가을쯤 해서 툭 털어놓고 서로 의논하여 혼인을 치르겠다고 생각해오는 터이었다.

어느덧 6월 달도 다 지나고, 벌써 7월도 한중간까지 왔다. 6월 초승께부터 가물기 시작한 후, 오늘까지 그저 질금거리는 적은

66

비는 자꾸 왔으나, 한 번도 흐뭇이[11] 비가 오지 않아, 사람들은 찌는 듯한 더위에 허덕이면서도 기우제를 지낸다, 장굿을 한다, 모두들 야단법석이었다.

　오고 가는 빗줄기가 가끔 조금씩 오기는 하는데, 하필 장날만 골라서 오게 되므로, 벌써 두 장이나 보지 못한 천돌이는 몹시 짜증이 났다. 어서 돈냥이나 모아서 장가를 들려는 천돌에게는 일생일대의 가장 긴급한 비상시인데, 그 속이 답답하지 않을 수 없었다.

　"엄마! 나 목욕 가요. 집 안에 있지 말고 뒤뜰에 멍석을 깔아두었으니, 거기 가서 누워 자요. 나는 좀 놀다 올게."

　"또 가?"

　"강변에 가서 동무들과 좀 놀다 올 테야. 덥고 갑갑해서 죽겠소."

　"어서 들어오너라. 늑대에게 물리든지 헤엄치다가 물에나 빠지면 어쩌느냐."

　"헤, 내가 어린애요? 벌써 장가들기 늦은 나인데…… 헤헤."

　천돌이는 적삼 끈을 풀어헤치고 휘적휘적 집을 나왔다. 냇가에서 박 첨지의 소똥 뭉치같이 보이는 움막을 바라보며 어둡기를 기다려 시원하게 목욕을 하고, 슬금슬금 다리를 건너갔다. 천돌이는 다리를 다 건너자, 움칫 발길이 멈추어지며 머릿속에 문득 떠오르는 아주 신기한 생각에

　"허."

하고 감탄하듯 돌아서서 지금 건너온 다리를 유심히 바라보는 것이었다.

그리고 하늘을 쳐다보고 이윽히 서 있다가, 혼자 고개를 끄덕이며 기쁜 웃음을 못 참는 듯 입을 빙긋거리며 가려던 길을 다시 걷기 시작하였다.

이윽히 걸어가자, 시커먼 포플러 숲이 나타났다. 이 포플러 숲은 천돌이와 복순이의 지상의 낙원이다.

숲의 근방은 땅버들이 우묵하니 서 있는 까닭에, 낮에 보아도 움쑥하여 사람들의 발자취가 드문 곳이었다. 그뿐 아니라, 이 근처에 숲과 잇대어 있는 냇가 언덕 아래는 '이무기'란 큰 물뱀이 있다는 말이 있으므로, 동네 사람들은 이 근방을 무척 주의하여오는 터였으나, 천돌이와 복순에게는 그 '이무기'라는 무서운 물뱀이 도리어 저희들의 낙원을 수호하여주는 듯하였다.

천돌이는 휘파람을 불어 행여나 복순이가 먼저 와서 기다리지나 않는가 하여 사방을 휘 살피며, 한가운데 제일 큰 포플러 둥치 곁 그들의 사랑의 요람을 찾아가는 것이었다. 천돌이 휘파람 소리는 숲속 요정들의 고요한 꿈을 금 실마리같이 가늘게 즐겁게 떨리며, 모조리 깨워주는 듯하였다.

희미하게 나무둥치에 기대서 있는 복순이 그림자가 보였다.

"아이고, 벌써 왔니?"

천돌이는 휘파람 불던 입을 내벌리며 복순에게로 달려갔다.

"얘야! 너 이무기 무섭지 않으냐!"

"무섭기는 무엇이……"

그들은 서로 얼싸안은 채 나란히 주저앉았다.

"애야! 좀 축축하구나, 일어서봐."

천돌이는 먼저 벌떡 일어나서 나뭇가지를 뚝뚝 꺾어 자욱이 깐 후

"인제는 좋아! 자, 여기 앉아라."

서 있는 복순이 손을 와락 잡아당겨 제 곁에 앉혔다.

향긋한 포플러 냄새가 둘의 코를 찌르며 가슴에 헐떡이는 정열에 숨 쉴 것까지 잃어버렸다.

그들은 함께 서로 뺨을 기대고 말없이 바람결에 살랑거리는 나무 잎사귀 소리에 귀를 기울이고 있었다. 이윽고 천돌이는 입을 열었다.

"복순아, 너 칠월칠석 이야기 아느냐!"

"그래……"

"너, 내 말 들어봐라!"

"안 들어도 알아요, 알고말고. 견우직녀가 만나는 밤인걸. 그것을 모를라고……"

"옳지, 그런데 날 좀 봐! 저어기 저것이 은하수란 거지?"

천돌이는 나뭇가지에 가려 잘 안 보이는 하늘을 쳐다보려고 허리를 앞으로 내밀며 손가락으로 가리켰다.

"그래…… 나도 알아 글쎄."

"그런데, 견우성과 직녀성이 1년에 꼭 한 번씩 만나는데, 저 은하수를 그대로 건널 수 없으니까, 오작교라는 다리를 건넌다더라."

"그럼. 견우직녀 만날 때는 오작교 다리로 은하수를 건넌다

더라."

"그래, 그런데 말이야, 내가 지금 다리를 건너오다가 문득 생각이 났는데, 우리가 꼭 견우직녀 같단 말이야."

천돌이는 웃지도 않고 복순이 어깨를 꼭 껴안았다.

"글쎄 저것이 은하수지? 그리고 은하수 이쪽에 있는 저 큰 별은 직녀란 별이고, 그리고 저쪽에 있는 저 큰 별은 그것이 바로 나란 말이다."

"응? 그 별이 네라?"

"그래, 나다."

"하하, 그럼 이 별은 나지!"

"그래 우리 집은 강 저쪽에 있고 너희 집은 강 이쪽에 있고……"

"은하수 대신에 이 냇물이 있고……"

"다리를 건너다가 생각하니, 문득 이 생각이 나서……"

"그래? 직녀는 오작교를 건너지마는, 나는 시집갈 때 일곱 가지 고운 물 들인 무지개다리를 타고 갈 테야!"

"그래! 좋다. 무지개 그 고운 채색 다리 그걸 타고 너, 시집오너라."

천돌이 머리는 복순이 가슴을 뜸베질[12]하듯 비비었다.

"해행……"

복순이는 좋아서 천돌이 다리를 꼭 꼬집었다.

둘은 이같이 꿈속에서 시간을 보내고 헤어졌다. 헤어질 때 복순이는 무척 쓸쓸한 얼굴이었으므로

"너 왜 그래? 집에 가면 꾸중 들을까 봐 겁이 나니?"

"으응!"

"그러면 오늘 밤은 왜 이래. 내일 밤은 자현골 장 보러 가니까 못 만나지마는 모레 밤에는 또 만날걸……"

"그래도……"

"그러지 말아라. 이번 장만 보구 나면 이제는 네 아버지께 막 들이댈 터이다. 무지개는 여름에 있는 것이니까, 이 여름이 다 가기 전에 잔치를 해야지……"

"그러니까? 싫어, 가을까지 또 미루면 난 싫어. 나는 정말 무지개를 타고 시집갈라네."

"그래."

"왜 일어나! 어쩐지 오늘은 영영 집에 가기가 싫네. 그리고 죽고만 싶어!"

"그러지 말라니까. 글쎄 내 가슴속은 어떡하니 생각해봐. 내일 장에는 하늘이 무너지더라도 혼숫감으로 저고리 치맛감을 모두 바꾸어 올 테다. 하루라도 속히 주선할 테야! 염려 말아라, 응?"

"음! 그래도."

복순이가 이다지도 떠날 때 애끓어한 적은 이제까지 없었다. 웬일인지 이날 밤은 몹시도 돌아가기 싫어했다. 전 같으면 도리어 천돌이가 복순이를 놓기 싫어서 공연히 못살게 굴어주었건만, 오늘 밤은 유별나다. 천돌이 가슴은 한층 더 불이 붙었다.

그 이튿날 새벽에 천돌이는 동편 하늘 위로 몹시 험한 구름이 보이므로, 그쪽은 비가 오고 있는 것 같았으나, 짐을 지고 기운 좋게 집을 떠났다. 자현골 장터까지는 30리가량 되므로 이렇게 일찍 나선 것이다.

천돌이가 장판에서 늘 자기가 짐을 벌여놓는 장소에다 진을 내렸을 때는 벌써 이른 장꾼이 달 밝은 밤의 별같이 이곳저곳 홍성드뭇[13]하게 나타났을 때였다. 오랜 가뭄이라 장판의 재미가 별로 없었으나, 천돌이는 자기 장사는 뒤로 보내고 복순에게 줄 혼숫감 장만하느라고 분주했다.

새끼점심[14] 때쯤 하여 장이 한창 어울리게 되자, 빗방울이 뚝뚝 듣기 시작하며, 비바람이 몰아 때렸다.

"아이고, 비님 오신다. 이제는 좀 흐뭇이 오시소."

장꾼들은 바라고 바라던 비가 오는 까닭에 아주 제 옷들이 젖고 장사가 안 되고 하는 것은 돌보지 않고, 모두들 희희낙락하며 제각기 흩어져 갔다.

천돌이는 비록 인조견이나마 저고리 세 감과 치마 두 감, 광목 스무 자, 동양저[15] 한 필을 혼수 턱으로 바꾸어놓고, 최후로 남색 인조견에 새빨간 것은 깃 감으로 이불감을 떴다. 남색에 붉은 깃. 오래지 않아 복순이와 이 이불 속에서 달게 잠잘 생각을 하며, 천돌의 입은 닫힐 줄 몰랐다.

그는 혼자 흥이 나서 콧노래를 부르며 특별히 혼숫감에 비가 새어들지 않도록 잘 싸가지고 짐 뭉치 한가운데 넣어서 짐을 묶었다. 집으로 향하여 오는 길에 비가 너무 몹시 오므로, 그는 잠시 주막에 들어 자고 갔으면도 싶었으나, 그는 빗줄기가 폭포같이 내리쏟더라도 가다가 맞아 죽었으면 죽었지 주막에 들고 싶지 않았다.

"어서 가자, 내일은 복순에 아비와 단판을 하자. 이 혼숫감을 어서 복순에게 줘야지. 얼마나 기뻐할까!"

그는 비를 노다지 맞으면서도 비 맞는 줄 모르고, 한결같이 빙 긋빙긋 웃으며 길을 걷는 동안에 어느 결에 왔는지 황혼이 되기 전에 집까지 당도하였다.

그는 비에 젖은 짐 뭉치를 풀어헤치고 비에 젖은 것을 골라 말리며, 혼숫감은 어머니 눈에 띌까 겁이 나서 그대로 묶은 채 두었다.

그럭저럭 밤이 되었으므로 비만 오지 않으면 한달음에 복순에게 달려가보고 싶었으나, 몹시 피곤하고 복순이가 숲에 나오지 않았을 것을 생각하며 그대로 뒹굴어 누웠다.

비는 몹시 오는 모양이었다.

그는 그 빗소리를 들으며 잠이 들었다. 얼마를 잤는지 그는 몰랐다. 복순이가 유록색 회장저고리[16]에 홍치마를 받쳐 입고 찬란한 화관을 쓰고 채색이 영롱한 무지개를 타고

"여보? 날 좀 봐요. 나를 좀 보라니까."

하고 손을 내휘두르므로, 그는 어서 달려가 그 두 손을 꽉 잡으려고 애를 썼다. 그러나 그의 몸은 땅에 뒹군 채 뗄 수가 없어 고래고래 고함을 치며 발버둥을 하였다.

"애야, 어 참 무슨 잠을 그렇게 야단스럽게 자느냐. 어서 일어나거라."

늙은이가 혀를 차는 소리에 천돌이는 벌떡 일어나 앉았다. 그의 두 눈가에 눈물이 흘러 있었다.

"그만 자고 나가보아라. 아마도 큰물이 졌나 보다. 밖에선 야단이다."

하고 늙은이도 일어나 앉았다. 과연 그의 귀에는 잠들기 전과 조금도 다름없이 빗소리가 요란하고, 그 소리에 섞여 경종(警鐘)소리가 울려오는 것이었다.

그는 부리나케 일어나서 두 눈을 슬쩍 닦고 잠깐 방 가운데 섰다. 그 순간 그의 가슴 위를 차디찬 독사가 스쳐 지나는 것 같은 불길한 예감이 몸서리가 날 만큼 번쩍하였다.

"만일에……"

그는 밑도 끝도 없는 외마디 고함을 치고, 우장도 쓰지 않고 한달음에 문을 박차고 뛰어나왔다. 거리에는 도랑물이 넘쳐 덮이고, 사람들이 길가에 아우성을 치며 오락가락하는 것이 남의 눈에 비치는 것같이 무감각하게 비칠 뿐이었다. 어느 사이에 샜는지 날은 벌써 새벽이다. 그는 바른길로 냇가로 달음박질쳤다.

"아하!"

그는 한번 다시 고함을 치고 헐레벌떡하며 딱 발길을 멈추었다. 그의 뒤통수와 전신이 싸늘해지며 몸이 꼼짝할 수 없이 그 자리에 장승이 되어버렸다.

모두가 물 천지! 시뻘건 바다로 변한 물 천지! 눈에 보이는 것은 모두 물뿐이다.

오작교라고 느꼈던 그 냇다리, 이무기가 있는 그 포플러 숲, 그리고 소똥 무더기만 하던 복순이 집 모두가 없다. 다만 물뿐이다. 멀리 들리는 뭇 악마들의 신음 소리같이 시뻘건 물은 '웅!' 하는 소리를 내며 굽이쳐 힘차게 흐르고 있다.

"저 건너 있는 생강 장수 박 첨지 식구는 어찌 됐소!"

천돌이는 누구라 지정 없이 소리를 쳤다.

"참 그래. 박 첨지 부녀는 어찌 됐노!"

물 구경하는 사람, 전지(田地)를 물에 휩쓸린 사람, 발을 구르는 사람, 모두가 박 첨지 소식에는 까막이었다.

"아마 물에 떠내려갔지! 어디 이번 큰물이 차차 불었으면 피신이라도 했겠지마는, 모두들 잠든 새벽녘에 갑자기 왁 밀려왔으니까, 저 들판 외딴 집에서 피신할 여가가 있었겠나. 허 불쌍해."

모두들 떠들어댔다. 천돌이 귀는 날랜 끌로 꼭꼭 파는 것같이 따갑게 이 말들이 울려왔다. 그의 두 눈은 금세 새빨개졌다.

그는 냇가 아래 위로 복순이 그림자를 찾아 헤맸다. 어디서

"나 여기 있어!"

하고 금방 튀어나올 것만 같았으나, 종시 그 찾는 이의 그림자조차 없었다. 그들의 존망을 아는 사람까지 없다.

'행여나 저 물속에서 나를 기다리지나 않을까!'

하는 안타까운 생각에 아마도 복순이는 그 소똥 무더기만 한 집 방 가운데서 천돌이를 기다리고 있는 것 같기도 하였다.

"나리, 소방조에 있는 보트 하나 빌려줍쇼."

그는 참다못해 냇가에서 바쁘게 서두는 순사 한 사람에게 말하였다.

"뭣 하려나."

"저 건너 가보겠소."

"왜? 물귀신이 청하시는가? 죽고 싶으면 혼자 뛰어들지. 구태여 소방조 보트와 정사를 하려구."

하며 순사는 비웃었다. 천돌이 가슴은 절망의 회오리바람이 우루룩 일어났다. 그는 풍덩 물을 향하여 뛰어들려고 몇 번이나 빠질 뻔하였다.

그 몹쓸 비가 점점 끊어지자, 때는 아침때가 지났다. 그러나 그가 찾는 그림자는 종시 보이지 않았다.

이번 홍수는 하나 천돌이뿐이 아니라, 아무도 예상하지 못한 것이었다. 오랜 가뭄의 끝이라, 여간 비가 와서는 좀처럼 큰물이 지지 않으리라고 생각해왔던 것이다. 그보다도 오랜간만에 오는 비라, 모두들 기뻐서 밤늦게까지 놀다가, 첫잠이 든 사이에 냇물 상류에서 내린 비가 불과 몇 시간 사이에 막혔던 물이 터지듯 갑자기 왁 밀어닥친 것이었다. 물론 박 첨지 집 부녀도 잠이 들 때까지 주의를 하기는 했으나, 갑자기 그렇게 큰물이 닥칠 줄은 모르고, 막 잠이 든 뒤에 귀신도 모르게 물귀신이 되고 만 것이었다.

천돌이는 혼 빠진 사람처럼 물 저편을 바라보며 질퍽거리는 언덕에 털썩 주저앉았다. 그때 그의 머리에 번개같이 스쳐 지나는 것이 있었다.

"참, 그래."

그는 꽥 소리를 지르며 굵은 침에나 찔린 사람처럼 펄쩍 일어서 자기 집을 향하여 줄달음을 쳤다.

그는 복순이가 집을 물에 빼앗기고 갈 데 없어 자기 집에 와서 자기를 찾고 있으리라는 생각이 들었던 것이다.

그러나 집에는 아무도 없었다. 그는 또다시 번개같이 냇가로 내달았다.

그의 가슴은 몹시 얻어맞은 벙어리같이 안타깝고 얼얼한 뭉텅이가 가로 꽂혀 있었다.

은하수, 오작교, 견우직녀, 무지개 그 아름다운 꿈!

가난하고 누추하고 짓밟히는 그 생활 속에서라도 두 젊은 영혼에게 오직 하나 가질 수 있던 그 아름다운 꿈!

그 꿈마저 이제는 하룻밤 사이에 휩쓸려 빼앗기고 말았다.

천돌이는 다시금 냇가 언덕 위에서 그 사랑의 낙원이었던 집 있던 곳을 바라보며 애끓게 소리쳤다.

"복순아!"

부르는 소리는 가슴속으로 녹아 흐르고,

"어허어……"

하는 울음소리만 굽이치는 시뻘건 물 흐름 위로 애절한 선율이 되어 사라져갔다.

적빈赤貧

   그의 둘째 아들이 매촌(梅村)이란 산골로 장가를 간 후로는 그를 부를 때 누구든지 '매촌댁 늙은이'라고 부른다. '늙은이'라는 꼭지에다가 '매촌댁'이라고 특히, '댁' 즉 바르게 발음한다면 댁(宅) 자를 붙여 부르는 것은 은진 송씨로서 송우암 선생의 후예라고 그 동네에서 제법 양반 행세처럼 해오던 집안이 늙은이의 친정으로 척당[1]이 됨으로써의 부득이한 존칭이다.

   그러나 지금에 와서는 존칭으로 '댁' 자를 붙여준다고는 아무도 생각지 않는다.

   모두들 '매촌댁 늙은이' 하면 으레 더럽고 불쌍하고 얄미운 거러지보다 더 가난한 늙은이다, 하는 멸시의 대명사로 여기는 것이었으므로 요즘 와서 간혹 '매촌네 늙은이'라고 '댁' 자를 '네' 자로 툭 떨어트려 부르는 사람도 있어졌으나 늙은이 역시 으레 자기는 거러지보다도 못한 사람이거니…… 하여 부르는 편이나 불리는 편이 피차 부자연함을 느끼지 않게 되었다.

그래도 몇 해 전까지는 이렇게 순순히 '매촌네 늙은이'라고 '네'자로 불릴 그가 아니었다. 대수롭지 않은 말에도 행여나 자기의 근본이 멸시를 당하는 것이 아닌가 하여 곧잘 성을 내어 대드는 것이었다.

그 어느 때만 하더라도 동네 면장의 아들놈이 온갖 잡말을 하던 끝이기는 하나 무슨 실없는 생각이 났는지 심심풀이로서인지 갑자기

"늙은이 이름이 뭔가요?"

하는 뚱딴지같은 말을 물었다. 그랬더니 늙은이는 잠깐 새침하여 보인 후 진작

"히행, 늙은이가 이름이 있나……"

하고 웃는 얼굴에 위엄을 내듯 눈을 내리감았다.

"왜 없어, 왜 없어. 똥덕이었소, 개똥이었소?"

면장 아들은 그까짓 늙은이의 위엄쯤은 예사라는 듯이 지긋지긋하게도 파고 물었다.

늙은이는 젊은 놈이 늙은이의 이름을 묻는 것이 당돌하고 버릇없을 뿐 아니라 제 할머니는 옛날 술장사를 하지 않았던가 하는 생각이 나며 아주 뿔쭉 분이 치받쳐 올랐다. 그래서 당장에

"나도 다 예전에는 귀히 자란 사람이라나. 우리 할아버지만 해도 술집 같은 데는 일평생 발 들여놓는 법이 없었고, 또 글이 문장이시라 우리 딸네들의 이름 하나 지으실 때도 다 육갑을 짚어서 유식하게 지었더라오. 내 이름도 귀남이었지."

하고 너희 할머니는 술장수였다는 것과 자기 할아버지의 당당하였음을 꾹 찝어 은근히 훌륭한 자기 근본을 암시하는 한편, 사람을 낮잡아² 보지 말라는 듯이 잔뜩 성을 내어 그 집을 쑥 나오고 말았다.

이러한 노염은 그리 오래된 일은 아니나 지금 생각하면 다 철없는 듯 우스운 생각이 든다.

"돈 없고 가난하면 지금 세상은 이런 것!"

이라는 것만은 똑똑히 알고 있는 터이었다.

그리고 또 아무리 가난하고 불쌍한 처지라고 하더라도 늙은이가 아들이나 좀 분명한 것이 하나쯤만 있었으면 이처럼 남에게 서러운 대우는 받지 않을 것이건마는 단지 둘밖에 없는 아들이 모두 말이 아닌 처지였다.

그의 맏아들은 오래전에 죽어버린 늙은이의 남편과 마찬가지로 '돼지'라는 별명을 듣는 심술 사나운 멍청이로서 모든 일에는 돼지같이 둔하고 욕심 굳고 철딱서니 없고 소견 없는 멍짜³이면서 술 먹고 담배 피우는 데는 그야말로 참 일당백이었다. 그래서 남의 집에서 품팔이라도 하면 돈이 손에 들어오기 바쁘게 술집으로 달려가는 터이므로 몸에 입은 옷이라고는 자칫하면 숨겨야 될 물건까지 빌름 내다보일 지경이었다.

그리고 그 동생이 스물여덟에 남의 집 고용살이로 모은 몇 냥 돈으로 매촌에 장가를 들고 얼마 남은 것으로 돼지에게도 장가를 들게 해주려고 했으나 어디 멀쩡히 두 눈 가진 사람이 그에게 딸을 내줄 리가 없어 그대로 홀아비로 지내왔다. 그랬더니 정말

천생연분이란 것이 반드시 있는 법인지 이 돼지에게 장가오라는 사람이 꼭 하나 있었다. 색시가 과부라든가 쫓겨 온 퇴물이거나, 인물이 코찡찡이 곰보딱지의 박색이라거나, 팔다리가 뚝 끊어졌든지 절름발이라든지 한 병신도 아닌 아주 이목구비와 사지구공이 분명히 생겼을 뿐 아니라 뚜렷한 숫처녀이다. 이만한 색시라면 돼지에게야 천복이 내린 셈이지마는 당자인 돼지로서는

"히히…… 젠장 아무리 생길 거야 다 갖추어 있는 색시라고는 하지마는 히히…… 젠장."

하고 기쁜 중에도 불만이 단단히 있는 듯하였다. 그 불만인 점이 무엇인가, 돼지 따위가 하고 파고 알아보면 그 색시는 과연 한 가지 흠이 있었다.

"귓구멍은 있어도 듣지 못하는 철벽이요, 목구멍도 뚫려는 있으나 아주 벙어리니까 사지구공이 뚜렷이 있기는 하나 실상은 사지칠공밖에 되지 않으니까."

하는 것이 흠이라는 것이다.

그러나 좌우간 돼지는 장가를 들게 되어 얼마 동안은 싱글싱글 좋아하였다.

늙은이도 아들 둘을 다 장가를 보냈으니 이제는 걱정할 것이 없다고 얼마간은 숨을 내쉬었지마는 차차 살며 보니 실상은 걱정이 더 붙었다. 돼지는 삼백예순 날 빠지지 않고 술만 찾아다니고 벙어리는 또 경치게도 위장이 좋은 모양인지 밤낮 배만 고프다고 끙끙댔다.

그리고 또 둘째 아들만 하더라도 남의 집에 고용살이로 있을 때

는 그의 아내와 늙은이는 날만 새면 남의 집으로 돌아다니며 일해 주고 밥 얻어먹고 무명베 짜는 집에 가서는 베 매어주고 옷감 얻 고 하여 고용살이에서 남긴 돈은 그대로 소롯이⁴ 모아두게 되었 었다. 모아둔다 치더라도 그까짓 1년에 10원 내외에 불과한 돈이 지마는 늙은이는 천 냥 만 냥같이 귀중히 여기고 든든하였다.

'어서 몇십 원 모이면 논이나 밭을 대지(貸地)로 얻어서 제 농사 를 지어보리라.'

하는 희망에 즐거워하며 남의 집에 가서 뼈가 녹게 일해주고 천대 받고 업신여김을 받아도 사는 재미가 있었다.

그러던 것이 이럭저럭 60원이나 모이게 되어 아주 큰마음을 먹 고 15원을 툭 잘라 다 허물어져 가는 흙담집이나마 제집이란 것을 가져보려고 집을 샀다. 나머지 돈으로는 대지를 하려고 동네 앞 에 있는 김 생원네 논 세 마지기를 흥정하려고 하는 즈음에 어느 하룻밤에 꿈같이 홀카닥 날려 보내고 말았다.

본래 중심이 굳지 못한 데다가 돈 냄새를 맡고 둘러싼 동네 알 부랑 노름꾼에게 속아 넘어 제 형 돼지를 닮아서 턱없이 욕심을 부리다가 단번에 날려 보내버렸으니 아무리 곤두박질을 한들 막 무가내라는 것이었다.

생각하면 기가 막혀 죽을 일이다. 15원짜리 집이라도 남의 집 고루거각같이 여기고 좋아서 까불다가 발목까지 감으러친⁵ 늙은 이요, 몇 년 동안이나 다디단 아름다운 꿈이었던 제 농사 지어보 려던 그 꿈이 이처럼 허무하게 깨어지고 말다니……

옛적부터 기쁜 일이란 오래 계속되지 않는 법이라고는 하지마는 이렇게 맹랑한 일이 또 어디 있으리라고 늙은이와 매촌이 부부는 밤낮 이를 갈고 애꿎은 담뱃대만 두들겨 분질러도 한번 낚기운 그 돈이야 돌아올 리가 만무하여 늙은이는 목을 놓고 울었다.

　매촌이는 화를 참지 못하여 그 길로 바람이 들어 이제는 동네 알부랑 노름꾼의 한 사람이 되고 말았다.

　이리하여 늙은이는 두 아들이 다 말 못 되게 되어 1년 열두 달 남의 집으로 돌아다니며 일을 거들어주고는 밥 얻어먹고 하는 신세가 되었고, '매촌댁 늙은이'가 '매촌네 늙은이'로 떨어지게 된 것이다.

　그러므로 1년 열두 달 늙은이는 남의 솥에 익혀낸 밥만 얻어먹고 사는 터이라 비록 일해주고 공으로 얻어먹는 것은 아니라 할지라도 남들은 공으로 먹이는 것같이 천대하는 것이었다.

　돼지도 이미 심채릴[6] 나이가 된 지 오래건마는 한결 한시로 술 한 잔이면 제 목이라도 베어줄 작자라 남의 일도 죽도록 해주고 삯전은 받지 않고 술만 얻어먹고 돌아오고, 벙어리는 또 저대로 밥이나 얻어먹고 말 뿐이므로 그들은 남의 집에 일 거들 것이 없는 판에는 곱다시 굶는 수밖에 없었다.

　이러한 중에 돼지에게는 또 한 가지 불행이 생겼다. 그것도 결국은 술 까닭이다.

　어느 날 술 생각이 간절한 돼지가 제 따위에 한 계책을 생각해내어 술집에 가서 '술 한 잔만 주면 나무 한 짐 갖다주겠다'는 약속으로 먼저 술 한 잔을 얻어 마시고는 가져다줄 나무는 본래 없는 터이라, 나무 베기를 엄금하는 사방공사(砂防工事) 해놓은 산에 가서 남모르게 한 짐 잔뜩 베어 지고 내려오다가 공사 감독에게 들켜 나뭇짐은 나뭇짐대로 다 **빼앗기고** 죽도록 얻어맞고 난 후, 구류 사는 대신 그 동네에서 쫓겨나게 되었다.

그래서 돼지는 하는 수 없이 동네에서 한껏 떨어진 들 마을에 가서 남의 집 곁방살이로 들어갔다. 방세는 내지 않더라도 그 집의 바쁜 일은 거들어주겠다는 약속이었다.

그러나 당장에 입에 넣을 것이 없었으므로 벙어리를 두들기며 밥 얻어 오라고 하는 것이었으나, 벙어리는 이미 아이를 배어 당삭[7]이 된 커다란 배를 가리키며 서럽다고

"꿍."

하며 우는 것이었다. 그래도 돼지는 어떻게든지 해서 양식을 얻어 올 궁리는 하지 않고 벙어리를 조르다가 지치면 늙은이가 무엇이나 가져오지 않나, 하는 턱없는 꿈을 꾸며 뒹굴뒹굴 구르기만 하는 것이었다. 이따금 담배 생각이 나면 호박 잎사귀 마른 것을 대에다 넣어가지고 쥐새끼 소리를 내며 빨아대고 벙어리는 태아가 꿈틀거릴 때마다 몸서리를 치며 무서워했다.

"빌어먹을 년, 겁은 왜 내어……"

하고 돼지는 벼락같이 소리를 지르나 알아듣지도 못하고 더 한층 배를 쥐어지르며 꿍꿍대는데 하루 한 끼도 못 먹는 터이라 눈깔들은 모두 얼음판에 넘어진 쇠 눈깔같이 퀭하니 험악하였다.

어느 날 밤에 늙은이는 큰 호랑이 두 마리가 꿈에 보이더라고 하며 이튿날 아침에 매촌 아내를 보고 꿈 이야기를 한 후

"아마도 너희 둘이 모두 아들을 낳을 게다."

하며 신기하다는 듯이 며느리 배를 바라보는 것이었다. 매촌이 아내도 벙어리와 함께 당삭이었던 것이다.

"한꺼번에 둘이 다 해산을 하면 이 일을 어쩔까. 작은며느리는 그래도 해산 후에 먹을 것이나 준비해두었지마는 벙어리는 어떻게……"

늙은이는 혼자 중얼거리며 연방 체머리를 쩔레쩔레 흔드는 것이었다. 작은며느리는 해산 후에 먹는다고 쌀 두 되, 보리쌀 석 되를 준비해두었거니와 벙어리는 지금 당장에 굶고 있는 판이니 여간 기막힐 일이 아니다.

늙은이는 혼자 생각다 못하여 노란 것, 흰 것, 검은 것이 한데 섞인 몇 카락 안 되는 머리를 손가락으로 쓰다듬어 꽁쳐[8] 찌르고 누덕누덕 걸어맨[9] 적삼에다 걸레 같은 몽당치마를 입고 빨리 집을 나섰다. 그는 그 길로 바로 단골로 다니며 일해주던 집들을 돌아다니며 사정 이야기를 하고 얼마라도 꿔주면 그만치 두고두고 일은 해주리라고 애원을 해보아도 한 집도 시원하게 대답해주지 않았다.

"늙은이는 그런 것들을 자식이라고 걱정을 해? 제 입추신[10]도 못하면서 자식 만들 줄은 어떻게 알아."
하고 모두들 비웃고 핀잔주고 놀려주고 할 뿐이라 늙은이는 이지러지고 뿌리만 남은 몇 개 안 되는 이빨을 드러내며
"히에."
하고 고양이같이 웃어 보이는 수밖에 없었다. 웃으면 곯아 비틀어진 우엉 뿌리 같은 그 얼굴에 누비질한 것같이 잘게 깊게 잡힌

주름살이 피어지며 온 얼굴이 한 줄로 밭골 지은 것 같아 보였다.

"그러기에 말이지요. 자식이 몹쓸어서…… 그래도 벙어리가 불쌍해요."

하고는 다시 한번

"히에."

웃어 보이고는 돌아서 나오곤 하였다.

그래도 그는 행여나 하는 생각으로 또 한 집을 들렀다. 그는 남들의 천대함을 슬퍼할 줄 몰랐고 낙심할 줄도 몰랐었다.

"아이고 불쌍해. 아이는 하필 저런 데 가서 태이거든……"[11]

하며 그 집 주인은 쉽사리 늙은이 청을 들어주었다. 쌀 한 되, 보리쌀 두 되, 명태 두 마리, 미역 한 쪽을 두말없이 내주는 것이었다.

밥 한 그릇에 온 정신이 녹도록 고맙게 생각하는 늙은이라 이렇게 과분한 적선에는 도리어 고마운 줄 몰랐다. 그의 고마움을 느끼는 신경은 너무나 한도가 적었던 까닭이다. 그의 신경은 모조리 감격에 차고 이 많은 것을 주는 데 대한 감사를 일일이 다 느끼기에는 그의 신경이 모자랐다.

늙은이는 무표정한 얼빠진 듯한 얼굴로 체머리만 바쁘게 쩔레쩔레 흔들며 연방 콧물을 잡아 뜯듯이 닦았다. 그는 아무 고맙다는 인사도 하지 않고 여러 가지를 바구니 속에 넣어가지고 머리에 이었다.

그 집을 나와 한참 돼지 있는 마을을 향하여 걸어가다가 그는 힐끔 한번 뒤를 돌아본 후 얼른 바구니에서 명태 두 마리를 끄집어내어 가슴 속에 숨겼다.

'벙어리야 주지 않아도 상관있나, 작은며느리를 줘야지.'

그는 명태는 작은며느리를 주려는 것이었다.

늙은이가 돼지 있는 방문 앞에 당도하여 품속에 감춘 명태를 한번 더 저고리 앞섶으로 끌어 덮은 후 방문을 덜컥 열어젖히니 방 안에서는 더운 김과 퀴퀴한 냄새가 물씬 솟았다. 방 안에 혼자 누웠던 돼지가 부스스 일어나며

"그것, 뭐야."

하며 힐끔 눈깔을 추켜올려 쳐다보는 것이었다. 그 모양이 흡사 돼지 같아서 늙은이는 속으로 쓴웃음을 쳤다. 방 안 모양도 돼지우리 같거니와 그의 느린 동작과 시뻘건 두 눈으로 흘겨보는 상이 아무리 보아도 돼지다. 다만 한 가지 참 돼지답지 않은 것은 살이 툭툭이 찌지 않은 것이라고 할까……

늙은이는 지긋지긋하게도 망나니인 두 아들을 원망이나 미워하는 것도 이제는 면역이 되어 그대로 잠자코 방 안으로 들어갔다.

"아이고 배고파라."

입 가장자리에 보얗게 침이 타 붙은 것을 손등으로 슬쩍 닦으며 배고파 못 견디겠다는 듯이 재차 묻는 것이었다.

"무엇이야, 아무것도 아니지. 대체 해산을 하면 뭣을 먹이려고 이러고만 있어."

늙은이는 목에 말라붙은 것 같은 작은 소리로 노하지도 않고 말하였다.

"일하러 갈래두 배고파서……"

"그렇다고 누웠으면 하늘에서 밥이 떨어지나? 젊은것은 어데 갔노?"

"뒷산에 나물 캐러……"

늙은이는 네 손가락으로 득득 뒤통수를 긁으며 휘 한번 돌아본 후 벌떡 일어섰다.

"이것은 해산하면 먹일 약이다. 손도 대지 말어."

하고는 가지고 온 바구니를 윗목에 밀쳐놓고 밖에 나와 짚을 한 줌 쥐어다가 그 위를 눌러 덮었다.

"정말 약이다. 아이를 낳으면 먹일 약이다."

늙은이는 행여 돼지가 먹을까 봐서 열 번, 스무 번 약이라고 속이며 당부하였다.

"음 그래, 알았어, 알아."

돼지는 온 몸뚱이의 껍질만 남겨두고 모든 정신이 그 바구니 속으로 쏠려 늙은이의 말은 지나가는 바람 소리로만 여기며 어서 늙은이가 돌아가기만 조바심을 내며 기다렸다. 늙은이 역시 돼지의 속판을 잘 아는 터이라 아무리 당부해도 그 말을 지킬 돼지가 아닌 것도 잘 알았지마는 그래도 좀 아껴 먹도록 하라는 뜻으로 하는 당부였다. 그러나 아무리 소견 없는 축신이 같은 돼지라 하더라도 이미 사십에 가까운 사내에게 양식을 약이라고 말하는 자기가 서글프기도 하였거니와 그들에게 있어서는 양식이라는 것은 생명줄을 이어주는 귀하고 중한 약이 아니고 무엇이냐. 밥을 약과 같이 먹어야 하는 너희들이 아니냐 하는 생각도 났으므로 늙은

88

이는 참을 수 없어 그 방을 나서고 말았다.

집으로 돌아오는 길에서 벙어리와 마주칠까 해서 명태는 품에 숨긴 채 빨리 돌아왔다. 작은며느리는 일하러 가고 집에 없었으므로 부엌 한옆에 구덩이를 파고 넣어둔 쌀 항아리 뚜껑을 열고 명태는 쌀 속에 파묻어두었다. 그러고는 자기도 어디 가서 일을 거들어주고 점심을 때우리라고 집을 나섰다. 그는 그 길로 면장의 집으로 갔다.

"늙은이, 어서 오소. 이 애 좀 보아요."

하며 면장 마누라는 세 살 먹은 계집애를 안고 마루에서 어쩔 줄 몰라 하는 판이었다.

"왜? 좀 봅시다. 내야 알겠나마는."

늙은이는 얼른 마루로 올라가 익숙한 솜씨로 어린애의 이마와 가슴을 만져보았다.

"지금까지 뜰에서 놀던 것이 갑자기 이 모양이구려."

어린아이는 눈을 뒤집어쓰고 기를 썼다.

"별일 없어요."

늙은이는 아이를 받아 안고 오물어진 입술을 더 오물여가지고 가만가만 가슴과 배를 쓰다듬듯 만졌다.

평생에 하도 많이 남의 집에를 돌아다닌 늙은이라 남 앓는 것도 많이 보고, 고치는 것도 많이 보고 듣고 해온 터이라 지금 와서는 웬만한 서투른 의원보다 아는 것이 많아 체증도 내려주고 객귀도 물려주고 조약도 가르쳐주고 하여 동네에서는 앓는 사람이 있으면 약방의 감초같이 반드시 불려 가는 것이었다. 그러므로 면장 마누라는 안심하고 아이를 맡기는 터이다.

이윽고 아이는 한바탕 토하고 나더니 한참 만에 잠이 들었다.
늙은이는 후 한숨을 내쉬고 툇마루로 나와 앉으며

"한숨 푹 자고 나거든 밥일랑 먹이지 말고 뜨끈한 숭늉이나 떠
먹이고 재우면 별일 없을 거요."
하였다. 마누라는 안심한 듯이 늙은이에게 줄 밥과 반찬을 찾아
서 툇마루에 늘어놓았다.

김치 찌꺼기와 간청어 꼬리와 장찌개 먹던 것과 보리 섞인 밥
한 그릇을 늙은이는 씹지도 않고 묵턱묵턱 삼키기 시작했다.

"에구 늙은이, 천천히 좀 먹어요."

마누라는 늙은이의 밥 먹는 모양을 바라보다가 주의를 시키는
것이었다.

"히엥!"

늙은이는 애교 있는 웃음을 웃고 간청어 꽁지를 통째로 묵턱 베
어 우물우물하더니 입이 움쑥하며 꿀꺽 소리를 내고 삼켜버렸다.

"에구머니, 뼉다구도 씹지 않고 막 먹네."

"히엥, 걱정 마소."

늙은이는 거의 버릇같이 된 '히엥' 하는 고양이 웃음을 한 번 웃
고 나서 연방 주먹만큼 한 밥숟갈이 오르내렸다.

'저 늙은이의 창자는 무쇠로 된 거야.'

마누라는 자기도 침을 삼키며 찬장에서 김치 찌꺼기를 더 내주
었다. 늙은이는 지금까지 먹으라고 주는 것을 사양이라곤 해본
적이 없는 터이라 김치 중발[12]을 넙적 받아 국물부터 후루룩 삼켜

보는 것이었다. 그의 몸뚱이는 곯아 비틀어졌어도 오직 그의 창자만은 무쇠같이 억세고 튼튼하여 지금까지 배앓이란 것을 해본 적이 없었다.

이날은 이 집에서 이것저것 치워도 주고 앓는 아이의 수종도 들고 하여 저녁까지 잘 얻어먹고 돌아오려 할 때 마누라는 수고하였다고 치맛자락에 보리쌀 두어 되를 부어주었다.

"에구 이것은 왜……"

하며 너무 과분하다는 듯이 한번 마누라를 건너다본 후 얼른 치맛자락에 싸인 보리쌀을 가슴에 부둥켜안고 집으로 돌아왔다. 그는 그 보리쌀을 헌 누더기에다 싸가지고 며느리 모르게 부엌 옆 나뭇단 속에 감추어두었다. 벙어리 양식이 없어지면 가져다주려고.

그런 지 며칠이 지났다.

이날도 남의 집에 가서 방아를 찧어주는데 벙어리가 해산 기미가 있다고 돼지가 헐레벌떡 쫓아왔다. 늙은이는 그래도 찧던 방아를 다 찧어주고 점심을 얻어먹은 후 돼지 사는 동네로 달려갔다.

방문을 덜컥 열어젖히니 벙어리는 죽는다고 머리를 방구석에 틀어박고 끙끙거리며 손으로 벽을 쥐어뜯고 있었다. 돼지는 조급한 듯이 연기도 나지 않는 담뱃대만 쭉쭉 빨며 쥐새끼 소리를 내고 앉아 있었다.

"언제부터 저러나?"

늙은이는 방에 들어앉으며 아들에게 물었다.

"몰라. 어제저녁부터 물 한 모금 안 먹어."

돼지는 혀를 찼다. 늙은이는 벙어리의 고통을 잘 알았다. 아무것도 먹지 못해 기운이 진하여 속히 어린아이를 낳지 못하는 것임을 잘 알았다.

"접때 가져다준 약은 다 먹었니?"

하고 돼지를 노려보았다.

"뭐? 아 그것? 다 먹었지."

"무엇이 어째?"

늙은이는 기가 막혔다. 그까짓 쌀 한 되, 보리쌀 두 되를 먹는다니 입에 붙일 것이나 있으랴마는 미역까지 다 먹어버렸다는 말에 와락 속이 상했다.

"빌어먹을 인간."

기운이 진하여 간심[13]을 주지 못하는 벙어리를 앞에 놓고 늙은이 가슴은 어리둥절하였다. 그는 생각다 못하여 얼른 밖으로 나와 물 한 바가지를 솥에 붓고 장 찌꺼기를 조금 부어 김이 나게 끓여서 한 그릇 들고 들어왔다.

벙어리는 팔을 휘저으며 두 눈이 발칵 뒤집혀져서 그 물을 벌떡벌떡 마시고 난 후

"아버바…… 어버버……"

하고 곤두박질을 쳤다. 늙은이는 재치 있게 벙어리 배를 누르며 연방 들여다보며 하는 사이에 철퍼덕 하는 소리와 함께

"으아."

하며 새빨간 고깃덩어리가 방바닥에 내뿌리듯 떨어졌다.

"아이고, 아아이고."

늙은이는 두 손을 제비같이 놀렸다. 탯줄을 거머쥐고 얼른 입으로 가져갔으나 이미 뿌리만 남은 그의 이빨로는 어림도 없는 것을 알자 돼지가 달려들어 어금니로 썩둑 탯줄을 끊었다. 돼지는 벌겋게 핏물이 묻은 입술을 닦을 줄도 모르고 꼬물거리는 고깃덩어리를 신기하다는 듯이 내려다보고 있었다.

"이거 사내로구나."

이윽고 돼지는 얼굴을 밉상스럽게 기쁨을 숨기는 표정으로 슬거머니 중얼거렸다.

"오냐! 그래, 그래."

늙은이는 아주 체머리를 힘차게 흔들며 바쁘게 벙어리 단속을 한 후 무슨 영문인지 두 눈에 눈곱과 눈물을 짜리리하게 고여가지고 좌우를 두릿두릿 살펴본 후 얼른 몽당치마를 벗어 소중하다는 듯이 아기를 쌌다. 돼지는 그때 비로소 죽은 것같이 늘어진 벙어리를 만져보았다가 담뱃대도 쥐여보았다가 또 놓아도 보고 뜻도 없는 말을 중얼거리기도 하며 제법 몸에 활기가 도는 듯하였다. 늙은이는 잠시 가만히 앉아 예순셋에 처음으로 보는 손자라 그런지 몹시 감격하여 눈을 쥐어지르듯 자꾸 눈물을 닦으며 또 한번 아기의 다리 사이를 들여다보았다. 이 아기가 사내란 것이 자기에게 무엇이 그리도 기쁜 일인지……

이윽고 태를 낳으니 그 많은 피와 태를 감당할 수 없어 떨어진 가마니 쪽에도 모조리 움켜 담아서 돼지를 시켜 뜰 한옆에 가서 태우게 하였다.

"이것에게 무엇을 먹이나."

늙은이는 자기 집 나뭇단 아래 숨겨둔 보리쌀을 간절히 생각하나 지금 그것을 가지러 가려고 몸을 빼서 나갈 수 없고, 돼지를 시키려니 작은며느리에게 들킬까 걱정이 되어 자기 팔이라도 베고 싶었다. 그럴 때 집주인 마누라가 이 모양을 알아채고 쌀 한 그릇을 주는 것이었다. 늙은이는 그것으로 밥을 지어 벙어리에게 크게 한 그릇 먹이고 남는 것은 바가지에 긁어 담았다.

"그년 아이를 낳고 아프지도 않나베. 밥이야 억세게도 처먹는다. 나도 배고파 죽겠다, 제길."

돼지는 태를 태우며 버럭 소리를 지르는 것이었다. 늙은이는

"빌어먹을 놈, 축신이[14]같이."

하며 바가지의 밥을 덜어서 돼지를 주고 자기는 손가락에 묻은 밥알만 뜯어먹었다.

이러는 중에 해는 저물었다. 늙은이는 남은 밥을 벙어리에게 먹여놓고 차마 어린것을 싸놓은 치마를 벗기지 못하여 떨어진 속옷 바람으로 어둡기를 기다려 자기 집으로 보리쌀을 가지러 가는 것이었다.

작은며느리가 알면

"보리쌀은 누구 것이오. 왜 숨겼다가 가져가오."

하고 마음을 상할까 하여 그는 쥐새끼처럼 소리끼 없이[15] 가만가만히 자기 집으로 들어갔다. 매촌이는 또 노름방으로 갔는지 며느리 혼자서 가물거리는 호롱불을 켜고 옷끈을 풀어헤친 채 벼룩을 잡느라고 부스럭거리고 있었다. 늙은이는 자취끼 없이[16] 부엌

으로 들어가 나뭇단 아래 손을 넣어 살그머니 보리쌀 꾸러미를 끌어내었다. 진작 도로 나오려다가 잠깐 머뭇거린 후 재주 있는 '쓰리'[17]와 같은 손짓으로 쌀 항아리에 손을 넣었다. 전날에 쌀 속에 감추어두었던 명태가 쌀 위에 쑥 빠져나와 있었다.

'이크, 며느리가 보았구나.'
하는 생각이 들자 그는 손을 빼어 보리쌀 꾸러미만 안고 번개같이 내달아 돼지에게 갖다주었다.

"이것으로 죽을 쑤어서 너는 조금씩만 먹고 에미만 많이 먹여라."
고 돼지에게 천만당부를 한 후 다시 뒤돌아 자기 집으로 오는 것이었다.

텅 빈 뱃가죽은 등에 가 붙고 입안과 목 안은 송진으로 붙인 듯 입맛을 다시려니 미어지는 것같이 따가웠다.

'저까짓 보리쌀 두 되를 가지고 몇 날을 지탱할까……'
하는 생각에 그의 두 다리는 가리가리 힘이 빠지고 돼지와 매촌이의 못난 것이 새삼스럽게 얄미웠다.

그래도 눈앞에는 오늘 낳은 아기의 두 다리 사이에 사나이란 또렷한 그 표적이 어릿어릿 나타났다 사라지고 하였다. 그는 이윽히 걸어가는 사이에 몹시 뒤가 마려워져 잠깐 발길을 멈추고 사방을 둘러본 후 속옷을 헤치려다가 무엇에 놀란 듯 다시 재빠르게 걷기 시작하였다.

'사람은 똥 힘으로 사는데……'
하는 것을 생각해내었던 것이다. 이제 집으로 돌아간들 밥 한술 남겨두었을 리가 없으며 반드시 내일 아침까지 굶고 자야 할 처지이므로 지금 똥을 누어버리면 당장에 앞으로 거꾸러지고 말 것 같았던 까닭이었다.

그는 흘러내리는 옷을 연방 움켜잡아 올리며 코끼리 껍질 같은 몸뚱이를 벌름거리는 그대로 뒤가 마려운 것을 무시하려고 입을 꼭 다문 채 아물거리는 어두운 길을 줄달음치는 것이었다.

낙오

"나는 간단다."

정희는 이 한마디 말을 내놓으려고 아까부터 기회를 엿보아왔다.

"응?"

예측한 바와 틀림없이 경순의 커다란 두 눈은 복잡한 표정으로 휘둥그레졌다.

"나는 가게 된단 말이야."

"공연히 그러지?"

경순이는 벌써 정희가 하려는 말을 어렴풋이 알아차렸다.

"무엇이 공연히란 말이야, 정말이다."

"미친 계집애."

"정말이다. 보려무나."

정희는 경순의 이마를 꾹 찌르며 얼굴이 빨개가지고 마치 경순이가 못 가게나 하는 듯이 부득부득 간다는 것이 정말이라고 우겨댔다.

"글쎄 정말이면 축하할게. 너는 참 좋겠구나."

"좋기는 무엇이 좋아."

경순이는 미끄럼 타다가 못에 걸린 것같이 정희의 태도에 저윽히 뜨끔하고 맞히는[1] 것이 있었다.

"이제 와서 날 보고 할 말이 없으니까 하는 수작이로구나."
하고 경순이는 정희의 말이 조금 불쾌하였다. 그러나 이미 일이 이렇게 되고 만 이때 쓸데없는 농담만이라도 할 필요가 없다고 생각하여 그대로 입을 다물어버렸다.

"얘 좀 보게. 언제까지든지 거짓말만 하는 줄 아니? 오늘은 정말이란다."

"그러기에 축하한다는 것 아니냐!"

경순이는 웃으며 말대꾸를 하면서도 정희의 독특한 성격을 알고 있느니만큼 조금 불안하기도 하였다.

"금년 안에는 못 가겠다고 생각했더니 이즈음 숙자가 간다기에 나도 그만 결심을 했단다."

정희는 기쁜 듯이 밖의 사람들에게 들릴 것도 돌아보지 않고 떠들었다.

"공연히 시집가는 것이 좋으니까 그러지."

"천만에. 나는 시집은 안 간단다. 너도 헛걸음한 줄 알아라."

경순이는 정희 말을 귀담아듣지도 않았다. 정희는 경순이 태도에 성이 났는지 벌떡 일어서서

"그러면 같이 가보자. 내 말이 거짓말인가. 어서 가. 내게 따라

만 와봐!"

하며 경순이 팔을 잡아끌었다. 아직까지 다 장난이거니 하고 믿은 경순이는 그대로 따라 일어섰다. 부엌에서 편육을 만들고 있던 정희 어머니한테 물건 사러 나간다는 핑계를 하고 그대로 대문밖으로 나왔다.

"그런데 내 정말²을 할 테니 놀라지 마라. 그리고 이 비밀을 폭로시키는 날이면 너는 죽는 것인 줄 알아라!"

"미친 수작 말아라."

경순이는 정희의 을러대는 꼴이 우스웠다.

"아니, 정말이다. 나는 동경으로 갈 터이다."

"……"

"내일 밤이면 너와도 당분간 못 만나게 된다."

"내일 밤?"

경순이는 어마어마한 자기의 추측이 딱 들어맞은 것이 소스라치게 놀라워 발길을 탁 멈추었다.

"무엇이 그렇게 놀라워?"

정희는 길 가는 사람들이 놀라 돌아볼 만치 커다랗게 사내 웃음을 웃는 것이었다.

"그것이 정말이냐, 내일 밤에?"

"그럼, 내일 밤은 왜 못 가는 밤인가."

경순이는 정희의 이 대답을 듣고 다시 걷기 시작하였다. 무슨일이든지 기발하게 사람을 놀라게 만드는 정희의 성격을 알고 있는 만큼 놀라움은 불안으로 변하였다.

"그래 너희 집에서 허락하였니?"

"멍청이야! 어째서 허락을 하겠니. 가만히 도망칠 테야."

정희의 말소리는 태연하였다. 그러나 경순이는 몸에 소름이 끼쳤다. 남이야 죽든 살든 자기 고집만 세우면 그만이지, 하는 정희의 성격이 악한이나 만난 것같이 무시무시하게 느껴졌다.

"그러면 파혼을 했니?"

경순이는 겨우 작은 목소리로 다시 물었다.

"파혼? 내가 언제 약혼을 했었나."

"뭐야?"

꿋꿋하고 훌쩍 큰 정희의 어깨를 힘껏 잡아당겼다.

"무슨 말을 그따위로 하니. 아무리 농담이라도 분수가 있단다. 너무 그러면 나는 정말 네가 무섭구나."

"무섭거든 달아나려무나."

정희는 어깨를 뿌리치며 불퉁해졌다.

"정희야, 사람이 그래서는 못쓴다. 이렇게 도망을 할 판이었거든 왜 좀더 전에 하지 못했니. 이렇게 일이 모두 결정된 뒤에 이러면 너희 부모가 어떻게 되느냐."

"어떻게 되든 내가 무슨 관계야. 나는 내 맘대로만 하면 그만이지. 한번 골려주어야 다시는 이런 함부로 된 짓을 하지 않지."

아무리 말해봤자 들을 정희가 아닐 것을 경순이는 잘 알고 있었다.

경순이와 정희는 3년간 A고을 보통학교 교원으로 취직하게 되었으므로 알게 된 동무였다. A고을은 경순에게 있어서는 고향에

가까웠고 정희의 고향인 서울과는 천 리의 먼 사이를 둔 곳이니만
큼 나이는 비록 정희가 위이나 경순이가 형과 같이 앞을 서는 것
이었다. 본래부터 고집이 센 정희는 동료 교원들 사이에서도 그
리 화합하지 않고 생도들 사이에서도 벌 잘 세우고 잘 때리고 한
다고 평판이 좋지 못하였다. 그러나 경순이와는 사이가 좋았다.
한방에 기숙하고 있는 탓도 있겠지만 정희의 성격을 잘 이해하는
경순이었으므로 아직 한 번도 말다툼을 해본 적이 없었다.

  학교에서도 무엇이든지 저질러놓으면 뒷감당도 경순이가 제 일
같이 처리해줄 뿐 아니라 학교에서 갔다 나오면 한 페이지라도 책
을 읽기를 권하는 것이었다.

  "우리는 이대로 월급만 따먹는 교원이 되어서는 안 된다. 장차
앞날의 사회에 주초가 될 지금의 어린이들을 가르쳐줄 자격이 없
는 우리이다. 우리를 지상의 지자(知者)로 믿고 있는 어린이들을
가르치는 중대한 이 의무를 무책임하게 더럽혀서는 안 된다."

  "그뿐 아니라 일개 소학교원으로 만족하지 말자. 사회는 앞으
로 나아가고 있다. 한시라도 놀지 말고 읽어두자."
하고 권하던 것이었다. 그러나 정희는 이런 말은 귀 밖으로 들으
며 반대도 않고 그렇다고 덥석

  "오냐 그렇게 하자."
고도 하지 않는 것이었다. 이것은 경순이 말이 마음에 못마땅해
서 그런 것이 아니라 남의 말에 순순히 따라가는 것을 싫어하는
까닭이었다. 그러기에 자기가 생각해낸 일은 아무리 사소한 것이
라도 비록 잘못인 줄 알았다 해도 남의 충고는 한사코 듣지 않는

것이었다.

　그러나 만 2년을 채우고 나서는 그동안 저금한 돈으로 동경으로 공부하러 가지는 말에는 쾌히 대답은 하지 않아도 마음속으로는 '그러리라'고 결심하고 있는 모양이었다. 그러므로 경순은 손꼽아 만 두 해만 되어주기를 고대하는 것이었다. 그랬더니 기다리는 두 해가 거의 되어오던 어느 날, 정희는 학교에서 먼저 돌아와 짐을 꾸리고 있었다. 그는 그날 학교에서 나오며 사직원을 제출한 것이었다. 무슨 영문인지 모르고 애타하는 경순이를 뿌리치고 그날 밤에 부랴부랴 고향인 서울로 가버린 것이었다.

　학교 교장도 그 이튿날 아침에 비로소 사직원서를 보게 된 까닭에 사직하는 이유를 물어볼 여가도 없었다. 경순이도 교장의 물음에 대답할 말이 없었으므로 정희 태도를 괘씸하게 생각하지 않을 수가 없었던 것이다.

"아마도 시집을 가는 모양입니다."
하고 돌발적인 정희의 태도에 결론을 지은 것이었다. 그러나 결혼한다는 소식은 좀처럼 들리지 않았다.

　'남에게 따르는 것을 싫어하는 성질이라 나하고 같이 그만두기보다 나보다 먼저 그만두어서 나중에 내가 저의 뒤를 따르게 하려는 생각이로구나.'
하고 경순이는 지금까지 둘이서 약속하고 고대하여오던 두 해를 불과 한 달 남짓이면 이행할 것을 그렇게 아무도 모르게 근 2년이나 정든 학교와 동무를 몇 시간 사이에 집어던지고 가버리다니…… 그뿐이냐. 학기말 시험으로 한창 바쁠 때요, 더구나 1년

동안 담임하여 온 생도들을 진급도 시켜주지 않고 단지 동무와 같이 시작하지 않으려는, 자기의 밑지지 않으려는 성격을 억제하지 못하여 이따위 행동을 하다니…… 하는 생각을 하면 경순이는 자기와의 우정은 별 문제로 하고도 몹시 괘씸하였다.

그러나 경순이는 만 2년이 꽉 찬 신학기가 왔어도 사직하지 못하였다. 그것은 늙은 부모와 자기 직업이 없는 오빠 부부의 형편이 당장에 교편을 집어던지지 못하게 하는 것이었다. 그는 하는 수 없이 또 한 해만을 연기하지 않을 수 없었다. 그의 오빠가 취직하게 되면 1년 내에라도 그만두기로 결심하였던 것이다.

정희에게 자기의 사정을 편지하며 몇 번이나 편지에 쓴 말이면서도 그때까지 분명히 모르는 정희의 사직 이유를 묻는 것이었다. 그랬더니

"너는 마음이 약하다. 부모가 무엇이냐. 왜 용감하게 그만두지 못하느냐. 나는 곧 동경으로 가려 한다."

는 편지가 왔다. 그러나 그 후 반년이 지난 며칠 전까지도 동경 간다는 소식은 없었다.

'아마도 경제가 허락 않나 보다. 만일 이러다가 내가 먼저 동경으로 가게 되면 얼마나 답답해할까.'

하는 생각으로 남보다 먼저 하려고만 애를 쓰는 그에게 오히려 동경하고 싶기까지 하였다. 그러는 중에

"오는 11월 13일은 정희의 결혼 날이다."

라는 청첩 한 장이 학교 직원 일동에게로 왔다. 경순이는 일변 놀라면서도 차라리 잘되었다고 생각하였다. 정희는 자기를 무시하

는 것 같다 하더라도 그의 진정으로는 자기를 유일한 동무로 여기고 있으리라고 생각되었으므로 학교에 일주일 휴가를 얻어가지고 결혼식을 나흘 앞두고 상경하였던 것이다. 결혼 준비를 거들기도 할 겸 처녀로서의 동무와 오래 이야기도 해볼 겸 미리 상경한 것이었다.

그러나 정희의 집에 들어서자 정희는 생각보다 냉정하였다. 정희 어머니는 몹시 반가워하며 멀리서 학교를 쉬어가며까지 와주는 성의를 치하하는 것이었다.

"축하한다. 얼마나 좋은 사람이냐?"

하고 먼저 정희의 손을 잡았다.

"몰라. 왜 왔니?"

정희는 웃지도 않고 무표정하였다. 자기의 결혼 청첩을 받고 천리 먼 길도 불구하고 달려온 그에게 하는 첫말로는 너무나 냉정한 것이었다. 그러나 경순이는

'성격도 못났다.'

고 생각하며 조금도 정희 태도를 괘씸하게 여기지 않았다. 시집가는 것이 부끄러워 그러는 것이겠지. 동경에를 가지 못하는 것을 아직 분하게 생각하는 모양이다 하고 조금도 가슴에 끼지 않았다.[3]

"그러지 말아. 나는 네 결혼식 구경을 왔단다."

하며 트렁크 속에 준비해 온 기념품인 탁상시계를 내놓았다.

"이것이 뭐야 쓸데없이."

정희는 들어보지도 않고 도로 경순에게 밀어주었다.

"애야, 내 처지에 좋은 것을 살 수 있니. 이것이라도 내 맘에서 보내는 선물이다."

"센티멘털한 계집애야."

정희는 교원 노릇할 때 서로 함부로 쓰던 말을 하는 것이었다. 경순이는 그 말이 반가웠다.

그날 밤은 정답게 새웠다. 신랑은 스무 살이요, 부자의 아들인데 아직 중학교에 다닌다는 것만은 정희 어머니에게 들었으나 정희에게 결혼에 대한 말은 한마디도 듣지 못하였다.

'아마 아직 중학생이라니까 정희 자신은 별로 반갑지 않은 모양이로구나.'

하는 생각으로 구태여 정희에게 여러 말 묻지를 않았다. 그랬더니 갑자기 오늘, 결혼 전날인 내일 밤에 동경으로 도망을 하려는 말을 듣게 된 것이라 경순이는 놀라고 불안하지 않을 수 없었다.

"어디를 자꾸 가니?"

S동 골목쟁이로 휘어들자 입을 떼었다.

"잔말 말고 따라와보라는데 그래."

정희는 한 집으로 들어갔다.

"숙자 있수?"

방 안에서 숙자인 듯한 정희 동갑의 여인이 뛰어나오며

"어서 오."

하며 경순이를 바라보는 것이었다. 정희는 숙자라는 그 집 주인과 장난말을 해가며 방 안으로 들어갔다.

"이것 좀 봐. 내 말이 거짓말인가!"

경순이는 방에 들어가려다가 문턱에 주춤하고 서서 방 안을 살폈다.

찬란한 무늬를 놓은 메린스[4] 이불, 트렁크, 벽에는 드레스, 오버, 모자 등이 우수수 걸려 있어 마치 그 방 안에만 봄바람이 불어닥친 것 같았다.

정희는 벽에 걸린 드레스를 벗겨 들고 지금까지 한 번도 보이지 않던 젖가슴을 드러내고

"한번 입을 테니 스타일이 어떤가 봐."

하며 설빔을 입는 어린이같이 명랑하게 웃었다. 경순이는 동무의 그 모양이

'아직 철이 없다.'

고 여겨지므로 같이 웃어버렸다.

"너 참 대담하구나. 그러면 정말이로구나."

"그럼 그까짓 것, 나는 한번 한다면 기어이 해, 실행하고야 만단다. 너처럼 고리탐삭하게[5] 교원 노릇만 하다가 갯놈[6] 같은 남자에게 시집가서 그냥 늙어 죽을 줄 아니."

정희는 개선장군같이 드레스를 꿰입고 턱 버티고 섰다.

"어떠냐! 그만 너도 나하고 같이 도망치자꾸나."

"……"

경순이는 입이 떨어지지 않았다. 정희는 모자도 써보고 외투도 입어보고 난 다음에 이불을 꾸리고 숙자에게 내일 밤에 다시 오겠다고 약속한 후 그 집을 나섰다.

경순이는 더 말해보았자 소용없음을 느꼈다. 그러나 아무것도

모르고 결혼 준비에 급급한 그의 가정을 생각할 때 가만히 있을 수가 없었다. 될 수 있는 데까지 자기 힘으로 어떻게 해보려고 생각하였다.

"동경에 가자고 한 것은 나도 너와 약속한 일이니까 더 말할 필요는 없지만 장차 어떻게 할 계획이냐. 학비는 어떡하니?"

"그런 것이 다 걱정이냐. 동경에 가봐야 알지. 돈이 없으면 어디 너더러 학비 달랄까 봐 그러니?"

정희는 잡았던 경순의 손을 내던지듯이 놓으며 입을 삐죽하였다.

"너는 생각이 그밖에 들지 않니? 물론 장난말이겠지마는 나는 무척 섭섭하다."

경순이는 자기에게 대한 정희의 태도도 괘씸하거니와 자기 가정을 너무나 돌아보지 않는 대담한 행동이 미워졌다.

"결혼한 다음에 차차 기회를 얻어서 공부하면 어떠냐. 너도 벌써 스무 살이 넘었으니 말이다."

"그러면 너는 너보다 나이도 적은 남자에게 시집을 가겠니?"

정희는 그제야 그 결혼에 반대하는 이유를 말한 것이었다.

"그러면 왜 처음부터 그러지 않았니."

"암만 그래도 듣지 않으니까 할 수 없이 가만히 있었지."

"그래도!"

"아냐. 이해 없는 인간들은 이렇게 골려줘야 한단다."

경순이는 입을 닫았다. 어떻게 말을 붙여볼 나위가 없었던 것이다.

그 이튿날 저녁이었다. 저녁을 마치고 나서 혼인 준비로 모인 친척들이 욱덕이며[7] 신랑 칭찬을 한다. 신식 결혼식은 어떻다는 둥 하고 안방이 터질 것같이 사람이 모여 앉아 있고 건넌방에는 신랑 집에서 보낸 물건을 구경하느라고 젊은 여인들이 둘러앉아 있었다. 삼층장, 옷걸이, 이불장 등에 꽉 찬 비단옷을 일일이 들추어 구경을 하는 것이었다.

"신랑이 외동아드님이라나요. 그래서 이렇게 혼수도 장하답니다. 새아씨는 트레머리하는 까닭에 비녀는 그만두라고 했지만 요사이같이 금값이 비싼데도 금반지 금비녀 금시계를 다 했답니다."

하고 친척으로 정희의 형 되는 젊은 여인이 제 것같이 자랑을 하는 것이었다. 정희는 오늘 밤에 도망을 하려는 사람 같지 않게 천연스럽게 앉아서 남의 일을 구경하듯이 웃고 있는 것이었다.

그 이튿날 아침 오전 11시에 하려는 결혼식장인 예배당에는 벌써 각색 물감 테이프, 만국기 등으로 장식되어 있었는데 신부인 정희 그림자는 사라지고 말았다.

아래위로 뒤끓으며 온 집안이 발칵 뒤집혀 신부를 찾고 헤매었으나 정각 11시는 사정없이 당도하고 말았다.

신랑은 모닝[8]을 입고 들러리들과 많은 참례 손님들과 함께 무료하게 기다린 지 한 시간이 넘게 지나도 신부 집에서는 개미 한 마리도 얼굴을 보이지 않았다.

"나는 시집 안 갈 테요. 그리만 아세요."

하고 늘 말하기는 하였으나 시집가는 처녀의 으레 하는 공통된 버

룻에 불과하느니…… 하고만 여겨온 정희 부모는 외면의 수치보
다도 아무리 생각해도 이해 못 할 사실이라고 어리둥절하여 어떻
게 할 줄을 몰라 했다.

경순이는 이미 일주일 휴가를 얻은 터이나 하루를 숙소에서 쉰
후 학교에 출근하였다. 직원실에 들어서자 동료 교원들은 경순에
게 몰려오며 신문지를 치켜들고 법석을 했다.

'벌써 신문에까지 났나 보다!'

결혼식에 갔다 온 이야기를 무엇이라고 꾸며댈까 하고 생각하
던 터이라 갑자기 대답할 말이 나오지 않았다.

"아마도 연인이 있었던 거야."

"연애꾼 없이 갑자기 그렇게 도망할 리가 있나."

제각기 제가 젠 척하기 쉬운 추측을 사실같이 떠들고 있는 것
이었다.

"알지도 못하고 떠들지 마세요. 정희는 참으로 용감한 여자라
오. 꼭 연애하는 사람이 있어야만 부모가 함부로 정한 결혼에 반
대하는 것일까요. 남의 불행한 일이라면 거지가 떡이나 본 것같
이 떠들면서 조금도 그 사실을 이해하려고 하지 않는 당신들과는
인간이 다르답니다. 앞으로 나아가려는 열정과 용기가 눈앞의 안
일에만 만족하는 당신들이나 나와 같은 무리들과는 레벨이 틀립
니다."

경순이는 몹시 흥분하여 소리를 높여 한숨에 뱉어 던졌다.

"과연 그렇다. 정희와 같이 의지가 굳어야 한다. 인간 사회에서
는 무엇이든지 희생이 없고는 살아갈 수가 없는 것이다. 작으나

크나 남의 희생 없이는 못 사는 것이다."

하고 입속에서 한탄하듯 속삭였다. 처음에는 정희의 태도를 비난도 하였으나 지금 자기는 여진히 가슴에 불평을 가득 품고도 큰소리 한번 못 하고 순순히 향상 없는 생활을 계속하는 핏기 없는 인간이다, 라고 느끼는 동시에 정희의 그림자는 훨씬 멀리 자기 앞을 걸어가고 있는 것을 느꼈다.

악부자 顎富者

하나 남았던 그의 어머니마저 죽어버리자 그대로 먹고살 만하던 살림이 구멍 뚫린 독 속에 부은 물같이 솔솔솔 어느 구멍을 막아야 될지 분별할 틈도 없이 모조리 빠져 달아나기 시작한 때부터이다. 어찌 된 셈판인지 경춘(敬春)이라는 뚜렷한 본이름이 있으면서도 '택부자'라는 별명이 붙기 시작한 것이다.

이왕 별명을 가지는 판이면 같은 값에 '꼴초동이' '생며렷치'[1] '뺑보'라는 등 그리 아름답지 못하고 빈상(貧相)인 별명보다는 귀에도 거슬리지 않게 들리고 점잖고 그 위에 복스러운 부자라는 두 자까지 붙어 '택부자'라고 별명을 가지는 편이 그리 해롭지는 않을 것이건만 웬일인지 불리는 그 자체인 경춘이는 몹시 듣기 싫어하였다.

동네에서 그래도 학교깨나 다니던 젊은 아이들도 '택부자'라면 성을 내는 경춘이 성미를 아는 터이라 저희끼리 암호를 가지고 불렀다.

돈 많은 사람은 가내모찌〔金持〕, 온갖 것을 다 많이 가진 사람은 모노모찌〔物持〕라고 하니까 경춘이는 아무것도 가진 것이 없고 유별나게 턱만 아주 길쭉하게 가졌기에 아고모찌〔顎持〕²라고 하자고 의논이 된 뒤부터는 경춘이 앞에서도 맘 놓고

"아고모찌, 아고모찌."

하고 찌글찌글 웃었다. 어떤 때는 턱 모르는 경춘이도 남들 웃는 꼴이 우스워 같이 웃어내기도 하였다. 그러면 다른 사람들은 더 죽겠다고 구르며 우스워했다.

"이 사람, 모찌(떡)³ 장사 좀 해보지."

"모찌 장사?"

"그래, 요사이는 아고모찌라는 게 생겼는데 잘 팔린단다."

"아고모찌가 뭐고?"

"허허허…… 아고모찌를 몰라? 맨들맨들하고 속에 허연 뼈다귀가 든 왜떡이지."

"으응."

남들은 우스워 죽겠다는데 혼자 경춘이는 고개를 끄덕끄덕하였다.

홀쩍 벗겨진 이마 위에 파리가 앉으면

"파리 낙상하겠구나."

하는 것은 곳곳에 흔히 보는 바라 그리 우스울 것이 없지만 경춘이 턱에 파리가 딱 붙게 되는 날이면

"야! 빵에 파리 앉는다. 쉬슬라."

하고 찌글거리면 경춘이 함께 영문도 모르고 웃는 꼴이야 흔한 것이 아닌 만큼 우스워 허리가 부러질 판이다.

아고모찌도 경춘이가 알아챌까 봐 또 한번 넘겨서 '아고'는 떼어버리고 모찌만을 서양 말로 번역하여 '빵'이라고도 하였다. 이 빵이 또 한번 번역되어 떡이라고도 하였다. 그러므로 경춘이는 자기 앞에서는 모찌라는 둥, 빵이라는 둥, 떡이라는 둥 이야기만 하기에

"이 사람들은 밤낮 떡 말만 하네."

하고 도로 넌지시 핀잔도 주는 때가 있다.

그러나 경춘이 역시 바보가 아닌 사람이라 어렴풋이 제육감(第六感)이 활동하여 그것들이 모두 자기 별명인 줄 깨달았다. 경춘이는 턱부자가 아고모찌가 되고 아고모찌가 빵이 되고 빵이 떡으로 변화해 나온 줄은 모르고

"옳지. 떡, 떡, 턱 자를 되게 붙여서 떡이라는 게로구나. 떡이 서양 말로 빵, 빵은 일본 말로 모찌, 음…… 죽일 놈들."

다른 사람들과는 반대로 번역해 들어갔다.

그는 와들와들 떨리며 분했다. 자기 집이 잘살 때는 아무도 이 턱을 보고도 턱부자라고는 않던 것이 살림이 다 빠져나가 거러지같이 된 후는 경춘이라면 몰라도 택부자라면 더 잘 알게 되는 터이다. 그까짓 별명 듣는 것이 분한 것은 아니다. 이미 날 때부터 긴 턱을 가지고 나온 터이라 턱이 길다고 하는 것이 분함은 없지만 한 가지 경춘이 가슴에는 형용도 증명도 할 수 없는 비할 데 없는 분노가 타고 있었다.

'이름 자에 부자가 붙으니 살림이 가난한 것이다. 어느 놈이 날 없이 살라고 이름에 부자 자를 붙였나. 그놈은 나의 살림을 저주하는 놈일 것이다.'라고 하는 세세한 생각이므로 '택부자' 하고 한 번씩 불리면 그만큼씩 자기의 부자 될 복이 감해진다고 생각하였다. 그러나 남들이 택부자라고 부르는 것은 이러한 죄 많은 생각으로서가 아니었다.

살림이 빠지고 나면서부터 신병으로 말미암아 몸이 자꾸 수척해지니 원래 유별나게 길쭉한 턱이 두 볼이 말라붙는 까닭에 더욱 더 길게 보이기에 택보라고 부르던 것이 어느 녘에 '택부자'로 변하고 만 것이었지만 경춘이는 이렇게 바로 생각하지 않았다.

끼니를 굶고 있는 날이면 택부자라는 별명이 더욱 그의 분통을 찔러주는 것이었으므로 누구든지 택부자라고 하면 당장에 때려 죽이고 싶었다.

"제길, 이놈의 턱이 내 살림을 다 잡아먹은 거야. 이놈의 턱이 자꾸 길어지니까 살림은 자꾸 없어지지."

없어진 살림이 모조리 그 턱 속에 들어 있는 것같이 쥐어짜 도로 내놓게나 할 듯이 사정없이 자기 턱을 주무르고 끝을 쥐고 쥐어박고 하는 것이었다.

"아이고, 그라지 마소. 턱이 무슨 죄가 있는기요. 턱이 크면 늦복이 많다두마."

경춘의 얌전한 마누라는 진정으로 자기 남편을 위로하였다.

"흐응."

경춘이도 그 마누라에게는 둘도 없는 유순한 남편인 터이라 한

숨인지 웃음인지 모르는 큰 숨을 내쉬며 뒤로 턱 드러누웠다.

'아내의 말과 같이 늙어서야 이 턱 덕을 보는지 알 수 있나. 세상 만물이 다 한 번 먹으면 한 번은 내놓는 법이라 턱 속에 들어간 복도 설마 나올 때가 있겠지.'

그는 어디까지든지 그 턱과 자기 살림을 한데 붙여서 생각하였다.

"흐유우."

뒷산을 올라가며 경춘이는 연해 가쁜 숨을 내쉬었다. 그리 높지 않은 산이건만 오늘은 유별나게도 두 팔과 다리가 휘청거렸으므로 하는 수 없이 산등성이에 가 지게를 툭탁 내려놓고 비스듬히 지게에 기대앉아 옹무니⁴에 찬 곰방대와 쌈지를 끌러 들었다. 쌈지에는 작년 가을에 뜯어 말린 약쑥 잎사귀가 담배 대신 서너 꼭지 될 만치 들어 있었다. 그는 세 손가락으로 한 꼭지 될 만치 쑥을 끌어내어 손바닥 위에 놓고 엄지손가락에 침을 묻혀 약쑥을 뭉친 후 대꼭지에 단단히 눌러 넣었다.

오른편 산기슭에서 시작된 동네는 동글동글한 조막만큼 한 토막집들이 한곳에 따닥따닥 섞여 있고 동네에 잇대어 먼 건너편 산 밑까지 시원스럽게 펼쳐 있는 들판은 군데군데 보리가 푸르러 있었다.

그는 성냥 찾던 손을 멈추고 온 가슴속에 사무친 원한을 한꺼번에

"흐어! 허."

하고 내뿜었다.

"들판이야 넓다만 내 땅이라고는 바늘 한 개 꽂을 곳이 없구나."

그는 깊이 탄식히며 담배에 불을 붙여 물었다. 씁스그리한⁵ 약쑥 연기가 입안에 빨려 올라가자 그는 향긋한 담배가 무척 생각이 났다.

그는 올해 서른두 살이요, 그의 아내는 스물여섯이나 아직껏 자식이라고는 하나도 없었다. 본래 생산 못 한 것이 아니라 셋이나 낳기는 했지마는 모조리 두세 살도 채 못 되어 죽어버렸던 것이다. 단 두 식구뿐이지마는 제 것이라고는 아무것도 가진 것이 없는 터이라 농사로만 생업을 삼는 이 농촌에서는 품팔이할 곳도 농사철뿐이었으므로 거러지같이 된 지도 오래요, 끼니를 굶기도 부자 이밥 먹듯 하였다.

오늘 이 산에 올라온 것도 그 아내가 다리와 허리가 저리고 아프다기에 솔 잎사귀를 따다 찜질을 시켜주려는 것이었다. 그러나 산지기에게 들키면 한참 승강이가 있어야 될 것이니 차라리 산지기 영감에게 먼저 청을 해보리라고 생각하였다.

다 탄 담뱃대를 지게 목발에도 툭툭 털고 일어서려 했으나 좀처럼 궁둥이가 떨어지지 않았다. 그때 산꼭대기에서 내려오는 산지기 영감이 경춘이를 내려다보고 벙글벙글 웃으며 내려왔다.

"택부자, 자네 오늘 산에 웬일인가?"

산지기는 웬일인지 다정스럽게 말을 건넸다.

'제기, 첨지 제 대구리는 왜 저렇게 벗겨졌던고. 남의 턱만 눈에 보이나?'

116

그는 대답도 하지 않고 속으로 중얼거렸다.

"자네는 올해 농사 좀 했나?"

산지기는 제 혼자 벙글거리며 경춘이 옆에 와 "어이쿠" 하고 궁둥이를 내려놓았다.

"농사는 무슨 농사."

불퉁스럽게 대답을 하며 고개를 못마땅하다는 듯이 외로 돌렸다.

'이놈의 첨지, 날 보고 택부자라고 했겠다. 오늘 온 산의 솔 잎사귀는 모조리 훑어갈까 부다. 네까짓 놈에게 청을 해? 어디 보자.'

경춘이는 몹시 속이 상해서 청을 한 후 따 가려던 솔잎을 가만히 얼마든지 훑어 가리라고 혼자 중얼거렸다.

"허 참, 이놈의 세상이란 참 기가 맥혀."

첨지는 여전히 말을 꺼냈다.

"왜요. 이놈의 세상이 어떻길래!"

경춘이는 눈을 흘기듯이 하여 산지기를 바라보았다. 첨지는 창피하다는 듯이 하얗게 깎인 머리통을 슬슬 쓰다듬으며

"어 참, 봉변이었어."

산지기의 그 얼굴은 조금 흐릿해지며 경춘이를 바라보았다.

"아 늙어가며 이런 꼴이 어디 있나. 그저께 장에 갔더니 상투를 널름 베었단 말이야. 그저 다짜고짜 없이 막 달려들어 덤비니 강약이 부동이라 하는 수가 있나. 분하단 말이야……"

경춘이는 본래부터 이 첨지를 미워하는 터가 아니었고 다만 이제 '택부자'라고 불린 것만이 분했던 까닭에 첨지의 말을 듣고 있

는 동안에 어느 사이엔지 불쾌하던 생각은 어슬릇[6] 녹아지고 없었다.

"깎으면 도로 시원하지요. 잘됐네요."

"허, 그럴 수가 있는가. 육십이 넘도록 지니던 것을 남의 손에 불의봉변을 했으니 목을 베인 것이나 다를 게 있나."

"아따 영감, 그따위 호랑이 담배 먹는 때 소리 마소. 지금이야 나라 임금도 머리를 깎는데 무슨 상관인가요. 60년 아니라 6만 년 지니고 있던 것이라도 좋지 못한 것은 없애버리는 것이 옳지요."

"어, 그 사람, 말도 아니다. 상투를 베인 후 나는 손해가 많네. 바로 상투를 베이던 날 밤에 보리 한 섬 도둑맞았지. 그까짓 것보다 머리 깎은 후로는 늘 몸이 시원치 못하고 골치가 휭 하다는 거야. 아마도 내가 죽을라는가."

"어, 그래요?"

경춘이는 깜짝 놀라며 고개를 흔들흔들하였다.

'자기는 택부자라는 팔자에 과한 부자 자가 이름이 된 후부터 가난이 심해가고 산지기 첨지는 상투를 베인 까닭에 도둑맞고 몸이 성치 못하고……'

하는 생각이 문득 번개같이 머릿속에 번뜩하자

"암만 개화한 세상이라 해도 예전부터 내려오는 귀신은 그대로 있는 거라요."

경춘이는 한탄하듯 자기의 긴 턱을 슬금슬금 만졌다.

"홍, 있고말고. 나는 이마가 좀 넓은 까닭에 머리가 있으면 좋다고 상쟁이가 그러던 것을 깎고 보니 당장에 화가 미친단 말이야……"

"그럴 거요. 나도 저……"

경춘이도 자기가 '택부자'라고 불리게 되자 가난해졌다는 이야기를 하려다가 갑자기 입을 다물고 말았다. 너무 근거 없고 엉터리없는 말같이 생각이 든 까닭이었다.

"아이쿠, 나는 내려가네. 자네는 어디 가는가?"

첨지는 궁둥이를 툴툴 털며 일어섰다.

"네, 잘 내려가소. 그런데 청이 하나 있습니다."

경춘이는 아무래도 먼저 허락을 받는 것이 옳으리라고 생각이 다시 고쳐듦으로

"솔 잎사귀를 좀 따게 해주소."

하며 덩달아 일어섰다. 첨지는 눈을 둥그렇게 뜨며

"솔 잎사귀? 뭣 하려나?"

"아내가 다리를 앓는데 찜질해주렵니다."

"음, 자네 아내가 또 다리를 앓나. 어디 솔잎이 무슨 약효가 있어야지."

"아니랍니다. 산꼭대기에 선 만리풍 쐰 솔잎을 따다 찜질을 하면 좋다두마."

경춘이는 말을 미처 마치지 못하여 몹시 기침을 하였다. 첨지는 얼굴을 찌푸리며 조금 생각하더니

"나무는 상하게 말고 좀 따 가게나."

하고는 슬금슬금 가버렸다.

"그놈의 첨지, 과연 이마때기[7]는 대우도[8] 벗겨졌다. 저놈의 첨

지는 턱이 짧으니까 늦고생을 하는 게지. 내 턱이 이렇게 길지 말고 저놈 첨지의 이마가 저렇게 넓지 말고 했다면 피차 오죽 좋겠나."

경춘이는 산꼭대기로 올라가며 이렇게 중얼거렸다. 이마는 넓고 턱은 짧은 첨지, 이마는 좁고 턱은 긴 경춘이, 그는 되는 수만 있다면 둘이 한데 섞어서 다시 알맞게 갈라 가지고 싶었다.

'턱은 짧더라도 나는 오래 살지 못할 것이니 관계없단 말이야. 그렇지만 이왕 이렇게 타고나 버렸으니 하는 수가 있나. 이 턱 덕을 볼 때까지 살아야지.'

그는 혼자 혀를 쩍 차고 솔잎을 땄다.

경춘이 집은 사드락병[9]으로 망한 것이었다. 그의 부모, 형제, 자식 모두 기침하고 피 토하고 얼굴이 종잇장같이 하얗게 되어 죽었다. 그런 까닭인지 경춘이마저 요즘은 몹시 여위고 기침이 심했다. 비록 못 먹고 고생은 하더라도 젊은 사람치고는 너무나 핼쑥하고 뼈만 남은 경춘이었으므로 동네 사람들은

"택부자도 얼마 남지 않았을걸."

하고 그의 명줄의 길이를 예언하였다.

그 아내도 작년 가을부터는 마른기침을 시작한 것이 이제는 경춘이보다 피를 더 자주 토해냈다. 경춘이는 어떻게 하더라도 아내의 병만은 고쳐주고 싶었다.

자기는 이미 부모에게서 타고난 병이지마는 그 아내는 시집온 후 오늘까지 천하에 둘도 없는 고생만 하고 그 위에 병까지 옮아갔으니 생각하면 할수록 뼈가 아프게 가여웠다.

산에서 따 온 솔잎을 쪄가지고 방 안에 거적을 편 후 몸을 움직이지 못하는 그의 아내를 눕힌 후 솔잎으로 찜질을 시켰다. 이 봄부터 걸음을 잘 못 걷던 그 마누라는 약 한 첩 먹어보지 못하고 오늘 이 찜질이 약치료로는 처음이었다.

지난봄에는 보리가 소두 한 말에 38전이던 것이 지금은 75전이니 햇보리 날 때까지 그들은 밥 구경은 단념하고 있었다.

몸이 점점 마르고 기침만 자꾸 하는 경춘의 근본을 잘 아는 동네에서는 공짜 일이라도 시키려는 사람이 없었다. 지난가을에 말려두었던 콩 잎사귀 그것만으로 연명해나가야 되는 터였다.

경춘이는 하다못해 그곳에서 5리 밖에서 방천공사(防川工事) 하는 곳으로 일거리를 찾아갔다.

한 수레 가득 흙을 파면 6전씩을 받는 것인데 쉽사리 경춘이도 일패를 받아가지고 흙을 파게 되었다.

'하루 열 수레는 할 수 있겠지.'

그는 이렇게 속셈을 해보았다. 그러나 한 수레를 하고 난 후 두 수레째 밀고 가다가 '컥' 하고 각혈을 하였다. 누가 볼까 겁이 나서 얼른 입술을 닦고 잠깐 쉬려고 펼치고 앉았다. 하늘이 노랗게 빙빙 돌며 땅덩이가 조리질을 하는 것 같았다. 그러나 그는 정신을 바짝 내며 수레를 밀려 했다. 두 팔은 녹은 엿같이 맥없이 풀어지며 두 귀를 잡고 내흔드는 것같이 두 눈이 횡횡거렸다. 그는 다시 정신을 차릴 양으로 신발을 고치는 척하고 털썩 주저앉았다.

"여보! 당신 이름 뭐요. 일패 봅시다."

경춘의 혼혼한 정신은 무슨 뜨거운 불덩어리로 얻어맞기나 한 것같이 깜짝 놀라며 가슴이 섬뜩하였다.

"여보, 일패 내놓소."

아물아물 까무러질 듯한 경춘이 눈동자에 일꾼 패장이 버티고
선 것이 비쳤다.

"네!"

그는 옹무니에 찼던 일패를 내보였다.

"당신, 어데 사오?"

"네, 저기 윤동이라는 데 삽니다."

"당신 그래서 일하겠소? 보아하니 몸이 많이 편찮은 것 같
은데."

패장의 말소리는 부드럽지 못했다.

'아아 일자리를 빼앗으려고 하는구나. 이것도 못 해먹으면 어찌
될꼬.'

하는 생각이 번쩍하자 경춘이 정신은 찬물같이 횡하게 돌아
왔다.

"아니올시다. 어젯밤에 좀 늦게 잤더니 어떻게 괴로운지, 내일
은 좀 기운 있게 하지요. 일찍 좀 자고나면야."

경춘이는 이렇게 변명같이 말을 하나 무슨 말을 하고 있는지 자
기도 인식할 여유 없이 입술이 떨렸다.

"성명이 누구시라 하오?"

"네, 김경춘이라 합니다."

"김경춘이라고 하는가요? 네, 이 사람은 이명수요, 인사 잇고[10]
지냅시다."

122

의외에 패장의 말소리가 점점 부드러워졌다. 그러나 경춘이는 안심이 되지 않았다. 세상이란 겉과 처음 시작과 같이 간단하고 쉽고 좋은 것만이 아닌 것을 벌써 얼마만치 알고 있는 터이라 한결같이 가슴은 두근거렸다.

'나를 내쫓으려고 일부러 친절하게 하는 거지.'

그는 이렇게 겁도 났다. 어떻게든지 닷새 동안만 일을 하면 품삯이 3원이니까 그것으로 아내에게 밥 구경도 시키고 북촌동에 있는 의원에게 가서 약이라도 한 첩 사 먹이고 하리라고 예산하던 것이 그만 허물어지고 마는가 생각하니 두 눈은 다시 캄캄해지고 체면 없는 기침은 자꾸 나왔다.

"보소, 당신 내 말을 듣겠소? 내가 한번 입을 떼면 당신은 여기서 일을 못 할 것이지만."

패장의 말소리는 위엄과 친절이 반반이었다.

"네?"

"좌우간 당신 내 말 들으면 돈벌이가 될 텐데 어떤가요?"

패장의 얼굴은 갑자기 정다워졌다.

"네? 당신 말을 들으라고요. 듣고말고요. 죽으래도 죽겠습니다."

경춘이 두 귀는 번쩍 뜨이며 가슴이 요란하게 쿵덕거렸다.

"그러면 말하겠소. 이 일터에서 제일 잘하는 사람이 하루 열 수레씩 하는데 당신은 몸이 약하니 다섯 수레도 어려울 것이오. 그러니까 내일부터는 당신이 단 두 수레만 하더라도 열 수레 했다고 내가 도장을 찍어줄 터이니 어떻소?"

"온종일 두 수레만 파도 열 수레 했다는 도장을 찍어주신단 말이지요?"

"옳지, 그렇지요."

경춘이는 고맙다는 생각보다 겁이 와락 났다.

'세상이란 이렇게 공으로 떨어지는 횡재가 있는 법이 없는데 내가 꿈을 꾸고 있나. 그렇지 않고야 내 사정을 이렇게 봐주는 사람이 요즘도 남아 있을 리가 있나.'

그는 이렇게 생각되었다.

"염려 말고 남에게 입을 떼지 마오. 내일은 일패를 두 개 맡아 가지고 한 수레에 양껏만 담아 오면 도장은 스무 개 찍어줄 테니 나중에 품삯을 탈 때는 아무 도장이나 관계없으니 두 개만 가지고 와서 친구 것을 대신 받는다고만 하오. 그리고 그 품삯은 반치는 당신이 먹고 반은 나를 주오. 일겠소?"

패장은 경춘이 귀에 대고 이렇게 속삭였다.

"네, 나는 못 알아들었습니다. 시키시는 대로 하기는 하지마는 무슨 영문인지를……"

경춘이는 겨우 이렇게 입이 떨어졌다.

"이 친구 정신없구나. 내가 보아하니 당신은 종일 해도 두세 수레도 겨우 할 것 같으니까 하루 두 수레만 하고 열 수레 삯을 받도록 해준단 말이오."

"왜 일패는 두 개를 맡나요."

"하, 아직 모르겠소? 한 사람이 하루 열 수레 이상은 못 하니까 두 개를 가져야 스무 수레 삯을 탈 수 있지 않소. 그러면 열 수레는 당신이 먹고 열 수레는 내가 먹자는 심판이지."

경춘이 가슴은 어벙해지며 입이 비틀거렸다.

'그러면 그렇지. 이놈의 세상에 웬걸 남의 사정을 보아 선심 써 주는 사람이 있을 리가 있나. 이놈이 고무까시[11]를 해먹자는 게로 구나.'

그는 이렇게 짐작이 들며 쫓겨나지 않은 것은 고마우나 쾌히 대답이 나오지 않았다. 그러나 만일 반대를 한다면 당장에 쫓겨날 것이고, 원주인에게 이 말을 고자질한다면 패장이 쫓겨날 것인데, 패장도 돈이 쪼들리니까 이런 생각을 한 것이니 쫓겨난다면 불쌍하고 하니 좌우간 이미 오른 배라 그대로 순종하는 것이 옳다고 생각하였다.

"그만하면 알겠지?"

"옳아, 그렇구먼……"

그제야 경춘이는 고개를 끄덕끄덕해 보였다.

그 이튿날부터 경춘이는 패장이 시키는 대로 일은 하는 척만 하고 겨우 두 수레만 퍼다놓고 도장은 스무 개 받았다. 3백여 명 일꾼이 한데 들끓으며 제가끔 많이 하려고 애쓰는 판이라 아무도 알아채는 사람이 없었다.

그러나 경춘이는 가슴이 늘 움질움질하며 공연히 미안하고 주저가 되었다. 그래서 죽을힘을 다하여 하루 네 수레씩 흙을 팠다. 단지 네 수레를 파도 두 귀에서 '앵앵' 소리가 나며 잔등에 진땀이 나며 코에서 단내가 무럭무럭 났다.

저녁때 일을 마치고 집으로 돌아와서도 그 아내에게 참말을 바

른대로 하지 못하고 하루 열 수레를 한 까닭에 몸이 괴롭다고만
할 뿐이었다.

그는 스스로 양심이 부끄러워 몇 번이나 그만둘까 밀까 주서를
하였다.

'이놈의 세상이 모조리 야바위판인데 요만한 것쯤이야 무슨 큰
죄가 되겠나. 아니, 아니다. 내 몸이 성하면야 이런 고무까시를
할 리가 있나. 좌우간 몸이 성해지면 이 충수[12]로 무척 일을 많이
해주면 그만이다.'

그는 늘 이런 생각을 하며 제 혼자 주고받고 하였다.

지난밤부터 갑자기 피를 토하며 다리가 저리다고 고함을 치기
시작한 아내에게 시달려 뜬눈으로 밤을 새웠다. 종일 피곤하던
몸이라 곤한 잠이 올 것이건만 웬일인지 뒤꼭지가 서늘한 것이 머
리통 속이 새파랗게 날카로워지며 잠은 오지 않았다.

마른기침만 자꾸 연해 나오며 가끔 두 눈이 횡 내몰리기만 하
였다.

그러나 오늘은 기어이 일터로 나가야 하는 날이었다. 오늘은 그
동안 일품을 받는 날이다. 오래간만에 3원이란 많은 돈이 손에 들
어오는 날이다. 경춘이 가슴은 까닭 없이 울렁거렸다.

마누라는 백지같이 희고 여윈 얼굴을 돌리며 움푹 들어간 두 눈
을 크게 떴다.

"오늘은 돈을 타 오는 날이다. 먹고 싶은 것이 뭐요? 저녁때쯤
북촌동 의원에게도 가볼 테야."

경춘이는 벌써 희붐하게 새는 지게문을 열어 한번 가래를 내뱉

고 아내의 손을 쓰다듬었다.

"아무것도 먹고 싶은 게 없어요. 아마도 죽을라는가 봐."

어덥스럼하다.[13] 새벽별 속에서 아내의 커다란 두 눈이 힘없이 내려 감기며 굵다란 눈물방울을 떨어뜨렸다.

"어, 별소리 다 하네. 죽기는 왜 죽어 쌀밥 먹고 약 먹고 하면 곧 낫지."

경춘이는 가슴이 서늘해졌으나 스스로 힘을 내며 꾸짖듯 위로 하였다.

"그렇지만 당신이, 그처럼 볼모양 없이 된 당신이 어떻게 일을 해내오. 하루 열 수레를 하려면 오죽 힘이 들겠는가."

아내는 여윈 왼손을 경춘이 무릎 위에 얹어놓았다. 경춘이 가슴은 콱 막히는 것같이 아팠다. 그러나 하루 두 수레만 해도 열 수레 품을 받는다고 하여 아내의 염려를 덜어주고는 싶었으나 차마 부끄러워 입이 떨어지지 않았다.

"별소리를 다 하는구나. 그까짓 일도 못 해내. 인제는 걱정 없다. 닷새만큼 3원씩 꼭꼭 타 올 것이니 쌀밥을 먹어도 관계없지."

경춘이는 일부러 불퉁하여 이렇게 말하며 하염없이 흘러내리는 아내의 눈물을 이불자락으로 이리저리 훔쳐주었다.

"흐윽, 죽어서 다시 태어나거든 우리도 잘 한번 살아봅시다."

묵묵히 눈물만 흘리던 아내가 목이 메어 이렇게 슬픈 말을 하였다.

"재수 없게 새벽부터 울기는 제길, 왜 구태여 죽어 다시 태어나서 잘살아. 나는 이대로 이생에서 한번 잘살아볼 텐데. 이 턱을 좀 봐. 오래지 않아서 이 턱 덕을 볼 거야."

경춘이는 일부러 버럭 소리를 지르기는 했으나 말소리는 부드럽게 아내를 위로하는 것이었다.

"턱이? 아이고 내가 그 턱의 덕을 볼 때까지 살겠는가요."

일부러 기다란 아래턱을 아내에게 쑥 들이밀고 있는 경춘의 움쑥 들어간 뺨을 아내는 가만히 어루만졌다.

"왜 그래. 턱이 길면 늦복이 많다고 그러지 않았나. 인제 곧 늦복이 올 거야."

경춘이는 아내의 목을 끌어안으며 뺨을 동게¹⁴놓았다.

"오늘은 그만 일터로 가지 말았으면."

하고 경춘이 턱을 쓰다듬으며 약간 어리광 비슷이 미소하였다.

"어, 오늘은 품삯을 받는 날인데 그 대신 내일은 안 갈 테야."

"아이고."

아내는 경춘이 뺨이 무거운지 한숨을 하며 움직거렸다.

경춘이도 벌떡 일어나 밖으로 나가 아침 죽을 끓였다.

솥에다 물 한 바가지 붓고 콩나물 한 죽이¹⁵를 썩둑썩둑 성글러¹⁶ 소금 한 줌과 같이 솥에 넣어 불을 때었다. 이것이 경춘의 그날 종일 연명할 양식이었다.

북덕북덕 끓어오르자 곧 양푼에다 퍼 담아 방 안에 들어가 대접에다 국물을 조금 떠서 윗목에 밀어놓고 자기 혼자 훌쩍훌쩍 먹기 시작했다. 돌아누웠던 아내가 경춘을 향하여 입맛을 다셨다.

저것은 병이 들어 누웠다기보다 먹지 못해 너무나 굶어서 저렇게 된 것이다. 이까짓 죽, 남의 집 개도 먹지 않는 이 나물죽이나

마 저것은 한껏 먹어보지 못했으니……

경춘이는 오늘이 처음이 아니련만 유별나게 온갖 생각이 다 났다. 그러나 그것도 오늘 돈을 타게 될 터이니까 공연히 좋아서 온갖 생각이 다 나는 거지…… 하고 생각하며 차마 걸음이 내치지 않는 것을 억지로 일터로 나가고 말았다.

패장이 경춘에게서 그의 아내가 앓는다는 이야기를 듣고 3원씩 꼭 같이 가르는 돈을 1원 더 보태어 4원을 경춘에게 주었다.

"구차할 때는 서로 도와야지. 후에 갚으시면 되지 않소."

패장의 말소리가 떨어지자 웬일인지 경춘이 가슴이 덜컥하였다. 그는 깜짝 놀라며

"고맙습니다. 후일에……"

총망히 인사를 하고 불길한 느낌이 무럭 치받치며 갑자기 망치로 생철을 두들기는 것같이 머릿속이 요란해졌다.

'아이고, 저것이 죽지나 않았나.'

그는 급히 집을 향하여 달렸다. 한참 좇다가 그는 가슴이 깨어질 것 같아 멈춰 섰다.

'아니다. 죽을 리야 있겠나.'

그는 한숨을 후우, 쉬고 그 돈을 아내에게 보일 것을 생각하였다.

'그것이 눈치채고 있지나 않는가.'

그는 또 가슴이 불안해졌다. 새벽에 다른 때보다 태도가 이상하던 자기 아내의 얼굴이 생각나며 손에 쥐었던 돈을 펴보고 1원짜

리 한 장을 꼭꼭 접어 쌈지에다 넣었다. 하루 열 수레씩을 했으니까, 그동안 닷새 일을 했겠다.

'오륙 삼십이라. 3원이다. 쌀 두 되, 보리쌀 반 말. 명태 세 마리. 명태는 국을 끓이고 오늘 저녁은 쌀로만 밥을 짓고…… 내일은 쌈지의 돈을 쓸 셈치고 북촌동 의원에게 가고.'

그는 짓다를 짓다를[17] 걸으며 이런 궁리를 하였다.

이 생각 저 생각에 잠겨 있는 어느 사이에 자기 집으로 들어섰다.

'몹시 배가 고플걸……'

그는 방 안에 들어서서 혼잣말같이 중얼거리며 윗목을 보았다. 아침에 떠두었던 죽 국물은 손도 대지 않고 그대로 있고 아내는 눈을 멀겋게 뜬 채 꼼짝도 하지 않고 누웠었다. 그는 아내 곁에 가털벅 주저앉으며 손에 든 돈을 방바닥에 늘어놓았다. 그러나 웬일인지 입술이 딱 붙어 떨어지지 않고 눈물이 뚝뚝 서너 방울 떨어졌다. 중도에 쌀을 팔아가지고 오려다가 돈을 아내에게 먼저보이려고 그대로 온 것이 도로 후회도 되며 또 쌈지 속에 1원을 감추고 3원만 내놓는 것이 부끄럽고 죄송한 것 같기도 하고 마음이 설레어서

이까짓 돈에……

양심과 아내를 속이고 부끄러운 생각만 하게 되고……

그는 이점저점 슬픈 생각이 들었다. 아내가 먼저 무어라고 입을 떼어주었으면 하는 생각이 들었으나 아내는 조금도 움직이지 않고 누운 대로 가만히 그대로 천장만 바라보며 눈에서 눈물이 주르

릇 흘러내려 있을 뿐이었다.

"왜 오늘은 울기만 해, 재수 없이."

경춘이는 휙 돌아앉으며 슬쩍 아내의 얼굴을 바라보았다.

"아이고."

그는 가슴이 뭉클하여 아내에게 바싹 다가앉았다. 아내는 이미 숨이 끊어져 있었던 것이었으나 경춘이는 오래도록 깨닫지 못하였다.

경춘이 머릿속에는 끓을 새 없이 생철 부수는 요란스런 소리만 나며 자칫하면 숨이 꼴딱 넘어갈 것 같았다. 숨구멍에는 바늘을 꽂은 것같이 꼬게꼬게[18] 아프기만 하여 훨훨 숨이 쉬이지 않았다. 그러나 그는 자꾸 걸었다.

"북촌동 박 의원 집이 어데요?"

그는 길가 사람을 보고 되는대로 물었다. 이미 캄캄 어두워진 골목을 겨우겨우 찾아 박 의원 집으로 들어갔다. 그러나 의원은 다른 데 병 보러 가고 없었다.

"어데 사시는 누구신가요? 돌아오시면 곧 보내드리겠소."

의원 아들인 듯한 사람이 이렇게 말하였다. 경춘이는 또 한번 가슴이 콱 찔리는 것 같았다.

"네, 윤동, 저 윤동에 있어요. 김경춘이 아니 윤동에 와서 택부자 집이 어데냐고 물으면 다 알지요. 어서 보내주소. 꼭 부탁이오. 꼭 보내주시오."

경춘이는 신신부탁을 하였다. 의원의 아들은 힐끔 경춘이 얼굴을 쳐다보더니 슬그머니 입을 비싯 열며 웃음을 참았다.

"택부자 댁이라고요?"

다시 한번 다짐을 하였다.

"네, 택부자. 꼭 부탁이오. 꼭……"

그는 또다시 걸었다. 자기 집을 향하여 걸어가는 것이었다. 그는 아무리 생각해도 그 아내가 죽지는 않았으리라고 생각하였으나 남의 눈을 속이고 고무까시를 해온 돈이라고 그 아내가 성이 나서 잠잠히 있는 것이라고만 생각하였다.

"이까짓 것, 내버리지."

그는 집에 돌아오자 또 아내를 흔들며 자꾸 말을 건넸다. 그러나 아내는 꼼짝달싹도 하지 않았다. 그는 참다못해 밖으로 뛰어나왔다. 한 바퀴 뜰을 돌고 다시 방 안에 들어가 앉으니 내버리려고 가지고 나갔던 돈은 그대로 손에 쥔 채였다.

"택부자 집이 여기요?"

의원이 찾아온 것이었다.

경춘이는 멀거니 앉아 지게문을 열었다. 웬일인지 오늘은 그의 귀에 송충이같이 찡글치던[19] 택부자라는 별명이 하나도 귀에 거슬리지 않았다.

"택부자…… 네, 내가 택부자요."

그는 크게 대답을 하였다.

점잔을 빼고 방 안에 들어온 의원은 단번에 엉거주춤하였다.

"어, 벌써 글렀구려."

"엉?"

경춘이는 깜짝 놀란 듯이 목을 놓고 울기 시작하였다.

손에 쥐었던 돈을 그제야 문을 열고 힘껏 내던졌다.

정현수 鄭賢洙

'명희 이명희 씨 허위 가식.'

치과 의사 정현수는 테이블 위에 접힌 채로 놓여 있는 그날 신문지 위에다 모잽이¹ 글씨로 이렇게 휘갈겨 써보았다. 그때 건너편 기공실에서 조수로 있는 병일이가 더위를 못 이겨서 바쁘게 부채질하는 소리가 들려오자 그는 얼른 펜 끝에 잉크를 담뿍 찍어 박박 긁어낼 듯이 이제 쓴 글자를 도로 지워버렸다. 그리고 담배를 한 개 꺼내 물고 아침에 청소한 후 아직껏 환자라고는 그림자도 보이지 않아 깨끗하게 정돈된 그대로 있는 치료실 안을 휘 한 바퀴 돌아본 후 반질반질한 치료 의자 위에다 이파리 속에 숨어 있는 봉선화 같은 명희의 환영을 그려 앉혔다.

그는 두 눈에다 모든 정력을 집중시켜서 치료 의자가 놓인 편 공간을 응시하였다.

가느다란 두 눈을 옆으로 흘기듯이 굴리며 살짝 웃는 발그레한 입술, 통통한 어깨 위에다 아래턱을 얹고 몸을 쫑긋해 보이는 귀여운 표정, 겨울이나 여름이나 옥색 치마만 입으려는 그 명희의 환영에 현수는 혼을 잃고 앉아 있었다.

"명희 씨, 당신은 왜 옥색 치마를 그렇게 사랑하십니까?"

"옥색 치마를 좋아하는 것이 아니어요. 옥색이란 그 빛깔이 좋아요."

"왜 구태여 옥색입니까?"

"모르겠어요. 어쩐지 옥색을 보면 천변만화하는 이 세상에서 영원과 무궁이란 것을 가르쳐주는 것 같아요."

"그럴까요. 나는 흰빛과 새까만 흑색이 더 좋던데요. 옥색은 곧 잘 변하지 않습니까?"

"사람의 손으로 된 옥색이야 잘 변하지요만, 저 광대무변의 하늘색이야 어디 변합디까? 구름이 끼고 밤이 오고 하면 없어지지만 그것은 다만 우리의 육안이 보지 못함에 불과하지 않아요. 비록 내 치마에 들인 하늘빛이 변하여 누렇게 된다 하더라도 내 마음속에 비치어 있는 그 맑은 옥색, 하늘색, 저 바닷물 색이야 변할 리 있어요."

"분홍색은 어떻습니까?"

"아주 싫어요. 아무리 고운 꽃이라도 그 색깔이 붉은 계통의 것이나 노란 계통의 것이라면 아주 싫습니다. 나는 작년 봄부터 푸른 꽃, 즉 옥색 꽃을 찾아보려고 높은 산으로 저 먼 들 끝으로 쏘다녀보았어요. 그래도 없더구만요."

"옥색 꽃쯤이야 꽃 장삿집에 가보면 더러 있지요."

"그렇습니까? 나는 암만 찾아봐도 없어서 아주 낙망을 했었어요."

"왜요?"

"허위와 가식만으로 된 이 세상을 저주하는 나의 동지가 하나도 없는 것 같아서요. 푸른 꽃은 많은 꽃 중에도 가장 심각한 진리의 탐구자같이 생각되어요."

"그렇습니까. 나는 새까만 꽃이 있다면 더 심각한 맛이 있어 보이겠는데요."

현수는 명희와 며칠 전에 이러한 대화를 하던 것이 생각나며, 눈이 스르르 감겼다.

'아아.'

그는 버럭 속이 상한 듯이 갑자기 벌떡 일어섰다.

'네, 그렇습니까. 나도 푸른 저 하늘색과 저 망망대해 그 물빛을 사랑합니다. 이놈의 세상은 허위와 가식으로만 된 사회입니다. 모조리 초라니² 탈을 쓴 놈의 사회이지요. 참다운 인간의 사회가 아닙니다, 라고 왜 내 속맘을 그대로 솔직하게 말하지 않았던가. 그는 나와 이상을 같이하는 유일한 동지이다. 그렇다. 명희 씨는 천박하게 입으로나 행동으로써 나를 사랑한다는 표현을 하지 않는다. 나도 그렇다. 결코 서로의 맘속을 말하지 않겠다. 그러나 그의 맘 안에는 나라는 이 정현수가 꽉 차 있다. 뻔뻔스럽게 무슨 자랑같이 맘속을 서로 고백할 수는 없는 것이야. 세상놈들은 부끄러워서 어떻게 당신을 사랑합니다, 라고 고백을 하는지.'

현수는 팔짱을 끼고 턱 버티고 섰다.

'이 세상에서 심각한 진리를 탐구하여 마지않는 사람은 오직 명희 씨와 나뿐이다. 그는 옥색을 사랑한다. 무궁무진한 광대무변의 우주 끝까지 비치는 그 파란색을 사랑한다. 저 망망한 바다 색도 파랗다. 오! 아니다. 아니다. 그렇다, 참! 현해탄은 바다라도 왜 물빛이 검을까!'

현수는 갑자기 이런 엉뚱한 생각이 들자 뚜벅뚜벅 걸어서 거리로 향한 창턱에 가 턱을 괴고 기대섰다.

거리에는 오후 3시의 뜨거운 태양이 불같이 내리쪼이고 있는데 한 대의 택시가 기운 좋게 좇아가고 있었다. 바람결이라고는 실낱만 한 것도 살랑하지 않고 택시가 지나간 뒤에 일어나는 뿌연 먼지는 지옥에서 타오르는 유황 불꽃같이 거리를 휩싸 덮었다. 길 가던 가지각색 사람들은 모조리 외면을 하며 먼지를 피했다. 그런데 한 늙은이, 촌이라도 아주 구석진 촌에 기어 올라온 듯한 텁텁한 옥색 두루마기에 큰 갓을 쓴 보천교[3]도인 듯한 그 늙은이는 유별나게도 그 더러운 먼지에는 전혀 무관심하고 아래턱을 쑥 내밀고 입을 헤벌린 채 찬란한 거리의 좌우에 정신을 잃고 두리번 두리번하며 천천히 걷고 있었다.

명희가 좋아하는 옥색 두루마기를 입은 탓인지 현수는 그 늙은이가 입을 벌리고 더러운 먼지를 죄다 마시는 것이 안타까웠다.

"저런 멍텅구리 자식. 목구멍에 먼지 들어가는 줄도 모르고, 에 속상해. 아, 그래도 주둥이를 닫지 않네."

그는 아주 성이 나 꾸짖듯 중얼거리며, 좇아가 그 늙은이의 아래위턱을 한주먹 갈겨 철커덕 붙여주고 싶어 가슴이 스멀거렸다.

그러나 그 촌 늙은이는 한결같이 입을 벌린 채 저편 구비를 돌고 말았다.

현수는 얼른 테이블 곁에 달려가 부채를 집어 활짝 펴 들고 설렁설렁 부치며 또다시 창턱에 가 턱을 괴고 기대섰다.

'그놈의 자동차, 건방진 놈의 자동차, 누구 한 사람들에게 미안하다는 인사도 없이 온 길거리를 제 혼자 독차지나 한 듯이 의기양양하게 맘대로 쫓아다니누나. 횡포무례한 놈의 새끼.'

그는 갑자기 무럭무럭 분노가 타올랐다.

넓은 길바닥을 제집 뜰같이 네 활개를 치고 쫓아 달아나는 자동차들이 횡포무례 막심하게 보여서 당장 달려가 시비를 하고 싶었다.

현수는 자기 맘속을 표현하기 어려울 때나, 분이 날 때나, 기쁠 때나, 어색할 때나, 또는 너무 감격할 때에는 반드시 목에다 잔뜩 힘을 주며 턱을 앞으로 높게 길게 치켜 빼 올리고 다섯 손가락을, 따로따로 쫙 벌리고서 '칼라' 안에다 둘째손가락만 꼬불탕하게 넣어서 목울대 곁을 가만가만 긁는 것이 버릇이었다. 그는 지금도 쫙 벌린 오른손 둘째손가락으로, 쭉 빼 올린 목울대 곁을 두어 번 가만가만 긁었다. 그리고

"휴우."

한숨을 한바탕한 후 다시 창턱에 기대섰다. 그때, 길거리에는 고삐를 잔뜩 잡힌 말 한 마리가 헐떡거리며 짐 구루마를 끌고 지나갔다. 현수는 또다시 감개무량하여 설렁거리던 부채를 접어 문턱을 탁 치며,

'어 가엾어라. 저놈의 말이 왜 저 모양이야. 그만 뚝 떼어 달아
나지 않고, 한 발만 걷어차면 나군더러질[4] 사람 놈에게 일부러 매
달려 저런 고생을 하는구나. 어, 빌어먹을 놈의 말 새끼.'
하고 부르짖었다. 또다시 그의 속은 버럭 상하며 가슴이 설레
었다.

'아니다. 저 말이 멍텅구리가 아니다. 그렇다. 그는 힘없는 사람
놈들을 위하여 자기의 한 몸을 희생하고 있는 것이다. 악칙한 사
람 놈들은 고마운 줄도 모르고 순종하면 할수록 자꾸 더 두들겨
부리겠다.'

현수는 대가리를 꾸벅거리며 수레를 끌고 가는 그 말이 흡사 명
희와 자기 같은 생각이 들었다.

'이 망할 놈의 세상에게 희생해주는 것이 옳은 일일까. 아니다
아니야. 과거의 인류 역사란 고삐에 나는 단단히 묶여 있다. 나
는 용감하게 묶은 줄을 끊고 일어서야 한다. 이 현실에 희생한다
는 것은 조금이라도 더 이 더러운 현실을 조장시킴에 불과한 것
이다.'

그는 주먹을 쥐고 문턱을 탁 치려다가 말고 그 손을 쫙 펴가지
고 목울대를 가만가만 긁었다.

'그러나 참는 것이다.'

그는 다시 창턱에 기대섰다.

'아니, 이 자식 무엇이 어째. 인간이란 본래 허위, 가식으로 된
거야. 죽어 없어지기 전에는 이 세상, 면천은 못 하는 거다. 아니
다. 이 자식이 무슨 이런 생각을 해. 참으로 인간이란 허위, 가

식을 버리지 못한다면 나는 이놈의 세상에는 살아 있지 않을 테다. 아니다. 그렇지도 않은 것이다. 말똥에 굴러도 이생이 좋다는데……'

그는 다시 부채를 설렁설렁 부치기 시작하였다.

'에이, 공연히 온갖 오라질 생각을 다 하는구나. 차라리 저 말 새끼놈이 나보다 행복하다. 이따위 밑도 끝도 없는 생각도 할 줄 모르고. 아니다, 말 새끼같이 무의무식하다면 나을 게 뭐 있나. 그렇지도 않다. 마찬가지다. 말도 무슨 번민이 있는지 알 수 있나. 어떻게 해서든지 돈이나 좀 있었으면 형님의 은혜를 조금이라도 갚아야겠는데.'

현수는 자다 깬 사람처럼 창턱을 떠났다.

"선생님, 손님 오셨습니다."

그때 기공실에 있던 병일이가 바쁘게 뛰어나오며 낭하[5]에 선 중년 신사 한 분을 치료실 안으로 안내해드렸다. 사흘 만에 처음 대하는 손님이다. 병일이는 부리나케 신사에게 치료 의자를 가리키고 컵에 물을 떠서 들고 섰다. 현수는 뻣뻣하게 선 채 움쩍도 하지 않았다.

'더러운 이놈 정현수야, 제 돈 벌이기 위하여 살살 쥐새끼처럼 손님에게 아첨을 하려느냐.'

그는 창턱에서 돈을 벌겠다고 생각하던 자기의 가슴을 쥐어뜯고 싶을 만치 구역이 났다.

현수는 치과 의원을 개업한 지가 2년이 넘었으나 한 번도 양심에 거리끼는 치료를 해준 적이 없었다. 그는 환자를 대해 어느 사이엔지 자기란 것은 없어지고 마는 동시에 치과 의사란 것이 자기 직업이란 것도 잊어버리고 마는 것이었다. 개업 시초에는 꽤 많았던 환자가 차차 줄기 시작하여 이해부터는 일주일에 겨우 두셋 손님이 있을 뿐이었다.

그러나 이것은 현수의 치과의로서의 기술이 부족함도 아니요, 성의 없는 무책임한 치료를 하는 까닭도 아니었다. 단순히 현수가 환자의 비위를 맞추어주지 않는 까닭이었다. 그것도 현수가 거만스러워 그런 것이 아니라 맘속으로는 백배 천배 친절하나, 다만 입으로나 행동을 표현하기가 가식 같아서 언제든지 침묵하고 있는 까닭이었다. 세상 사람이란 우선 눈앞에 살랑거리는 감정에만 흐르는 것이라 참으로 정성껏 장래성 있는 치료를 해주는 현수는 알아주지 않는 것이었다.

그러므로 조수인 병일이는 마치 어진 아내처럼 충고도 하고 타이르듯 달래기도 하면

"글쎄, 주의할 테요."

하고 대답은 시원스러우나 다음에 환자가 오면 컵에 물을 떠서 환자의 입에 대어주기가

'이놈 돈벌이하려고 손님에게 아첨하는구나.'

하고 바라보는 것 같아서 컵을 배타기(排唾器) 위에 철커덕 놓고

"양치하시오."

하고 명령하듯 버티고 서버리는 것이었다.

이러한 현수의 성미를 잘 아는 병일이는 오늘 또 손님과 무슨 충돌이 생길까 해서 미리 겁을 내었다. 그것도 손님이 돈푼이나

있어 보이는 사람이면 반드시 한 번씩 충돌이 일어나는 것임을 잘 알고 있는 까닭이었다.

'설마 저도 사람이니까.'

병일이는 이렇게 속으로 중얼거렸다. 벌써 3개월째 수중에서 낙찰이 된[6] 현수의 속판을 아는 그이었던 까닭이다.

병일이는 미리 현수에게 슬금슬금 시선을 보내서

"먼저 양치부터 해보실까요."

하고 신사에게 친절하게 서비스를 했다.

신사는 묵묵하니 서 있는 현수를 힐끔, 바라보며 입 안을 씻은 후 뒤로 젖혀 누우며 입을 벌렸다.

"어째서 오셨습니까?"

현수는 그제야 치료 의자의 곁에 다가서며 탐침(探針)에다 탈지 면을 획획 감아 조그마한 면구(綿球)를 만들며 퉁명스럽게 물었다. 신사는 좀 이상하다는 듯한 표정으로

"이가 아파 왔지요."

하였다.

"어, 그런 줄이야 모르겠습니까."

현수는 여전히 면구만 만들며 태연스럽게 푹 쏘았다.

"……"

신사는 성이 불쑥 났는지 잠자코 벌떡 바로 앉았다.

'이크, 또 야단나는구나.'

병일이는 입맛을 다시며 얼른 곁에 가 섰다.

"허허허, 많이 아프셨습니까? 전에는 어디서 보이셨어요."

현수는 병일의 시선과 마주치자 이렇게 어색한 웃음을 웃으며 치경(齒鏡)을 들고 허리를 구부렸다. 신사도 입맛을 다시며 입을 벌렸다.

"아하 이것이로구만요. 많이 아프셨습니다. 왜 이렇게 나빠지도록 그대로 두셨습니까. 미련하게 그대로 두면 나을 줄 아셨어요?"

현수는 그만두어도 좋을 말이었지만 신사에게 턱없이 머리를 숙이면 아첨하는 것같이 보일까 봐 일부러 되는대로 중얼거렸다. 신사 얼굴에는 불쾌한 빛이 역력히 떠올랐다.

"자, 이러니 아프십니까?"

현수는 치경으로 새까맣게 구멍이 뚫어진 어금니 한 개를 두서너 번 똑똑 두들겼다.

"아야, 아야."

신사는 버럭 소리를 지르며 입을 다물려 했다.

"그까짓 것이 무엇이 아파요."

현수는 신사의 붉어져가는 얼굴에는 무관심하고 열심히 앓는 이를 치료하기 시작하였다.

그는 이 실는⁷ 엔진을 들고 신사의 입안을 긁기 시작한 지도 한 시간이나 되었다. 병일이는 벌써부터 혼자

'오늘은 대강 해가지고 보낸 후 내일 또 오라면 어떤고.'

하고 속을 졸이는 판인데 다른 환자가 또 하나 들어왔다. 그러나 현수는 신사 입안에서 엔진을 떼지 않았다.

다른 의사 같으면 15분 내외에 마치고 며칠이든지 끌며 치료를

시켜 돈을 버는 것이었으나 현수는 그렇지 않았다. 아무리 오래 치료를 해주고 공력을 많이 들여도 초진비로 50전밖에 받지 않는 것이었으나 그는 자기의 직업의식을 떠나 손님 본위의 치료를 해주는 것이었다.

등에서는 땀이 개울물같이 쏟아 내리면서도

'더운데 손님이 며칠이나 어떻게 치료받으러 다니겠나. 될 수 있는 대로 단기일에 마쳐야지.'

하는 생각에 자기의 전심전력을 기울여 열심히 치료를 하며 시간 가는 줄 모르고 있었다.

"아마도 내 이는 충치가 아니라 풍치인 듯한데 웬 치료를 이렇게 오래 하십니까?"

신사는 현수의 마음속과는 반대로 기술이 부족하여 오래 끄는 줄만 알고 이렇게 화를 내었다.

"풍치라요? 아닙니다. 충치올시다."

현수는 너무나 세상 놈들이 자기의 맘을 몰라주는 것이 쓸쓸하였다. 자기가 정성껏 해주면 해줄수록 세상 사람들은 그를 원망하는 것이 쓸쓸하였다.

"그래도 아픈 품이 풍치라오. 그만해두시오."

신사는 지지 않으려는 듯이 말했다. 현수는 불뚝 성이 났다.

"아, 당신이 의사입니까. 어떻게 풍치인 줄 단정하시오. 충치라면 충치로 알 것이지 어째서 풍치란 말씀이오."

현수는 엔진을 쥔 채 이렇게 꾸짖듯 버티고 섰다.

"에, 여보, 그만두오."

신사는 그만 벌떡 일어서고 말았다.

"아니 여보시오. 잠깐만 앉으시오. 그대로 두면 또 앓습니다. 우선 약솜이라도 막아가지고 가시오."

현수는 예사라는 듯이 태연한 얼굴로 신사의 팔을 잡았다.

"그만두오. 당신만이 치과 의사가 아니오. 그대로 참고 있으려니 점점 더 불친절한 소리만 탕탕 하는구려."

신사는 기어이 치료 의자 아래로 내려서고 말았다. 현수는 그제야 불뚝 성을 내며 신사의 팔을 꽉 잡고

"여보시오. 아니 이 못난 자식, 잠깐만 참으라면 참아보는 것이 신사이지 무슨 변덕쟁이가 이 모양이야. 잔말 말고 도로 앉아라. 그대로는 내 목이 떨어져도 못 보내겠다."

"아하, 이 자식, 정신병자로구먼. 이것 못 놓을 텐가?"

신사는 금방 주먹이 올라갈 것같이 식식거리며 입술이 파래졌다.

"어허, 그러지 말고 도로 앉아라. 한번 내 손으로 치료하던 것을 그대로 무책임하게 네놈이야 죽든 살든 내버려두지 못하는 것이 내 성격이다. 좌우간 우선 분은 참아두었다가 이 치료나 하거든 격투라도 하자."

현수는 두 눈을 부릅뜨고 한결같이 우겨댔다.

"아! 이런 봉변이 어디 있나, 이런 망할 놈이."

신사는 덜덜 떨며 분을 내었다.

"이 자식, 너만 분하냐. 나도 분해 죽겠다. 어서 치료를 하고 격투하자. 어, 분해."

현수의 기세는 점점 올라가고 있었다.

"선생님, 참으십시오. 의사 선생님은 본래부터 성질이 이렇습니다. 잘 이해하시고 보시면 결코 노하실 것이 아닐 것입니다."

병일이도 속이 상해 바라보고만 있다가 마지못해 신사의 앞에 가 빌었다. 현수는 이윽히 신사의 팔을 붙들고 있다가 한 걸음 물러서서 팔을 놓았다.

"잘못했습니다."

현수는 신사의 앞에 머리를 숙였다. 그의 가슴속에서 의사로서 자기의 태도가 잘못이었음을 뉘우쳤던 까닭이었다.

신사는 이 아프던 것을 생각하고 그대로 가기가 위험하게 여겨졌는지 마지못한 척하고 도로 걸터앉았다.

현수는 아주 기쁜 듯이 다시 엔진을 들고 치료를 시작했다. 먼데 있는 사람의 흉이나 보듯 그는 궁청궁청[8] 신사의 욕을 해가면서도 늘 싱긋싱긋 웃었다. 신사도 처음엔 욕이 나올 때마다 분을 내더니 차차 성이 풀리며 픽 웃었다.

"어, 인제 다 되었습니다. 그렇게 가시고 싶은데 얼른 가십시오. 애인이 기다리십니까?"

현수는 신사를 치료 의자에서 내려놓은 후 소독수에 손을 씻었다.

"그만치 해놓았으니 이제는 누구에게 가서 마저 치료를 하셔도 좋습니다."

그는 양심에 거리낌 없는 치료를 하고 난 것이 기뻤다.

"얼마요?"

신사는 지갑을 꺼내 들고 병일에게 물었다.

"돈, 일없다. 이 자식 어서 가거라."

현수는 돈 말이 나오자 또 성을 내며 와락 신사를 밀어 도어 밖으로 몰아낸 후 안으로 잠그고 말았다.

현수는 얼른 창턱에 가 기대서서 허리를 창밖으로 빼내었다. 도어 밖에 멍하니 섰던 신사는 조금 생각하더니 천천히 걸어서 저편 길 굽이로 돌아가려다가 현수와 시선이 마주쳤다. 현수는 얼른 코 위에다 편 손을 세우고

"코 쌌소."

를 해 보이며 장난꾸러기 어린아이같이 웃었다. 신사는 깜짝 놀란 듯이 두 눈이 휘둥그레지더니

'그놈 미쳤군.'

하는 표정을 짓더니 픽 웃고 가버렸다.

웬일인지 현수의 가슴은 갑자기 쓸쓸해졌다.

'저 자식도 점잖은 사람 놈이로구나.'

어린이 같았으면 저도 코 쌌소를 해 보이고는 웃고 갔을 것이다. 이후에 만날 때도 체면 사과도 없이 그대로 전같이 놀 것이다. 저놈도 본래는 단순하고 천진스런 어린이였을 것이다. 나이가 들면 왜 점잖은 가면을 써야 되는고.

그는 길게 탄식하며 창문을 떠났다.

"선생님 왜 그랬습니까. 그만 대강해서 보냈으면 될 것을 다른 환자도 왔다가 그대로 가버렸어요. 이제는 그만 이 병원도 지탱해나갈 수 없을 것 같습니다."

하고 병일이는 바가지를 긁기 시작하였다. 과연 아까 왔던 환자는 가버리고 없었다.

현수의 형 되는 찬수는 사흘 전부터 앓아누워 있었다. 현수는 한 지붕 아래서 오늘까지 신세를 입고 있을 뿐 아니라 그 형의 힘으로 학교 졸업도 했고 치과 의원도 내놓았던 것이요, 늘 결손해오는 현수에게 눈살 하나 찌푸리지 않고 돌보아주는 그 형이었다. 그러나 이 두 형제는 한자리에 앉아 정답게 이야기 한번 하지 않았다.

서로 이야기할 일이 있으면 찬수의 부인이 중간에서 이편저편의 의견을 소통시키는 전화통이 되는 것이었다.

길거리에서 서로 만나도 생면부지의 딴 남같이 본체만체하며 먼 여행에서 돌아와도 서로 시선만 마주쳐 보고는 그만이지 입 한번 떼는 일이 없었다.

그러므로 그 형의 힘으로 살아오는 현수임을 잘 아는 남들은 현수를 체면도 염치도 없는 미련꾸러기라고 하였다.

"형님이 앓아누웠는데 한 번쯤은 들어가보세요."

현수의 형수 되는 부인은 체면 차릴 줄 모르는 시동생이 얄밉다기보다 남편 보기 민망하여 어떻게 하더라도 병실에 한번 들여보내려고 애를 썼다.

현수는 묵묵하니 서서 움직이지도 않았다.

"형님이 저러다가 죽으면 어쩔 테요?"

"……"

148

"형님과 원수졌어요?"

"……"

"형님은 늘 아우님을 찾는데!"

이 말을 듣자 현수의 얼굴은 비틀려지며 턱을 아주 쭉 빼 올리고 목울대를 긁고 나서

"글쎄, 형님 보고 아무 할 말도 없는데."

하고는 꽁지가 빠지라고 자기 방으로 달려가고 말았다.

그는 자기 형이 앓아누운 것을 처음 보는 까닭에 온갖 불길한 것이 다 생각이 나며 조금도 맘이 가라앉지 않았다. 손님도 없는 치과 의원에 나와 앉았다 섰다 출급[9]만 내다가 저녁에 집에 돌아가도 남 보는 데는 자는 척만 하고 누웠다 앉았다 가슴을 졸이는 것이었다.

아침을 먹은 후 혼 잃은 사람같이 치과 의원으로 나온 현수를 보고

"병환이 어떠십디까?"

하고 병일이는 한 번도 병실에 들어가지 않는 현수를 잘 알고 있으면서도 일부러 캐묻는 것이었다.

"모르네, 죽을지도 알 수 없지."

현수는 금방 울 것같이 말소리가 떨렸다.

"무슨 그런 말씀을, 오늘도 별로 손님이 없을 것입니다. 돌아가셔서 간호나 하시지요."

병일이는 넌지시 충고를 하였다.

"볼일도 없이 뭣 하러. 간호는 형수씨가 하는데!"

"그래도 곁에 가서 계시면 좋아요."

"무엇이 좋아, 간사하게. 내가 곁에 있으면 나은가. 나는 부끄러워 못 가."

"선생님 친형님 앓으시는데 가보는 것이 부끄러워요?"

"싫어, 그런 간사스런 말은 말아주게. 자네 얼른 집에 가서 책하나 가져오게."

"네."

병일이는 마지못해 일어서며

'공연히 환자 염려가 되니까 집에 가보구 오라는 거지 뭐. 책은무슨 오라질 이름도 없는 책이 있어.'

하고 속으로 중얼거리며 밖으로 나갔다. 병일이는 찬수가 앓아누운 날부터 하루에 수십 차례씩 이런 애매한 심부름을 가는 것이었으므로 현수가 무턱대고 책 가져오라는 그 진의가 어디 있다는 것을 잘 알았다. 그래서 병세만 물어가지고 얼른 돌아오면 현수는판에 박은 듯이 벌떡 일어나며

"형님 죽겠다던가?"

하고 진땀을 흘리는 것이었다. 병일이는 일부러

"책은 무슨 책을 가져오랬어요. 깜박 잊었습니다."

하고 엉뚱한 대답을 하면

"이 사람 정신 잃었구나. 누가 무슨 책이야. 형님이 어찌 됐어?"

하고 화를 내었다.

"선생님이 가보십시오. 묻지 않고 왔습니다."

하고 병일이는 깜찍스런 여인같이 살살 피하면 그는 당장에 뒹굴

며 고함을 칠 것같이 분을 내어 빙빙 한바탕 돌다가는 다시 책 가져오라고 야단을 하는 것이었다.

그는 병일에게 형님 병세를 물어오라고 하기가 부끄러웠던 것이었다.

찬수가 앓아누운 후 현수는 밥 한술 목구멍에 넘어가지 않고 잠한숨 자지 않았으므로 비록 병실에 들어가지는 않아도 그 염려하는 꼴은 곁에 사람의 눈에도 겁이 날 만하였다. 그의 얼굴은 여위고 입술은 부르터 오르며 두 눈은 충혈되어 바로 뜨지 못하였다.

찬수가 누운 지 닷새째 나는 날이었다.

현수는 일부러 아침밥을 먹는 척하고 신문지에다 밥을 절반이나 덜어서 둘둘 뭉쳐놓고 상을 내보낸 후 치과 의원으로 곧 나갈 것같이 일부러 바쁜 척하고 서두르며 안방 편만 자꾸 바라보고 있었다.

찬수의 부인은 안방에서 이 눈치를 채고 얼른 현수의 방으로 건너왔다.

"인제는 안심하십시오. 애들 아버지가 이제 좀 열이 내렸습니다. 장질부사가 아니라 몸살이었던가 봐요."

하고 보고를 하였다. 찬수 부인은 현수를 슬쩍 보기만 하면 그의 속마음을 다 알아채는 것이었다. 그가 아무리 묵묵하니 서 있어도

'옳다, 병세가 알고 싶구나.'

하고 알아채고는 진작 보고를 해야 되는 것이었다. 그러나 현수는 못 들은 척하고

"좀 낫다고 자꾸 밥이나 꾸역꾸역 먹이지 마시구려."

탁 뱉듯이 한마디 집어던지고 꽁지가 빠지게 달려 나가고 말았다. 찬수 부인은 그래도 픽 웃으며

"별난 성질도 다 보겠다. 염려는 죽도록 하면서도 왜 싱구이[10] 남에게 나타내 보이기 싫어하는지."

하고 건너가고 말았다.

현수는 급히 치과 의원으로 나갔다. 그의 어깨는 날아갈 것같이 가뿐하였다.

그 형의 병실에 들어가보기는 아첨하는 것 같아 싫었으나 이미 병이 차도가 있다는 말을 듣고 나니 와락 그 형의 얼굴이 보고 싶어 견딜 수가 없었다. 그는 참다못하여 자기 집으로 달려갔다. 그는 뒷문으로 몸을 숨기고 엿보니 그의 형수는 안방에서 누워 있고 어멈은 툇마루에서 약을 짜고 있었다. 그는 사람 죽으러 가는 자객과 같이 날래게 몸을 날려 병실인 뒷방으로 달려들었다.

그 형은 감았던 눈을 스르르 뜨면서 현수를 바라보았다. 현수는 며칠 사이에 수척해진 그 형을 바라보자 가슴이 금방 깨어질 것같이 아팠다. 그는 묵묵하니 윗목에 가 버티고 서 있었다.

"네 얼굴이 왜 그 모양이야. 밥을 잘 먹어야 한다. 덥다 나가거라. 나는 곧 낫겠지."

찬수는 돌아누우며 이렇게 띄엄띄엄 말하고 입을 닫아버렸다.

"네 형님, 저."

현수는 주먹만 한 눈물을 한 방울 툭 떨어뜨리며 목울대를 박박 긁고

"저, 염려 없습니다."

현수는 더 입을 뗄 수가 없어 얼른 병실을 나서고 말았다. 불과 2분간의 병문안이었다.

그는 마루 한옆에서 눈물을 이리저리 닦았다.

"약이 다 됐어요."

어멈이 약대접을 들고 찬수의 부인을 깨우자 현수는 마루 한옆에 비켜서 몸을 숨겼다.

"현수 얼굴이 왜 그 모양이야."

찬수는 약을 가지고 들어간 그 부인에게 버럭 소리를 질렀다.

"왜 반찬을 주의해 먹이지 않았어? 사람이 영 죽게 되었더구나."

찬수는 약을 받아들고는 고함을 치며 부인을 꾸짖었다. 현수 가슴은 뜨거운 총알을 맞은 것 같았다. 그는 달음박질로 치과 의원으로 달려가 치료 의자에 가 털썩 주저앉으며 목을 놓고 엉엉 울기 시작하였다.

현수를 찾아왔던 명희는 병일이와 기공실에 있다가 깜짝 놀라 달려왔다.

"어엉엉, 엉⋯⋯"

현수는 자꾸 울기만 했다.

"왜 이러십니까?"

"무슨 일이에요?"

명희와 병일이는 질겁을 하며 어리둥절하였다.

"형님, 엉엉, 형님."

그는 울면서 가슴으로 부르짖었다. 허위와 가식으로 된 이 세상에서 절망하고 저주하던 현수는 자기 형에게서 비로소 거짓이 없는 진실한 참다운 사랑을 보았던 것이었다.

"명희 씨, 우리 형님이 좀 나으십니다."

현수는 이윽히 울다가 감격에 떨며 고개를 명희에게 들었다.

"그러세요. 왜 우셨나요?"

현수는 대답 대신 명희의 가느다란 두 눈을 바라보며

"명희 씨, 저하고 결혼합시다."

하고 두 팔을 내밀었다.

"아이, 선생님도."

명희는 깜짝 놀란 듯이 얼굴을 찌푸렸다.

그제야 현수도 자기가 한 말에 스스로 놀랐다. 무의식간에 나온 말이었던 까닭이었다. 절망하였던 현실에서 새 광명을 보는 감격에 꽉 찬 현수의 이 한 말은 시인의 입에서 무의식간에 흘러나오는 즉흥시와도 같은 것이었다.

"명희 씨, 나는 우리 형님이 나를 사랑하는 것같이 당신을 사랑합니다."

현수는 이 말로써 자기가 얼마나 명희를 사랑한다는 것을 충분히 표현한 것으로 믿었다.

"아이, 선생님, 그 무슨 말씀이에요. 전 몰라요."

명희는 새침하여 문밖으로 사라져버렸다.

현수는 이상하다는 듯이 벌떡 일어섰다.

"명……"

그는 명희를 부르려다가 입을 다물고 말았다. 그의 눈앞에 며칠 전에 싸움한 그 신사가 우뚝 서 있는 것이었다.

현수의 두 눈은 핑 도는 것 같았었다.

'모두가 말뿐이야. 말이란 것으로 공연한 이유를 붙여 제가 제일 옳다고 야단들이지. 명희가 다 뭐냐. 나 혼자 남달리 심각한 사상을 가졌다고 고집하며 세상을 욕했지만 모두가 잘못이었다. 이 세상이 나를 제일가는 위인이고 성인이고 부자고 미남자라고 하며 꾸리하게[11] 되지못한 생각들은 하지도 않을 것이다. 모두가 이 내 못난 짜증이었지. 아니 내 못난 것을 자위하려는 비루한 수단으로 끌어다 붙인 이유겠지.

공연히 저 신사와 싸움을 했구나. 형님 병실에 자주 가보는 것이 왜 부끄럽겠나. 남다른 생각을 한다는 것이 진리가 아니다. 진리란 것은 내가 미워하는 허위, 가식으로 된 세상에 있다.'

그는 가슴속으로 부르짖었다. 푸른 꽃을 좋아한다는 그 명희의 남다른 말에 혼을 잃고 있던 자기가 우습게 생각되며 제법 태를 빼물고[12] 나가버리던 그 명희가 아니꼽게 여겨졌다. 그는 얼른 신사의 앞으로 머리를 숙이며

"그저께 실례가 많았습니다."

하고 사죄를 하였다.

"네?"

신사는 놀란 듯이 현수를 바라보았다.

"그런 헛인사는 그만둡시다. 나는 무조건하고 당신의 성격이 맘에 듭니다. 자 이제부터는 서로 좀 친해봅시다."

신사는 쾌활하게 웃었다. 현수는 어리벙벙하여졌다. 두 번 다시 오지 않으리라고 생각하고 욕했던 신사는 다시 오고 믿었던 명희는 가버렸다. 그는 신기한 새 세상에 들어서는 것같이 가슴이 탁 트이며 시원하였다.

"자, 이리 앉으십시오."

현수는 치과 의원 개업 이후 처음 보는 명랑한 얼굴로 친절하게 신사를 치료 의자에 앉혔다.

"자! 양치합시다."

그는 컵의 물을 신사의 입에 대주려다가 깜짝 놀란 사람처럼 컵을 배타기 위에 턱 놓았다가 다시 벌떡 들어 신사의 입에 대려 하였다.

"저번 치료한 후 아주 이가 아프지 않아요."

신사는 현수가 망설이고 있는 컵을 받아들었다.

"네."

현수는 무턱대고 길게 크게 한숨하듯 대꾸를 하고 똑바로 서서 턱을 쭉 빼 올린 후 목울대를 가만가만 두어 번 긁었다.

학사

이병환은 W대학을 졸업한 경제학사이다.

그의 선친 때는 2백 석 추수는 하던 것인데 그들의 형제가 상속
받은 것은 커다란 집 한 채와 때 묻은 가구뿐이었다.

그러므로 대학 본과부터는 고학을 했던 것이다. 돈 있는 친구의
보조도 받고 또 노동도 했고 이따금 그 형이 얼마씩 보내주기도
했으나 그의 대학 생활은 처참하여 실로 억지의 학생 생활을 했던
것이다.

졸업을 앞으로 1년밖에 남기지 않았을 때는 그 형은 늙은 모친
과 어린 자녀를 거느리고 끼니도 이어나가지 못할 형편이었으므
로 이따금 병환에게 곤란한 자기 형편과 얼마만이라도 학비를 보
조해주지 못하는 무력함을 한탄하는 편지를 하는 것이었다. 병환
은 이러한 편지를 받을 때마다 말할 수 없는 초조와 안타까움을
느꼈다.

대학을 졸업만 하고 나면 자기 일가의 모든 불행과 괴로움은 금시에 해소되고 말 것이라고 그는 믿었다. 졸업 후에 할 일이 확정되어 있는 것도 아니요, 또 취직이라도 할 무엇이 있는 것도 아니었으나

'설마 졸업만 하고 나면야.'

하는 막연하다면 기막히게 엉터리없는 막연한 생각이었으나 병환에게는 벌써 졸업 후에 할 일이 확정되어 있는 것보다 몇 갑절 더 달콤한 희망이었으므로

'졸업만 하면.'

하고 생각하면 용기가 충전하는 것 같았다. 세상에 부러운 사람이 없고 어떠한 일이라도 졸업만 하고 나면 자기를 이겨낼 사람이 없을 것같이 생각되었다.

이러한 생각을 하면 모든 이상은 졸업하는 날부터 실현되는 것이니 세월이 어서 달음질하여 졸업 날을 가져오라고 고함을 치고 싶은 것이었다.

그러나 세월은 병환을 저주나 하듯이 더디고 그 형에게서 오는 가난하고 괴로운 눈물의 편지만도 수가 잦아졌다. 그는 자기 일가족에게 모든 행복을 가져오는 졸업할 날을 어서 가져오지 않는 세월이 자기 일가족의 모든 불행의 원인이라고 끝없이 한껏 세월만 원망하였다.

불행하면 누구든지 자기를 불행하게 한 원인이 있고 이 원인을 사람들 앞에서 원망해 보임으로써 자위와 만족을 느끼며 체면 유지를 하려는 것이라 그 원망스런 불행의 원인을 극복시키려는 사

람은 드물다. 병환이도 자기 형 편지를 볼 때마다 가슴이 미어지는 것 같아 세월만 가득 원망하여 편지 답을 써 보내는 것이었다.

이 편지를 받아보는 병환의 형은

'흥, 너는 아직 원망할 대상이 있으니 행복하구나. 나중에 원망하고자 하나 할 대상이 없는 날의 그 불행을 어떻게 이겨나가려노.'

하고 한탄하는 것이었다.

병환은 기다리고 바라던 졸업 날이 닥쳐오자 곧 경제학사 이병환이란 명함을 박았다. 그 형이 무슨 노릇을 하여 어떻게 구변해 낸 돈인지 40원을 보내주었으므로 그것으로 봄 양복 한 벌을 지어 입고 졸업 사진을 상자에 곱게 간수해가지고 부랴부랴 고향인 A로 돌아왔다. 아무도 마중 나와주지도 않은 고향 정거장에 그는 활기 있게 내려섰다.

그는 자기 집에 들어서자 부지중에 눈살이 찌푸려졌다. 늙은 어머니, 말 못 하게 초라한 옷을 입은 그 형, 거러지 떼같이 욱덕이는 조카아이들, 더구나 그 형수의 곯아 붙은 얼굴, 모두가 가엾다기보다 불쾌함이 앞을 서는 것이었다.

길고 긴 5년 동안 객창에서 형설의 공을 닦아 금의환향한 오늘의 자기를 맞아주는 사람들이란 것이 모두 이 모양들이라고 생각하자 부지 중에 한숨이 나오지 않을 수 없었다.

저녁상을 받고 앉으니 조카아이들이 자기 어머니 눈치를 엿보아가면서 병환의 상 위를 바라보며 큰아이는 침을 삼키고 작은아이는 나도 이 밥 달라고 징징댔다. 병환은 그 밥이 넘어가지 않았다.

답답한 가슴으로 거리로 나가보았으나 형설의 공을 닦고 돌아온 자기를 바라보는 사람들의 얼굴은 모두가 무표정하고 쌀쌀하여 대학 출신인 자기를 몰라보았다. 스마트한 그의 새로 맞춘 양복을 보고는 눈 하나 크게 뜨는 사람이 없었다.

"이요. 형식 군 아닌가."

그는 문득 눈앞에 나타난 옛 친구 한 사람에게 활기 있는 인사를 건넸다.

"아? 병환 군인가. 언제 귀향했나."

그 친구는 반갑게 병환의 손을 잡았다.

"오늘 돌아왔네."

"응, 언제 또 가나?"

"인제 졸업했으니까."

"오, 그런가. 축하하네. 그런데 어디 취직처나 정했나."

"……"

병환은 총알이나 맞은 것같이 뜨끔해져 얼른 대답이 나오지 않았다.

"경쟁이 심하니까 어서 어디 취직부터 해야 할 것인데."

그 친구는 이렇게 말했다.

"글쎄, 설마 취직쯤이야."

그는 얼마만치 그 친구에게 우월감을 가지며 이렇게 걸림 없이 말했다.

"대학 졸업을 했으니까 취직쯤이야 어려울 것 없지만 자네도 짐이 많으니까 말일세."

"나야 무슨 짐이 있나?"

"없다면 그만이겠지만 자네 형님이 별 기술이 없으니까."

친구의 이 말에 병환의 자존심은 여지없이 내리박히는 것 같았다. 그의 눈앞에 자기 집 식구의 지지한 꼴이 떠오르며

'우리 집안이 이렇게 된 줄 모르는 사람이 없구나.'

하는 생각이 번쩍하여 그 친구와 더 말을 하고 서 있기가 불쾌했으므로

"또 천천히 만나세. 지금 좀 가볼 데가 있어서!"

하고 그 친구와 갈라졌다.

그는 그 길로 자기의 고종사촌 되는 누이의 집으로 향했다. 이 누이는 고등여학교 출신으로 은행원에게 시집가서 따뜻한 문화 생활을 하고 있는 터이라

"아이고 오빠, 잘 오세요. 축하합니다. 이제는 학사님이시지."

불과 한 살 차이요 어릴 때 서로 한곳에서 자란 탓으로 친함이 친구와 같았으므로 누이는 그를 보자 곧 농담을 섞어 반겨 맞았다.

"그래 잘 있었나? 바깥주인은 어데 갔어?"

하고 전등불이 휘황한 방 안으로 들어갔다.

"오빠 이제는 여기서 사실 텐데 큰오빠 댁에 그대로 계시려나요?"

누이의 이 말이 병환은 반가웠다. 동경같이 화려한 곳에 있던 몸, 더구나 최고학부까지 졸업한 당당한 청년 신사의 몸으로서

어떻게 그런 구지리한[1] 집에 살 수가 있겠느냐고 묻는 말같이 그는 느꼈던 것이었다.

"그래, 대체 집구석이 왜 모두 그 모양으로 되고 말아서……"
하고 그 형의 변통머리 없음을 원망하듯 말하였다.

"그러기에 말이지요. 큰오빠는 좀 성질이 눅눅해서 말이 아니어요. 장차 오빠 혼자서 어떻게 그 짐을 지시겠어요."

누이는 어디까지든지 자기를 잘 알아주는 것같이 느껴져 하는 말이 모두 자기 맘에 맞았다.

"말이 아니야. 어떻게든지 내가 책임을 져야 되는 것이니까! 그렇지만 그까짓 것 염려할 것 없어!"

그는 졸업만 하고 나면…… 하고 벼르고 바라던 용기가 아직 그대로 있는 터이라 가볍게 대답하였다.

"아이고 참, 월급 생활을 하려면 아니꼬운 꼴이 많으니까 오빠도 장차 어떻게 참고 지내실 터요?"

"구태여 월급쟁이가 될 필요가 있나?"

그는 명랑하게 웃었다. 누이가 자기를 월급쟁이가 되는 줄만 아는 것이 철없어 보였다. 그의 꿈은 적어도 청년 실업가에 있었던 것이었다.

"월급쟁이가 아니라도 좋은 일이 있다면야 오죽 좋겠어요. 오빠는 월급쟁이 노릇을 하시지 않으려나요?"

"월급쟁이라도 계급이 있는 것이니까 구태여 안 하겠다는 것은 아니지만."

그는 누이 남편이 상업학교 출신밖에 되지 않으니까 아니꼬운 꼴을 보는 것이지 자기처럼 대학 출신이라면 남의 아래 갈 리가 없으니 아니꼬운 꼴을 볼 턱이 없다고 생각하였다.

그러나 민감한 누이는 병환의 이 말에 조금 불쾌함을 느꼈는지

"물론 월급쟁이라도 계급이 있지만 첨부터 그렇게 좋은 자리를 주나요."

하고 응수하는 것이었다.

"참 오빠, 장가는 드실 생각 없어요?"

하고 자기가 병환에게 응수한 것이 과하지 않았나 하여 얼른 말끝을 돌리며 홍차 따를 준비를 하였다.

"장가? 글쎄."

병환이도 말머리가 돌려진 것이 반가워 얼른 대답을 하며 싱글싱글 웃었다.

"어여쁜 색시야 많이 있지만 오빠 맘에 드실지!"

"글쎄, 어떤 색시가 좋은지 나는 참 모르겠더라."

병환이는 지금까지 이 중대한 문제를 한 번도 구체적으로 생각해보지 않았던 것이 이상하였다고 느낄 만치 지금의 자기에게 빼놓을 수 없는 긴급하고 중대한 문제 중의 하나라고 생각되었다.

"내 중매해드려요?"

누이는 상긋 웃으며 찻잔을 병환의 앞에 놓으며

"대체 결혼에 대한 오빠의 이상을 알아야지요."

하고 과자 그릇을 열어놓았다.

"글쎄…… 나는 아직 그런 것을 생각해볼 여가가 없었다."

"그러면 내가 알아맞힐까요? 첫째 인텔리 여성일 것, 둘째 얼

굴이 얌전할 것, 셋째……"

하고 누이는 웃고 말았다.

"돈 있는 집 딸."

이라고 하려던 것을 병환의 자존심을 보장해주기 위하여 웃고 만
것이었다. 병환은 이어서 조건의 뜻을 알아채지 못하고

"나는 모르겠다. 좌우간 모든 점에 있어서 너만큼만 하면 충분
하지."

하며 찻잔을 들었다.

"아이고 천만에, 내 따위만큼 한 색시야 와글와글하지요."

"그렇게 많거든 하나 중매해보렴."

"그런데, 오빠 결혼하시려면 한 가지 빠져서는 안 될, 아니 제
일 중요한 조건이 뭐예요?"

"제일 조건…… 글쎄 모르겠다."

"사람만 맘에 들면 아무리 신분이 나쁘든지 가난하든지 해도
관계없어요?"

영리한 누이는 병환의 결혼에는 가장 큰 조건이 될 것이 이것임
을 미리 짐작한 바이나 이렇게 병환의 귀에 거슬리지 않게 슬쩍
물어보는 것이었다.

"신분 낮은 것이 무슨 관계이겠나. 더구나 가난한 것이 문제될
턱이 있겠나. 돈 있는 집 여자는 당초에 원하고 싶지 않다."

"……"

누이는 병환의 이 대답이 철없게도 보이고 가엾게도 여겨졌다.

"돈 있는 집 여자는 건방져서……"

병환은 누이의 맘속은 알아차리지 못하였다.

"돈 있는 여자는 건방지다고 싫단 말씀이지요?"

"건방질 뿐 아니라 내 친구의 말을 들으니 남편을 막 쥐고 흔들려고 한다더라. 그뿐 아니라, 여자 건방진 건 못써."

"아이고 참 오빠, 그것 말이 되나요. 여자가 건방지고, 남편을 깔고 앉으려면 그것이 되는 일인가요. 모두가 그 남편에게 달렸지요. 남자가 여자에게 쥐이는 불출이가 어디 있겠으며 제아무리 건방진들 남자보다 더한 여자가 어디 있겠어요."

"그렇기야 하지만 이것은 이론이고 정말 건방만 부린다면 죽이지도 못하고 기막힐 것이야. 좌우간 여자는 여자답게 부드럽고 얌전해야 돼!"

"아니, 오빠는 아주 머리가 고물이구려!"

"아니, 너도 남녀동등을 찾니?"

"천만에 동등이 아니라……"

누이는

"아따, 어디 봅시다. 만일 취직처가 얼른 나서지 않고 그 집구석에서 고생을 조금 해보면 알 것을. 나중에는 돈 있는 집에 장가가려고 헤맬 것을."

하는 말이 입술까지 튀어나오는 것을 참아버리고 이 말도 오래 할 것이 못 된다고 그는 더 계속하지 않았다.

"너 군청에 들어가지 않겠나?"

며칠 후에 병환의 형은 딱한 얼굴로 이렇게 물었다.

"군청에요?"

"그래."

"군청에……"

그는 아니꼽다는 듯이 군청에를 되씹고 나서

"좋은 자리가 있습니까?"

하고 그 형을 바라보았다.

"아마 네 맘에는 차지 않겠지만 하는 수가 있나. 집안 형편이
이러니까 취직부터 해야지."

형은 아우에게 애원하는 듯한 어조였다.

"대관절 월급은 얼마쯤이나 되나요?"

병환은 바쁘게 물었다. 경제학사인 자기가 월급 생활로 들어간
다면 얼마로 평가되느냐 하는 호기심에서이다.

"한 40원은 될 거야. 이것도 대학 출신이니까 특별이지."

그 형은 간신히 머뭇거리며 바른말을 했다.

"뭐요? 40원…… 하하하."

그는 어이없다는 듯이 쾌활하게 웃었다.

보통학교나 겨우 졸업한 내기들이 몇십 년 군청 밥을 먹다가 나
중에는 제법 군 주사입네, 하고 다니는 사람들을 불쌍한 미물들
이라고 아득한 꼴자구니²를 내려다보듯 해온 터이라, 오늘의 자
기가 돈 40원에 팔려 그들과 한집 안 공기를 호흡하며 동료가 되
라고 하는 자기 형의 말은 정말 정신없는 익살이라고 느끼며 잇따
라 두어 번 더 웃었다.

"그렇지만 이 자리를 떨어트리면 정말 어렵다."

그 형은 철없어 보이는 자기 동생을 안타깝게 여기며 기어이 승낙을 받으려 했다.

　그러나 병환이는

"나로서는 차마 못 하겠는데요."

하고 보기 좋게 그 형의 의견을 일축해버렸다.

　그 후 병환이는 자기 친구들에게 편지로 취직을 의뢰하기도 하고, 그 형이 결사적으로 애를 쓴 결과 서너 군데나 월급자리가 있었으나, 맨 처음 군청 고용 자리보다 조금도 나은 곳이 없었다.

"40원……"

　이것이 병환의 정가와도 같아 그는 이 모욕을 참을 길이 없었다.

　아우의 이 맘속을 잘 아는 그 형은 그 철없음이 가엽기도 하고, 속이 상하기도 하고 또는 비웃고도 싶었으나 그래도 한 자리 차던지면 또 한 자리 물어다 바치곤 하여 쉬지 않았다. 병환이는 학생 시대에 한 가정도 구원하지 못하는 그 형을 변통머리 없는 못난 사내라고 불쌍하게 여겨왔었으나, 오늘에 와서는 도리어 그 형이 자기를 위하여 취직 운동에 맹렬히 활동함을 봄에 새삼스럽게 놀라지 않을 수 없었다.

"정말이지 현하 조선에 있어서는 대학이 아니라 대학의 선조 꼭지까지 졸업한 사람이라도 단번에 회사 중역이나 군수나 서장이나 그런 자리를 네 기다렸습니다. 하고 내다 바칠 데가 없는 것이다. 너도 그만 취직할 작정을 해라."

하고 갖은 말을 다하여 승낙하기를 바랐다.

"그렇지만 너무 억울하고 아니꼬워서 어떻게!"

병환은 한결같이 뻣뻣하였다.

"그렇기야 하지만 첫째 집안 형편이 말이 안 되니 우선 급한 대로 아무 데나 들어가놓고 차차 기회와 왕운을 기다려야지."

"그건 그렇지 않아요. 아무리 일시적이라 하고 아무렇게나 취직을 한다고 하지만 한번 취직을 하고 나면 그 사람이 이미 평가되고 마는 것이 되고, 또 아니하고 있느니보다 좋은 자리를 그 직업에 좋아 고르게 될 기회가 적어지는 것이어요. 첫째 누구라도 사람이 필요하여 나를 초빙하려면 내가 취직하고 있는 것보다, 놀고 있는 편이 유리할 것이 아니어요. 그렇기도 하고 또, 어디 우리 살림에 40원 가지고 지탱할 것 같습디까? 좀 고생되더라도 시작을 좋은 자리에 해야 되는 것입니다."

병환이도 40원에 취직하지 않으려던 이유가 차차 변해왔다. 지금은 40원이란 월급에 기가 막혀 웃지도 않고, 보통학교 졸업 자리와 한 동료가 되기 아니꼽다던 것도 차차 말하지 않게 되며 얼마만치 유리하게 타산적으로 변하게 된 것도 오랜 세월이 걸렸었다.

그 봄, 여름, 가을이 지나고 겨울이 닥쳐오자 병환 일가의 생활은 기막히게 되어갔다. 아무 수입이 없이 그 형이 예전 친구에게서 취해오는 돈과 염치 체면 없이 건달 노릇을 하여 잡는 돈으로 살아오는 터이라 이따금 끼니를 굶는 것은 예삿일이 되었다. 병환의 앞에 수없이 갈아들이던 취직자리도 그렇게 무진장은 아니었던지

"답답하니 40원에라도……"

할 때는 허갈밭[3]을 매도 쉽게 나서지 않았다.

봄, 여름, 가을은 졸업할 때 지어 입은 봄 양복으로 어떻게든지 출입을 했으나, 겨울이 탁 닥쳐오니 병환은 방 안에 갇혀 앉지 않을 수 없었다. 동경서 입던 학생복은 귀향할 때 고학하는 친구에게 훨훨 벗어주었고 단벌 양복은 봄옷이니 그는 찬방에 종일 틀어박혔다가 그 형이 집에 들면 두루마기를 얻어 입고 간신히 문밖 구경을 하게 되었다.

"이럴 수가 있나."

그는 목도리도 없이 소름 끼친 두 뺨에 쓴 냉소를 띄우고 친구의 사랑으로 찾아다녔다.

그는 졸업한 후 오늘까지 근 1년 동안을 돈이라고 손에 쥐어보지 못했었으나 술과 담배 피우는 양은 무척 늘었었다.

"저놈의 자식 대학 졸업을 했으면 제일인가. 왜 일없이 밤낮 남의 사랑에 눌어붙어 멀쩡한 자식을 끌고 요릿집에 못 가서 애를 쓰노."

친구의 마누라나 어머니 들은 모조리 병환을 미워하고 욕하였으나 병환 자신은 꿈에도 그 미움을 느끼지 못하고 자기는 비록 곤궁한 신세이나 돈 있고 중학 졸업도 못 한 친구들에게는 자기가 그렇게 놀러 다녀주는 것이 영광은 못 될지라도 불쾌하거나, 싫어할 리는 없으리라고 믿었으므로 모양은 초라하나 친구와 요릿집에 가는 데는 상좌를 점령하는 버릇까지 들고 말았다. 그는 비록 불청객이 자래로[4] 요릿집 가는 친구에게 따라가기도 점점 무

관하여져서

"나만 공술을 밤낮 얻어먹기 미안하네. 나도 돈 있으면 한턱 쏘고 싶네."

하던 체면도 차차 사라지고 자존심도 우월감도 억제심도 어디로 달아났는지 턱없고, 미움받는 공술에 공연히 주량만 늘게 되었다. 그의 집에서 끼니를 자주 굶게 됨에 따라 그는 취직보다, 무엇보다 제일 앞서는 문제는

'어디서 누가 한턱 쏘지 않나.'

하는 생각이었으므로 이 친구 저 친구 집을 엿보다가 혹은 권하고 혹은 예언하듯, 혹은 억지로라도 한턱을 시켜 우려먹기도 일쑤가 되었다. 그러나 그도 이따끔, 너무 억지의 술을 얻어먹고 돌아오면

'허? 이거야 참 거러지에 질 배가 있나?'

하고 가슴이 아플 때도 있으나, 그렇다고 어떻게 할 수도 없는 사정이라, 울분하여 한숨만 짓다 마는 것이었다.

대학 출신인 당당한 장래 청년 실업가가 될 이병환이가 고등 부랑자 룸펜으로 진출하게 된 지 몇 달이 못 되어 그의 친구라는 친구는 모조리 서로 마주칠까 몸서리를 내게까지 되었다.

친구들이 그를 만날까 울겁⁵을 내며 요릿집엘 가든지 무슨 회합을 하든지 하는 것을 알게 되면,

'내가 이렇게까지 못난 놈이 되었던가.'

하고 반성이나, 자책은 할 생각이 없고 도리어

'죽일 놈들, 어디 보자. 기어이 이 턱을 빼앗아 먹고는 말리라.

네놈들이 아무리 건방 떨어도 빨가벗고 늘어서서 보면 세상의 대우도 또는 기생들까지라도 너희 놈들을 좋다고 하지는 않을 것이다. 오직 돈이 있으니, 그 돈으로 몸을 잘 장식하고 있는 까닭에 너희 놈을 제일로 여기는 데 불과하다.'

고 그는 가슴속으로 중얼거리는 것이었다. 지금의 병환에게는 양심이나 자존심을 가지지 못한 만큼 나날이 그 생활은 핍박하여갔던 것이다.

병환을 멸시하고 미워하는 것은 오직 그의 친구며 친구들의 아내, 부모 들뿐만 아니라 고종사촌 누이까지도 동경서 첨 나오던 날과는 대우가 첫째 천양지차로 달라졌다. 요즘은 그를 대하면 비웃는 것이 인사가 되었다.

"오빠는 늘 그러고 놀아서 어떡해요. 좀 염치가 있어야지. 첫째 큰오빠 댁 보기 창피하지 않아요."

하고 볶아대는 것이었다.

"애, 듣기 싫다. 낸들 이러고 있기를 자원하는 줄 아니."

"에이그, 지금 세상이 어떠한 세상이라구."

"너보다는 좀더 알고 있을 터니 염려 마라. 어디 중매나 좀 하렴."

"아하 오빠도, 내가 그렇게 권할 때는 바로 안 하겠다더니……"

누이는 감춤 없이 입을 비죽거렸다.

"애, 너니까 부끄럼 없이 하는 말이다마는 어디 그럴듯한 색시 없니?"

이미 철면피가 된 병환이었으니 자기가 이 누이에게 돈 있는 여자에게는 장가들지 않으려고 하늘같이 버티어 보였던 때가 있었으니만큼 섭적[6] 돈 있는 색시에게 중매하라는 말이 나오지 않았다.

"그럴듯한 색시라니, 오빠의 이상에 맞는 여자 말씀이오?"

"이상보다, 좀."

그는 누이가 그럴듯이란 말의 의미가 돈 있는, 하는 말을 암시하는 것인 줄 알면서도 일부러 파고 물음에는 대답하기가 간지러워 머뭇거리지 않을 수 없었다.

"저, 오빠야 돈 있는 집 색시는 죽어도 원치 않을 터이고……"

누이는 어디까지든지 비꼬았다.

"돈 있는 집 색시라도 괜찮다."

그는 이렇게 정색을 하며 말을 하는 것이었다.

"하하하, 오빠도 인제는 글렀어요. 졸업하고 나온 직후였다면 나도 너도 하고 시집오려던 색시가 많았지만 이제는 고등 부랑자요 건달 건달 상건달이라고 아무도 시집 안 오려는데요."

누이는 침 끝같이 날카롭게 피육[7]하였다.

"허허허, 나를 그렇게 생각하나? 그러지 말고 돈 있는 집 외딸이나……"

그는 누이의 찌르는 듯한 말이 가슴에 조금도 자극되지 않는 바는 아니나 그렇다고 무료하게 앉았을 수도 없어 농담같이 말을 붙이는 것이었다.

"아이코나, 오빠, 부잣집 외딸은 남편의 뺨을 막 친대요."

병환은 누이가 아무리 다잡더라도 자기가 부잣집 색시와 결혼

할 결심은 이렇게도 굳고 변하지 않는다는 듯이 싱글싱글 웃으며

"그럴 리야 있나. 치면 두들겨 맞기도 하지. 그까짓 것 문제가 되나."

"인제는 오빠도 사람이 되나 보오. 그런데 오빠 내 말 좀 듣겠어요."

누이는 태도를 일변하여 정색하며 말을 꺼냈다.

"오빠, 나는 이래 봬도 날마다 오빠를 어떻게 하나 하고 염려해 왔어요. 그런데요, 오빠는 지금 바른말을 하면 부랑자로 세상이 인증하고 있어요. 그러니까, 좋은 일을 하나 가르쳐드리겠어요. 오빠는 오빠가 제일인 것 같지만 세상이 알아주지 않는데야 어떡해요."

하고 이야기하는 것은 병환으로 하여금 노동자가 되라는 것이었다. 자기 남편은 매인 몸이라 여가가 없지만 자기는 아이도 없으니 여가가 많이 있는 까닭에 지금까지 저축한 돈도 있고 소작으로 준 전지도 있으며, 더구나, 지난해에 국유지를 1만 5천여 평 대부해놓은 것이 있으니 여기에 과수도 심고 다른 농작물도 지으며 한편으로 여러 가지로 애를 쓰면 할 일이 많으니까 자기와 같이 흙속에서 일할 생각이 없느냐, 라는 것이었다.

"그것도 좋지."

"이것 보세요. 과수나무를 심으면 과실이 열릴 때까지는 아무 수입이 없을 테니 꿀벌도 먹이고, 양잠도 해야 돼요. 다른 일꾼을 쓰지 말고 될 수 있는 대로 두 사람이 노동합시다."

하며 과수 재배법을 연구한 적에서 잠대내놓등양끄[8]았다. 병환은

처음은 농담으로만 들었던 것이 차차 진검(眞儉)해지는 누이의 말을 듣자 다소 생각하지 않을 수 없었다.

"그래 그것도 좋다. 해보자."

하고, 누이가

"아주 철저한 노동자가 되어야 해요. 남의 집 담사리⁹처럼!"

하고 다짐을 하여도

"그래, 염려 없다. 꼭 해보겠다."

하고 쾌히 응낙하였다. 그러나 속으로는

'내가 어디 농업학교 출신인가.'

하고 누이의 턱 모르고 열중하는 태도가 우습고 천진스러웠다. 그뿐 아니라 어서 돈 있는 집에 장가나 들게 중매하라고 조르고 싶은 맘만 가득하였으나, 그 누이의 태도에 어디인지 범할 수 없는 위엄이 자기를 압도하는 것 같아 그 말은 입에서 나오지 않고 농장 계획에 대한 자자한 예산을 귀 밖으로 들으며 대답만은 열심히 하고 있었다.

"그렇지마는 1년 2년에 돈이 벌어지는 것도 아닌데, 지루해서 하겠니."

병환은 이야기가 거의 끝날 때쯤 하여 참다못해 한마디 내놓고 말았다. 누이는 놀란 듯이 병환을 바라보며 그 표정이 점점 굳어지며

"아니 오빠는 내 말을 들어주는 줄 알았더니, 찬성하는 척하고 나를 놀린 셈이세요?"

하고 말소리가 가늘면서도 힘 있었다.

"아니야……"

병환은 누이가 자기를 가엾게 보는 듯한 그 표정과 말에 일변 놀라며 취소하듯 손을 흔들었다.

"아직 오빠는 더 고생을 해야겠어요."

하고 더 입을 열지 않았다. 병환은 조금 무료하게 앉았다가 일어서 나왔다.

'사람이란 고생을 하면 자연 정신을 차리게 되는데 오빠는 고생을 하면 할수록 그 고생에 이겨내지 못하고 그 자리에 엎어져 자기도 모르는 사이에 타락되고 마는 사람이야.'

하고 누이는 생각함에 어떻게 해야 병환이가 한 걸음 한 걸음 타락해감을 뉘우치게 할 수 있으랴, 하고 한탄하였다.

호도 糊途

"네까짓 것쯤이야 단주먹이야. 뭐 단주먹에 박살이 나고말고."

"……"

"이년, 어서 내놓아!"

"……"

"이년아, 글쎄 네 이년! 이년아."

"……"

"아, 저년이 귓구멍에다 ××을 박았나? 글쎄 이년아 돈 50전만 내놓으란 말이다."

"……"

"50전이 없거든 20전만이라도 내라."

"……"

"당장에 배때기를 푹 찔러 간을 빼어 지근지근 씹어놓을 년, 돈 10전이라도 내놓아라 응? 이년아."

"......"

"이년이 그래도 벼락을 맞지 않아서 근질근질하구나. 돈 5전도 없어?"

"......"

"이런 빌어먹다가 얼음판에 가 자빠져 문둥 지랄병을 하다가 죽을 년아. 돈 5전이 없다고 안 내놓는단 말이야? 허허 참 이년이야! 에라 이 목탕목탕 썰어 죽일 년 같으니......"

후다닥 지끈, 뚝딱, 하는 법석과 함께 마누라의 몸은 뜰 한가운데 가서 큰대자로 벌떡 때려뉘어졌다.

"이년이 사람을 잡아먹고 아이새끼로 입가심할 년이, 돈 5전이 없다고 남의 속을 이렇게 썩인단 말이지......"

연달아 박차고 밟고 두들기고 하다가, 나중에는 기운이 빠졌는지 방 안으로 뛰어 들어가, 다 떨어진 노랑 장롱 문을 뚝 잡아떼고 그 안에 들어 있는 의복 몇 가지를 골라잡고 밖으로 훌쩍 뛰어나와, 아직껏 뜰 한가운데에 퍼져 누운 마누라를 손에 쥔 옷가지로 두서너 번 후려쳐 갈겨주고는, 휑 거리로 사라져버렸다.

마누라는 죽은 것같이 쭉 뻗고 누웠다가, 이윽고 부스스 일어나 앉았다.

"도둑놈......"

단 한 마디 밸듯 부르짖고 긴 한숨과 함께 일어서 방 안으로 들어가, 흩어진 옷들을 주섬주섬하여 농 안에 밀어 넣고 떨어진 농 문짝을 집어 농문을 막으려다가, 그대로 윗목에 밀쳐놓았다.

"암만 생각해도 할 수 없구나."

마누라는 천천히 걸어서 김문서(金文瑞)의 농장으로 일거리를 찾으러 가는 길이다. 벌써 그 먼 옛날의 꿈으로 사라지고 만 일이나, 그 행복스럽던 기억이 하나둘 머리에 떠오르며, 며칠 전 남편에게 그렇게 얻어맞아 퍼렇게 멍이 든 뺨은 화끈하게 붉은 물을 들였다.

"사람의 팔자라는 건 정말 무섭다. 내가 그때 왜 그랬을까……아이고."

그는 자기 몸을 물어뜯고 싶을 만큼 안타까웠다.

"다 이년의 잘못이지, 이년의 팔자지……"

"그때 그이는 그렇게도 애를 썼는데, 이 못된 년이 무슨 개지랄이 들어서 달아나기는 왜 했던고."

"아이고 오오……"

길 가던 사람이 웃을 만큼 그는 혼자 중얼거리며 섰다가 걸어가다가 하며 발끝을 망설였다.

그는 올해 스물아홉 살이다. 벌써 네번째의 임신으로 배는 바가지를 찬 듯이 불쑥 높았다. 첫째와 둘째는 49일 안에 죽고 말았는데, 그 죽은 것도 남편인 최가에게 맞아 죽은 것이나 다름이 없었고, 셋째는 배 속에 든 채 발길에 채여서 일곱 달 만에 죽어 나왔다. 이번 넷째는 웬일인지 아무리 맞고 차이고 밟히고 하여도 그대로 펄떡펄떡 저대로 자라고 있다.

'엄마! 나는 기어이 살아 나가겠어. 그래서 엄마 원수를 갚아줄게……'

라고나 하듯 좀처럼 낙태가 되지 않았다.

그러나 그가 김문서의 농장에라도 가서 일을 하지 않고는 살아 갈 수 없게 된 뒤부터는

"아이고, 이 원수 놈의 씨야…… 대체 이번은 왜 낙태도 되지 않고 남의 속에 들어붙어 나를 부끄럽게 하노. 이렇게 배가 불러 어떻게 그이를 대하노!"

하며 그 옛날의 김문서를 눈앞에 그려보며 중얼거리는 것이었다. 그러면 배 안에서는

'이년아, 너는 전생에 죄가 많아서 나를 배었단다. 내가 나가면 아버지보다 더 골탕을 먹여주겠다.'

고나 하듯이 자기의 창자를 휘어잡고 떨어지지 않는 것같이도 생각이 들었다.

그가 열일곱 살 적…… 그때 일이다.

그때 한동네에 사는 김문서가 상처를 하고 난 지 얼마 되지 않았을 때다. 문서는 동네 앞 샘터에 물 길러 간 그의 허리를 휘잡아 안으며

"옥남아! 나는 네가 좋다. 너 내게 시집와주지 않겠니?"

하고 대들던 김문서였다.

"아이고머니, 놓아요."

소리를 빽 지르며 물동이도 집어던지고 그대로 달아났던 그이었다.

"이 계집애야, 너만 허락하면 만고[1] 호강을 할 터인데, 내가 네게 싫어 보이는 것이 뭐냐?"

김문서는 간절히도 그에게 사랑을 요구하였다.

"아이고 더러워라. 상처한 남자에게 재취댁으로 내가 시집갈 줄 아나베."[2]

하고 그는 어디까지나 침을 뱉었었고, 그의 부모도 암만해도 숫계집애는 숫총각이라야…… 라는 생각으로 끝끝내 김문서를 거절하고 지금 남편인 이 최가에게 시집오게 되고 만 것이었다.

가장 행복한 배필이라고 믿었던 숫처녀 숫총각의 이 한 쌍 부부는 오래지 않아 세상에서 드문 비렁뱅이의 처참한 생활로 떨어졌으니, 최가는 알코올 중독자였었다.

그러나 김문서는 어디서 얻었는지 꽤 얌전스런 아내를 맞아 살림도 쥐새끼 일듯 자꾸 불어서 지금은 동네 앞에다 큰 농장을 경영하며 봄철에서 가을까지는 거의 날마다 이삼십 명씩 일꾼을 부리게까지 벌어졌다.

그러므로 최가의 아내가 된 그는 아무리 굶주려도 이 농장에 일하러 갈 생각은 하지 않고 오늘까지 왔다.

"아이고 더러워. 상처한 남자에게 내가 시집갈 줄 아나베."

하고 뿌리치던 그 일이 생각나는 까닭에

"나를 좀 써주시오."

하고 김문서에게 도로 애원하기가 차마 못 할 노릇이었었다.

그러나, 오늘은 할 수 없었다. 그동안 참고, 또 참아왔지만, 오늘내일로 해산이 임박하였고, 남편인 최가는 단 하나 남은 솥을 들고 나간 지 사흘째 소식이 돈절[3]하며, 입에 넣을 것이라고는 찬물밖에 없으니, 그래도 죽는 것보다는 나으려니 하고 이렇게 김문서의 농장으로 향해 나선 것이다. 차마 못 할 일이었다.

그는 농장 앞까지 갔다. 철망 저쪽 농장 안에서는 여러 사람이 일을 하고 있었다. 그는 우뚝 서 바라보다가 가만히 그중의 한 사람을 향하여

"여보소, 덕동댁이."

하고 불렀다.

"누구야? 아아 옥계댁이오? 왜 불러요."

하고 불린 여편네가 그를 바라보았다.

"좀 할 말이 있어……"

그는 어물어물하며 조금 나와달라는 듯이 말끝을 흐려버렸다.

"아이고, 지금은 일하는 시간인데, 주인이 보면 야단합니다. 할 말이 있거든 당신이 이리 오소."

덕동댁이란 여편네는 다시 허리를 굽혀 일을 계속하였다. 그는 공연히 입을 비쭉한 후 앞뒤를 돌아본 후, 허리를 굽혀 부른 배를 감추듯 하며, 멍든 뺨을 한 손으로 가리고 농장 안으로 들어갔다.

다행히 주인 김문서의 얼굴이 보이지 않았으므로 얼른 덕동댁에게로 가까이 갔다.

"아이고, 하는 수가 없어요. 나도 일 좀 하게 해주소."

그는 말이 잘 나오지 않아 와들와들 떨며 겨우 자기가 온 뜻을 말했다.

"아니, 오늘은 틀렸는데, 일 시작한 지가 언제라고……"

덕동댁은 늦게 왔으므로 오늘은 일을 시키지 않으리라는 의견이었다. 그는 금방 눈물이 뚝 떨어질 것 같았다.

'설마, 그이가 보았으면 좀 늦게 온 것쯤이야……'

하는 생각에 살이 와락 떨리며

"주인은 어디 있어요?

하고 물었다.

"저기 배추밭에 서 있지 않아요."

하고 가리켜주는 편을 바라보며, 그는 무의식간에 그편으로 달음
질하여 갔다.

사람의 기척에 배추벌레 잡는 여편네들을 감독하며 서 있던 사
내가 고개를 돌렸다. 그는 틀림없는 김문서였다. 옛날 자기의 허
리에 매달려 애원하던 그 김문서임에 틀림없었다.

넓적한 얼굴, 뚱뚱한 몸집, 쭉 째진 입. 그때 그렇게도 징그럽게
뵈던 김문서가 오늘은 왜 이다지도 그를 슬프게 함일까…… 가
슴이 쿵덕하며 눈물이 주르륵 떨어졌다. 말문이 막히고 두 귀가
'왱' 하며 얼굴이 화끈해졌다.

"일하러 왔어? 저기 가서 벌레를 잡아."

김문서는 태연하게 밭골을 가리켰다.

"아이고, 그 마누라 배를 보니, 어디 일하겠는가요? 그중에 또
늦게 오고……"

곁에 섰던 여편네 하나가 툭 튀어나왔다.

여편네 차림차림이 분명코 문서 마누라임에 틀림이 없었다.

문서는 그를 그 예전 자기가 무릎을 꿇던 아름답던 처녀 옥남인
줄을 알았음인지 몰라보았음인지 싱긋이 사람 좋은 웃음을 남기
고 돌아서 저편으로 가버렸다.

"여보, 당신은 늦게 온 대신 쉬는 시간에도 쉬지 말어."

하고 문서의 마누라는 연해 남편의 뒤를 따라갔다.

그는 겨우 진정한 후 문서가 사라진 편을 잠깐 바라본 후 고개를 축 늘여가지고 밭고랑에 가 앉았다.

"옥계댁이 오늘 웬일이오?"

일하던 여 인부들은 모두 그와 한동네에 사는 터이라, 서로 인사를 건넨다.

"일하러 왔지요."

그는 고개를 내려뜨린 채 간신히 대답하였다.

그날 아침에 냉이나물 한 죽이를 소금에 찍어 먹고 왔을 뿐인 그는 해가 점심때 가까이 되자, 등줄이 당기며 두 눈은 목구멍으로 삼키려는 듯하고, 배 껍질은 배가 고파 말라붙는 것 같건만, 찢어질 듯 따가우며 연해 쩡하니 울리듯 아팠다.

이마에 진땀이 흐르고 아무리 보아도 범상치 않았다.

점심시간이 되자, 다른 일꾼들은 밥 꾸러미를 안고 제각기 이곳저곳 둘러앉아 먹기 시작하였으나, 그는 가지고 온 것이 없을 뿐 아니라, 간간이 시작되는 아픔에 못 견디어 밭 한옆 움푹진 골에 가 엎드려 있었다.

아무리 생각하여도 해산 기미가 분명해지자, 그는 집으로 돌아갈 기력도 없을 뿐 아니라, 그대로 돌아가면, 삯전도 받지 못할 것을 생각하고, 오늘 해만 참으려고 이를 악물고 손가락을 갈고리처럼 웅크려 땅을 박박 긁었다.

점심시간인 한 시간 반을 그는 고랑에 엎드려 참지 못할 일인 줄 알면서도, 그이가 고맙게도 허락해준 그 일자리를 위해서라도 참아야 된다고 애를 썼다. 그러나 아픈 것은 각각이 더해지며, 조수 밀듯 밀려오는 고통에 허리는 척 무너지는 듯하였다.

"아이고, 암만해도 안 되겠구나."

그는 속으로 부르짖고, 당장에 까무러치고 그 자리에 잦아질 것 같아지며, 그의 가물거리는 본능의 눈에 채 굵지 않은 봄 무의 고랑이 비쳤다. 다음 순간에 그는 흙 묻은 무 한 개를 잎사귀째 마구 씹어 삼키고 있는 자기를 보았다.

"아이고, 저기 누가 무를 뽑아 먹네."

누구의 말소린지가 들려왔다. 그러나 그는 움직이지도 않고, 무 꽁지, 무 잎사귀 남기지 않고 다 씹어 삼켰다.

"무를 그렇게 뽑아 먹으면 어째, 도둑년!"

하는 소리가 그의 귓문 앞까지 갔을 때는 한 생명이 이 세상에 생겨 나오는 순간이었다. 배추 고랑에 엎드린 그의 속옷 가랑이에 끼인 새 생명은 연해 고함을 치고 있었다.

밭 가운데서 어린아이를 순산한 것은 좋은 일이라고 문서는 그를 잘 단속하게 하며, 쌀 한 말을 가져다주었다.

해산한 지 여드레 만에 남편 최가가 돌아왔다.

"이년, 또 아이새끼는 왜 내질러."

하며 누더기를 젖히고 아기의 다리 사이를 들여다보더니,

"이런 빌어먹을 년."

하고 벌떡 일어서서 후다닥 연거푸 마누라의 뺨따귀를 올려붙인 후

"계집아이는 낳아 뭐 한다고, 재수 없게 이년, 이까짓 것 먹일 것 있거든 내나 먹자."

소리를 빽 지르고 누더기째 아기를 발길에 감아 차 던졌다.

"캑!"

하는 소리와 함께 벽에 가 붙었던 누더기가 방바닥에 떨어지며 그대로 고요해졌다.

"아이고머니."

마누라는 와락 누더기를 끌어안았다.

"이년, 죽은 지가 오래다."

최가는 한마디를 남기고 휭 나가버렸다.

그는 목을 놓고 울었다. 뼈가 저리게 슬펐다. 그러나 그는 앞으로 할 일은 단지 동네 구장에게 가서 죽었다는 말을 한 후, 호미를 가지고 공동묘지로 아기를 안고 가서 그곳에 파고 묻어버리는 것, 이 일만 해야 되는 줄 알았을 뿐이었다.

이날, 남편 소식이 끊어진 지 열흘째 되는 날이요, 아기를 묻어버린 지도 열흘째 되는 날이다.

이날은 동네에 새로 생긴 ××를 신축함으로서 상량식(上樑式)을 하는 날이다.

이 상량식에 올릴 제물을 장만하느라고 동네 여편네들은 모였다.

"이 음식은 장만할 때, 맛을 본다든지 몰래 군입을 댄다든지 하면 안 되는 것이오. 아주 정결하게 제물을 올려야 하는 것이니까,

모두 입을 봉해서 만드오."

라고 구장이 선언을 내리자, 여편네들은 수건으로 입을 가려 뒤통수에다 잡아매고 혹은 떡을 치고, 혹은 고기를 굽고, 혹은 나물새를 볶는 것이었다.

최가 마누라인 그는 나물새를 만드는 데 끼었다.

음식은 착착 장만되어갔다.

그는 마지막 콩나물을 볶는 솥에 불을 넣는데 어느 사이엔지 입을 가린 수건이 턱으로 미끄러져 내렸다. 그는 그것도 모르고 솥뚜껑을 열고 나물을 들여다보았다. 아무리 보아도 조금 싱거울 것만 같아 얼른 한 손가락으로 나물을 집어 입에 넣었다.

"이년."

하는 소리가 어디서 나자, 그는 깜짝 놀라 생각이 났다.

"제물이니 맛도 보지 말고 입을 봉하라."

던 구장의 말이 번개같이 머리를 스치자, 얼른 턱 아래 미끄러진 수건을 입 위로 추켜올리려 했다.

"이년."

"요망스런 년."

"제물에다가……"

하는 소리가 요란해지며 몇 개의 발과 손이 그의 가슴으로 내리덮쳤다.

"아이고머니…… 옥계댁이가 죽지 않소."

하는 비명이 어느 여편네의 입에서 솟아나자, 일순간 잠잠해졌다.

그의 입을 가린 수건 사이에 콩나물 한 개가 걸려 있을 뿐, 그는 눈을 뜬 채 영원한 침묵 속으로 사라져갔다.

어느 전원의 풍경
—일명·법률

　말갛게 깎은 머리 위에 탕건만 눌러쓰고 활짝 돋운 남폿불을 바라보며 김상렬은 눈 하나 깜짝하지 않고 앉아 있었다. 건넌방에서는 아이들의 장난하는 소리가 부산하였다.
　'오늘 밤만 새면 내일부터는 또 한 해가 시작된다.'
하고 그는 빨뿌리¹에 담배 한 개를 끼워 들고 생각에 잠기었다.
　'좌우간 오늘 밤 안에 작정을 단단히 해가지고 내일부터는 근심이 없도록 해버려야지, 차일피일 하다가는 큰일이다.'
　그는 길게 한숨을 내쉬었다. 남들은 부잣집이라고 모두 부러워하나 실상 김상렬 자신은 기막힐 딱한 걱정이 두 가지 있었다. 그는 이 걱정거리를 없애기 위하여 오래 고민하여왔으나 좌우 판단을 내리기에는 여간 어려운 일이 아님을 잘 깨달았던 것이다. 하나는 자기의 뒤를 이을 맏아들에 관한 일이요, 또 하나는 자기의 전 재산에 관한 일이니만큼 지금의 김상렬에게는 자기 생명 다음

가는 중대한 걱정거리다.

그는 이 두 가지를 생각할 때마다

'지금 세상은 예전 세상과 다르다. 예전에는 천벌이 무서워 차마 하지 못하는 일이 많았지마는 지금은 천벌이란 것이 없어졌다. 톱으로 썰어 죽이고, 벼락을 때려 가루를 내어 죽여도 죄는 죄대로 남을 용덕이란 놈은 아직껏 네 활개 펴고 잘 살게만 해두고, 그렇게 순직하고 부지런하던 김 서방은 재작년 여름에 벼락을 맞아 죽었으니 이것만 보더라도 천벌이란 정말 엉터리없는 것으로 타락되고 만 것임을 알 수가 있단 말이지. 그리고 이 땅덩어리로 말하더라도 옛적에는 부동여산(不動如山)이니 태산같이 믿는다느니 하여 대지를 변함도 움직임도 없는 절대의 것으로 믿고, 둘 곳 없는 심사라도 오직 이 땅 위에만은 맘 턱 놓고 발을 내려디디던 것이었으나 지금은 어디 땅이 흔들린다는 둥, 어느 곳 땅이 벌어지고 사람이 죽는다고 법석이라는 둥, 아무 산이 터지며 불꽃이 충천한다는 둥 하니 이런 기막힐 일이 어디 또 있겠는가. 움직이지 않는다고 믿은 땅덩어리가 움직이니, 항상 움직이며 살아가는 사람이야 일러 무엇 하랴. 변화무궁하고 교묘 교활하며 심지어 선악의 표준까지 혼돈케 되어 구별할 길이 없으니 나는 어느 것을 절대적 옳은 것으로 믿을 수가 없고, 이 가운데서 살아가기 정말 두렵다. 그러나 이 가운데서라도 절대로 믿을 수 있는 것이 하나 있기는 하다. 그러나 이것도 내 편을 만들고 내 수중에서 녹여낼 수 있어야 믿을 수 있는 것이다. 아니다. 이것에 나타나 있는 대로만 하는 것이 절대로 착한 일이며 절대로 옳은 일

이다.'

라고 생각하는 것이었다. 김상렬이가 이같이 믿을 수 없다는 세
상에서 오직 한 가지 믿을 수 있다는 것이 무엇일까.

　그것은 법률이다. 이 법률이란 것이 어떻게 생겨났던 것인지 또
누가 만들어낸 것인지 하는 것을 생각할 필요가 없었다. 그가 법
률이란 것을 알게 되던 때(물론 육법전서를 다 알게 된 것은 아니
다. 법률이란 것이 있다는 것만을 알게 된 때에 말이다.) 너무 기뻐
하늘이 무심치 않음에 감사하였던 것이다.

　'천벌이 영험 없게 된 것도 하늘의 옥제가 이 땅 위에 당신이 택
하신 임금님을 내리시자 법률이란 것을 만들게 하셔 간접으로 정
사를 하시게 된 것이리라.'

고 무한히 기뻐하였던 것이었다. 그리하여 그는 법률에 눈이 밝
다는, 자기와 각별히 친한 친구 이정환을 자주 만나서 온갖 법률
에 대한 이야기를 하였다. 그러나 그는 이야기를 많이 들으면 들
을수록 한 가지 괴로움이 생겨났다. 그것은 자기 아들에 관한 일
이었다. 물론 아들이 못나서 하는 걱정이 아니라 그대로 남에게
뒤지지 않을 만은 하지만 장가를 잘못 보낸 탓이었다. 처음 장가
갈 때는 과히 싫다고는 하지 않던 것이 초행에서 돌아온 이후는
죽어도 색시 집에 가지 않겠다고 뻗대는 것이었다. 그 후 색시를
데려온 후도 한방에 거처하는 일이 없고 밤낮 그 부모에게 이혼시
켜달라고 졸라대었다. 그러므로 상렬은 그 아들에게 만단으로 회
유하고 때로는 위협도 하고 갖은 수단으로 달래봐도 전혀 효험이
없었다. 그러나 어찌 된 셈인지 그러는 중에도 며느리가 딸을 하

나 낳았다.

"입으로는 싫어해도 속으로는 그다지 싫지 않기에 아이를 낳지 않았나."

하는 사람도 있고 하여 상렬은 아무래도 이혼은 시키지 않으려 하였다. 그러나 아들은 아내가 아이를 낳고 난 후 아무 말 없이 동경으로 달아나고 말았다.

"이혼해주기 전에는 돌아가지 않겠습니다."

라고 틈틈이 말만 보내고, 3년이 되어도 귀국하지 않았다. 상렬은 차차 걱정이 되기 시작하였다. 아들의 장래와 집안 형편을 생각하면 얼른 이혼을 시켜버리고 다른 데 좋은 며느리를 맞아 오고 싶으나 며느리 편에서 순순히 이혼해주지 않을 것임을 생각하면 가슴이 답답하지 않을 수 없었다.

며느리도 처음엔 시부모가 자기편을 들어주었으나 차차 시부모의 맘도 자기를 떠나감을 보고 분하고 안타까운 악심만 자꾸 들어갔다. 그러므로 양편의 가슴속이 얼굴에 나타나게 되자 집안은 평온한 날이 없어졌다. 날이 갈수록 상렬은 이 문제가 심각하게 머리에 떠올랐다.

법률만 없으면 그만 며느리를 쫓아 보내고 아들을 데려왔으면 좋으련만 아무 이유 없이 법률이 이혼을 허락할 리도 없고, 또 그대로 쫓아 보냈다가 법률에 걸리면 어떻게 하나 하는 것이 문제가 되었다. 시부모의 이런 생각이 날로 그 얼굴에 나타나자 며느리도 처음같이 유순하지 못했다. 피차 시비가 심함에 따라 상렬은 그같이 기뻐하였던 법이란 것이 도리어 가증스럽게 여겨졌다.

이때에 또 한 가지 걱정이 튀어나왔다. 그것은 어느 친구의 사정에 동정하여 5만 원 차용증서에 연대 보증인으로 도장을 찍어주었던 것이 이제는 자기가 그 돈의 어환 책임을 전부 지게 되었던 것이다. 원금은 단 5만 원이나 이자까지 합하면 1천 석 추수밖에 안 되는 자기 재산 전부를 다 해도 오히려 부족할 지경이었던 것이었다. 그는 이 뜻하지 않은 걱정에 이 1년을 죽어지냈던 것이었다. 생각하면 이 두 가지 걱정이 모두 억울한 걱정임을 깨닫자 그의 초조함은 비할 데가 없었다.

'아들 장가도 지금 며느리에게 보내지 않고, 친구야 죽든 살든 보증인만 되어주지 않았으면 아무 걱정 없이 편안히 행복하게 살 것을……'

하고 생각하면 이 두 가지가 모두 미묘하고 사소한 변변치 못한 동기와 인연으로 말미암아서 된 것임에 더 한층 답답해지는 것이었다. 지금 며느리와 혼인하지 않아도 장가갈 수 있는 자기 아들이요, 보증인이 되어주지 않더라도 그 친구와의 우정이 상해질 리가 없었을 것이다.

상렬은 생각다 못하여 벌떡 일어나 의관을 갖추고 밖으로 나왔다. 골목마다 섣달 그믐날 밤이라 사람들의 걸음 소리가 바쁘게 들렸다. 그는 어두운 골목을 한참 걸어 이정환의 사랑으로 찾아 들어 갔다.

"그믐날 밤에 찾아오기는 좀 미안하네만."

하고 방 안에 들어가며 인사를 하였다.

"자네는 친구 집에 놀러 오는 데도 날을 받아서 오는가. 그믐날은 놀러 오면 안 된다던가?"

이정환은 구들목에 누웠다 일어나며 반갑게 맞았다.

"자네 춥지 않나, 그만 갓일랑 집어치우고 나처럼 겨울에는 모자를 쓰게나."

하고 엉성하게 추워 보이는 상렬을 조롱하듯 하며 아랫목으로 자리를 비켜놓았다. 그러나 상렬은 얼굴을 찌푸리고 윗목에 가 소매 속에 손을 넣은 채 구부리고 앉았다.

"자네 무슨 근심 있는가."

정환은 연달아 싱글싱글하며 상렬을 건너다보았다.

"자네에게 물어볼 말이 있어 왔네."

상렬은 그제야 소매에서 손을 빼고 담뱃갑을 끄집어내었다.

"무슨 말인가?"

"다름이 아닐세, 자네도 알다시피……"

상렬은 말을 어떻게 끌어내야 좋을지 맘속으로 생각하며 말끝을 길게 뺐다.

"글쎄, 자네 사정이야 내가 모르는 게 있나 그러나, 너무 걱정일랑 하지 말게."

"그러니 말일세. 저 우리 자식 놈의 일을 어떻게 하면 좋을까."

상렬은 이미 정환에게 속 통정을 해오던 터이라 바로 말을 끄집어내었다.

"허, 그 사람, 그까짓 것 걱정할 게 뭐야. 며느리가 아무리 중하다 할지라도 내 아들만은 못한 것이니 아들이 정 싫다면 이혼을 해버려야지."

정환은 시원스럽게 말을 하였다.

"글쎄, 내 자식이 중하기는 하지만 이유도 죄도 없이 어떻게 며느리를 쫓느냐 말일세. 더구나 계집아이라도 벌써 새끼까지 낳은 것을. 설령 내가 또 쫓고 싶다고 한들 법이 있는데 임의로 쫓기어지느냐 말일세."

상렬은 그제야 자기의 맘속을 다 말이나 한 듯이 한숨을 내쉬고 정환을 쳐다보았다.

"저런 사람 좀 보게. 자네 내 말 듣게. 좌우간 이제는 자네도 법만 허락하면 이혼시켜주려는 것이지?"

정환은 정색하며 다잡아 물었다.

"그렇지 않은가. 법만 없으면 그만 제 친정으로 보내버리지."

"그럼 문제없네. 예끼 사람, 그까짓 게 뭐가 걱정이야. 내가 책임짐세. 법률이란 게 원래 무서워할 게 아니네. 언제든지 내 편을 만들어놓으면 그만일세. 착한 일만 하는 사람이라도 악한 놈에게 못 이기는 수도 있게 하는 것이 법률이거든. 그 참 교묘하이."

정환의 말이 무슨 뜻인지 상렬은 알아듣지 못하였다.

"좌우간 자네가 이미 이혼시키려는 결심만 있다면 천 원 하나는 손해가 날 터이나 염려 없네. 내가 책임지고 이혼되도록 해줌세."

"아니 천 원만 있으면 이혼이 될까?"

상렬은 정환의 말이어서 순순하게 들리므로 속으로 의아하였다. 돈 천 원만 있으면 이혼이 된다는 조목이 법률에 씌어 있으면 모르거니와 그렇지 않고는 불가능하다고 생각되었다. 자기 며느리는 목이 끊어져도 친정에는 가지 않으며 또 만일 남편이 다른 데 장가를 가면 백 번이고 천 번이고 초례청에 대들어 막 부수어 댈 것이며 어린아이는 자기가 데리고 키우겠다는 둥, 벼르는 것을 잘 알고 있는 상렬이었기 때문이다. 물론 며느리 한 사람뿐이면 좀 쉬울 것이나 며느리의 친정에도 상당한 젊은 남자가 많아서 좀처럼 이혼은 해주지 않을 것이었으므로이다. 그러나 정환은 그까짓 이유는 말도 되지 않는다는 듯이

"예끼, 바보 같은 사람, 한번 이혼만 해버리면 그만이지 무슨 상관인가. 제까짓 것이야 무어라고 시위를 한대도 염려 없네. 한번 이혼한 후에는 자네 집에 무단히는 오지도 못하네. 잘못 행패를 하다가는 콩밥을 먹이지……"

하고 자못 염려 없다는 듯이 우겨대었다.

"그렇지만 그렇게 되나? 초례청에 대들면 큰일이지."

상렬은 자꾸 염려가 놓이지 않았다.

"여보게, 이혼하면 남남인데, 남의 잔치에 대어들면 법률이 가만히 있나?"

"음……"

상렬은 그제야 고개를 끄덕끄덕하였다.

"참 그렇지만 이혼하기까지가 문제지?"

하고 다시 정환을 바라보았다.

"염려 없네. 내가 수단을 가르쳐줌세. 좌우간 며느리를 잘 꾀어서 제 입으로 이혼하겠다고만 하도록 하면 그만일세."

하고 계교를 하나 가르쳐주었다. 상렬은 그 말을 다 듣고 나니 그럴 듯도 하였으나 사람으로서 차마 하지 못할 일이었다.

"여보게, 그렇게 할 수야 있나?"

하고 상렬은 입맛을 다셨다.

"허, 이 사람. 지금 세상에는 어떠한 못 할 짓을 하더라도 법률에 걸리지 않게만 하면 제일일세."

정환은 예사라는 듯이 말했다.

"그것은 그렇게 한다고 하면 그만일세만, 또 한 가지 있네."

상렬은 집에 가서 다시 더 생각해보리라고 작정을 한 후, 또 한 가지를 마저 꺼내었다.

"무엇인가?"

정환은 벽에 어깨를 기대어 앉으며 어떠한 어려운 문제라도 끌고 오라는 듯이 버티었다.

"자네도 알지만 그 보증해준 5만 원 말일세. 반환 기일이 다섯 달밖에 남지 않았는데 어떡하나?"

"그까짓 것도 염려 없네. 내가 한 푼도 구경도 못 한 돈을 멀쩡하게 갚아줄 바보가 어디 있는가. 자네는 그 돈을 갚으면 거지가 되지 않나? 나 같으면 그 돈을 내가 써 없앴더라도 갚아주지 않겠네."

정환은 이 말을 듣고 놀라는 상렬을 비웃는 얼굴로 바라보았다.

"갚지 않아도 배겨낼 수 있게 하는 법이 있는가?"

"있고말고."

"여보게, 농담이 아닐세."

"허, 누구는 농담인 줄 아는가? 당장에 안 갚아도 관계없게 해 줌세."

"……"

"예를 들어 말하자면 자네가 나에게 갚을 돈이 30만 원가량 있다고 하면 그만이 아닌가?"

"?"

"내 말을 잘 듣게. 만일 자네가 그 돈을 갚지 않고 있으면 돈 받을 자가 재산을 차압을 하지 않겠나?"

"그렇지."

"여보게, 내 말은 그자들이 차압을 하기 전에 자네가 한 푼도 없는 사람이 되어버리면 그만이 아닌가?"

"예끼 사람, 그만두게. 나는 정말 걱정일세. 농담은 그만두고 좀 생각해주게."

상렬은 웃으며 정환에게 간청하듯 말했다.

"허, 누가 농담을 한단 말인가. 자세히 설명할 테니 들어보게. 자네가 거짓 증서를 하나 쓰거든."

"어떻게……"

"30만 원쯤 자네가 나에게 차용한 것같이 거짓 증서를 써가지고 내 앞으로 공정 증서를 낸단 말일세."

"공정 증서?"

"옳지. 자네 재산은 전부 내 것이라고 즉 30만 원 대부해준 까닭에 그 돈을 갚기 전에 자네 재산은 아무도 손대지 못하게 내 것이라고 공정 증명서를 하나 내놓으면 누가 보든지 자네 재산은 내 것이 되어 있으니 아무 놈도 손을 못 대지 않겠나."

"그래."

상렬은 너무 감격하였다. 지금 세상의 법률이란 이다지도 교묘하며 이다지도 나를 위해 갖은 법을 다 마련해두었던가 하는 생각이 들었기 때문이었다.

상렬은 집에 돌아와 갓을 벗어 걸고 큰기침을 한 후

"아가."

하고 크게 불렀다. 그믐날 밤은 잠을 자면 눈썹이 센다고 막내아들과 딸들이 안방에서 떠들고 있었다. 두어 번 연달아 부르는 사이에

"네."

하고 며느리가 사랑으로 달려왔다.

"준비가 다 되었느냐?"

"네."

"하룻날 제사는 일찍 모시게 해라, 세배꾼들이 오기 전에."

"네."

그믐날 밤인 탓인지 며느리의 대답 소리는 평소보다 부드럽고 공손하였다.

물론 이만한 말을 하기 위하여 며느리를 사랑까지 불러낼 것도 아니며 전 같으면 며느리가 곁에 있더라도 마누라를 불러 분부하는 것이었으나 이제 듣고 온 이정환의 말이 생각났으므로 당장에 음모 공작을 개시하려고 일부러 며느리를 불러낸 것이었다. 그러나 며느리의 공손스런 태도를 보자, 그만 가슴이 턱 막혀졌다.

"아가, 춥지 않으냐? 잠깐 누워 쉬어라."

그는 이 말을 정환이 일러준 계교로 하려던 것이 참으로 속으로 솟아 나오는 위로의 말이 되고 말았다.

"네, 아버님 시장하시지 않습니까? 벌써 12시나 되었습니다."

"아니다. 그만둬라."

"약식이 다 됐습니다. 조금 가져오리까?"

며느리는 염려되는 듯이 조용히 물었다. 상렬은 정환과 자기가 조금 전에 어떠한 이야기를 하고 왔는지도 모르고 있는 며느리가 가엾기도 하고 또 스스로 부끄럽기도 하였다.

"그만둬라. 어서 들어가 좀 쉬어라."

말소리가 떨리어 나왔다.

"네."

며느리는 손을 이불 아래 넣어 방바닥을 만져 차지나 않은가 하고 물은 후 살그머니 물러 나갔다.

"어허이."

상렬은 길게 한숨을 쉬고 드러누웠다.

"나는 정말 못 하겠구나."

하고 중얼거렸다. 그는 정환이가 가르쳐주던 계교가 다시금 생각났다.

"될 수 있는 대로 며느리를 귀히 여기는 척하여 그동안 상했던 사이를 회복시킨 후 이혼만 하면 아들이 돌아온다고 하니, 이혼장에 도장만 찍어 동경으로 보내면 아들이 돌아올 테니 돌아오면 시부모가 잘 회유하여 서로 의가 상합하도록 할 테니 염려 말고 도장만 찍어라. 그리고 너의 친정 부모도 알면 재미없으니 네가 가만히 도장을 찍어가지고 오너라."

고만 자꾸 꾀던 정환의 얼굴이 떠오르며 몸에 소름이 끼쳤다.

'법률이 이러한 간사한 꾀를 용납시킨다 하더라도 사람으로서 차마 못 할 짓이다.'

라고 상렬은 생각하였다. 그러면서 한편 자기 재산에 대하여는 정환이가 말하는 대로만 하리라고 결정하였다.

정월 대보름이 지난 후 어느 날 사랑에 내려온 마누라를 보고 상렬은 정환에게서 들은 계교를 이야기하였다.

이 말을 듣고 난 마누라는 명절 때마다 더욱 간절한 아들 생각에 속을 상하던 마음이라 펄쩍 뛸 듯이 기뻐했다.

"암만해도 내 자식이 있은 후에라야 남의 자식 사정을 보는 법이야."

하며 당장에 그 계교를 쓰겠다고 야단을 했다.

"안 돼."

상렬은 그믐날 밤 이후 끝없이 가엾게 보이는 며느리를 차마 속여 넘기기가 가슴이 아팠다.

"영감은 정신이 빠졌소? 그래 이대로만 있다가 걔가 동경서 영영 안 나오면 어떻게 하며, 동경보다 더 먼 데로 가버리면 어쩔 테요. 그리고 또 원래 싫은 부부를 사람의 힘으로 어떻게 하나요. 피차 팔자가 아니에요."

하고 마누라는 빡빡 세웠다.

상렬은 잠잠하고 앉았다가 도장을 주머니에 넣어가지고 집을 나섰다.

이미 자기 집 재산은 전부 동산, 부동산 할 것 없이 하나도 남기지 않고 이정환의 앞으로 공정 증명을 내기로 준비가 다 되었던 것이었다. 물론 상렬도 자기 전 재산을 남의 명의 아래 두기가 위태한 것 같기는 하나, 이정환의 재산도 이삼십만 원은 될 뿐 아니라고 죽마고우로서 오늘까지 친형제 진배없이 지내왔던 터이라 십분 안심하였던 것이다. 만일 그대로 두었다가는 채권자에게 그대로 홀딱 빼앗길 것이었으므로 그는 아주 맘을 놓았던 것이었다. 그러므로 그날 모든 수속을 마치고 집에 돌아오니 한쪽 어깨가 가뿐하여 맘이 무척 상쾌하였다.

"아가, 술 한잔 덥혀다오."

하며 그는 안으로 들어갔다. 며느리는 뜰에 내려와 상렬을 맞아들인 후 술상을 차려 들고 안방으로 들어왔다.

"어, 이제 안심이다. 너희들은 몰랐어도 나는 그 보증해준 것 때문에 어떻게 염려를 했는지 모른다."

상렬은 술잔을 들며 이렇게 말하였다.

"안심이라니, 어떻게 된 셈이오?"

마누라도 이미 그 보증해준 5만 원 까닭에 무척 애를 써오던 터라 반기어 물었다.

"이야기할 테니 듣소."

상렬은 정환과 그동안 해놓은 공정 증서 이야기를 다 했다. 마누라는 자세히 듣고 나더니 만일 며느리가 장차 이혼을 당하고 나면 누설하지 않을까 두려운 듯이 상렬에게 눈짓으로 염려하는 표정을 지었다. 그러나 상렬은 요즘 그 며느리가 가여워 가슴이 아픈 터라 모르는 척하고

"아가, 이제는 안심해라."

하고 연해 술잔을 기울였다. 마누라도 지금까지와는 태도가 일변하여 며느리를 무척 중히 여기는 척하였다. 상렬은 비록 자기 마누라가 거짓으로 며느리를 사랑하나 며느리는 그 사랑을 참으로 받고 감격하여 공손히 받드는 것을 보며 도리어 마누라와 아들이 얄밉고 괘씸해졌다.

"아버님, 드릴 말씀은 아니올시다마는 제 생각에는 염려가 됩니다."

하고 며느리는 상렬 부부의 맘속에는 무관심하고 이렇게 입을 열었다.

"엉? 무엇이!"

"아무리 친하신 사이시더라도 사람의 속을 어떻게 아실 수 있습니까? 그러하오면 전 가산이 이정환 씨 명의로 있게 되오니 염려올시다. 아무 증인도 없는데…… 아니올시다. 설혹 증인이 있다 하더라도 벌써 법률적으로 뚜렷이 그분의 것이오니 그분이 만일 마음을 잘못 쓰신다면 어떻게 하겠습니까?"

하고 며느리는 얼굴이 푸르러졌다.

"엉?"

상렬은 심 황후를 만난 심 봉사처럼 두 눈이 활짝 뜨인 것 같아 벌떡 일어나 섰다.

"아가, 네 말이 과연 옳구나. 법률이란 참 교묘하구나. 위에 위가 있고, 아래에 또 아래가 있어 끝이 없겠구나. 만일 정환이가 거짓 증서 아니라고 하면 그만이지…… 정말 무섭다."

"아이참 그래. 그러면 어쩌나."

마누라도 펄쩍 뛰었다.

상렬은 바쁘게 정환의 집으로 달려갔다.

광인수기 狂人手記

아이고.

비도 비도 경치게 청승맞다.

이렇게 오면 별것 없이 흉년이지 뭐야.

아이 무서워라. 또 큰물이 나가면 어떡해요. 그 싯누런 큰물 아이 무서워.

글쎄 하느님! 제발 덕분에 비를 조금 거두시소…… 그래도 안 거두시네!

허허 참, 사람 죽이는구나. 글쎄 이 얌통머리 까지고 소견머리가 홀락 벗겨진 하느님아 내 말씀 들어봐라.

이렇게 자꾸 쓸데없는 물을 내리쏟으면 어떻게 하느냐 말이다. 큰물이 나가면 다리가 떠내려가고 사람이 빠져 죽고 별일이 다 생기지요. 또 흉년이 지면 두말없이 백성이 굶어 죽지요. 하나도 이익이 없는데 왜 그렇게 물을 내리쏟는가 말이오!

아이, 아이고 무서워라. 하느님이 제 욕한다고 벼락을 내려칠라. 히히히! 벼락이라니. 나는 암만 욕을 해도 마음속으로는 당신을 그리 밉게 여기지는 않는다오. 용서하시소.

아니다, 네 이놈 하느님아. 에이 빌어먹을 개새끼 같은 하느님아, 네가 분명 하느님이라면 왜 그 악하고 악한 도둑놈의 연놈을 그대로 둔단 말인고. 당장에 벼락 천둥을 내려 연놈을 한꺼번에 박살을 시킬 일이지. 아니올시다. 아이 무서워, 아니올시다. 거짓말이올시다. 일부러 하는 말이올시다. 그 연놈이 죄가 있을 리 있는가요. 다 내 팔자지요. 부디부디 벼락은 치지 말고 잘 살도록 해주시소.

하하하! 웃기는구나.

우스워서 죽겠네.

저 빌어먹다 낮잠 잘 하느님은 저를 위해주고 겁내 하면 할수록 점점 더 건방이 늘고 심술이 늘어가더라.

나를 영 사람으로 여기지 않더라.

내가 모두 팔자로 돌리고 좋으나 궂으나 좋다고만 하니까 아주 나를 바보로 아는 모양이지, 이 지경을 만드는 것을 보면……

아이고 아이고 흑흑……

하느님, 당신을 욕하면 무엇하는가요. 당신도 이미 빤히 내려다봤으니 알 일이지마는 내 말을 다시 한번 들어보소.

거짓말할 내가 아니지.

아이고 추워라. 오뉴월 무덕더위[1]라고 한창 더울 이때에 빌어먹을 비 까닭에 이렇게 추운 것이지.

아이참, 그놈의 다리는 경치게도 높다. 조금만 더 낮았다면 비가 조금 덜 들이칠 텐데, 아이 이것도 내 팔잔가.

어떤 연놈은 팔자 좋아 시원한 집에서 더우면 전기 부채 틀어 놓고 비가 와서 이렇게 추워지면 안방에 따뜨무리하게[2] 불을 때서 반드라시[3] 드러누워 남편 놈과 우스개 놀이나 주고받고 하지마는……

그뿐이겠나. 뭐 또 맛있는 것 사다 놓고 먹기 싫도록 처먹어가면서.

아따 참, 그 빛 좋은 과실 한 개 먹어봤으면…… 아이고, 생각하면 뭣 하나. 왜 이렇게 추운가. 옳지 바지가 이렇게 떨어졌구나.

아이고, 이것이 말이 저고리지 걸레나 다름없지 뭐……

아이고 아이고 흑흑……

오뉴월 궂은비는 처정처정[4] 청승맞게 오는데 이 떨어진 옷을…… 이것이 옷인가, 걸레지. 벌벌 떨며 이 다리 밑에 혼자 쭈굴시고[5] 앉았으니 거러지나 다름없지. 벌써 해가 졌는가. 왜 이리 침침하노. 대체 구름이 끼었으니 해가 졌는지 떴는지 알 수가 있나.

사람의 새끼라고는 하나도 없구나.

아이고 비는 몹시도 들이친다.

하느님아! 할 수 없구마. 당신하고 나하고 둘이서 이야기나 합시다.

그때 말인가요?

내 나이는 열일곱 살. 그이 나이는 열여덟이었지요. 그이가 나에게로 장가들게 되는 것을 아주 기뻐한다고 중매하던 경순이네 할머니가 나에게 말해주더군요. 그래서 나도 속으로는 은근히 좋아서 어서 혼인날이 왔으면 싶어서 몹시 기다렸지요. 그럭저럭 혼인식도 지내고 첫날밤이 되었지요. 히히히. 참…… 히히히, 무척도 부끄럽더라.

　문밖에서 모두들 들여다보느라고 킥킥거리며 웃는 소리가 들리기도 하는데 그이는 부끄럽지도 않던지 온갖 재롱을 다 부리겠지요. 참, 술잔을 따라서 나에게 자꾸만 받으라고 조르겠지요.

　"색시요, 이 술잔 받으시오, 어서어서."

하며…… 그렇지만 내가 얼마나 얌전한 색시였다고 덥석 손을 냈을 리가 있는가요. 어림도 없었지요, 암!

　아주 쪽 빼물고서[6] 홋들치고[7] 앉아서 곁눈 한번 떠본 일이 없었지요. 히히히.

　그래도 신랑 얼굴이 얼마나 잘생겼는지 보고 싶은 마음이야 어찌 다 말할 수 있소. 그래 그이는 권하다 못하여 한 손으로 남의 손목을 슬쩍 잡아당기겠지요.

　"자, 술잔 받으시오."

하며.

　그때 나는 손을 빼틀처[8] 움츠리며 얼른 한번 홀겨보니 머리는 빡빡 깎았지마는 우뚝한 코, 얌전스런 입, 눈도 그리 밉지 않게 생겼고, 눈썹이 새까만 것이 아주 맘에 쏙 들며 가슴이 짜릿해지고 어떻게 새삼스럽게 부끄러운지 눈물이 핑 돌았어요.

　아이참, 지금 생각해도 등에 땀이 납니다. 그이는 그날 밤에 왜 그리도 술잔을 받으라고 조르는지요. 중매한 늙은이가 아마도 신부는 술잔깨나 마신다고나 했는지 기어이 술잔을 받으라고만 성화였어요.

"이 술잔은 우리 두 사람이 백년가약을 맹세한다는 뜻인데 당신이 받아주지 않으면 나는 이대로 돌아가는 수밖에 없지요. 아마도 당신이 술잔을 받지 않는 것을 보니 나를 싫어하는 것이지요. 아마도 당신은 나보다 더 좋은 사람에게 시집가고 싶은가 봅니다."

하며 아주 성을 낸 것 같더군요. 그래서 나는 하도 딱하고 기가 막혀 말은 할 수 없고 그만 참다못하여 울어버렸지요.

그랬더니 그이는 갑자기 바싹 다가앉으며

"여보시오. 그래도 내 술잔 안 받을 터이시오?"

하며 내 손을 다시 잡아당기겠지요. 나는 흑흑 느끼며 못 이기는 체하고 그 술잔을 쥐어주는 대로 받아 들기는 했지마는 어디 마실 수야 있어야지요. 그래서 방바닥에 살그머니 놓았지요. 아이고머니, 그랬더니 창밖에서는 아주 킥킥하며 웃어젖히는데 그 부끄러움이야 어디다 비할 수 있을까요.

그제야 그이가 벌떡 일어서더니 병풍으로 창을 가려서 뺑 둘러쳐버리고 내 곁에 와 앉더니 내 머리도 쓰다듬어보고, 내 허리도 쓰다듬어보고 머리를 굽혀 내 얼굴도 들여다보고, 온갖 아양을 다 부리더니

"색시요. 대답 좀 해보시오."

하겠지요. 이때는 그에게 잡힌 내 손을 그대로 맡겨두고 있었습

니다.

"당신은 나를 사랑하십니까?"

하고 묻겠지요.

허 참, 기막힐 일이 아닙니까. 무어라고 대답을 하는가요. 바로 말하면 아직 그의 얼굴도 자세히 쳐다보지 못했으니까 말이지요. 그러나 그때는 그이가 왜 그런 말을 물을까, 그런 말을 물어서 무엇 하려는가, 이제는 할 수 없는데 나는 당신을 사랑하지 않고 될 말인가. 나는 가슴이 짜릿짜릿하고 이만치 부끄러운데, 하는 생각만 가득하여 고개를 푹 숙였더니, 그는

"아, 감사합니다. 이 사람을 사랑하십니까."

하겠지요. 아마도 그는 내가 고개를 숙이니까 머리를 끄덕이는 줄 알았던 모양이지요. 하하하!

그래 하하하 참, 우습다.

그이가 먼저 옷을 벗고 나더니, 먼저 내 왼편 버선을 한 짝 벗기더니 내 치마끈을 잡아당기겠지요. 나를 홀랑 벗길 작정인 것쯤이야 내가 누구라고 모르겠소. 아무리 학교 공부는 못했지마는 그래도 귀한 딸이라고 한문 글도 배웠고 꽤 똑똑한 색시였으니까 말이지요.

아이고 참, 내 말이 거짓말인 줄 아나베. 내가 왜 한문을 몰라! 『소학』도 다 배웠는데. 할부정(割不正)이어든 불식(不食)하며 석부정(席不正)이어든 불좌(不坐)[9]하며. 이것이 다 『소학』에 있는 글이라오.

그래, 참 내가 정신이 없구나. 하던 이야기나 마저 해야지.

하느님 당신 듣는가요? 참 재미있지요. 그래그래, 그래서 말이야. 그이가 아주 눈이 발칵 뒤집혀가지고…… 히히.

아주 숨 쉬는 소리가 황소 같더군. 제까짓 신랑 놈이 아무리 지랄을 한들 내가 가슴을 꼭 껴안고 있으니 어디 내 옷을 벗길 수 있어야지. 그렇지마는 너무 뺑소니를 치면 또 성을 낼까 봐 겁도 나고 그뿐 아니라 옛날 어떤 신랑 놈처럼 첫날밤에 신랑은 색시를 벗겨야 한다니까, 아주 색시의 껍질을 벗겨놓더란 말도 생각이 나고 해서 슬그머니 못 이긴 체했더니 아 그놈의 신랑 놈이 그만…… 히히 참 우습다.

그뿐인 줄 알지 마소. 하하하, 지금 생각해도 가슴이 간지럽다.

"여보 색시! 당신 허리는 어쩌면 이다지 알맞게 생겼소. 아이고 이뻐라, 우리 색시. 오늘부터 우리 둘이 백 년이나 천 년이나 변함없이 한마음 한뜻으로 살자구."

"아이고 이쁜 우리 색시!"

아이참, 그이는 어쩌면 그렇게도 내 간장을 녹이려고 드는지, 아주 나는 아 그놈의 신랑에게 그만 녹초가 됐지요. 하하하, 하하하.

참 그때는 무척도 좋더니…… 그이가 대체 무엇이라고 그이만 보면 그렇게 기쁘고 좋은지 참 알 수 없지, 알 수 없어. 왜 또 부끄럽기는 왜 그리도 부끄럽던지……

그때 생각에는 참말로 우리 두 사람은 천년만년 검은 머리가 파뿌리되고 묵사발이 되도록 변함없이 살 줄만 알았지요.

그러기에 그이에게는 내 살을 베어 먹여도 아깝지 않을 것 같았어요.

에이 빌어먹을 년, 이년이 아마도 멍텅구리 같은 미친년이야.

그렇게 좋고 좋던 우리 사이도 시집을 가고 보니 그 여우 같은 시누이년 까닭에 싸움할 때가 있게 되었지요.

그러다가 그이가 고등보통학교를 졸업하고 일본으로 공부 갈 때만 해도 나는 안타까워서 하룻밤을 뜬눈으로 새우면서 그이를 떠나서 그 무서운 시집에서 나 혼자 어이 살까를 생각하며 자꾸 울었답니다.

아이고, 배고파라.

벌써 저녁때가 넘었나 보다. 아이 추워라. 비는 경치게도 온다. 옷이 함빡 젖었네.

아이고, 빌어먹다 자빠져 죽을 년, 시어미, 시누이 그 두 년과 무슨 원수가 맺었던고……

내가 밤마다 우는 것은 그이 생각에 가슴이 녹는 듯해서 운 것인데

"아이 재수 없어. 요망스럽게 젊은 계집년이 밤낮 울기는 왜 울어. 글쎄 서방을 잡아먹었나, 무엇이 한에 차지 않아서 저 지랄인고."

하고 시어머니는 깡깡거리지요.

"에그 오빠도! 오늘도 언니께 편지 부쳤네, 내게는 한 번도 부치지 않으면서."

하고 그이에게서 온 편지는 모조리 중간 차압을 해서 나에겐 보이지도 않고 저희끼리 맘대로 다 뜯어 보지요.

"아하하, 오빠가 저의 마누라 보고 싶어서 울었단다. 내 읽을게 들어봐요.

사랑하는 나의 사람아! 그동안 얼마나 어른들 모시고 고생하시는가, 라고 써 있구려. 글쎄 누가 오빠 사랑하는 사람을 못살게 굴었다고 이래. 아마도 언니가 오빠에게 온갖 말을 다 꾸며서 편지질을 한 거지 뭐."

아이고 참, 기가 막히지요. 내가 벼락을 맞으려고 남편에게 시어미, 시누이 험구를 했겠는기요. 이런 말이 어디 있어요?

아이참, 지금 생각해도 기절을 할 일이지……

그 편지 온 후부터는 나날이 태도가 달라져가더니 하루는 점심상을 받고 앉았던 시누이가 갑자기 밥을 한술 푹 떠들고 벌떡 일어서더니 내게로 달려들며

"이것 봐, 이것. 나를 죽이려는 거지. 밤낮 제 서방 생각하느라고 밥에다 파리를 막 집어넣어 삶았구나. 이러고도 시어른 모시느라고 고생하는 건가?"

하고 나를 떠밀고 내 밥그릇을 동댕이치고 야단을 하는구려.

정말 밥에 파리가 들었는지 안 들었는지는 알 수가 없는 일이지마는 너무나 안타까워 나는 자꾸 빌기만 했지요.

아이고 하느님요, 내가 무슨 심사로 시누이 먹고 죽으라고 일부러 파리를 밥에다 넣었겠소.

그뿐입니까. 시누이는 숟가락을 집어던지고 앙앙 울면서

"나는 밥 안 먹을 테야. 더럽게 파리 넣어 삶은 밥을 누가 먹어! 가거라, 가, 너희 집에 가려무나. 이러고도 시집 살기 무섭다고

오빠에게 고자질만 하니 바보 같은 오빠는 그만 넘어가서 우리 모녀를 흉측하게만 여기고 제 여편네만 옳다고 하니 저년을 두었다가는 아마도 나중에 우리 모녀는 길바닥에 나앉겠구나. 남의 집에 윤기 끊는 년. 가거라, 가거라."

하며 방에 가서 발칵 드러눕는구려. 글쎄 나는 도무지 모를 소리지요. 죽으라면 죽고, 때리면 맞고 인형같이 있는 나를 이리 몰아세우니 기가 막히지 않을 수 있는가요.

그래서 시누이에게 손이야 발이야 빌고 빌었으나 앙앙 울며 나를 보기도 싫다고만 하는구려. 그래도 자꾸 빌었더니, 그만했으면 풀릴 일이나 굳이 듣지 않고 옷을 와르르 끄집어내어 보에다 하나 가득 싸더니,

"나를 업수이여겨도 분수가 있지, 내 팔자가 기박해서 신행 전에 서방을 잡아먹고 열일곱에 과부가 되었지마는 이런 데가 어디 있단 말인고."

고래고래 고함을 지르며 옷 보퉁이를 마루로 끌어냅니다. 아이고년이 그렇게 악독하니까 제 신세가 그 모양이지요. 신행 전에 서방을 잡아먹었다는 것도 거짓말입니다. 열일곱 되는 봄에 결혼을 했는데 아주 부잣집 맏아들이요 좋은 자리라고 알았더니, 웬걸 초례청에 들어선 신랑이 사십에 가까운 남자였어요. 전처에 아들이 없어 첩장가를 든 것이었지요. 그래서 우리 시누이는 첫날밤부터 신랑을 소박하고 아주 신랑과 인연을 끊었지요. 말하자면 머리는 올렸어도 실상은 숫처녀랍니다. 남에게 첩으로 시집갔단 말을 하기 창피하고 분해서 제 입으로 서방을 잡아먹은 과부라

고 하는 거지요.

그러기에 나는 그에게 참으로 동정하고 위로해주는데 저는 나를 이렇게 몰아세우니 기가 막히지 않을 수가 있습니까.

"가거라. 네가 안 가면 내가 갈란다."

하고는 옷 보퉁이를 이고 뜰로 내려갑니다. 이것을 보는 시어머니는 방바닥을 두들기며 대성통곡을 내놓는구려. 아이 참, 할 수 있나요.

내가 우르르 내려가서 옷 보퉁이를 빼앗아 방에 갖다놓고

"어디로 가십니까? 못 가요. 내가 가지요. 내가 가겠습니다."

하고 빌며 내 방에 뛰어 들어와 치마를 갈아입고 얼른 뜰로 내려섰지요.

물론 내가 그러면 시누이의 성이 풀릴 줄 알고 어쩔 줄 몰라 그런 것이지요.

아 그랬더니 말이오, 후유. 시어머니가 와락 마루로 뛰어나오더니

"어허 동네 사람들아, 이 일이 무슨 일이오. 철없고 속 시끄러운 시누이가 설령 성을 냈더라도 그걸 갈불게[10] 무엇이냐. 친정 간다고 나선다. 시누이 성내었다고 시집 사는 년이 친정 간다고 나선다. 동네 사람아, 이 구경 좀 하소! 네 이년 바삐 가거라. 바삐 가."

하고 막 쫓아내는구려. 어느 영이라고 반항하나요.

할 수 없이 쫓겨났지요. 그래도 대문에 붙어 서서 성 풀리기를 기다렸으나 대문을 열어줘야지요. 그날 밤이 되면 담이라도 넘어갈까 했더니 해가 넘어가니까, 시어머니가 대문을 열고 썩 나서

더니 조그마한 옷 보퉁이 하나를 내 앞에 동댕이치며 이것 가지고 썩 돌아서 가라고 하더니 다시 대문을 꼭 잠그고 맙니다.

그래도 울며 자꾸 빌었지요. 빌고 빌어도 어디 들어주어야지요. 그래서 하는 수 없이 친정으로 향했지요.

친정까지 20리를 그 밤중에 혼자 걸어갔지요.

집에 가니 아버지가 또 영문도 모르고 야단이지요.

"나는 옷 보퉁이 싸가지고 밤길 다니는 딸을 낳은 기억이 없다. 아마도 너는 여우로구나. 우리 딸은 한번 시집가면 그 집에서 죽어서나 나오는 법이지 살아서 시집 못 살고 쫓겨 오지는 않는다." 라고 당장에 쫓아냅니다.

그놈의 옷 보퉁이가 또 대문 밖으로 튀어나옵니다.

어이 참, 그놈의 옷 보퉁이가 무엇이 그리 중한 것이라고 늙은 이들은 그놈을 내 앞에 기어이 갖다 던지는지.

예전 사람들은 시집 못 살고 갈 때는 꼭 옷 보퉁이를 가지고 간다더니, 과연 옷 보퉁이는 중한 것인가 봐요.

아이고, 참 우습다. 히히히.

그래서 할 수 있나요. 할 수 없이 그 길로 또 친삼촌 댁으로 갔지요. 이 집에서야 설마 또 쫓아내려고요. 그래서 숙모님이 아주 분기충천하여 나를 위로해주더군요. 그래 나는 이 세상에서 우리 숙모님같이 좋은 사람이 없는 줄 알았지요. 그랬더니 뒤미처 어머니가 달려와서 또 나의 편이 되어주는구려.

그러니까 세상에 무서운 사람은 우리 시어머니, 시누이, 우리 아버지 세 사람이지요. 시아버지도 살아 있었으면 이 세상 사람보다 더 무서웠을지도 모르지. 그리고 얼마 동안 숙모님 댁에 있다가 친정으로 불려가서 있었지요.

어머니가 아버지에게 무슨 말을 했던지 그 후는 아버지도 말은 없어도 나를 꾸중하시지는 않더군요.

좌우간 내가 퍽 얌전한 색시였기도 했으니까 아버지도 내가 쫓겨 온 것이 내 죄가 아닌 줄을 아신 게지.

그리고 어느 날 내 이름으로 편지 한 장이 왔겠지요. 하도 반가워 받아보니 바로 그이에게서 온 것이었어요.

그만 손이 와들와들 떨리고 가슴이 쿵덕거리더군요.

시누이 년이 무어라 고자질을 했는가. 그이도 나를 꾸지람하면 어떻게 할고…… 그러나 편지를 뜯고 보니 웬일인가요. 참 놀랐지요. 그이는 도로 나를 위로하고 자기 어머니와 누이를 용서하라고 했어요.

그래서 나는 하도 기쁘고 감사하여 얼마나 울었어요.

그이의 은혜는 죽어도 못 갚게 될 것 같더군요.

실상은 아무 은혜랄 것도 없는 일이지마는 그래도 나를 알아주는 것이 하도 고마워서 말입니다.

그러는 중에 그이는 대학교도 그만두고 돌아오게 되어 그이의 주선으로 다시 시집으로 돌아가게 되었는데 그이가 있으니 또 별일 없이 살았지요.

그러는 중에 맏딸년 정옥이를 낳았고, 맏아들 석주를 낳았고, 둘째 딸 정희를 낳았던 것입니다. 세월이 참 빠르기도 하더군요.

그이와 내가 서로 만나 온갖 신고를 다 겪고 살아오는 중에 20년이란 세월이 흘러갔구려. 그러니까 그이 나이가 서른여덟이지요. 우리 살림은 누가 보든지 자리가 잡히고 아주 참 착실했지요.

아이고 하느님, 이렇게 말하니까 그이는 내 애를 태우지 않은 것 같지마는 알고 보면 그이도 상당했더랍니다.

그놈의 무슨 주의자라나 그것 까닭에 몇 번이나 감옥에 드나들었지요. 그뿐입니까. 몸이 약해서 밤낮 앓지요. 그래서 나는 엄동설한 추운 겨울에…… 그래도 추운 줄을 모르고 밤마다 냉수에 목을 감고[11] 정성을 드렸지요.

"하느님, 부디부디 몸 성하게 해주시고 주의자 하지 말게 해주시기 바랍니다."

라고 밤마다 빌고 빌었답니다. 어떤 때는 빌고 나면 온몸이 얼음덩어리가 되는 것 같더군요. 그래도 추위를 느끼면 행여나 정신이 부실하다고 하느님 당신이 비는 말을 들어주지 않을까 봐 한번도 춥다고 여겨보지 않았습니다.

아이고, 맙시다.

아이고, 빌어먹을 도둑놈.

네가 하느님이야? 도둑놈이지.

그만치 내가 정성을 들였으면 조금이라도 효험을 보여주어야 되지 않느냐?

우리 시어머니나 시누이나 조금도 틀림없는 것이 하느님 당신이 아닌가?

그래 내 청을 하나인들 들었던가 말이다. 그이와의 살림 기둥이 잡혔다고는 하지마는 단 하루라도 내 마음을 놓게 한 적이 있었더냐 말이다.

그 주의자인가 하는 것은 버렸지마는 그것을 버리고 나더니 또 불 하나가 터지지 않았느냐 말이다.

후유.

처음은 친구 집에 간다고만 속였으니 내가 알 리가 있어야지.

아마도 눈치가 다르니 또다시 주의자를 시작하는가 싶어서 간이 콩알만 했지요. 그래서 아무리 보아도 눈치가 다르고 때로는 밤을 새우고 들어올 때도 있었어요. 혼자서 생각다 못하여 나도 단단히 결심을 했더랍니다.

어느 날입니다. 저녁을 먹고 그때, 아들놈이 중학교에 입학시험 준비한다고 아버지께 산수를 가르쳐달라고 하는데 그이는 급한 볼일이 있어 나가야겠으니 누나 정옥에게 배우라고 하고는 그만 핑 나가버립니다. 맏딸 정옥이는 고등여학교 2학년이었지마는 저도 학기말 시험 공부하느라고 석주의 산수를 가르쳐줄 여가가 없다고 합니다. 그래 나는 와락 성이 났지마는 꾹 참고서

"또 무슨 볼일이 있어요? 주의자 할 때는 자식새끼가 어렸으니 당신 할 일이 없었지마는 이제는 아이가 시험을 치는 때이니 그만 나다니시고 아이도 좀 위해주어야지요."

하고 혼잣말 비슷하게 했지요.

아 참 기가 막혀.

그이는 휙 돌아서더니

"무엇이 어쩐다고? 무식한 계집이란 할 수 없다니까. 그래 네가 자식을 얼마나 훌륭하게 낳았기에 배운 것도 모르는 멍텅구리

같은 자식 놈인가 말이다. 계집이 건방지게 사나이를 아이새끼들 앞에서 꾸짖고 야단이야."

하며 아주 노발대발하여 방문이 부서지게 내려 밀치고 나가버리는구려.

대체 이 때려죽일 놈의 하느님아. 내가 그 겨울 얼음을 깨고 목욕하며 빌고 빌고 하여 몸 건강하게 주의자를 그만두게 해달라고 했더니 무슨 심청[12]으로 글쎄 몸도 건강하고 주의자는 그만두었다 할지라도 사람을 이렇게 변하게 해주었느냐 말이다. 주의자 할 때는 그래도 내가 잡혀갈까 봐 그것만 애를 태웠지 지금 같은 이런 말머리쟁이[13]는 듣지 않았지요.

그이같이 마음이 바르고 굳세고, 어디까지나 정의를 사랑하던 사람도 없었는데 주의자를 그만두자 이렇게 기막힌 말이나 하는 인간이 되고 마니 딱한 일이 아닙니까. 나는 그 자리에서 성을 참지 못했지요. 이것도 내 욕심인지는 모르나 아이놈이 시험에 미끄러지면 첫째, 아이가 낙망할 것과 둘째, 시어머니께 내가 자식 잘못 낳았다는 꾸지람을 듣겠으니까 여러 가지로 여간 애가 타지 않는데, 글쎄 그이는 저대로 쑥 나가버리며 남기고 간 말이 그게 무엇이란 말이오.

그래서 나는 벌떡 일어나 빨리 집을 나섰습니다.

골목 끝에 나서 좌우를 바라보니 전등 빛에 그이가 걸어가는 뒷모양이 보이겠지요. 나는 두말없이 뒤를 따라갔습니다.

골목쟁이를 이리저리 굽어들더니 나중에 조그마한 대문을 밀고 쑥 들어가지 않습니까.

아이고머니, 나는 가슴이 덜컥했습니다. 그이가 주의자 할 때도 저렇게 남의 눈을 피해가며 다니는 걸 보았기 때문입니다.

"아이고, 주의자를 버린 줄 알았더니 아직 그대로 하는구나."

나는 입속으로 부르짖고

"맙소 맙소, 하느님."

하고 한숨을 쉬었지요. 그래서 집으로 힘없이 돌아와서 아이들을 재우고, 나도 드러누워 혼자 곰곰이 생각하며 그이가 돌아오기만 기다렸습니다.

밤이 새로 2시나 되니까 그제야 돌아오는구려. 내가 자는 척하고 눈을 감으니 그는 살그머니 옷을 벗고 자기 자리에 가서 소리끼 없이 드러누워 그만 잠이 들어버리더군요. 나는 잠이 오지 않고 그이가 순사에게 또 잡혀갈까 겁이 나고 정말 가슴이 졸여서 그 밤을 꼬박 새웠습니다.

그 이튿날 새벽에 일어나서 아이들을 깨워 아침밥 때까지 공부를 하라고 한 후, 나는 부엌으로 나갔다 들어오니 그이는 한잠이 들어 자는구려.

차마 일으키기가 안되어서 그대로 나가 아이들 밥을 거두어 먹여 모두 학교로 보낸 후 나는 다시 그이를 깨웠지요.

"아이 곤해, 귀찮게 왜 이 모양이야!"

하고 화를 벌컥 내는구려. 그래도 나는 염려가 되어

"밤늦게 제발 좀 다니시지 마세요. 몸에 해롭지 않아요."

하며 그에게 주의를 버려달라고 애걸하려고 시작했습니다.

"밤늦게? 누가 말이야? 간밤에도 내가 일찍 돌아왔는데, 그래

날 보고 아이들 공부 가르치라고 하면서 저는 초저녁부터 잠이 나 자는 거야? 무식한 계집이란 아무 소용도 없어. 자식 교육을 할 줄 아나…… 밥이나 처먹고 서방에만 밝아서…… 에이 야만이 야, 천생 금수나 다름이 없지 뭔가."

어이구 하느님, 그이가 하는 그 말이 이렇습니다. 그이가 새로 2시에 들어온 것을 뻔히 아는 내가 아닌가요.

그래 나는 하도 어이가 없어 그대로 또 참았지요.

또 그날 밤이 되니까 그이는 어제저녁과 꼭 같이 아이들이 아 버지, 아버지 하고 배우려고 애를 쓰는데 다 뿌리치고 나가버립 니다. 나는 그이의 그러한 태도가 원망스러운 것은 둘째가 되고 그이가 이러다가 잡혀갈까 봐 겁이 나서 그날 밤도 또 따라나섰 지요.

'내가 그 집 대문 앞에서 기다리고 있으면서 행여나 순사가 번 쩍거리면 얼른 그이에게 알려주어야지.'
하는 염려로 따라갔지요. 과연 이날 밤도 어제의 그 집으로 쑥 들 어갑니다. 나는 길게 한숨짓고 그 집 대문 앞에서 파수를 보고 섰 지요. 그렇게 이윽히 섰다가 어둠 속에서라도 자세히 살펴보니까 대문이란 것은 겉 달린 것이고 담이 죄다 무너지고 말았으므로 그 집 안이 훤히 들여다보이겠지요.

그래서 나는 일변 기쁘고 일변 겁이 나면서도 나도 모르게 뜰 로 살그머니 들어갔지요. 대체 그이의 동지가 몇 사람씩이나 모 이는가 하여서 툇마루 아래를 살펴보았더니, 하얀 여인네의 고무 신 한 켤레와 그이의 구두가 가지런히 벗어져 있지 않습니까. 나

는 새삼스레 가슴이 덜컥하여 살살 집 모퉁이로 돌아갔더니 좁다
란 뒤뜰이 있고 뒤창으로 불이 비치어 있는데 아마도 그 창 안에
는 그이가 있을 것이 분명하므로 아주 쥐새끼처럼 기어가서 그 창
옆에 납작 붙어 섰습니다.

　방 안은 잠잠합니다.

　그러나 내 가슴은 생철통을 두들기는 것같이 요란합니다.

　"여보, 이번에 당신 아들이 중학교에 수험한다지요?"
하는 고운 여인의 목소리가 새어 나옵니다. 나는 그 요란하던 심
장이 갑자기 깜박 까무러치는 것 같더군요. 하하하, 하하하. 아이
고 우습다, 우스워.

　배가 고픈데, 아이 추워, 비는 경치게도 온다. 에라, 고기나 좀
잡아먹을까……

　어디 보자. 옳지 이렇게 옷을 동동 걷어 올리고 나서 고기나 잡
아먹자.

　아이고, 한 마리도 잡히지 않네. 어이쿠, 요놈의 고기 안 잡히는
구나. 네 이놈, 네 이놈, 아이구구, 하하하……

　고기는 잡히지 않네! 에라 이놈의 냇물을 죄다 삼키자. 그러면
고기도 죄다 따라 들어올 거지.

　꿀떡꿀떡…… (냇물에 입을 대고 마십니다.)

　어이구, 배 불러라. 내 배 속에도 냇물이 하나 흐르고 있을 게
다. 고기도 많이 놀고 있겠지. 어, 배 불러라.

　이제는 그만 누워 잘까. 비는 들이치지마는 이 다리 아래서 자
는 수밖에.

앗 참 하느님, 이야기하던 것 잊어버렸군. 에, 귀찮아. 그만둘까? 그만두면 뭘 하나. 그만해버리지.

그래, 그래서 말이야. 그놈의 계집년의 목소리 경치게도 이쁘더군요. 나는 와락 그 여인의 얼굴을 보고 싶었으나 꾹 참았지요. 그랬더니 이제는 바로 그이의 음성이

"에, 듣기 싫소. 그까짓 돼지 같은 여편네의 속에서 나온 자식새끼가 나와 무슨 상관이 있단 말이오. 사랑하는 당신과 나 사이에서 생겨난 자식이라야 참으로 내 사랑하는 자식이 되겠지.

여보, 어서 아들 하나 낳아주어…… 우리 사랑의 결정인 아주 영리한 아이를 낳아요."

합니다. 나는 눈이 확 뒤집혀지는 것 같더군요.

"하하 공연히 그러시지, 당신의 그 부인도 참 예쁘던데……"

"아니, 그 여편네 말은 내지도 말아요, 내가 열여덟 살 때 부모의 명령에 못 이겨 억지로 강제 결혼한 것이니까, 나는 그를 한 번도 아내로 생각해본 적이 없어요."

"아이고 거짓말, 아내로 생각하지 않았으면 왜 자식은 그렇게 셋이나 낳았던가요?"

"허, 그러기에 말이지. 아마도 내 자식이 아니라는 것이지요. 아직까지 내 자식이라고 해도 손 한번 쥐어준 적이 없었어요."

"호호호 거짓말."

"흥. 거짓말이라고 여기거든 맘대로 하구려. 오늘까지 그 여편네와 말 한마디 해본 적이 없다오. 그런데도 자식이 셋이나 있다는 건 정말 조물주의 장난이라고 하지 않을 수 없어요."

하느님! 그이가 이따위 소리를 하고 있구려. 우리 색시 이쁘다고 물고 빨고 하던 것은 다 어떡하고 저런 거짓말이 어디 있소.

"여보, 나는 정말로 불행합니다. 나는 노모를 위하여 참아왔고 또 그 여편네가 가엾기도 하여 나 자신의 삶을 희생해온 거랍니다. 그렇지마는 나는 아직 젊습니다. 아무리 억제해와도 억제하지 못할 때가 있었어요. 나는 가정적으로 너무나 불행한 까닭에 성자가 아닌 이상 어찌 불만을 느끼지 않을 수 있나요. 너무나 모두들 무지하니까 나는 지적으로 너무나 목말랐더랍니다. 아내란 것이 나를 이해하지 못하고, 다만 나에게 맛있는 음식이나 먹여주고 옷이나 빨아주고 밤이 되면 야수 같은 본능만 아는 그런 여편네와 20년이란 세월을 살아왔구려. 아무 감격도 신선함도 이해도 없는 그런 부부 생활이었어요. 당신까지 나를 이해 못 하고 그러십니까? 그 여편네는 나에게 무지하기를 원하고 생활이 평안하도록 일하는 남편이 되기 원하며 자식에게는 정신적으로 충실한 종이 되기 원할 따름이어요. 그러니 나라는 사람은 어느 결에 나를 위한 삶의 시간을 가지란 말인가요."

흑흑……

나는 울었습니다, 울었어요. 그이의 하는 말이 용하게 꾸며내는 혓바닥 장난일 줄은 알지마는 그 순간 나라는 존재는 그이에게 그만치 불행한 존재임을 느낄 때 무척 슬펐답니다.

하느님, 당신 바로 판단하구려.

그이의 말이 옳습니까? 응? 대답해봐!

암! 암! 그렇지. 그 말이 죄다 틀린 말이지, 틀렸고말고.

아예 당초에 인간이란 게 공부를 잘못하면 제 행동이 옳든 그르든 간, 아니 아무리 틀린 일이라도 교묘하게 이론만 갖다 붙여서 그저 합리화하려고만 하는 재주만 늘어갈 뿐인 것이라오.

그이가 그처럼 나를 무지몰식한 돼지 같은 여편네라고 할 때는 아마도 그 여인은 상당히 학교 공부를 한 여자인가 봐요.

나는 단지 한문 글자나 배웠을 뿐인 무식쟁이지마는 그이의 하는 말에 반박할 말이 수두룩한데 웬일인지 그 여인은 생긋생긋 웃으며 고개를 끄덕이고만 있는 모양이구려.

아이고 아이고, 그 뻔뻔스런 년, 남의 남편을 빼앗아 앉아서…… 아이고, 분해……

글쎄 하느님아 들어봐요. 그이가 나를 얼마나 사랑해왔던가는 다 별문제로 제쳐놓더라도 사람이란 건 천하 없어도 제 혼자서는 살 수 없는 것이 아닌가요? 아무리 저 깊은 산속 멀리 인간 사회를 떠난 곳에서 제 혼자 있는 것보다는 낫다고 하지 않습니까?

우선 나 하나를 돌아보더라도 세상에 제 한 몸만 위하고 제 마음의 자유와 기쁨만을 위한다면 이렇게 미치광이가 되어야 하지 않는가요. 이렇게 세상을 다 떨치고 내 맘대로 살고 있는 나이지마는 불만이 많기가 끝이 없어요.

사람이 산다는 것은 이 인간 세상에서 미우나 고우나 한데 얽매이고 서로 엇갈려 있다는 뜻이 아닌가요.

그런데 그이는 제 혼자의 삶을 주장합니다. 아이고, 아니꼬워.

내 눈에는 아무리 보아도 그이가 한 아름다운 여인에게 반했다는 그것뿐이에요. 20여 년을 정답게 정답게 아들 낳고 딸 낳고 살아오다가 고운 여인을 보고 욕심이 나니까 마음대로 떳떳하게 욕망을 채울 수가 없으니까 별 지랄 같은 소리를 다 하는 것이지.

한 가정의 귀한 아들딸과 어머니와 아내를 다 버리고 한 개의 욕망! 결국은 계집에게 반한 그 마음 하나를 억제 못 해서 사나이 자식이 온갖 거짓말과 괴로운 이론을 끌어다 붙이려고 애쓰는 그것이 어디 되었나?

아이고 아이고 귀한 우리 자식들!

아무리 나에게야 악했지마는 그래도 이미 죽을 날이 멀지 않은 시어머니……

다 불쌍해라. 너희들의 간장을 녹여주면서까지 너희 아비는 제 삶을 산다고 저러고 있단다. 히히히……

귀하고 중한 내 자식아, 너를 누가 만들었노! 너를 만들어놓고 너에게서 아비를 거두어 간 그 아비……

하느님, 아비 없는 자식은 불량자가 되기 쉽다지요. 아이고, 이일을 어찌하노. 그러나……

사랑한다는 것은 흐르는 물과 같아서 자꾸 변해진다고요? 참 잊어버렸군, 그런 것이 아니라 사랑이란 영원한 것이 아니고 찰나가 연장해가는 것이니까 이 순간 아무리 사랑하지마는 다음 순간에는 어떻게 될지 모르는 거라지요.

그러니까 그이가 나를 사랑하지 않는다는 게 아닙니까.

보자 보자, 그러니까 또 그이가 어느 순간에 이르러 그 여인과의 사랑이 변하여 나에게로 돌아올지도 모르는 일이다.

아이고, 다 그만두자, 그까짓 것.

아이고, 또 배가 고프네.

아이고, 어두워졌구나. 하하하.

나는 참았다. 참았다.

나는 하도 많이 참아보아서 이제는 습관이 되었나 보다. 그래도 참고 집으로 돌아가자. 아이새끼들은 공부하느라고 나를 돌아보지도 않았어요.

딸년은 학기말 시험 공부한다고, 아들놈은 중학교에 입학하려고.

작은딸년은 숙제한다고……

나는 참았다. 눈물을 참고, 밖으로 뛰어나가, 과실과 과자를 사다가 나누어 먹였더니

"엄마, 엄마, 어디 아파요? 엄마도 먹어요. 아버지는 왜 이제껏 안 오시나, 또 감기나 들지 않을까."

아이들이 아버지와 어머니를 위하여 이야기하며 맛있게 먹는다.

시어머니 방으로 가보았다. 노인은 누웠다 일어나 앉으며

"석주 애비는 어디 갔나, 바람이 찬데."

하며 참으로 염려하였어요. 에이 도둑놈……

아이들이 다 잠든 후 그이는 돌아앉았더니

"나 잘 테야. 요 깔아주오."

하지요. 그래서 나는 요를 깔아주었더니,

"여보, 이리 오오. 왜 노했소. 그러지 말고 이리 와요."

하며 자꾸 웃습니다.

아이고, 맙소…… 남자란 게 이런 건가? 나는 모르겠다, 몰라.

어찌 된 셈인가요, 글쎄.

나는 참았지요. 입을 꼭 다물고 그이의 곁에 가보았지요. 그이는 틀림없는 내 남편! 20년간 살아오던 그이였어요. 조금도 다름이 없이 나를 안고

"아이들 이불 잘 덮어주었나?"

하고 물으며……

그리고 그이는 20년간 익어온 그 태도 그대로 잠이 들려는구려.

나는 더 참고 보았지요. 이윽고 그는 잠이 들다 말고 소스라치듯 미소하며 나를 다시 한번 꼭 껴안겠지요.

"왜 새삼스레 이러는 거요? 20년이나 꼭 한 가지로 변화 없이 이러는 우리 사이건마는 그리 내가 사랑스러운가요?"

하고 한번 시치미를 떼어보았지요.

"암, 나에게 너만치 충실한 사람이 없고 미더운 사람이 없으니까."

라고 그가 대답합니다.

나는 벌떡 일어나 앉았지요. 하도 놀라워서요. 하하하.

그래, 그 이튿날이었지요. 바로 그 밤이 새로 난 날이었어요. 나는 그 밤을 또 꼬박 새우고 난 터이라 머리가 횡횡 내돌리기에 아이들이 학교에 간 틈에 누워서 한숨 자보려고 했습니다마는 잠이 와야지요. 그래도 누웠으려니까 그이가 내 머리에 손을 얹어보더니 깜짝 놀라며 병원에 가보라고 합니다.

아마 열이 높았던 게지요. 나는 별로 괴롭지 않아서 더 있어보고 가겠다고 했더니 그이는

"그러면 있다 가보오."

하고는 휭 나가버립니다.

나는 벌떡 일어나 따라갔지요. 그러나 그이는 그 집으로 가지 않고 어느 큰 상점으로 들어갔어요. 그래도 나는 그 상점 앞에 가서서 지켰더니 그이는 그 상점에 들어가 전화를 빌려 어디다 전화를 걸고 나더니 다시 쑥 나오는구려. 하는 수 있소? 그만 딱 마주쳤지요.

"어디 가오?"

그이는 놀라며 물어요.

"병원에."

나는 엉겁결에 대답했지요.

나는 공연히 부끄러워서 집으로 다시 돌아왔더니, 그날은 토요일이라 아이들이 벌써 학교에서 돌아왔으므로 점심을 먹여놓고 또다시 방으로 가 누웠더니 웬 머리통이 그리도 쑤시는지 가슴이 쏵쏵 소리를 지르고 너무 정신이 없었어요. 그러다가 나는 어떻게 된 셈인지 벌떡 일어나서 그 집으로 달려갔지요.

막 달려갔지요.

허둥지둥 달려가 보니까 틀림없이 그이의 신이 동그랗게 댓돌 위에 벗어져 있겠지요. 나는 와락 달려가 그이의 구두를 집어 들고 힘껏 그년의 창문을 향해 던졌더니 '와당탕' 소리가 나며

"악!"

소리가 들리더니 방문이 활짝 열리며 그이가 썩 나섭니다. 바로 그이의 어깨 너머로 하얀 얼굴이 나타나며 나를 놀란 눈으로 바라

봅니다.

그 얼굴! 그 얼굴!

그는 내가 잘 아는 여인이라오. 그는 음악학교 졸업생이랍니다. 우리 친정으로 척당이 되는, 잘 따져보면 나에게 언니라고 불러야 되는 계집애였어요.

하하하. 이 일을 내가 무어라고 해결하나요. 알 수 없어……

대체 어떻게 된 셈인가. 지금 생각해도 알 수 없어. 나를 막 꽁꽁 묶어서 방 안에다 가두어두고 의사란 놈이 별별 짓을 다 하였지마는 그것도 대체 왜 그 지랄들인지.

하도 갑갑하고, 그이에게 물어볼 말이 많아서 그만 그저께 밤에는 온갖 재주를 다 부려서 튀어나오고 말았겠다.

놈들이 어디 가서 나를 찾는지 모르지요. 내가 이 다리 밑에 숨어 있는 줄 저이들은 모를 거야.

하하하.

정옥아! 석주야! 정희야…… 아무리 사람들이 네 어미 까닭에 너희들이 불행해졌다고 하더라도 그 말은 믿지 마라. 너희 아버지가 이 어미에게 수수께끼 문제를 내놓은 까닭이다. 흑흑.

아이고, 보고 싶어.

너희들이 보고 싶다.

정옥이 너는 장조림을 잘 먹고

석주는 생선을 잘 먹고

정희는 시루떡을 잘 먹고……

에라, 집으로 가야겠다……

누가 너희들을 보호할꼬……

비는 왜 이리도 많이 오노……

비를 노다지[14] 맞고 가면 모두 나를 미쳤다고 하지 않을까……

소독부 小毒婦

이 마을 이름은 모두 돈들뺑이라고 이른다. 신작로에서 바라보면 넓은 들 가운데 1백여 호 되는 초가집이 따닥따닥 들러붙어 있는데 특별히 눈에 띄는 것은 마을 앞에 있는 샘터에 구부러지고 비꼬아져서 제법 멋들어지게 서 있는 향나무 몇 폭이다.

마을에서 신작로 길로 나오려면 이 멋들어진 향나무가 서 있는 샘터를 왼편으로 끼고 돌아 나오게 되는데 요즘은 일기가 제법 따뜻해진 봄철이라 향나무 잎사귀들이 유달리 푸른빛이 진해 보인다.

마을 사람들은 이 샘이 아니면 먹을 물이라고는 한 모금 솟아나는 집이 없으므로 언제나 이 샘터에는 사람이 빌 틈이 없고 더구나 요즘은 겨울보다 더 옥신각신 분잡하다.

이 샘터에 나오는 사람은 거의 모두 여인들인데 요즘같이 따뜻한 봄철에는 붉고 푸르고 노란색 저고리를 입은 각시 처녀 어린 계집아이 들이 훨씬 늘어가는 듯하다. 겨울 추울 때 같으면 물이나 길어 재빠르게들 돌아갈 것을 요즘은 공연히 헤헤헤 종알거리느라고 샘터 어귀를 시끄럽게 하며 검푸른 향나무 가지 사이로 온갖 색 저고리 빛을 어른거리게 하여 길 가는 짓궂은 남정네들의 춘흥을 자아내주는 풍경이 되고 있다.

그런데 오늘도 기나긴 하루해 동안 무색 저고리가 끊일 사이 없더니 이제 햇발이 서쪽 산 저편 땅바닥까지 쑥 넘어가 떨어진 지도 한 담배 참이나 되자 겨우 샘터는 말갛게 비어졌다. 그래서 온종일 시달리던 샘터가 이제부터는 내일 새벽까지 숨을 내쉬리라고 생각되었더니 어디서 총총 발걸음 소리가 나며 '퐁' 하고 두레박을 샘 속에 떨어뜨렸다.

샘물은 내쉬던 숨을 놀랜 듯 채 거두기도 전에 두레박을 따라 조그마한 물동이 속으로 주르륵 부어졌다.

또 한번 '퐁' 하는 소리가 샘 속에 울리며 연해 주르륵주르륵 물동이는 찼다.

"보자! 아이구나, 가득하네. 혼자 일 수 있을까 모르겠네."

어둠 속에서 혼자 종알거리며 분홍 저고리 입은 어린 색시는 물동이와 씨름을 시작하였다.

그는 한참 안간힘을 주다가 물동이를 들어 샘터에 올려놓고 납작 몸을 굽히고 앉아 똬리 얹은 머리를 샘 턱 아래 밀어 넣으며 두 손으로 물동이를 머리 위로 옮기려고 조심조심 애를 썼다.

"어이구, 한 번만 길고 말까 했더니 또 한 번 더 길어야겠구나."
라고 뾰로통한 소리로 종알거리며 다시 일어서 동이의 물을 절반

이나 주르륵 부어버린 후 이제는 쉽사리 건듯 머리 위에 올려놓
았다.

"아이고 젠장 참, 또 너무 부어버렸구나."

하고 그는 다시 물동이를 내려놓고

'퐁' 하고 또 한 두레박 길어서 동이에 부어가지고

"보자, 이번은 좀 많지나 않을까."

하고 동이를 들어 가까스로 머리에 얹어놓자 머리 위에 놓였던 똬
리가 뒤로 슬쩍 떨어지고 말았다.

"아이고 참 원수다. 도둑년의 또아리."

하고 아주 골이 난 듯 혀를 쪽쪽 찼다.

"아무도 물 길러 오지도 않노."

그는 속이 상해 못 견디겠다는 듯 다시 동이를 내려놓으려 하자
동이는 건듯 하늘로 올라갔다.

"아이고 아이고."

그는 질겁을 하며 동이 꼭지를 꼭 잡고 하늘로 올라가는 동이를
따라 벌떡 일어섰다.

"요까짓 것도 이지 못하면서……"

굵다란 사내의 음성이 바로 머리 위에서 들렸다.

"아이고 놀래라. 누구라고……"

색시는 동이 꼭지를 놓고 한 걸음 물러서며 그렇게 쉽사리 물동
이를 머리 위로 건듯 집어 얹고 서 있는 사내를 놀란 듯 바라본 후
떨어진 똬리를 주워 머리 위에 놓으며

"이리 이여주세요."

하며 몸을 다시 앞으로 굽혔다.

"아이 글쎄 이까짓 걸 혼자 못 여서 깽깽거려? 저리 물러나. 내
하나 가득 길어다 갖다줄게."

하며 사내는 동이를 내려놓고 가득 물을 채웠다.

"아이고, 난 싫어요. 내가 이고 갈 테야."

색시는 동이를 잡아당기듯 하며 자기 힘에 알맞을 만치 찔끔 물
을 쏟았다.

"에, 왜 쏟나?"

사내는 와락 동이를 빼앗아 제 뒤로 옮기고 동이를 잡으려는 색
시의 두 팔을 꽉 잡았다.

"네가 나를 죽이려느냐?"

사내는 어느 결에 색시의 어깨를 그 넓고 굳센 가슴 안에 파묻
고 말았다.

"아이고 아이고."

색시는 기를 쓰며 두 팔을 뻗대고 두 발을 동동거리며 발악을
했다.

"그러지 마라. 너 때문에 나 죽는 줄 모르니."

힘찬 사내는 한 손으로 색시의 어깨를 휩싸 안고 한 손은 색시
의 온몸을 남김없이 정복하려 들었다.

"아이고, 엄마! 엄마야, 도둑놈, 아이구."

색시는 숨이 막힐 듯 기를 썼다.

"떠들지 마라. 오늘 밤에야 설마…… 나는 네가 이렇게 좋은데
너는 왜 몰라주니."

사내는 색시를 건듯 안아다가 향나무 아래 놓인 커다란 바위에다 걸쳐 눕히고 한 손으로 입을 틀어막고 미친 듯 날뛰었다.

"네 나이 열다섯이나 먹었으니 인제는 내 속도 알아주어야지. 그까짓 네 서방 놈이야 내가 단주먹에 때려 죽여버리지."

사내는 연방 색시의 귀에다 가쁜 입김으로 속삭였으나 색시는 두 손과 발로 죽을힘을 다하여 되는대로 꼬집고 되는대로 박찼다.

"에잇, 물은 반 동이도 못 이면서 나를 꼬집을 때는……"

하고 후 한숨을 내쉬고 일어서며 색시를 꼭 잡고

"내 말을 들어라. 내가 잘못했다. 네가 하도 내 간장을 녹이기만 하니 나는 참을 수가 없어 이렇게 너를 괴롭게 한 것이 아니냐."

하는 사내의 음성은 떨리며 색시를 잡은 손을 축 늘어뜨리며 간장이 녹는 듯 느꼈다.

"나도 당신 맘은 다 알지마는 할 수 없는 것을 어떻게 해요. 그런 말은 말아요."

색시는 싹 돌아서며 물동이를 찾았다.

"이리 봐. 내 말 조금 들어 글쎄. 나는 아무래도 죽겠다. 꼭 한 번만 내 말을 들어주어도 내가 이 지경은 아니 될 것이 아니냐. 너도 보듯이 이렇게 내가 속을 태우다가는 아무래도 죽지, 살지는 못하겠다. 그렇다고 내 맘대로 너를 실컷 어떻게라도 하고 나면 모르겠다마는 네가 마음 좋게 내 맘과 맞아서 그런다면야 꼭 한 시간만이라도 맘이 풀리겠다마는 네가 자꾸 이렇게 내 말을 안 들으니 아무래도 나는 죽겠다."

사내는 바위 위에 힘없이 걸터앉으며 색시를 무리로 잡으려고도 하지 않고 혼잣말같이 중얼거렸다.

"글쎄요, 나도 당신이 싫어서 그러나요. 당신이 좋기야 하지마는 그래도 나는 시집온 사람인데 어떻게 당신 말을 듣나요. 우리 집에서 알아보세요. 당장에 나 죽고 당신 죽지."

색시도 울듯 사내에게 반항한 것도 자기는 남편이 있는 까닭이라고 변명하듯 말하였다.

"글쎄 말이야. 너희 집에서 그렇게 쉽게 너를 시집보낼 줄이야 어떻게 알았겠니. 나는 네가 열대여섯 되면…… 하고 침을 찍어놓고 있었더니 열네 살 먹은 너를 부랴부랴 최가 놈에게 치워버릴 줄 꿈엔들 생각했겠니. 나도 너를 잊어버리고 장가나 갔으면 좋겠지만 어디 밤낮 눈으로 네 모양을 보고 있으니 다른 데 장가들 생각이 나야 말이지."

사내는 고개를 내려뜨리고 한숨을 지었다.

"그러지 말고 다른 데 장가드세요. 나 때문에 당신이 죽게 된다면 나는 내가 먼저 죽어버릴 테야."

색시도 치맛자락으로 눈을 씻으며 음성이 떨렸다.

"아, 너 우는구나. 울지 마라. 내 간장이 더 녹는다. 공연히 내가 그랬지. 나도 오죽해서 무작스럽게 달려들었겠니. 참 잘못했다. 요즘은 왜 그런지 자꾸만 너를 꽉 껴안고 맘대로 실컷 막 부비여주고만 싶구나. 그래서 이제도 무작스럽게 대들었지. 용서해라. 잘못했다. 다시는 안 그러마. 나는 이대로 돌아가면 네가 최

서방하고 이 밤에 한방에서 안고 누워 잘 것을 생각하며 밤새도록
한잠 못 자고 울기도 하고 화가 나서 뒹굴기도 한단다. 어떻게 해
서든지 마음을 돌려 꼭 한 번만 내 마음을 풀어다오, 응."

사내는 색시에게로 가까이 가서 그 수그린 어깨를 가만히 흔들
었다.

"……"

색시는 고개만 끄덕해 보이고 눈물을 뚝뚝 떨어뜨렸다.

"아…… 아."

사내는 참지 못하여 색시를 다시금 꼭 껴안았다.

"가야지."

이윽고 색시는 고개를 들었다. 사내는 색시를 놓고 물동이를 건
듯 들고 앞서며

"너희 집 앞까지 들어다줄게."

하며 걷기 시작하였다.

색시는 한 손에 두레박, 한 손에 똬리를 들고 사내 뒤를 따라 샘
터를 떠났다. 애끓는 사랑의 한 막 비극이 멋들어진 향나무 선 샘
터 풍경 속에 새겨졌다.

"물 이러 가서 웬걸 그리 오래 있었노."

색시가 사내에게 물동이를 받아 이고 집으로 돌아오자 그의 남
편 최 서방은 꼬던 새끼를 밀쳐놓으며 말을 건넸다.

"……"

색시는 잠자코 부엌으로 들어가서

"이것 좀 내려주소."

하고 방을 향해 말하였다.

"오."

최 서방은 얼른 일어서 나와 동이를 받아내려 부뚜막 위에 놓고

"가득하구나. 어두운데 웬 물을 이렇게 많이 였어?"

하고는 다시 방으로 들어갔다. 색시도 덩달아 따라 들어가 콩 낱만 한 등잔불이 꺼질까 살며시 윗목에 주저앉았다.

"내일 아침은 일찍 해야 되니 그만 잘까."

최 서방은 슬그머니 아랫목에 가 비스듬히 누웠다. 색시는 꼬던 새끼를 뭉쳐놓고 빗자루로 방 안을 대강 쓸어놓고 난 후

"불 끌까요?"

하고 남편을 바라보았다.

"그래, 끄고 자지."

하며 싱긋이 웃는다. 색시는 불을 끄려고 입술을 오므렸다 말고

"내 바느질할 게 있는데……"

하며 벌떡 일어섰다. 색시는 남편의 그 웃음이 무엇을 의미하는 것이며 또 얼마나 자기에게 고통이 됨을 잘 아는 까닭에 일부러 불을 끄지 않으려는 것이었다.

"바느질은 무슨 오라질 바느질이야. 다 그만두고 일찍 자지……"

하며 허리를 쑥 펴 훅, 하고 불을 꺼버렸다.

"왜 그러고 앉았소. 어서 와서 자지는 않고, 어서 이리 와."

최 서방은 팔을 휘휘 내저어 어둠 속에서 색시의 치맛자락을 잡아끌어 갔다.

색시는 지난해 봄 지금으로부터 꼭 1년 전인 3월 달에 열네 살

의 어린 나이로 시집을 왔다. 키가 유달리 숙성하여 나이는 열네 살이라도 그리 꼬마 색시로는 보이지 않으나 그래도 분홍 인조견 저고리에 검정 물들인 당목 치마를 입은 허리는 한 줌이나 되어 보이며 두 귓불이 상큼한 맛이 말할 수 없이 어려 보였다. 그는 최 서방에게 시집오던 날부터 무섭고 괴롭고 하여 울며 이를 갈면서도 시집오면 으레 그런 것으로만 알고 조금도 반항하지 않고 꼬박 꼬박 아내 노릇을 하여왔다.

스물일곱 살인 최 서방의 무시무시한 성욕을 반항 없이 받아오는 색시의 가슴속은 최 서방이 무섭고 다만 키 크다고 시집보내준 그의 부모가 원망스러웠다.

그러나 그는 남편이 무섭다는 말은 그의 부모에게라도 할 수 없었다.

"왜 무서워?"

하고 물으면 그 이유를 말할 수는 없는 일이라고 생각되기 때문이다. 그리고 최 서방에게도 그 무섭고 슬픈 뜻을 조금이라도 보이면 당장 쫓아 보내든지 때리든지 할까 봐 겁이 났다.

그러므로 색시는 혼자 속으로 꼬게꼬게[1] 앓으며 입술만 깨물어 왔으므로 나이는 한 살 더 먹어도 몸과 얼굴은 점점 곯아지듯 말라갔다.

그리고 또 한 가지 색시가 곯아지듯 말라 들어가는 이유가 있다. 그것은 김갑술이란 총각 까닭이다.

이 갑술이 총각은 색시의 친정인 옥천동에 사는 사람이었다. 색시와 앞뒷집에서 자랐으며 그가 커서 남의 집에 머슴살이로 돌아다니면서도 이 색시에게는 마음을 두고 왔었다. 색시 나이가 열대여섯 되면 그동안 돈을 알뜰히 모아서 장가를 들려니…… 하고 바랐던 것이 그가 석골이란 동네서 머슴살이하고 있는 동안에 색시는 시집을 가고 말았던 것이었다.

갑술이 총각은 기가 막혀 얼마 동안은 바람이 들어 살던 머슴살이도 집어던지고 핑글핑글 놀다가 나중에는 그의 홀어머니를 데리고 색시를 그려 이 돈들뺑이로 이사를 와서 그동안 모았던 돈으로 말 한 필과 수레를 사서 품삯 짐을 실어서 살아갔다.

그도 벌써 나이가 스물다섯 살이니 장가도 들어야 할 것이고 또 말수레를 부리게 되니 돈벌이도 상당하니 아무래도 장가들 때가 꼭 되었는데 그는 색시만 그리워하였다. 최 서방이 낮에 일하러 나가면 색시를 찾아와서 멀끔히 바라보다간 눈물이 글썽글썽하여 가지고는 핑 달아나고 하니 색시 역시 마음이 편할 리가 없었다.

색시는 남편에게 시달릴 때마다, 갑술이를 눈앞에 그렸다.

시집오던 전해인 여름 어느 밤, 색시는 뜰 한옆에 있는 샘가에서 동생들과 발가벗고 멱을 감는데 갑술이가 쭉 들어오다가 싱긋 웃고 돌아서 나가던 일이 생각나며 그때 최 서방이면 반드시 자기를 안아다가 못살게 굴었을 것이려니…… 갑술이는 점잖고 그런 몹쓸 짓은 하지 않으려니…… 라고 생각하는 것이었다. 그리고 또 봄철이 되면 산에 가서 참꽃을 꺾어다 나눠주며 단옷날마다 뒷산에 그네를 매어주던 것도 갑술이었다.

그러나 색시는 시집올 때는 갑술이 생각을 할 줄 몰랐다. 시집

온 후 어느 날 혼자서 바느질한다고 앉아 있는데 갑술이가 쑥 들어와서

"나는 네가 다른 사람에게 시집갈 줄 몰랐다. 나는 죽겠다."

하며 한숨 쉬고 눈물짓고 하다가 돌아간 그 후부터 갑술이 생각이 나기 시작한 것이었다.

날이 갈수록 갑술이 정열은 점점 졸아붙듯 뜨겁게 몰려오고 최 서방 요구에 대해서는 반비례로 점점 더 싫은 정이 더하여갔다.

더구나 이날 밤 갑자기 갑술의 폭발된 열정에 휩싸여 정신을 잃을 뻔까지 한 뒤에 최 서방의 억센 요구에 색시는 참다못하여 눈물이 좌르르 흘러내렸다.

'네가 최 서방에게 안겨 잘 것을 생각하며 나는 이 밤을 자지도 못하고 울며 뒹굴며 한단다.'

하던 갑술이 말이 생각나 처음으로 최 서방에게서 몸을 빼내며 반항하듯 허리에 감긴 커다란 손을 잡아떼듯 휙 내던졌다.

"요것이 왜 이래."

최 서방은 징그러운 웃음을 씩 웃으며 색시의 조그마한 몸뚱이를 내리누르고 말았다.

이튿날 아침 일찍 최 서방은 일터로 나갔다. 그는 제 이름으로 논이 닷 마지기나 있고 밭도 열두어 마지기나 있어 농사만 짓더라도 단 두 내외의 생활이야 넉넉하겠지마는 그래도 농사에 틈이 있는 대로 날품팔이라도 하여 잠시로 놀지 않아서 마을 사람들에게 착실하다는 칭찬을 받는 터였다.

색시는 남편이 일터로 나가자 얼마만치 마음이 거뜬해진 듯하며 갑술이가 오면 실컷 울고 싶기도 하고 일변은 갑술이가 와서 또 못살게 괴로워하는 모양을 보이기만 하면 차마 어찌 보리오 하고도 생각되어 마음 갈피를 잡을 수가 없었다.

아직 열다섯 살밖에 되지 않는 소녀인 색시로서는 견뎌내고 판단해내기에는 너무나 무겁고 어려운 사랑의 갈등이었다.

그는 아침 뒤치움[2]이 끝나자 방 한쪽에 쪼그리고 앉아 홀짝홀짝 울기만 하였다. 울다가 들으니 삽짝문 밖에 엿장수 가위 소리가 책각책각 들려왔다.

그는 어느 때부터 엿 사 먹으려고 주워두었던 헌 생철 물통이 생각나서 두 눈을 얼른 이리저리 닦으며 뛰어나와

"엿장수!"

하고 불렀다.

"어, 이 집이요? 색시, 엿 사시오. 많이 주지요. 깨어진 그릇이나 헌 누더기나 무엇이든지 가지고 오소."

하고 엿장수는 혼자 지껄여댄다.

"이것 줄게, 엿 많이 줘요."

색시는 조금 전까지 울던 일은 깜박 잊어버리고 헤헤 웃기까지 한다.

"보자, 생철통이로구나. 어디 엿 많이 드리지."

하고 엿장수는 엿을 다섯 가락 종이에 싸주었다. 색시는 한 가락 입에 넣어 딱 분질러 씹으며

"참 보소, 엿장수. 저, 사마귀 빼는 약 있소?"

하고 물었다.

"네, 있고말고. 크림, 분, 비누, 온갖 것 다 있소이다."

"아니 사마귀 빼는 약 정말 있어요?"

"있다니까. 이거 아니요, 이거."

엿장수는 샛노란 물이 든 병을 치켜들었다.

"아, 그것이 사마귀 빼는 약이오?"

색시는 웅크리고 앉으며 그 병을 들여다보았다.

"병 한 개 가져오소."

엿장수는 색시가 그 사마귀 빼는 약을 사기로 작정인 된 것같이 말하였다.

"빈 병이 있어야지…… 그 병에 든 약도 얼마 되지 않는데 그 병째 모두 파세요!"

"어, 이거 아주 비싼 약인데…… 이것만 해두 모두…… 보자, 병 값이 3전이고 약값이 50전이라…… 그렇지만 50전만 내소……"

"50전? 아이고 비싸라! 사마귀가 꼭 빠질까요?"

"암! 꼭 빠지고 말구."

"옛소! 50전."

색시는 치마끈에 매두었던 50전짜리를 풀어 엿장수를 주고 그 약병을 받아들고 다시 방으로 들어왔다.

그는 두 팔과, 발과, 목과 가슴에 걸쳐 무사마귀가 많이 나 있으므로 그것을 빼 없애려는 것이었다. 그 어느 때 보니까 이런 사마귀 빼는 약은 아주 꼭 사마귀 위에다 조금만 찍어 발라두던 것을 생각하고 성냥 알맹이로 약물을 적셔 우선 발에 난 사마귀에다 조금 발랐다.

"아이고, 따거……"

색시는 깜짝 놀라 성냥 알맹이를 동댕이쳤다.

"뭣 하나?"

그때 마침 갑술이가 방 안으로 얼굴을 쑥 들이밀었다.

"사마귀 빼지."

색시는 생긋 웃었다.

"웃기는. 나는 밤새도록 잠 한숨 못 자고 너 까닭에 이 모양인
데 너는……"

갑술이는 말과는 딴판으로 얼굴은 조금도 색시를 원망하는 빛
이 없었다.

"나는 뭐…… 잘 잔 줄 아나베."

색시도 입이 뾰족해졌다.

"흠, 너도 내 생각 좀 해야지…… 또 사마귀는 빼서 무엇에 쓰
려노. 이보다 더 예뻐지면 또 누구를 죽이려고."

갑술이는 문턱에 걸터앉으며 약병을 들고 보았다.

"그 약 참 몹시도 독해요. 여기 조금 찍어 발랐더니 불이 펄쩍
나게 따가웠어요."

색시는 발등을 치마로 덮으며 아직 따갑다는 듯이 문질렀다.

"어, 그 약이 무엇인지 알기나 하나. 한 모금만 마시면 당장에
죽는 무서운 약인데."

갑술이는 약병을 한옆에 밀어놓았다.

"아, 그러면 비상[3]인가?"

"비상? 그래."

"나는 사마귀 빼는 약이라고……"

"조금씩 찍어 바르기만 해도 사마귀가 빠지니까. 제법 한 모금 마시기만 하면 목이 송두리째 빠져버리지."

"아이고머니, 목이 빠지면 어쩌나……"

"그러면 죽지."

"영 죽을까."

"암, 죽고말고."

"아이고! 그러면 어디 감춰버려야지! 행여 누가 잘못 알고 마시면 큰일이지."

색시는 벌떡 일어나 병을 들고 밖으로 나와 툇마루 밑에 꿍쳐 박아둔 새끼 뭉치 옆에 끼워두었다.

"이리 좀 봐. 내 말 들어. 너희 남편만 죽고 없으면 너 나하고 살지? 너도 최 서방보다 나를 더 좋아하지."

갑자기 갑술이가 색시를 똑바로 보며 물었다.

"그런 말은 하지 말아요."

색시는 무서운 듯 머리를 흔들었다.

"그러지 말아라."

"아니오. 날 보고 그런 말은 말아요."

색시는 온몸이 떨렸다. 자기가 아무리 갑술이를 좋아한다고 하나 이미 최 서방 아내가 되었으니 이제는 할 수 없는 일이 아닌가 하는 생각만 할 뿐이었다.

갑술이는 색시가 이밖에 더 다른 생각을 할 줄 모르는 것이 안타까웠다.

　색시는 어느 날 늦은 아침때가 되어 들로 나물 캐러 나갔다. 최 서방은 오늘 일자리도 없고 하여 집에서 가마니 칠 새끼를 꼬고 있었다.

　이런 줄 모르는 갑술이는 이날도 색시를 보러 이 집에 쑥 들어왔다.

　"어, 갑술인가?"

　최 서방은 반갑지 않게 인사를 하였다. 이미 두세 번이나 갑술이가 일없이 자기 집에 놀러 온 것을 보고 아는 터이라 속으로 짐작되는 바가 없지 않았던 터였다.

　"네, 오늘은 일터로 안 가시오? 새끼는 꼬아 무엇에 쓰려고요."

　갑술의 대답에는 어색한 빛이 나타났다.

　"여기 좀 앉아서 내 말 좀 듣게."

　최 서방은 새끼 꼬던 손을 멈추고 담배를 꺼냈다.

　"무슨 말인가요?"

하고 대답하는 갑술의 가슴은 뭉클하였다.

　"글쎄."

　최 서방 입술도 떨렸다. 갑술이는 이미 최 서방의 속판을 알아차리며 이제까지 참고 견뎌오던 증오감이 불쑥 솟아올랐다.

　그는 주먹을 단단히 쥐어보다가 말고 방 한옆에 있는 목침을 노려보다가 문득 그 어느 날 색시가 툇마루 밑에 숨겨두던 초산병이 언뜻 머리에 떠오름으로

"무슨 말인가요. 천천히 합시다. 내 술 한잔 받아올 테니 한잔 잡숫고 말씀하세요."

하고 신을 고쳐 신는 척하고 마루 밑에 들어박힌 초산병을 얼른 빼 들고 밖으로 휭 나갔다.

그는 바른길로 술집에 가서 술 한 되를 받아 술집 주전자에 넣어가지고 돌아와 최 서방의 집 문 앞에서 술은 거의 다 부어버리고 한 잔 될 만치 남겨가지고 약병을 거꾸로 들고 부어 넣었다.

술 주전자를 들고 들어간 갑술이는 부엌에 가서 조그마한 양재기 대접 한 개를 가지고 방으로 들어갔다.

"술은 받아 와도 나는 먹지 않겠다. 내 말이나 들어라."

최 서방도 이제는 갑술이의 모양이 수상하여 아주 도사리고 앉았다.

"아니, 그러지 말고 한잔 마시고 말하세요. 내가 모두 잘못했으니 그만 다 무시하고 속을 푸세요. 뭐 그러실 것 있는가요. 나도 내일부터는 멀리 만주나 대판으로 갈 작정이니 그러지 마소."

하고 주전자의 술을 따라서 최 서방 앞에 내밀었다.

최 서방도 그렇게 안 먹겠다고 뻗쳐대기에는 너무나 술에 대한 욕심이 많은 터이라 못 이긴 체 받아 들고 한입에 쭉 들이마시다가 조금 남았을 때 술잔을 척 떼며

"이 술맛이……"

하고 갑술이를 바라보았다.

"아니 그 술이 어떠한가요?"

갑술이는 일어섰다.

"아이고! 이것 술이, 술이 아니다. 이놈이 날 죽이는구나."

최 서방은 두 손으로 목을 쥐어뜯었다.

"이놈의 새끼……"

갑술이는 왈칵 최 서방에게 달려들어 방바닥에 넘어뜨린 후 두 손으로 목을 힘껏 눌렀다.

들에서 돌아온 색시는 그대로 부엌에 들어가 점심상을 차려가 지고

"점심 먹겠어요!"

하고 소리쳐보았으나 대답이 없으므로 그는 혼자 부엌에서 점심 을 먹은 후 물동이와 이제 캐가지고 온 나물 소쿠리를 끼고 샘터 로 나갔다.

나가다 사립거리⁴에서 갑술이를 만났다.

"오늘은 집에 있는데……"

색시는 갑술이를 바라보며 말하였다.

"……"

갑술이는 두 눈이 새빨갛게 되어 허둥지둥하였다.

"왜 그래요?"

색시도 놀라 멈칫하였다.

"……"

갑술이는 사방을 휘휘 둘러보며 말문이 막힌 듯 손만 내렸다가 횡 하니 달려가버렸다.

색시는 어리둥절하여 그대로 샘터에 가서 나물을 씻고 물을 길

어 집으로 돌아오니 남편은 아직 잠이 깨지 않은 모양이었으므로 방 안에 들어가보았다.

"일어나 점심 먹어요."

색시는 두세 번 불러봐도 대답이 없음이 이상하여 그제야 자세히 넘겨다보았다.

"아이고, 왜 저래……"

색시는 이상함을 못 이겨 가까이 가보았다. 그제야 가슴이 섬뜩하여 총알같이 방을 튀어나와 툇마루 밑을 들여다보고 약병이 없음에 벌떡 일어서자 갑술이 얼굴이 번갯불같이 혼란하게 눈앞에 어른거렸다.

"아이고 엄마……"

그는 저도 모르게 외마디 소리를 치며 두 귀와 눈을 꼭 막듯이 가리며 푹 고꾸라졌다.

"아이고, 무서워라. 암창굿기도⁵ 하지."

"글쎄 말이지, 열다섯 살밖에 안 먹은 계집년이 사내를 죽이다니!"

"아니, 갑술이 놈하고 언제부터 붙었던고…… 서방질을 하다니…… 고런 죽일 년이 어데 있소."

"아이고 무섭고 독한 년."

"연놈이 의논하고 죽인 게지. 어린년이 어쩌면……"

동네는 물 끓듯 소란한 가운데 색시는 갑술이와 함께 꽁꽁 묶여 순사 두 사람에게 끌려 그 멋들어진 향나무 서 있는 샘터를 왼편으로 끼고 돌아 주재소로 갔다.

이리하여 간부와 공모하여 남편을 독살한 15세의 독부가 생겨
났다.

일여인一女人

"마님! 마님! 도련님 세숫물 떠놨습니다."

"오냐, 마루 끝에 가져다놔라, 그리고 저어, 세안 크림통도 갖다놓고!"

"네."

"저 아기 어마시,[1] 세숫물이 너무 뜨거워선 안 되니 따뜨무리하게 손을 넣어보구! 어 원, 하루도 몇 번씩이나 놓는 세숫물까지도 내가 입을 딸켜야[2] 되니 정말…… 조금이라도 차든지 뜨겁든지 해봐라, 정말……"

안 미닫이가 좌르르 열리며 남치마에 흰 은조사 깨끼저고리를 입은 여인이 손에 가제 수건을 들고 나온다. 그의 눈썹은 반달같이 그렸고, '아몬 빠빠야'라나, 무엇이라는 크림을 바르고 물분을 발라 아름답게 연지로 조화시킨 갸름한 얼굴이다. 어디로 보든지 아직 서른두셋밖에 되어 보이지 않은데, 마님이라고 불리는 것이

252

이상하였다.

"아가. 이리 나와, 어서."

여인은 대야에 한 손을 담가보더니 온도가 마음에 맞았는지 세숫물 떠놓은 유모에게 다시 군소리가 없다.

"아잉, 내가 씻을 테야."

방에서 튀어나온 조그만 도련님이 트집거리며 발을 구른다.

"어서 와. 더러운 쌍놈의 새끼들처럼 모가지에 때를 발라가지고 그대로 갈 테야? 글쎄, 너의 학교에 가보니 사람의 새끼 같은 것이 없더구나."

마님은 와락, 도련님의 한 팔을 잡아끌어 대야 옆에 앉힌 후 두리번두리번 대야 근처를 살펴본 후

"아하이구, 이구 이 빌어먹을 인간들아, 칫솔은 어떡했노? 응. 글쎄 아이고, 속상해."

하고 벼락같이 꽥 소리를 지르자 부엌에서 사내아이 하나가 툭 튀어나와 세수간에 걸린 칫솔을 가져온다.

"이 자식아, 양치를 쳐야지. 그놈의 개새끼 같은 놈들의 자식처럼 양치도 않고 학교에 다닐 테냐?"

마님의 호령에 도련님은 입을 벌리고 얼굴을 찡그린 채 끙끙 앓기만 한다.

양치가 가까스로 끝나자 세안 크림을 찍어 도련님 얼굴과 목덜미를 냅다 문지르기 시작하자 도련님은 작은 망아지처럼 뒷발을 치켜들며, 그만 씻으라고 악을 쓴다. 온 마루는 물투성이가 되고, 마님의 소매와 치마는 온통 물벼락이나 맞은 듯하다. 그래도 도

련님은 크림이 발린 채 대야에 담갔던 두 손으로 마님의 두 팔을 뿌리치려고 버티고 밀고 한다.

"이 자식아, 비누로 씻느니보다 때가 더 잘 빠지니까 크림으로 씻기는 거다. 이렇게 씻어야 얼굴이 윤택하고 부잣집 아이 같지 않느냐. 그저 물만 찍어 바르고 가면 그놈의 상놈 손들[3]이나 다름이 있겠니?"

마님은 지독하게도 도련님 얼굴을 문지르며 씻긴다.

"일없어, 일없어, 잉……"

도련님은 몸을 버티다가 기어이 대야를 박차 엎지르고 만다.

"후다닥."

도련님의 뺨 위에 크림 거품이 가득 묻은 마님의 손바닥이 올라붙는다. 다시 세숫물을 떠다 놓고 울음소리가 요란하고 마룻바닥이 퉁탕거리고 마님의 고함 소리가 연해 나며 하는 사이에 세수가 끝났다.

가까스로 가제 수건에 얼굴을 싸가지고 도련님은 경대 앞으로 끌려간다.

헤찌마[4] 화장수가 도련님 얼굴에 발리고, 크림이 발리고, 퍼프로 야금야금 누르고 하여 대청에 대령한 밥상 앞으로 끌려간다.

세수한 자리를 치우는 유모는 혀를 끌끌 차며

"에이 참, 세수한 자리가 아니라 물 지랄병 하고 간 자리 같군." 하고 물론 입속말로 속삭인다. 한참 걸려 마루 청소가 끝나자 방으로 들어가 경대 앞을 바라본다. 크림 통, 화장수병, 분통, 퍼프, 수건 등이 자욱이 뚜껑이 벗겨 구르고 있다.

"원 사내새끼를 사당⁵에 보내려나 보다. 별꼴도 다 보네."

하고 역시 입속으로 혀를 찬다.

"부엌 사람, 커피차 얼른 가져와."

대청에서 고함 소리가 나자 식모는 커피 주전자를 들어다 놓는다.

도련님 상 위에는 아주 서양식으로 보리죽(오트밀) 대접이 놓였고, 바나나 두 개가 접시에 담겨 있고, 커피 잔이 놓여 있다.

식모는 돌아서 나오며,

"에이 정말, 단 일곱 식구에 아침을 꼭 네 차례나 치르니 원 사람이 견뎌낼 수가 있나. 멀쩡한 아이놈에게 아침마다 죽은 무슨 벼락 맞을 죽만 먹여 글쎄."

하고 종알거린다.

"이 자식아, 오늘도 학교에 가거든 더러운 아이와는 놀지 마라. 그리고 아주 선생 말을 잘 들어야 해. 그까짓 쌍놈의 선생이고 못난 자식이기는 하더라마는 부득이 배워야 되는 것이니, 선생 가르치는 것은 꼭꼭 그대로 해야 된다. 그리고 오늘 체조 시간이 끝나거든 선생이 야단해도 듣지 말고 너는 꼭 수도에 달려가서 손을 씻고 이 손수건에 닦아야 된다, 응? 알았니? 빌어먹을 놈의 선생이란 것이 흙장난한 아이들의 손도 씻길 줄 모르고…… 애야, 너 꼭 손 씻겠다고 해라. 손이 더럽거든 꼭 씻겠다고 해. 알았니?"

마님은 도련님에게 열심히 푸념을 하고 있으나, 도련님은 오트밀이 먹기 싫어 바나나 먹기에 바빠 마님의 말은 귀 너머로 듣는 모양이었다.

"그리고 선생님이 묻거든 우리 집에는 목욕탕이 있어서 하루 한 번씩 꼭꼭 목욕한다고 해라. 그리고 잘 때는 꼭꼭 잠옷을 입고 잔다고 해. 잠옷이라고 하지 말고 파자마 입고 잡니다, 라고 해야 돼. 그리고 아침에는 밥 먹지 않고 오트밀을 먹는다고 해야 된다. 알았니?"

"응. 보리죽 먹는다고 그랬어."

"이 자식, 보리죽이라면 그까짓 선생이 오트밀인 줄 아니? 이 제부터는 꼭 오트밀을 먹는다고 해야 돼. 알겠니?"

"알았어. 바나나하고 커피차하고."

"그래, 오트밀 한 그릇, 바나나 두 개, 커피 한 잔을 먹습니다, 라고 해."

"응! 그리고 내일 아침에는 보리죽 안 먹을 테야. 밥 줘, 응?"

"이 자식이 또 보리죽이라는구나. 글쎄 이것은 보리죽이 아니 다. 외국 오트밀이야, 바보같이!"

"하하하, 선생님이 내가 보리죽 먹었습니다, 라고 하니까 자꾸 웃어요. 네가 왜 보리죽을 먹었니? 하시더란다."

"이 자식, 그렇기에 말이다. 너의 선생님은 비렁뱅이 자식이니 까 오트밀이란 건 모른다. 그러니까 그 자식이 그렇게 얼굴이 마 르고 검지 않더냐. 이렇게 오트밀을 먹고 세안 크림으로 세수하 고 하면 누가 보아도 아주 귀공자답게 말쑥해 보이지 않니."

"하하하, 그놈의 선생님이 엄마! 그놈의 선생님이 말이야. 어저 께 날 보고 못난이라고 했어."

"왜? 그 벼락 맞을 놈이."

"내 짝 놈이 막 때려주어서 내가 울었어."

"그래! 네 짝 놈이 널 때렸어? 보자 그놈의 아귀 같은 놈의 땅 꾼의 새끼, 그래 너를 때린 놈은 장하더냐?"

"으응! 그놈 아이는 아주 선생님께 맞았어. 그리고 나는 운다고 못난이래!"

"울면 못난인가? 아프니 울지."

마님은 금방 노발대발이다. 그사이에 도련님 아침 식사가 끝 났다.

도련님은 다시 끌려 방으로 들어가 가방을 둘러메어 거울 앞에 서 마님이 한 바퀴 돌려 보고

"자, 인제 가거라."

하는 마님의 명령을 좇아 내려선다.

"놈아! 도련님과 학교에 가."

마님은 부엌을 보고 소리 지르자, 상노 아이놈이 튀어나왔다.

"야 이놈아. 오늘 또 도련님 어깨에 손을 댔단 봐라, 영 죽여버 릴 테니. 아무리 네보다 나이가 어려도 도련님에게 네 마음대로 손을 대지 마라."

"네? 누가 손을 댔어요. 도련님이 자꾸 한눈을 파니까 그러지 말라고 팔을 잡고 왔지요!"

"그래도 안 돼. 창피하게."

마님은 방으로 들어가고 아이들은 학교로 갔다.

조금 후 이 젊은 마님의 아침 식사가 시작된다. 보리쌀 섞은 밥 과 장찌개와 간청어 꽁지뿐이다. 한 통에 60전 하는 오트밀을 먹

는 아들의 식사와는 영 뚝 떨어진 밥상이다. 마님의 진짓상이 나오자 부엌에서 식모, 유모, 침모 들의 아침이 시작된다. 이들은 보리밥에 장찌개뿐이다.

그리고 10시나 되어서 이 댁 나리 영감님의 식사가 시작된다. 역시 보리쌀이 약간 섞인 밥에다 김치, 장찌개, 명탯국이 상에 올랐다.

이리하여 아침 7시에 시작해 먹은 아침이 10시 반에 가서 비로소 끝이 났다. 마님은 안방에서 식전에 한 화장을 고치기 시작하는데,

"종식이 어머니 계십니까?"

하는 소리가 뜰에서 나며,

"그래, 마님 계시다."

하는 식모의 대답 소리가 들린다. 마님은 자기를 종식이 어머니라고 부르는 요망스런 년이 누군가 하여 내다본다.

"아, 너로구나. 왜 왔어?"

뜰에 선 김 참의 댁 계집애 하인이 생긋 웃으며

"놀러 오시랍디다. 얼른 오시래요."

하고는 핑 돌아간다.

마님은 일변 기가 나면서도 고 조그마한 계집애년이 요망스럽게 종식이 어머니라고 부르는 것이 괘씸하기도 하고 집안 하인들에게 꼭 마님이라고 부르라고 한 자기의 위신이 손상된 듯 불쾌하다.

"그년의 집안에는 하인들에게 말버릇도 가르치지 않는가 보다.

빌어먹을 년, 급살을 맞을 년."

마님은 궁청궁청 욕을 시작한다. 그러면서도 장롱 문을 열고, 옷들을 골라서 내어놓고 이제까지 정성 들인 화장을 다시 씻어 곱게 화장을 하고 모양을 잔뜩 내어서 마루에 나선다.

주머니를 뒤져보니 도련님에게 내일 아침 바나나 사 먹일 돈밖에 없어 이윽히 망설이다가 집을 나서 김 참의 댁으로 갔다.

"아이, 잘 오오."

김 참의 댁은 반겨 맞는다. 이 마누라는 사십이 넘어 보인다.

"아, 그 요망스런 계집애가 종식이 어머니 있느냐고 소리치는 바람에 놀라 깨서."

하고 말 속에 뼈를 묻어서 하느라고 이렇게 거짓말을 한다.

"아, 그때까지 잤던가?"

"잤지. 일찍 일어나니 할 일이 있어야지."

마님은 거짓말이 능하다. 그러나 참의 부인은 이미 그의 속판을 훤히 들여다본다.

"그랬어? 그 요망스런 년이 버릇없이 종식이 어머니라고 했어? 에, 망할 년."

하고 웃는다. 이 말에 마님의 불쾌하던 감정은 풀리고 말았다.

"이리 들어와요."

참의 부인을 따라 두 칸 건너 방에 들어가니 그야말로 유한마담이 들어찼다.

"잘 오세요, 왜 이제 오시오?"

하고 모두들 인사를 하는데, 마님은 대답 대신에

"아이고, 걸어왔더니 덥네. 늘 타고만 다녀놓으니 오늘 산보 겸해 걸어봤더니, 고까짓 것 걸었는데 막 덥고 다리가 아프다니까."
하고 방 안에 들어앉는다.

"암, 사람은 걸어 다녀야 해. 타고만 다니면 쓰나."

참의 부인은 한쪽 눈을 찡긋하며 마님을 추켜준다. 마님은 웃음이 만면하다. 자기 주머니에 단 20전밖에 없는 것은 잊어버린 듯하다.

조금 후 요리상이 들어온다. 모두 우, 하고 상 옆으로 둘러앉으며

"오늘 이 댁 주인마누라 생신이라네. 많이 먹어보자."
하고 술도 치기 시작한다. 그러나 마님은 혼자 물러앉아 담배를 찾는다.

"아이, 이거 '피죤'이구려. '해태'⁶ 없소."
하며 담뱃갑을 팽개친다.

"요즈음이 어떠한 때라고 아무것이나 피울 일이지."

누군가 농담같이 대답한다.

"아이, 우리야 아직 피죤은 피우지 않는다오. 해태도 요즈음이지 꼭꼭 '쓰리캇슬'⁷을 피웠는데."

마님은 이런 거짓말이 예사다. 과연 그의 방 장롱 서랍에는 그 어느 때 넣어둔 쓰리캇슬의 빈 곽이 한 개 들어 있기도 하다만.

"귀부인이 담배는 무슨…… 그러지 말고 이 맛있는 진수성찬이나 잡숫구려."

누군가 권한다.

"아이, 음식은 보기만 해도 몸서리야. 그까짓 날마다 먹는 걸

무엇이 그리 먹고 싶어 야단이야. 그만 먹고 이야기나 합시다."

이렇게 말하고 마님은 핑 하니 현기증이 날 것 같다. 예전 시아버지가 살아 있을 때 몇천 석이나 하다가 그 시아버지가 죽고 말자 일시에 폭삭 망해버리고 겨우 1백 석 추수나 남아 있는 것을 그 남편이 밤낮 먹고 놀기만 하니 그 생활을 가히 알 수 있는 것이고, 또 남에게 업신여김을 받기 싫어 쓸데없는 침모, 식모, 상노 아이를 부리게 되니, 원식구 셋(남편과 마님과 도련님)에 부리는 사람이 셋이다.

그러므로 여간 곤란한 터가 아닌 까닭에 늘 먹는 것도 말이 못 되므로 비위병[8]이 생기기도 일쑤라, 바로 말한다면 그중에 누구보다도 먼저 그 요리를 먹고 싶은 사람은 마님일 것이다. 그러나 그는 참는다.

이윽고 요리가 끝나자 그는 과자 쪽이나 집어 먹다가 일어선다.

"오늘은 아마도 서울서 손님이 오실 것 같아. 그만 가야겠어."

마님은 천연스럽게 말한다.

"서울서? 누가 오시나?"

"아마도 그 저 유명한 ×××란 그이가 오시겠다고 벌써 언제부터 편지가 왔어."

이것도 생엉터리다. 그러나 마님은 기어이 그 집을 나왔다.

"아이고 참, 우스워 죽겠어! 젊은 년이 마님이 무슨 마님이야 글쎄."

"서울 손님이라니! 손님도 서울 손님이 온다고 해야 버젓해지는 건가?"

"글쎄 그 여편네가 학교 다닐 때는 그러지 않더니 시집간 후부터는 아주 미친 것같이 뽐내요."

모두들 마님의 치마꼬리가 사라지기도 전에 흉을 보느라고 법석이다.

그러나 마님은 저의 집으로 달려와서 보리 섞인 점심밥을 간청어 꽁지도 맛있게 먹는다. 이것이 도로 옳은 일인지도 모른다. 거짓말만 하지 않으면……

마님 점심이 끝나자 도련님이 학교에서 돌아온다.

"이 자식 배고프다. 어서 먹어……"

마님은 도련님이 학교에 갈 때 그처럼 치켜들고 법석을 하던 것에 비하여 돌아올 때에는 언제든지 냉담하다.

"싫어 잉, 엄마는 꼭 날 보고 이 자식이라고만 해! 왜 욕해! 내 이름은 종식이가 아녜요?"

도련님은 공연히 성이 나서 가방을 벗어 방구석에다 둘러메친다.

"이 자식이 미쳤어? 왜 이 야단이야, 글쎄. 또 선생 놈에게 야단맞은 게로군. 이제 1학년이요 학교에 다닌 지 겨우 두 달 남짓한 어린애들을 그 빌어먹을 놈이 왜 자꾸 성화를 한다더냐, 글쎄!"

마님은 화풀이할 건더기도 없건마는 죄 없는 선생님을 냅다 욕질한다. 사랑하는 아들 장래에 얼마만 한 영향이 미칠 것은 생각해보지 않는다.

"저, 도련님이 다른 아이와 공부 시간에 장난했다고 한번 꾸지람 맞고, 또 조선어 시간에 '저 모자'라고 쓸 줄 몰라서 또 야단맞았어요."

도련님을 데리고 학교에 갔다 온 상노 아이가 설명을 한다. 그의 귀에도 마님이 선생님을 욕하는 것이 거슬렸던 모양이다.

"그러기에 봐! 이 자식, 어서 밥 먹고 공부하자!"

식모는 벌써 도련님 상을 가지고 온다. 간청어와 아침에 나리가 먹고 남은 명탯국 찌꺼기, 김치가 상에 올라 있을 뿐이다.

이만하면 보통으로 먹는 반찬으로 그리 남부러울 건 없으련만 마님은 도련님에게 이렇게 먹이는 것을 누가 볼까 대단히 두려워하고, 자기도 차마 보기가 싫어서 아침에 오트밀을 먹일 때만 같이 데리고 먹여주지만 저녁 점심은 아주 돌보지 않는다.

도련님은 맛있게 밥을 먹는다. 그는 그 곤궁한 오트밀보다 이보리 섞인 밥을 간청어하고 먹는 것이 더 맛있는가 싶다.

"이 자식, 이리 와 공부해."

마님은 베개를 돋우어 베고 누워서 소리만 빽빽 지른다.

"엄마는 또 이 자식이야? 싫어 난."

도련님은 먹던 밥숟갈을 집어던지고 방으로 들어와 가방을 끌러 그 안에 든 책을 모조리 끌어내놓는다.

"이 구두, 그 모자, 저 보자기. 엄마, 이것 나 다 쓸 줄 알아. 그리고 바다에는 배, 배에는 돛, 돛에는 깃발, 이것도 다 쓸 줄 알아."

도련님은 방 끝까지 책들을 늘어놓는다. 마님은 잠이 사르르 들었다. 도련님은 제 혼자 창가를 불러가며 마구 잡기장에다 제멋대로 써댄다. 쓰다가는 말고 지우개로 북북 닦고, 닦다가는 잡기

장을 찍 째곤 한다.

그래도 마님은 무관심하고 잠만 잔다. 도련님은 나중에 꾀가 나니까 독본 책에다 마구 그림을 그리고 그리다가는 또 북북 닦고 그러다가는 찍 잡아 찢고……

이것이 모두 선생에게 욕먹을 밑천이다. 내일 학교에 가면 선생님이 보고 야단하실 것은 정한 이치니까, 야단맞는 걸 보고 온 상노 아이가 마님에게 고자질할 것도 틀림없고, 그 말을 들으면 마님이 도로 선생님을 선생 놈이라고 욕을 또 내놓을 것이니까.

아예 당초에 마님이 낮잠 자지 말고 아이 공부를 감독했으면 내일 선생님에게 꾸중 들을 턱도 없고 그에 따라서 마님이 선생님을 욕할 건더기도 없어지는 것이련마는……

마님은 맛있게 잔다.

"엄마! 그만 쓸까? 이것을 한 장 써 오랬지만 이따 쓸 테야. 엄마 써줘!"

도련님은 마님을 뒤흔든다. 마님은 성가시다는 듯 꽥 소리를 지르며

"이 자식, 저리 가. 시끄러워 잠 못 자겠다."

라고 하며 돌아누웠다.

"엄마 욕쟁이."

"네 이놈의 자식, 엄마 자는데 왜 이래!"

마님은 발칵 성이 났다. 그러나 도련님은 어느 사이엔지 엄마 주머니 속에서 내일 아침 바나나를 살 그 20전 중에서 10전을 발겨가지고 핑 밖으로 달아난다.

마님은 그래도 모르고 다시 잠들기에 애쓰며

"이따 내가 다 써주마, 어서 밖에 가서 놀아."

한다. 마님은 도련님의 숙제를 대신 해주겠다고 말한 것이다.

그 이튿날 학교에서 돌아온 도련님과 상노 아이가 이구동성으로

"선생님이 집에 가서 제 손으로 쓰지 않고 엄마가 썼다고 야단해요."

라고 고해바친다. 마님은 잠잠하고 도사리며 앉더니 이윽고

"그래, 그놈의 상놈 선생이 뭐라 그러든?"

하고 묻는다.

"꼭 내 손으로 써야 된대요. 엄마 쓴 것은 선생님이 안 보신대!"

"응?"

마님은 얼굴이 금시에 새빨갛게 되며 입술이 바르르 떤다.

"이놈의 자식, 어디 보자."

마님은 그만 벌떡 일어나더니 치마를 뚝 따 입고 와르르 툇마루로 나오다가 갑자기 생각난 일이 있는지 경대 앞으로 돌아와서 화장을 고친 후 이제는 바른길로 거리로 내닫는다. 그는 지금 학교로 달려가 선생을 여지없이 퍼붓고 올 작정이다.

그리하여 이윽히 걸어가다가 문득 삼정 오복점' 쇼윈도에 걸려 있는 옷감에 눈이 팔려 잠깐 발이 멈춰진다.

'빌어먹을 도둑놈.'

하고 심중에 선생 얼굴을 그려본다.

선생의 박박 깎은 머리와 쾌활하고 성글성글하게 생긴 얼굴이

떠오른다. 이상하게도 그 순간에 가무잡잡하고 쥐어짜놓은 행주 같은 자기 남편의 얼굴이 생각나며 입에 생긋 웃음을 떠올린다.

자기가 쓴 글씨를 그 선생이 본다…… 하는 그 사실을 엉뚱한 데로 연상시켜본 까닭이다.

"그놈의 자식……"

마님은 또 한번 속으로 웃고, 귀부인 앞에 무릎을 꿇어 사랑을 애걸하는 젊고 거만한 기사를 생각해본다.

그리고 다시 한번 미소해보며 스스로 만족하여 어깨를 뒤로 젖히고 오복점으로 들어간다.

물론 주머니에 돈이라고는 동전 한 푼 없지마는 몇천 원어치라도 마음에 드는 물건만 있으면 다 살 것 같은 태도이다.

그는 자기가 지금 어디로 가던 길인지를 잊어버렸다.

혼명混冥에서

1. 귀먹은 자의 정적에서 외우는 독백

1

S!

이 어인 까닭일까요!

왜 이다지 고요합니까?

깊고 깊은 동혈(洞穴) 속과 같이 어지간히도 고요합니다. 참으로 이상한 밤이에요.

마을을 한참 떠난 들 복판에 외로이 서 있는 이 집인 까닭에 이렇게도 고요함일까요.

그러나 지금은 겨울이 아닙니까! 멀리서 달려오는 북쪽의 난폭한 바람이 아무 거칠 것이라곤 하나도 없이 제 마음대로 이 들판에서 천군만마같이 고함을 치고 이 집의 수많은 유리 창문과 뼈만 남은 나뭇가지를 마구 쥐어흔들어 놓아 시끄럽고 요란하기 끝이 없게 할 때입니다.

그런데 왜 이다지 고요할까! 일순간 사이에 땅덩이가 깊은 바닷속에 가라앉아버린 듯합니다. 모든 움직임과 음향이 딱, 정지되어버린 듯도 합니다.

S!

이제 금방 어머니 방에서 어머니가 편안히 잠드시라고 『보문품경(普門品經)』[1]을 나직나직 읽어드려 겨우 잠이 드신 듯하여 살며시 내 방으로 들어왔습니다. 내 방문을 무심코 한 걸음 들어서자 두 눈은 부신 듯하였어요. 방 안에 얌전하게 나래를 편 듯 깔려 있는 침구가 무척도 찬란한 색깔이었던 탓인지요.

이렇게 호사스런 침구가 나에게 무슨 관계를 가졌단 말입니까! 다만 내가 본래부터 좋아하는 백합화(白合花)를 하얗게 문채[2] 놓은 새빨간 자주색 이불일 따름입니다.

머리맡에 놓인 등롱형(燈籠型) 전기스탠드에는 파란 전구가 끼워져 있고 그 곁에 오늘 신문이 얌전하게 놓였고 작은 두레상에는 약병과 물 주전자, 뜨롭통[3]이 담겨 있으며 창에는 빈틈없이 커튼이 내려져 아늑한 방 안의 분위기가 나를 끌어안아 주는 듯 느껴졌습니다.

대체 누가 내 침방을 이렇게 치장하여주었을까요. 어느 편을 둘러보든지 모두가 마음 편히 잘 자도록 정성을 들여놓았음을 알 수가 있습니다.

이것은 나의 언니가 나 모르는 사이에 꾸며놓은 것임에 틀림없겠지요.

아침에 내가 이 방을 나갈 때는 신문, 잡지, 서적 등이 자욱이 흩어져 있었고, 병원의 입원실같이 하얀 이불이 아랫목에 헝클어져 있었던 것입니다.

언니가 나에게 표현하는 정성이 오늘에서 비롯함은 아니나, 왜 그런지 이 밤에는 새삼스럽게 언니에 대한 감사의 염이 가슴에 찼습니다. 곁에 있었으면 한마디 인사라도 하고 싶었습니다.

이제까지는 구태여 언니뿐만이 아니라 집안사람들 중 누구에게든지 아무런 정성을 받아도 입에 내어 감사하다고 해본 적이라고는 없었어요.

물론 마음속까지 느낄 줄 모르는 바는 아니지만 입 밖에까지 내어 표현하기가 싫었던 것입니다. 이것은 나의 무뚝뚝한 성격인지는 모릅니다.

그러나 이것을 단순히 나의 성격이라고만 돌리고 말 수는 없어요. 왜 그러냐 하면 나는 그들에게 감사를 느끼기 바로 직전의 순간에는 마치 무거운 쇠줄에 동여매이는 것 같은 압박을 느끼는 것이었어요. 아니 그보다도 도리어 나는 괴로움을 느끼는 것이랍니다. 그들에게 무엇 하나라도 보람될 것이라고는 가지지 못한 나이기 때문에…… 아니 항상, 그렇습니다. 항상 나는 그들이 나에게 바라고 있는 바를 기어이 배반하여버리려고, 아니 배반하고 말리라, 배반해버리지 않고는 안 될 일이라고 생각하고 있는 악마였기 때문입니다.

그러므로 그들의 정성은 나에게 고통입니다. 내가 그들에게 바라는 바는 오로지 압박, 천대, 그리고 축출! 이것이어요.

그러면 나는 얼마나 마음이 자유롭고 얼마나 용감해질 수 있으리.

그들의 지극한 은애는 나에게서 용기와 자유를 고살(故殺)시킬 뿐입니다.

S!

나는, 나라는 인간은 무엇이라고 정의를 붙여야 좋을 인간일까요.

나는 가족들의 정성을, 아니 그보다 어느 때든지 그들을 배반하고야 말 인간임을 확실히 자인하면서도, 그들의 사랑을 배반할 수 없으며, 나에게 이 고통을 주는 가족을 미워해야 될 것이되, 그 반대로 지극히 사랑합니다.

왜? 나는 내 사랑하는 가족들을 기쁘게 해주며, 그들의 원하는 딸이 되지 못합니까!

왜? 나는 기어이 배반하고야 말 인간이거늘 그들의 사랑과 정성에 무슨 까닭으로 감격합니까? 감격할 뿐만 아니라 그들에게 보답하기 위하여 이 생명이라도 바쳐버리고 싶을 때가 있습니다!

왜? 나는 그들을 배반할 것을 단념하지 못하며 왜 또 기어이 배반해보겠다고 하는 것일까요!

S!

나는 모르겠어요! 나는 모릅니다. 나는 약한 자일까요! 너무나 강한 자일까요!

S!

나는 이 방으로 들어오기 조금 전부터 고질인 위병이 아프기 시작하였던 것입니다. 지금 나는 차차 아파오는 도수가 높아가고 있으므로 그것을 참으려고 애씁니다. 팔짱을 끼고 아래턱을 가슴 속으로 파묻듯이 하며 이 호사스런 이불 위에 가서 정중하게 꿇어 앉았습니다.

고도로 쫓겨 가는 배 위에 서 있는 나폴레옹같이 침통한 포즈입니다.

묵묵히! 묵묵히! 이윽히 그 파란 전기스탠드를 바라보고 있었습니다.

S!

이때였어요. 바로 이때! 어느 때부터 시작되었던 느낌인지는 모르나 문득

'아! 무척도 고요하다. 왜 이다지 고요할까! 어인 까닭에 이 밤이 이다지도 고요할까!'

라고 느꼈던 것입니다. 그리고 또 멀고 먼 거친 타향에서 오랫동안 그리워하던 고향집 안방에 이제 금방 돌아와 앉은 듯이 그 고요함이 그립고도 정답게 느껴졌어요.

S!

S와 서로 떠난 이후 오늘날까지 늘 나는 이러한 시간을 가지기를 원했습니다.

모든 음향과 움직임이 없는 털끝만치라도 외계의 구애가 없는 그러한 묵적한 가운데다 내 자신을 앉힌 후, 고요히 침착하게 냉정하게 진실한 나라는 것을 집어내어 과거와 현재, 미래에 있어

서의 나라는 것을 똑바로 바라보며 차곡차곡 검토해보며, 나라는 인간이 어떠한 것이며 어떻게 살아가야 되는 것인가를 알아내려고 생각해왔던 것입니다.

그러나 이제 의외에도 그러한 시간이 이곳에서 나를 맞아줄 줄은 생각해보지도 않았던 까닭에 도리어 한참 동안 무아몽중으로 앉아 있었을 뿐이었어요!

이 동안에 시간은 제 갈 길을 얼마나 갔는지 모릅니다.

정적은 일각일각으로 굳센 박력을 가해가며 더욱더욱 적막하여가는 그 가운데서 나는 즐기는 듯 도취하듯 묵연히 앉아 있을 뿐입니다.

이렇게 하여 또 얼마나 시간이 흘러갔는지…… 깊은 나락에서 울려오는 듯이 '당' 하고 시계가 새로 1시를 쳤습니다. 그러고도 또 얼마간을 그대로 앉아 있었어요. 아무것도 생각하는 것도 없었고, 이러한 시간을 가지면 하려고 하던 모든 플랜도 다 잊어버린 듯했습니다. 내 신경의 어느 일부는 눈이 빙빙 돌아갈 만큼 맹렬한 행동을 개시하고 있었던 것 같기도 합니다.

아파가는 도수가 자꾸자꾸 높아가던 나의 위병은 어느 때부터 사라져버렸는지 내 마음과 몸은 남김없이 외계의 정적 속에 동화되어 고요한 호수같이 잠잠해졌음을 느꼈습니다.

'아!'

이 신기한 이 밤의 정적은 마침내 '나'에게 '나'를 가져다주었어요.

거짓과 갈등과 괴로움에 고달파진 나는 세상의 시끄러움 속에서 혼명(混冥)해져 '나'까지 잊어버리고 내가 남인지, 남이 나인지도 모르고 살아왔던가 봐요.

나는 나 같은 약한 자인지 지극히 강한 자인지 스스로 구별할 수 없는 인간이기 때문에, 세상의 시끄러움이 참을 수 없게 저주스러웠어요.

아무 시끄러움이 없는 고요한 가운데서 차근차근 내 모양을 바라보길 원했어요.

눈멀고, 귀먹은 자의 정적을 원하였던 것입니다.

'아!'

과연 내가 원하던 귀먹은 자의 정적은 틀림없이 이제 거짓과 괴로움과 갈등에 낡고 때 묻은 옷을 활짝 벗겨가지고 새빨간 내 마음을 내 가슴 위에 던져 보냈습니다.

S!

나는 지금 잃어버렸던 나를 굳게 찾아 안고 울어야 옳을지 기뻐해야 옳을지 모르겠어요.

지금의 나를 누구에게나 보이고 싶고 말하고 싶습니다. 입을 열기 싫어하고 남을 대하기 싫어하던 그 우울함이 지금 나에게서 떠나가버렸는가 합니다.

S!

문득 S의 얼굴이 떠오릅니다. 누구 얼굴보다도 명확하게 내 마음 가운데 떠오릅니다.

당신의 이름을 가만히 입안에 돌려보니 갑자기 당신에게로 달려가고 싶었습니다. 나는 나도 모르게 벌떡 일어섰어요.

그리고 다음 순간 달음박질하려는 내 마음을 바보처럼 모르는 척, 그대로 멈추어 생각난 듯이 옷을 활활 벗어버리고 잠옷으로 갈아입었던 것입니다.

그러고는 이불 위에 좍 뻗고 드러누워 천장을 바라봅니다.

왜 구태여 이때 내 마음속에 당신 얼굴이 뚜렷이 떠올랐을까요. 그 크고 빛나던 불같은 두 눈과 분명한 윤곽의 당신 얼굴이 왜 그다지도 명확하게 떠올랐을까요.

S!

그에 대한 설명은 한 가지 두 가지로 간단하게 설명할 수 없는 것인 줄, 오직 당신만은 아시리라.

2

S!

당신과 내가 서로 알게 되고, 또 서로 몇 차례 만나게 된 것과 속 깊은 이야기를 나누게 된 것이 모두 우연이었습니다. 정말 이상스런 신기한 우연이었어요.

당신이 내가 있는 이 땅으로 여행하게 된 이유는 그만두더라도 한 발자국 이 땅 위에 내려놓자 실로 우연히 당신의 옛 친구였던 김을 만났던 것이 아닙니까?

그래서 김과 서로 반가운 동행이 되어 경부선 기차에 올랐던 것이었지요. 김은 당신과의 옛 우정을 위하여 신라 고도로 안내하게 되어 K역에 내린 것이었습니다.

그리하여 경주행 기차에 바꾸어 타자 김은 또 하나 옛 친구를 만났던 것입니다. 역시 아무 뜻하지 않은 우연으로.

　당신과 김이 단순한 옛 친구가 아니며 죽음과 삶을 함께하였던 동지였다고 한다면 이제 또 한 사람 만난 친구 역시 김에게 있어서의 옛 동지였습니다.

　이 새로 나타난 친구와 당신과는 미지의 사이였으나 김을 중심으로 하여 세 친구는 삽시간에 동화되고 말았지요.

　이 새로 나타난 친구! 그 사람이 바로 '나'였지요?

　S!

　나는 우연히 생각 밖의 친구 김을 만난 것이 기뻤으며 더구나 당신을! 첫말부터 나에게 깊은 감명을 주는 당신을 알게 된 것이 기뻤습니다.

　"어디를 가는 길이오?"

　김은 나에게 물었습니다.

　"우리가 떠난 지 10여 년 만에 우연히 이렇게 만난 것이니 관계되는 일이 없거든 함께 경주 구경합시다."

라고 그때 김은 옛날이나 다름없이 이러한 말을 했지요?

　나는 더 무엇을 생각할 여가 없이

　"갑시다. 나도 함께 가겠어요!"

라고 즉답을 하였던 것입니다. 그리하여 우리는 즐겁게 회고담을 주고받으며 기차가 어디를 향하여 달려가고 있는지는 생각조차 해볼 여가가 없었어요.

　이윽히 이야기꽃을 피운 후 나는 문득 이런 생각이 났습니다.

'대체 내가 이 기차에 어떻게 하여 오르게 되었던가! 어디로 가려던 것인가! 이렇게 아무리 옛 친구라고는 하나 아무 예상도 준비도 없이 여행을 함이 옳은 일이라고 할 수는 없는 것이다. 옛날에 아무리 간절한 동지였다고 하지마는 오늘은 피차 체면과 예의를 차려야 할 것이 아닐까! 더구나 내게 너무나 기분에 도취되어 여인다운 체면을 잃은 것이 아닐까!'

라고……

내가 그 기차에 타게 된 이유는 혼란했습니다. 괴로움과 시끄러움에 시달리다 못하여 홀쩍 집을 나와 아무 의식 없이 차표를 샀던 것입니다.

'어디로 갈까!'

하고 생각해볼 여가 없이 그때의 나 같은 멸망을 당한 인간이 갈곳! 그것은 깊은 산중이 아니면 차라리 이미 패하여버린 옛 자취나 찾아가서 함께 멸망하여감을 우는 수밖에 없다는 생각으로 경주까지의 차표를 샀던 것이랍니다.

그러나 차표를 사가지고도 나는 망설이며 그대로 집으로 돌아서려 할 때, 발차를 신호하는 벨이 울려왔으므로 급히 차에 뛰어오르고 말았던 것입니다.

내가 이렇게 궤도 없는 여행을 나선 것이나 선뜻 당신들과 동행이 되기를 응낙한 것은 누구의 눈에라도 온당하게 보이지 않을 것이며 또 누구라도 성격 파산자같이 조소할 것입니다.

그러나 S! 내가! 이미 이러한 줄도 저러한 줄도 다 알면서도 스스로의 행동을 비판해볼 겨를을 얻지 못하였음에는 파묻혀 있는 여러 가지 괴로움이 있었던 탓이었습니다.

그때의 내 괴로움으로서는 별 깊은 의미를 포함하지 않은 짧은 여행쯤이야 문제 될 거리가 안 된다고도 생각할 수 있겠지마는 그보다도 그때의 나에게는 절대로 필요한 휴식이 될 것 같기도 했습니다.

S!

그때의 나의 괴로움이란 무엇이었을까요. 그것은, 나의 이혼이었습니다.

이혼! 이것은 과연 중대한 문제이지요. 그러나 나는 이혼이란 그것이 중대한 문제인 까닭에 괴로워한 것은 아니랍니다. 이것은 제삼자의 눈에는 중대한 문제로 보였을지 모르나 나로서는 급작스런, 무리라고는 하나도 없는 가장 자연스런 해결이라고 생각되었기 때문입니다.

하늘을 우러러 던진 돌멩이는 반드시 그 높이에서 떨어져 땅에 닿을 때까지의 얼마간의 시각만이 문제이지 반드시 도로 땅 위에 떨어짐에는 틀림없는 자연법칙입니다.

나의 결혼은 하늘을 향하여 돌멩이를 던진 것과 같은 결혼이었어요.

그러면서도 나의 주위는 그 던진 돌멩이가 무사히 그대로 공중에 매달려 있을 기적을 신념하고 있었고 희망하고 있었던 것이지마는 나 자신은 반드시 땅 위에 되떨어지는 법칙을 분명히 알고 있으면서도 부득이 모르는 척이라도 해보려 애썼으나 그러기에는 너무나 내가 무지하지를 못했습니다.

이 법칙을 분명히 너무나 잘 알고 있었던 나인 까닭에 때로는 이미 떨어져버렸는가 하며 공중과 땅 사이의 거리와 그에 따르는 시각 문제를 잊어버리고 말 때가 있기도 했습니다. 내가 이러한 착각을 일으켰을 때에도 반드시 공중에 매달려 있으리라는 기적을 신념하고 있는 사람들에게 실망을 주지 않으려고 나는 입을 다물고 참아왔고 견뎌내었던 것입니다.

내 주위의 억센 힘들이 재주껏 던져 올린 돌멩이! 이 돌멩이가 땅 위에까지 닿는, 그 떨어지는 시간 중에 내 눈은 휘둘리고, 내 가슴은 구토에 가로막히고, 내 전신은 전율과 공포에 떨렸습니다.

그러나 이것은 다만 시각 문제일 따름인 줄을 잘 아는 나였기 때문에 가만히 죽은 듯이 견디며 기다릴 수밖에 없었습니다.

그러므로 나의 이혼은 나에게 평화와 안심을 일시에 가져온 것이 됩니다.

하늘로 올라갔던 돌멩이가 이제 제가 있어야 할 자리로 모진 비바람 속을 뚫고 땅 위에 내려앉은 셈이 됩니다. 모든 고난이 해소된 셈이에요. 나에게 괴로움이 될 이치가 없습니다.

나는 얼마 동안 내가 있던 이 땅에서 풍기는 그립던 흙냄새를 가슴 가득 마셔보고, 두 발을 들어 힘껏 이 땅덩이를 굴러도 보았습니다. 나는 얼마나 기뻤는지요!

그러나 S!

이 기쁨은 짧았습니다. 나에게 두번째로 굴러온 문제! 그것은 또다시 엄연하게 내 앞을 막았습니다.

그것은! 내 주위가 너무나 무지한 까닭입니다. 그들은 나의 타고난 본질을 이해하지 못함이에요. 아니 기어이 이해하지 않으려고만 애쓰려 함이어요.

그들은 나에게 아름다운 보물이 되어보고 싶고, 만지고 싶을 때 마음대로 할 수 있게 방 안 장롱 속에나 선반 위에 잠겨 있는 귀한 옥돌이 되기를 원하는 것이랍니다.

그러나 S!

나는 불행히도 옥돌이 아니에요. 보물이 되기를 또한 원치 않는답니다. 나의 가림 없는 본질은 거친 창파에 씻겨가며 제대로 다듬어지는 백사장에 흩어져 있는 조약돌이 아니라면, 험악한 산꼭대기에 모나게 솟아 있어 비바람 눈보라에 저절로 다듬어지는 바윗돌이 아닌가 합니다.

그보다도, 솟으며 떨어지며 감돌며 흘러가는 계곡물에 밀려서 넓고 깊은 바닷속까지 갈 수 있는 한 조각 모래가 됨을 원한답니다.

이러므로 고난에 피로한 내 자신이 잠시 쉴 여가조차 길지 못하게 조약돌 같은, 바윗돌 같은, 모래알 같은 나를 옥돌이 되라는 두번째의 기적을 바라는 내 주위의 은애에 얽매여버리게 된 것입니다.

나의 괴로움은 이것이었어요.

나에게 이혼한 여자란 불명예를 회복시키라는 것입니다. 그러자면 첫째 방 안에서 나오지 말아야 하며, 세상의 기구한 억측에서 흘러나온 갖은 비평을 일일이 변명하고, 그리고 주위의 명예를 위하여 세상에 사죄하는 뜻으로 근신하여야 되며, 그리고 얌전한 여인으로서의 본분을 지켜야 된다는 것입니다. 그러면 새로운 행복이 나에게 오리라는 것이었어요.

그러나 S!

나에게는 해야 될, 아니 하지 않고는 견뎌낼 수 없는 일이 있답니다.

그 일이 무엇인가를 당신은 잘 아시리라. 비록 마음속으로나마 일을 가지지 않고는 내가 산다는 뜻을 잃어버린 것이 됩니다.

그들은 너무나 나를 사랑하기 때문에 너무나 귀히 여기는 까닭에 나에게 '일'을 앗으려 하며 오직 안일만을 주려는 것입니다.

나는 참을 수가 없었습니다. 이러한 내 주위 속에서 견뎌낼 수가 없었습니다. 그러나 나는 이곳을 헤치고 나올 용기를 가지지 못했던 것입니다. 나에게서 용기를 앗아간 이유가 무엇입니까!

S!

어머니의 눈물입니다!

조용한 어머니의 눈물은 나에게서 모든 용기를 앗아가는 무기였습니다. 그 눈물은 오직 나에게 안일을 주려는 지극한 사랑이 근원되어 있습니다.

그들은 털끝만치도 나를 이해해주려고 생각하지 않아요. 다만 끝없이 사랑할 줄만 압니다. 그 사랑을 감수하지 않을 듯한 불안에 항상 슬퍼합니다. 그리고 내 마음을 달래보며 온갖 정성을 다해줍니다.

그들이 나에게 보내는 은혜의 깊이가 얼마나 큰지를 측량할 줄

조차 모르는 나이기 때문에 나는 혼란해져서 용기는 소멸되는 것이랍니다. 그럼으로써 나 스스로의 초조와 실망은 커갑니다.

그래서 나는 집을 훌쩍 나온 것이었어요. 나는 나를 어떻게 몰아야 할 것인지 극도로 혼란하여 머릿속이 파열될 것만 같았어요.

S!

우리가 탄 기차가 목적지에 다 닿았을 때 나는 문득 눈물겨워지며

"S! 김! 나는 이곳에 실컷 울러 왔어요."

라고 혼잣말같이 중얼거렸지요.

"울기 위하여?"

하며 이상스럽다는 듯이 눈이 휘둥그레져

"무슨 까닭과 이유인가요?"

라고 물으셨지요?

"나는 삶의 패배자입니다. 확실히 나도 패배자의 일형(一型)이에요. 아니 패배자의 과정에 있다고 할까요. 그러므로 이미 멸망해버린 옛 왕 터는 내 슬픔을 나누기 적당한 곳이에요."

나의 대답은 이러했습니다.

"우습습니다. 우리는 옛 자취를 찾아 지금의 내 삶에 장식이 될 조그마한 무엇이라도 하나 얻어보려고 생각하는데요! 나는 아직까지도 울어본 기억이라곤 별로 없습니다. 동지였던 K가 너무나 억울한 죽음을 하였을 때, 나는 애석하고 분함을 못 참아 크게 운 기억이 있을 뿐이지요. 나는 울 만치 큰 감격을 받아보지 못했습니다. 내가 뜻하던 바 일이 천신만고를 겪은 후 성공하는 날이 있

다면, 그때는 너무나 기쁨의 간격이 극도에 이르러 혹 눈물이 좍 흘러내릴 것 같은 느낌은 있었어요. 울 곳을 찾아간다! 너무나 로맨틱한데요. 당신은 벌써 인생의 절반이나 살아버린 것 같은데 어쩌면 한가하게 울 곳을 찾아가는 여가를 가졌습니까? 나는 잠시라도 무의미한 일로 시간을 보내지 않습니다. 여가가 없어요. 사람의 일생이란 긴 듯하면서도 무척 짧은 것이랍니다. 당신의 삶은 너무나 한가합니다. 한가한 삶이란 대개 무의미한 것이에요."

당신은 조소하듯 말하셨지요! 나는 귀를 기울이고 입을 다물고 말았던 것입니다.

"한가한 삶! 그것은 무의미합니다. 그런 줄은 나도 잘 알아요. 그 까닭에 나는 그 한가한 삶에서 벗어나려고 애쓰며, 애쓰면 쓸수록 나는 더욱 얽매여가기만 합니다. 늙었을 때의 안일을 위하여 젊은 내 혼이 산천과 조수(鳥獸)를 벗하여 그 가운데 고요히 호흡하라는 삶을 아직 젊은 내가 어떻게 참을 수 있을까요! 나는 젊어요. 나에게는 발열한 긴장으로 희망의 피안을 향하여 맹진하는 분위기가 욕망될 뿐입니다."

나는 부르짖듯 말했지요!

"그러면 왜 그 욕망을 무시하고 울 곳을 찾아 아까운 시간을 허비합니까?"

당신은 한결같이 나를 웃었습니다.

"나는 내 욕망을 위하여 싸웁니다. 그러나 나는 이겨내지 못해요."

"이겨내지 못할 만치 굳센 것은 무엇입니까?"

"어머니 눈물이에요."

"아! 난센스다. 모두 울음, 눈물로 시종한단 말이에요?"

라고 당신은 가가대소했습니다. 나는 가슴을 쥐어박힌 것같이 멍해져 눈만 번쩍 뜨고 있었지요! 당신의 웃음소리는 나에게 웅장하게 울려오는 경종 소리 같았습니다.

"당신들은 모릅니다. 모두 피상적 관찰이며 이론입니다. 나의 이 괴로움에 가장 상식적 비판에 그치는 겁니다. 좀더 내 환경을 들여다보면 누구나 간단하게 결단 못 하는 괴로움임을 알 것입니다."

이윽한 후, 석굴암을 향하여 걸어 올라가며 나는 이렇게 말했습니다. 당신의 굳센 삶에 대한 굳은 자신에 충만한 일거수일투족이며, 단 한 번의 웃음 가운데 무서운 기백을 감수하였던 것입니다. 그리고 그 옛날 죽음을 돌보지 않고 다만 동지들과의 굳은 결합 가운데서 용진하고 분투하던 때가 다시금 내 앞에 당도한 듯도 하였으며, 지금까지 나 한 몸에 얽매여 살기로 걸음을 돌린 이후의 모든 괴로움이 그 자리에서 티끌만 한 가치도 없는, 하나 난센스로밖에 뜻을 가지지 못하게 될 듯하여 어떻게든지 나는 나의 괴로움이 얼마나 심각한 문제였던가를 당신에게 주장해 보이고 싶었으며 그렇게 함으로써 나를 지지하려 했습니다.

"당신은 방향 전환을 한 후의 감상이 어떠했던가요?"

라고 마치 나의 가슴을 투시하듯 이렇게 물었지요?

"나는 무한한 고독을 느꼈습니다. 큰 단체에서 떨어져 나온 나라는 것이 얼마나 고독하며 얼마나 무가치하며 얼마나 외로운 것인가를 알게 되었을 뿐입니다. 나에게서 그 열렬하던 의기가 사라져가는 비애를 느꼈습니다."

나의 이 대답은 진정한 고백이었습니다.

"그런 거랍니다. 단체적 훈련을 받아온 사람은 혼자 떨어져 나오면 개인적으로는 아주 무력한 인간이 되고 마는 것인가 봐요……"

당신은 이윽히 묵묵하게 뚜벅뚜벅 걸어갈 뿐이었습니다.

"그때의 우리가 표방하던 주의며 주장을 이제 와서 어떠한 것임을 말할 필요는 없는 것입니다. 다만 나는 당신에게 그때의 그 열렬하던 용기와 의기만을 다시 가지라는 충고를 하고 싶을 뿐입니다. 당신의 삶의 목표며 생각이 어떠한 길을 향하여 있다든지 그것은 잠깐 그만두더라도 그저 그 열렬하던 용기를 어서 회복시키시오. 그러면 당신에게서 그 괴로움이 사라져버릴 것입니다."

라고 타이르듯 말하셨지요. 나는 이 말을 듣고 내 가슴 한구석에서 무한한 학대와 무시를 받으며 병들어 있는 무엇이 그제야 고함을 치는 듯했습니다.

석굴암을 구경하고 내려와서 김과 셋이 여사(旅舍)에서 하룻밤을 쉬는 동안 당신은 나에게 용기를 주려고 갖은 애를 쓰셨습니다. 그 하룻밤을 새우고 난 나는 이른 아침 다시 식탁에 모였을 때 나의 모든 지난날이며 앞날을 적나라하게 비판해본 후 가장 바른 내 길을 찾아야 될 절박한 생각에 차 있었습니다.

"석굴암! 과연 위대한 예술입니다. 나는 그에 대해 문외한이기는 하지마는 단지 그렇게 느껴졌습니다. 우리도 위대한 무엇을 하나 창조합시다. 지난날의 것이 아닌 오늘날의 것을 창조하기로 분투합시다."

라고 당신은 아침 인사 대신 이렇게 말하셨습니다. 나는 아무 대답도 할 마음의 여유가 없었으므로 엉뚱한 말을 하게 되었던 것이랍니다.

"S! 당신은 나에게서 옛날의 용기와 정열을 다시 가지라고 합니다. 그러나 내가 그러한 사람이 된다면 나의 어머니의 눈물은 더 심각해지고 더 많아질 것입니다."

라고요……

"아! 아, 또 눈물 이야기예요? 당신은 눈물이 아니면 말을 못하는 셈이십니다. 울음이란 지금의 우리에게는 한낱 난센스예요. 우리는 앞으로 1초의 쉼도 없이 맹진해야 될 사람입니다. 울어가며, 울고 있는 이유가 대체 어디 있으며, 울고 있는 무의미한 사람에게 매달려 고민하고 있을 턱이 어디 있는가요?"

당신은 조소하였지요?

"그러나 S! 이것은 생각함으로써 있고 없어질 문제가 아니에요. 엄연히 존재하여 있는 현실입니다. 어머니는…… 단 하나인 딸에게 자기의 모든 삶을 걸고 있어요. 그는 나의 행복을 위하여 일생을 바쳐주었습니다. 그리고 지금의 이 땅의 현실에 있어서는 나라는 것이 아무 힘도 의욕도 없는 지극히 평범한 인간이 되어 어머니의 환경에 칭찬받는 그러한 딸이 되기 바랍니다. 집 안에서 나 혼자 어떠한 생활을 하든지 또는 그들이 나를 위로하기 위하여 얼마나 큰 희생을 하든지 그것은 돌보지 않고 다만 어머니의 환경에 가장 아름다운 타협을 한 착한 딸이 되고, 칭찬받고 부러움받는 정숙스런 여인이 되라고 합니다. 그것이 그들의 간절한 요구입니다. 내가 만일 이때에 어머니의 그 바람을 배반한다면 어머니는 자살이라도 할 것이에요. 그만치 그는 인습적입니다."

"그래서?"

"그러니까 나는 도저히 어머니의 바라는 삶으로서 단 하나밖에, 그나마 얼마 남지 않은 내 삶을 허비할 수가 없어요."

"그래서?"

"그러니까 나는 괴로운 것입니다. 나의 이성은 도저히 어머니의 생각과 타협할 수 없답니다."

"그러면?"

"그러면 나는 나를 위하여 살아야 됩니다. 그러나 S! 나의 방향 전환 이후의 고독과 외로움을 위로해준 것은 어머니의 사랑이었어요. 이 묵중한 대지도 움직이는 때가 있지마는 어머니의 사랑은 내가 죽고 없는 날까지 움직이지 않는 절대의 것이니까요! 나는 변하지 않는 절대를 믿고 싶고 그것만이 참인가 합니다."

"하하하! 변하지 않는 것을! 당신은 너무나 학대받은 자의 비꼬인 생각을 가졌군요."

"……"

"이 세상은 변하고 움직이는 데 뜻이 있는 거랍니다. 변함없는 세상! 그것은 질식입니다. 당신이 그 옛날 수천의 군중을 향하여 사자후하던 사람입니까? 왜 이다지 모호하고 절벽 같은 멍청이가 되었는가요?"

곁에 앉았던 김은 참을 수 없다는 듯이 외쳤지요? 당신은 고소를 띠고 앉아 가엾다는 듯 나를 바라보았습니다. 그리고

"오직 변하면 안 될 것은 자기의 신념뿐입니다."

라고 단 한마디 말하셨습니다. 그리고 또 이윽한 후

"당신 어머니 눈물을 거두려면, 그 방법은 단 하나밖에 없는 것입니다."

라고 말하셨습니다.

"무엇이에요? 어떠한 방법일까요."

나는 미친 듯 파고 물었지요!

"오직 당신의 변치 않는 신념! 그 신념에 매진하는 것뿐! 그것이 당신 어머니를 불안에서 구하는 것이 됩니다. 당신의 갈 길이 얼마나 뜻있는 것인가를 잘 이해시킨 후 절대 불굴의 보조로 걸어가십시오. 그때는 어머니가 당신을 애호할 것입니다. 굳은 신념! 절대 불굴의 정신! 이것은 또 절대의 힘이랍니다. 절대의 힘! 이것이라야 모든 것을 정복합니다."

"환경이, 더구나 이해 없는 당신을 알지 못하는 환경이 어떻게 비방하든 욕하든 그것이 문제 될 턱이 없습니다. 나는 온 세상이 비방한대도 내 신념을 버리지는 않습니다. 세상에다 자아를 자랑하고만 싶은 허영을 버리세요. 세상은 으레 욕하고 시기하고 싶어 하는 것입니다. 그런 세상 성미를 다 맞춰주려면 결국 당신 자체는 가치 없는 하나 흙무덤으로 그치고 말 뿐입니다. 도리어 세상을 내 성미에 맞도록 만드세요!"

"……"

"사람이란 눈앞의 작은 위안에 빠져서 가장 중대한 큰 찬스를 놓치는 때가 많은 것이랍니다."

"……"

당신은 말이 없는 나를 달래듯 위로하듯 어디까지든지 자아를 주장해나갈 용기를 고취하여주었지요?

"그리고 무엇보다도 당신은 건강해야 됩니다. 왜 늙은이처럼 늘 앓아요! 이처럼 맛있는 음식을 먹지도 못하고 아침부터 죽 그릇을 들고 앉았으니 그것이 말이 됩니까."

라고 내가 위병 까닭에 아무것도 먹지 못하고 오트밀 그릇을 앞에 놓고 앉아 있는 것을 들여다보며 말하셨습니다.

"아픈 것! 누가 일부러 아프려 합니까. 나의 오랜 고민의 생활이 나를 이렇게 만들었던 것이지요! 그러지 않더라도 내가 아프지 않은 순간에는 온갖 용기가 다 나옵니다마는 아픔이 시작될 때는 아주 자포자기가 되어요."

"그러기에 말이 아니에요? 나는 앓지 않는답니다."

"당신은 원래 건강하시니까."

"아니에요. 나의 굳은 신념이 나를 건강하게 해준답니다. 스스로 자기 몸을 중히 여기고 싶어지니까요! 신념이 없는 사람은 모든 것을 되어나가는 대로 맡겨두고 턱없는 꿈에만 빠져서 요행이나 바라고 있을 뿐이지요!"

아! 나는 정말 내 앞이 밝아지는 듯했답니다.

나는 당신과 얼마 동안이라도 한곳에 있다면 얼마나 용감해질까, 라고 느꼈습니다.

S!

그러나 우리는 오래 한 가지로 할 수 없는 것이었어요. 당신과 김은 서울을 향하고 나는 나대로 집으로 돌아왔지요.

이것이 당신과 내가 우연히 서로 알게 되어 얻은 바 수확이었습니다.

"집으로 돌아가세요! 그리고 어머니에게 당신의 신념 되는 바를 설명하십시오. 그리 오래지 않아 당신에게 기쁜 날이, 진정한 행복한 날이 돌아올 것입니다. 그리고 독서를 하세요. 당신의 가족들이 아무리 못 하게 하더라도 당신만 마음먹으면 반드시 됩니다. 다 잠든 틈을 타서 읽으시오."

당신이 나에게 하직한 인사말은 이것이었지요! 그리하여 우리는 어느 때 다시 만날 기약조차 없이 갈라지고 말았던 것입니다.

나는 그 길로 집에 돌아왔던 것이나 내 귀에는 굳센 당신의 가지가지의 말이 꽉 박혀 있었습니다.

그 이튿날 나는 어머니의 권유를 버리지 못하여 경성으로 오게 되었던 것입니다. 좋은 의원이 있다는 어머니 친구에게서 편지를 받았기 때문이었어요. 그리하여 나는 무엇보다도 먼저 병을 낫게 하기 위하여 그 의원을 찾아 상경하게 되었지요!

물론 상경은 하지마는 당신과 김이 어디 있을지 아무 약속이 없었으니 서로 만날 수는 없는 것이었으니까 아예 그런 생각은 염두에 두지도 않았던 것이었습니다.

그리하여 나는 그 이튿날 경성을 향하여 떠났던 것이었지요!

우연! 우리에게 두번째의 우연이 또 왔습니다. 당신과 김은 상경하던 길 도중에 대전서 내려 하룻밤을 유성 온천에서 쉬고 난 후 내가 탄 기차에 오르게 되었던 것이었습니다.

이리하여 우리는 기약 없이 두번째 우연 속에서 만났던 것입니다.

나는 기뻤어요. 무척 반가워 서로 무의식간에 손을 마주 잡았던 것입니다. 그리운 옛 벗을 만난 듯하였어요.

며칠간을 서울서 보내는 동안에 당신은 나에게 기탄없는 충고를 하였고 용기를 고취하여주었지요? 그리고 우리는 어느 사이엔지 굳게 손을 마주 잡고

"서로 힘이 되어줍시다."

라고 약속하는 동무가 되었고

"서로 마음의 괴로움을 호소하며 기쁨을 나누는 뜻있는 동무가 됩시다."

라고 맹세했습니다. 나의 가슴에 저기압은 사라져간 듯하였고 스스로 내가 나아갈 길이 밝아져왔던 것입니다.

세번째의 우연! 그것도 역시 기차 위에서입니다. 나는 트렁크에 약을 가득 지어 담고 그것으로써 기어이 내 병을 고치고 말리라고 결심하며 집으로 돌아오는 기차 속에서 또다시 당신을 만났던 것입니다.

서울서 우리가 헤어질 때에는 내년 봄에 내가 건강을 회복한 후 다시 만날 기회가 있으리라는 것과, 서로 주소를 알리며 자주 서신 왕복이나 하자는 약속으로서 떠났던 것이었는데 내가 의원에

게 일주일간 진찰을 받는 동안 당신은 평양과 개성을 구경한 후, 당신의 고향인 동경으로 돌아가는 차 중에서 또 우연히 만났던 것입니다.

이상한 세번째 우연의 해후에는 당신도 놀라는 얼굴이었습니다. 나는 너무나 기이하여 내가 마치 무슨 눈에 보이지 않는 운명에 희롱을 받는 듯하여, 반갑고 기쁘다느니보다 몸에 소름이 끼쳤습니다.

"정말 잘도 만나집니다!"

당신은 차창으로 내려다보며 아직 놀란 장닭처럼 서 있는 나에게 말했습니다. 마치 내가 당신의 뒤를 쫓아다니며 이러한 우연을 만드는 것 같아 잠깐 불쾌하기도 했습니다. 당신 역시 그러한 느낌인 모양이었습니다.

"우연! 신기한 우연! 우연이란 우스운 것입니다."

나는 얼떨떨한 말을 하며 비로소 앉았습니다. 당신은 한결같이 차창에서 고개를 돌리지 않은 채로,

"우연? 이 세상에 우연이란 것이 없어요. 피차 또박또박 제가 지나야 할 코스를 밟아온 결과로 서로 그 코스가 한데 교차된 것에 불과하니까 그것은 가장 자연적 결과입니다. 만일 이것을 이름 지어 우연이라 한다면, 그 우연도 또한 인간 일생을 좌우하는 중대한 계기가 될 수가 있어요. 때로 인간이란 우연에 좌우되는 수도 있는 것입니다."

라고 말하셨습니다. 나 역시 어디를 바라보고 있어야 좋을지 몰라 당신의 시선을 따라 차창 밖을 내다보는 수밖에 없었습니다.

차창 밖은 늦은 가을이라 옮아가는 들판에는 이미 추수가 끝나고 저물어가는 황혼 속에 황량했습니다.

"보세요. 저 논둑에 불이 타고 있지 않아요? 그것이 무슨 불인지 알아요?"

이윽한 후, 비로소 나를 돌아보며 말하셨습니다.

"내년 봄에 풀이 짙게 나라고 일부러 놓은 불이지요."

"그렇습니다. 뜻 모르는 사람은 왜 풀뿌리를 태워버리느냐고 할 것입니다. 당신도 지금 집으로 돌아가서 자기의 목적을 위하여 목적에 반대되는 수단이라도 취해야 될 때도 있을 것입니다."

당신의 이 한 말은 나에게 무한한 감명을 주었습니다.

그때 기차는 어디를 달리고 있었는지 모르지마는 먼 산 밑에 옹기종기 붙어 있는 초가집들에서는 한가하게 저녁연기가 오르고 있어 나에게 망향의 슬픔을 자아냈습니다. 나는 무슨 까닭인지 소리 없이 눈물이 흘러내렸어요. 당신은 보지 않는 척하며,

"용기가 흔들리며 마음이 약해질 때에는 반드시 편지하십시오. 그러면 나는 당신의 힘이 될 서적이나 편지를 보내겠습니다."
라고 은근히 위로해주셨습니다.

"S! 나는 아픔이 시작될 때마다 삶의 노력이 우습게 보여져요. 집에 있을 때, 뒤창을 열면 멀리 산이 보이고 그 산허리에 두세 집 화전민이 살고 있는 것이 보입니다. 그 사람들은 일생에 한 번 기차를 타보지도 않고 다만 그날그날 먹고 입을 것만 있으면 그 이상 더 바람도 욕망도 없이 살고 있습니다. 그들은 다만 그러고 있다가 죽어버리지요. 나는 그것을 바라볼 때마다 그들이 정말 사

람답게 사는 것 같아요. 사람이란 그저 살다가 죽는다는 것임을 가장 잘 알고 있는 것 같았어요."

나는 마음이 센티멘털해져서 이런 이야기를 하였던 것입니다.

"아니에요. 그것은 원시인의 생활입니다. 우리는 금일의 문화인이랍니다."

라고 당신은 나의 무지함에 실망한다는 표정으로 간단히 대답하셨습니다.

어느 사이에 우리가 탄 기차는 빠르게도 내가 내려야 할 역이 가까워졌습니다.

나는 공연히 가슴속이 초조해졌습니다. 나는 당신을 떠나 있으면 무력해지고 약해질 것만 같고, 당신만 한곳에 있다면 나의 용기는 그칠 때가 없이 언제나 정열에 불타며 이지적 결단성을 가질수 있을 것만 같았습니다. 그래서 나는 그대로 함께 당신이 내리는 곳까지 가고만 싶었어요. 도중에 나 혼자 내리고 만다는 것이 나 혼자 낙오되고 마는 것같이 느껴졌습니다.

당신은 내 마음속을 잘 아셨는지 기차가 K역에 닿기 조금 전에 먼저 벌떡 일어서서 나의 두 어깨를 잡아 일으켜 세우며

"어서 건강을 회복하십시오. 내년 봄, 3월에 다시 오겠어요. 그때까지 피차 많이 연구도 하고 검토도 해봅시다. 그리고 그때 피차 얻은 바 결론을 말하기로 합시다."

라고 한마디 한마디에 힘을 주어 분명한 발음으로 일러 듣게 하셨지요!

나는 얼른 그 말의 진의가 무엇임을 알아내지도 못하고 기차가

K역에 닿고 말았으므로 그대로 내려버리지 않으면 안 될 때였습니다.

"어서 내리십시오. 내려야 됩니다. 눈앞에 있는 정열에 지배되는 속인이 되지 맙시다. 적어도 먼 앞날까지를 검토해보아야 됩니다."

"……"

나는 무슨 말을 해야 적당할지를 모르고 그대로 플랫폼에 내려섰습니다.

"내년 봄에 다시 만납시다, 꼭! 그리고 그때까지 생각에 결론을 얻어두십시오. 서로 진보된 보고를 합시다."

움직이는 기차를 따라가는 나의 손을 힘껏 잡고 큰 소리로 말하며 당신의 커다란 두 눈은 햇볕같이 정시할 수 없게 찬란하게 빛나며 나를 바라보셨습니다. 그 찬란한 빛은 내 몸을 남김없이 불태웠습니다. 나는 내가 살아 있음을 비로소 안 것 같았습니다.

S!

그리하여 당신은 떠나갔습니다. 나는 갑자기 두 눈이 어두워지도록 눈물이 가득 고이며

"S! 당신은 '힘'이에요. 지금의 나에게는 오직 '힘'이 필요할 뿐이에요."

라고 부르짖었습니다.

집으로 돌아온 후 나는 하루라도 속히 건강을 회복시키려고 애쓰며 한편 나를 위하여 바른길을 잡으려 애썼습니다.

나의 이 변화는 집안사람들이 잘 눈치를 챘는지, 그들에게 기어

이 타협할 것 같지 않을 나를 인식하였음인지 갑자기 불안에 떨기 시작했습니다. 그리하여 그들은 자기들의 삶에 매력을 가하여 나로 하여금 굴복케 하려고 갖은 정성을 다하였어요.

나는 아픈 위를 부여잡고 냉정하게 어머니의 눈물을 위로하며 차츰차츰 나의 의도하는 바를 납득시키려고 시작했던 것입니다.

그리고 또 하나, 당신이 내려준 과제! 내년 봄 3월에 보고할 것을 검토해보며 연구하려 했습니다.

그러나 잠시도 그러한 조용한 시간이 나에게 오지 않았으므로 끝없이 초조하였던 것입니다.

S!

이 밤은 몹시도 적막한 정적 가운데 깊어졌습니다. 나는 더 검토할 것도 더 연구할 필요도 없음을 이제 이 깊은 침묵의 대기 속에서 느꼈습니다.

"당신은 '힘'이에요. 나에게는 오직 '힘'이 필요할 뿐입니다."

이것이 결론이에요. 이외에 다시 더 아무것도 생각할 필요가 없어요.

S!

이제 남은 문제는 다만 나의 건강을 회복시키는 것뿐입니다.

내년 봄 3월!

S!

그때 당신에게 말한 결론이 이 밤에 나타났어요. 그리고 나는 내가 취할 바 길을 분명히 알아냈습니다.

나에게도 신념이 생겼습니다.

S!

나에게도 갈 길이 명백히 나타났어요.

3

S!

그 고요하던 밤이 벌써 새어갑니다.

이제 새로운 아침이 밝아옵니다. 나는 잠옷 위에다 두터운 가운을 둘러 입고 내 방을 나섭니다. 창에 내려져 있는 커튼을 헤쳐버리고 언니가 정성껏 깔아준 호사스런 금침을 걷어차고 나는 용감스럽게 그 방을 나섰습니다.

하룻밤의 정적 가운데서 찾아낸 내 영혼은 티끌 하나 없는 깨끗한 그리고 새빨갛게 내 가슴에 안겨 있습니다.

S!

당신과 내가 만나고 떠나고 하던 그때는 늦은 가을이었으나 지금은 겨울입니다.

고요하게 새어오는 겨울의 아침 공기는 지극히 청정합니다. 대자연의 가장 아름다운 본성을 나타내고 있는 듯해요. 청정된 내 영혼을 영접하여주는 듯합니다.

S!

나는 뜰 가운데 서 있는 가장 크고 웅장한 복숭아나무 곁으로 걸어갔습니다.

잎사귀 다 떨어진 뼈만 남은 가지들은 마치 죽은 듯 말라진 듯합니다. 나는 그중에도 가장 가느다란 한 개의 젓가지⁴를 잡아보았어요. 서리 맞은 가지의 감촉은 싸늘하게 내 손끝에 느껴졌습니다.

나무는 말라진 듯합니다. 그러나 나의 어머니는 이 나무를 정성껏 가꾸십니다.

왜 말라버린 것 같은 이 나무를 가꾸실까. 나는 손끝에 힘을 보내어 잡았던 가지를 자끈, 하는 소리를 내면서 분질렀습니다.

그러나 S!

그 작은 젓가지 하나에도 약동하는 생명의 줄이 흐르고 있음을 보았습니다.

'나의 어머니가 너를 가꾸심이 이것이다. 너는 아무리 죽은 듯하나 굳세게도 살아 있었다. 말라버린 껍질 속에서 너는 훌륭히 살아 있었다. 모진 삭풍에 부대끼어 그 잎사귀를 다 빼앗기고 말았어도 너는 너대로 다시 오는 봄을 기다려 너 혼자 누구에게도 알리지 않고 가만히 살고 있었다.'

나는 가슴속으로 부르짖어보았던 것입니다.

그리고 커다란 한 가지를 와지끈 분질러보았습니다. 제가 얼마나 훌륭히 살아 있는가를 내 눈으로 보고 싶은 욕망에서……

고함치며 누구에게라도 보이고 싶었어요.

S!

돌아오는 봄 3월에 당신에게 드릴 보고는 이제 훌륭히 준비되었습니다. 그리고 당신이 나에게 말할 결론도 벌써 완성된 줄 알겠습니다. 나는 봄을 기다리기 싫습니다. 이 차디찬 겨울에도 홀

룡히 살아 있는 나를 한시바삐 알리고 싶습니다.

내가 살아 있다는 것을 바로 보라고 눈을 뜨게 해준 당신입니다.

S!

내가 얻은바 결론을 이제 보고합니다.

나는 나를 갖은 수단을 다하여 속아달라고 달려왔을 뿐입니다. 나는 나를 속이지 못하여 고민하였고 울어왔을 뿐이었어요. 이렇게 함으로써 세상에 아첨하였던 것입니다.

나를 사랑하는 어머니. 나에게 끝까지 행복하고 안일을 바라서 우는 어머니! 그에게 내 삶을 내 스스로 파악하고 굳세게 살아가며 어느 때나 용감하게 보임으로써 비로소 안심과 만족을 얻도록 할 것이에요. 내가 나를 속이는 괴로움을 지닌 채 지금 그의 마음을 형식적으로 위로한다면 그는 일평생 나의 불행을 슬퍼할 것이에요.

그러면 이곳에서 내가 취할 바 길이 스스로 밝아지는 것입니다. 내가 취할 바 길! 이것이 무엇인가! 그것은 나를 속임 없이 가장 아름다운 양심으로 내가 뜻한 바 길로 매진하겠다는 것입니다.

가도 또 가도 내 정성, 내 힘을 다해서도 얻는 바가 없다면 그것은 나 자체의 본질의 무력함이니 그것을 이제 말할 필요는 없습니다. 얻는 바가 있든지 없든지 나는 다만 내 생명이 다할 때까지 매진할 뿐입니다. 나의 취할 바 이 길에서 다만 1초간의 한눈도 팔지 않을 것이며 모든 비방이며 유혹의 옆길을 나는 관계하지 않으렵니다.

S!

내가 나를 속이지 않는, 그리고 가장 아름다운, 그렇습니다. 가장 아름다운 마음으로서 뜻한 바 길을 매진한다!

나의 결론은 이것입니다.

그리고 또 한 가지, 만일 내가 나를 속이지 않는다면! 당신에 대한 내 마음도 속이지 못할 것입니다.

속임 없이 보고한다면! 나는 당신의 곁에서 나라는 것을 더 한층 완성시키고 싶습니다. 나의 용기와 정열에 북돋움을 받고 싶습니다. 이 마음은 나라는 것을 나 혼자의 힘으로 운전해갈 수 없는 약자의 말 같기도 합니다. 그러나 이런 생각은 너무나 오랫동안 환경과의 갈등 속에서 헤어나지 못하는 약자로서 고민해온 나이기 때문에 바라던 욕망인지도 모릅니다.

좌우간 나는 당신의 절대적인 '힘'을! 아니 그 힘에 의지하고 싶은 마음이에요. 한 여인으로서 한 남성인 당신에게 의지하고 싶다는 이 생각을 사랑이라고 합니까? 연애라고 하는지요!

그러나 S!

나는 누구에게도 당신을! 또는 당신이 나를! 연애한다!고 생각하기가 분한 듯합니다. 모욕을 당하는 것 같습니다. 이성 간의 애욕을 초월했다고 말하기도 속된 것 같습니다.

내 입으로 분명히 말한다면, 나는 당신에게 '연애 이상'이라고 하겠습니다. 그것을 무엇이라고 이름 짓는지 나는 알지 못하며 알려고 애쓰기도 싫습니다. 다만 '연애 이상'이라고밖에 아무런 표현도 할 수 없습니다. 왜냐하면, 연애는 미(美)입니다. 신비스런 미이에요. 그러나 나는 당신에게 그 신비로운 미의 감정을 지나 '힘'이란 느낌을 가진 까닭입니다. 힘은 모든 것을 정복하는 '절대'의 미를 가졌어요.

S!

그러면 가장 실질적, 현실적으로는 나의 이 결론이 어떠한 형식으로 전개될 것인가! 그것은 지금 결론을 내릴 수 없습니다. 당신이 가진 바 그 '힘'은 어떻게든지 전개시킬 수 있는 것인 까닭입니다. 그럼으로 오직 이 섬세한 문제는 당신과 내가 내년 봄 3월에 다시 만날 그 순간에 결정될 것이라고 생각합니다.

S!

그러면 내년 봄 3월까지 나는 무성한 잎사귀를 한 가지에 가득 움트게 할 정열을 아름답게 다듬어둘까 합니다.

2. 천국에 가는 편지

〔S가 있는 곳은 재래(在來)의 천국이 아니다. 희망의 녹기(綠旗)를 높이 꽂은 저 봉우리 위이다.〕

S!

왜?

이다지 장난이 심하십니까! 아무리 장난이라도 거짓말하는 것은 꽃은 즐기지 않는답니다.

S!

오늘은 바로 2월 28일! 즉, 2월 그믐날이랍니다. 이 하루만 지나면 우리가 기다리던 그 봄, 3월이옵니다. 내일부터 시작되는 그 3월 달에 우리에게 훌륭한, 그야말로 환희에 넘치는 삶을 함께 느낄 수 있는 날이 있는 것입니다.

그런데, 그런데, 이 장난이 무슨 우스운 장난입니까?

나는 믿을 수 없습니다.

나는 이해할 수 없습니다.

당신이 나에게로 오는 날을 어떻게 하고, 그 영민한 당신이 어떻게 잘못되어 길을 헛드셨는가요.

나에게로 올 길을 어이하여 천국으로 헛가셨는가요.

이 어인 일이오이까?

S! 오! S!

S! 당신이 죽었다! 내가 이 말을 믿을 수 있으리라고 생각하셨습니까.

나는 웃어요. 웃습니다. 만일 내가 지금 울었다면…… 당신은

"난센스다. 내가 죽을 인간이던가? 그 말을 믿고 울었던가요. 당신은 왜 그리도 어리석을까."

하고 조롱할 것만 같아요.

"신념이 없는 까닭에 아픈 것이에요."

라고 나에게 주먹을 쥐어 보이며 말하던 당신이었어요.

당신이 연구하고 검토하여 얻은 바 결론을 서로 보고하자던 그 3월이 내일부터 시작되려는 오늘! 당신이 나에게 죽음을 알려주

는 그 마음이 무엇입니까.

당신 죽음이 나에게 무엇을 의미하는 것입니까? 무엇을 암시하는 것이오이까? 무슨 의미일까요! 대체 나는 해득하지 못합니다.

나는 이 3월을 위하여 당신이 내린 그 과제의 해답을 훌륭하게 준비하였답니다.

첫째, 나는 아픔을 정복했어요. 완전히 건강이 회복되었어요. 당신에게 밑지지 않을 건강한 몸과 마음을 준비하였답니다.

그리고 어머니, 그 눈물 많던 어머니 눈은 이제 한 방울의 흘림도 없이 힘 있게 빛나고 있습니다. 내가 잡은 바 굳은 신념! 그것은 바로 어머니에게도 안심이 되었습니다.

그런데, 그런데, 당신의 죽음은 지금 방방곡곡까지 알려졌습니다. 신문, 잡지, 모조리 뒤져봅니다. 그 정열에 넘치는 당신의 뚜렷한 면영(面影) 곁에 검은 줄이 그어져 있습니다. 그러나 나는 믿지 않으렵니다.

아니 믿지 않는다는 나의 고집을 당신이 또한 웃을 것 같습니다. 아! 아!

"사실은 이렇게 죽었음을 증명하는데 왜 믿지 않으려는 것입니까? 사실을 무시하는 거짓을 가집니까."

라고 나를 꾸짖을 것 같습니다.

그러면 나는 당신의 죽음을 믿는 것이 바른 일입니다. 이런 맹랑한 사실을 생각으로나마 할 수 있는 일입니까?

S!

그 굳센 당신이 이제 벌써 한 줌의 회색빛 재로 변하고 말았습니까? 당신의 그 '힘,' 그 맹렬한 의기는 어디 있습니까? 어디다 두고 당신은 얼마의 석회분으로 변하고 말았던 것입니까?

그 맹렬한 의기! 당신은 어디다 두었습니까. 지금 어디 있는가요.

내가 가야 될 길! 단 하나 바른 나의 궤도 위에 올려 세운 내 기차는 지금 초고속으로 달리고 있습니다. 나의 목적지를 향하여……

왜? 당신은, 나에게 바로 달려가라고 말하던 당신이 무슨 까닭으로 적신호를 하는 것입니까?

이것이 나에게 무슨 의미를 암시함인가요.

나는 눈물 없는 두 눈을 똑바로 뜨고 가슴 가득 울음을 안고 갈 바를 잃고 거리로 뛰어나갔습니다.

아무리 헤매도, 아무리 걸어가도, 다만 내 눈에 보이는 것은 희미한 가등과 네온 라이트에 처참하게 번쩍거리는 두 줄기 전차 선로뿐이에요.

나는 찾았습니다. 기어이 찾아내려 했습니다. 내가 준비하여두었던 그 보고를! 연구하고 검토하여 얻은 바 그 결론을 말하려던 당신을 찾았습니다.

가다가, 또 걸어가다가 나는 문득 멈추어 섰습니다. 이윽히 서 있었습니다. 그리고 돌아섰습니다. 나는 집으로 돌아왔습니다.

당신의 죽음이 나에게 무슨 의미를 가졌는가를 나는 문득 깨달았던 것이었어요.

S!

"가장 유의한 동지가 가석한[5] 죽음을 했을 때밖에 운 기억이 없다."

던 당신의 말이 생각났던 것입니다. 그리하여 나는 내 방문 굳게 닫고 가슴이 파열될 것같이 꽉꽉 들어찬 울음을 얌전히 엎드려 소리 없이 서리서리 풀어내었습니다. 그 눈물 속에 내 몸이 잠기었습니다.

S!

당신은 태양보다 맹렬한 의기로 살았으며, 죽음 역시 45도의 맹렬한 열(熱)로서 마쳤습니다.

당신은 삶도 간결했고, 삶을 청산함에도 단 하루 동안에 다 하였다 하오니 당신은 삶과 죽음이 다 함께 간결했습니다.

S!

'힘!' 절대의 미! 이것이 당신이었으니, 이런 당신에게 죽음을 당한 나이지만.

나는 아직 살아야 되는 엄연한 사실을 앞에 놓고 있습니다. 당신이 나에게 두고 간 그 굳센 의기! 이것만은 당신의 죽음이 앗아가지는 말아주십시오.

나는 당신이 두고 간 그 맹렬하던 의기의 한 조각을 내 죽는 날까지 놓을 수 없습니다. 나는 힘껏 틀어잡고 내 삶을 지탱해나갈 것이며 내 가는 길의 운전수를 삼겠습니다.

그러면 S!

나는 이제 당신의 죽음을 슬퍼만 하는 끝없는 눈물 속에 잠긴 내 몸을 건져내렵니다. 그리하여 내가 가는 바른 궤도 위에다 올려놓으렵니다. 그리고 당신이 두고 간 그 맹렬한 의기의 운전으로 죽음의 경계선에 들이대일 순간까지 쉬지 않고 달려가리다.

S!

그 후에 조용히 내 몸에서 삶의 먼지를 활활 털고 공손히 꿇어 엎드려 당신이 두고 갔던 나의 운전수를 도로 바쳐드리리다.

S!

그날까지 나는 나의 운전수와 단둘이서 서로 축복하며 서로 보호하오리다.

오! S!

당신은 살아서 나에게 '힘'을 가르쳐주었으며 죽어서 나에게 희망을 가르쳐주었습니다.

아름다운 노을

    높은 산줄기 한 가닥이 미끄러지듯 쓰다듬어 내린 듯, 소롯하게 내려와 앉은 고요하고 얌전스런 하나의 언덕!

    언덕이 오른편으로 모시고 있는 높은 산에 자욱한 솔 잎사귀 빛은 짙어졌고 때때로 바람이 불어오면 파도 소리같이 쏴아 운다.

    언덕 뒤 동편 기슭에는 저녁 짓는 가난한 연기가 소롯소롯이 반공중으로 사라져가며 몇 개 안 되는 초가지붕들은 모조리 박 넝쿨이 기어올라 새하얀 박꽃이 피었다.

    언덕 왼편 남쪽 벌판은 아물아물한 저 산 밑까지 열려 있어 이제 볏모는 한껏 자라 검푸른 비단보를 펴놓은 듯하다.

    언덕 앞 서쪽에는 바로 기슭에 넓은 못이 푸른 물결을 가득 담아 말 없는 거울같이 맑다.

    이 언덕, 푸른 잔디 덮이고, 이름 없는 작은 꽃들이 잔디 속에 피어 있고 꼭 한 포기 늙은 소나무는 언덕의 등줄기 한가운데 서 있어 아마도 석양에 날아오는 까마귀를 쉬어주는 나무인가 싶다.

이 언덕, 이 소나무가 비바람 많은 세월 그동안에 남모를 이야기도 수없이 겪었으려니와, 아직 사람들이 전해오는 이야기는 하나도 없다.

다만 해마다, 여름이 되면 이 언덕을 넘어 마을에 양과 돼지를 잡아먹으러 늑대들이 넘어온다는 이야기는 있다.

그러나 이제 이 언덕 위, 이 늙은 소나무 아래서 하나 아름답고 애끓는 이야기를 듣게 되었다.

이야기는 슬프다기보다 애달팠다. 이 언덕, 이 소나무 역시 많은 풍상의 세월 속에서 겪어온 하고많은 이야기들 중에서도 내가 지금 듣는 이야기만치 딱한 이야기는 듣지도 못하였으리라.

때는 그 어느 해 여름의 석양이었다. 아름다운 붉은 노을이 언덕과 못을 찬란하게 물들이고 시원한 바람결이 간간히 불어오는 고요한 석양이었다.

아름다운 두 개의 영혼이 불꽃같이 타버리고 말고자 하는 이야기를 이 푸른 언덕 위 구부러진 소나무 아래서 핏빛같이 붉은 노을에 젖으며 나는 들었다. 그리고 울었더니라.

인간에게 만일 가치 있는 것이 있다고 한다면 그것은 얼마나 많이 연소(燃燒)했던가 하는 것이다, 라고 앙드레 지드가 말했다고 한다. 그러나 이 이야기는 타려고 해도 탈 수도 없는 가장 애끓는 이야기였다.

그 여인은 옥색 긴치마에 흰 은조사 깨끼겹저고리를 받쳐 입었고 머리는 되는대로 넘겨 쪽 졌으나 그리 보기 흉하지 않았다. 아니 이 여인은 서글서글한 두 눈이나 입이며 후리한 키며 잠깐 보면 몹시도 루스하게 인상되지마는 다시 한번 거듭 보면 흐트러진 듯한 그의 전체가 모두 다 정연하고 단정하게 제격대로 맞아 있다.

그 크고 맑은 눈을 위하여 그의 입도 조화되었고, 둥글고 넓은 이마는 그 얼굴에 조화되어 함부로 넘겨 쪽 진 머리단장도 그 얼굴에 어울리고, 그 후리한 키에 아무렇게나 입은 치마 맵시 역시 어울려 하나도 고칠 것이 없었다. 그 여인의 걷는 태도나 말소리며 동작 역시 그 얼굴과 체격에 어그러지지 않아 가을밤 밝은 달빛 아래 잘게 잘게 주름 잡혀서 혹은 떨어지고, 혹은 감돌고, 혹은 출렁거리는 은은한 계곡물 흐름과도 같고, 맑은 호수같이 고요하고 청신한 느낌을 주는 것 같기도 하였다.

여인은 두 발을 되는대로 뻗고 소나무 둥치에 기대어 앉았다. 그리고 잠깐 얼굴을 들어 붉은 노을 하늘이 잠기어 있는 못물을 내려다보고 난 후 후, 한숨을 내쉬었다.

그는 금방 입을 열어 무슨 말을 하려는 듯하더니 가만히 고개를 내려뜨리며 좌우로 두어 번 머리를 흔들고 손으로 잔디 잎을 두세 잎 북북 뽑아 발아래로 던졌다.

나는 그때 그 여인의 두 눈에서 한 방울 눈물이 떨어지는 것을 보았다. 나는 참을 길이 없어 그 여인이 뻗친 발을 가만히 어루만지듯 흔들며 먼저 입을 열었다.

"여보! 순희! 순희!"

라고 불렀던 것이다. 그러나 그 여인은 대답이 없었다. 애수에 잠긴 그 큰 눈이 눈물에 가득 잠겨 나를 뚫어지게 바라보며 금방 나에게 쓰러질 듯 애원하듯 입술을 깨물 따름이었다. 그는 입을 떼기를 무서워하고 스스로 무엇을 억제하려는 괴로운 표정이었다. 나는 급한 성질에 더구나 실없이 남에게 동정하기 좋아하는 마음이라, 바짝 그의 곁에 다가앉았다.

"순희, 당신이 말하지 않아도 끝없는 괴로움에 시달림을 받고 있는 줄 알겠습니다. 나와 당신이 비록 오랜 지기는 아닐지라도 피차 이름만은 서로 안 지 오래이니 무슨 상관이 있나요. 내 힘으로 위로드릴 만한 일이면 나는 웬만한 일은 희생해가면서라도 당신의 그 괴로움을 덜게 해드리리다."

아! 아! 내가 그때 이렇게 정답게 말을 건네지만 않았었던들 오늘까지 그 여인의 괴로운 사정에 가슴이 아프게 하지 않았을 것이었을 터인데……

그 여인은 나의 이 마음에서 우러나오는 동정에 가득 찬 물음에 그만 앞으로 푹 고꾸라지며 흑흑 느껴 울었다. 나는 참지 못하여 그의 들먹이는 어깨를 쓰다듬어주었다. 그리고

"울지 말아요. 사람의 삶이란 괴로움인 것이에요. 괴로움이 즉 삶이란 말이지요."

라고 되지못한 위로의 말을 한다고 하였던 것이다. 그랬더니 그 여인은 벌떡 얼굴을 치켜들며 눈물이 온 얼굴을 적셔 닦으려고도 않고 나를 바라보며 내 손을 잡았다. 그리고 그윽한 음성으로 가만히 입을 열었다.

"보세요. 당신은 소설가이시지요? 당신이 쓰신 소설을 아직까지 읽어볼 기회는 없었습니다. 그러나 나는 당신의 얼굴을 처음 만났던 아까 그 순간 참을 수 없이 울음이 터져 올랐어요. 우리가 다 같이 예술에 몸을 던진 사람이니 처음 만났으나, 오랜 친구였음이나 다름없는 것 같은 느낌을 가짐도 별로 이상할 것은 없지요!"

그 여인은 겨우 한 손으로 눈물을 씻고, 또다시 노을 낀 하늘을 바라보았다.

"네, 저는 소설가라고 할 인물은 못 됩니다. 아직까지는 일개 문학 소년 티를 못 벗었어요."

하고 나는 얼굴이 붉어지며 대답을 한다고 이런 되지못한 변명을 하였다.

그러나, 그 여인은 나의 대답은 들은 척도 않고 잠잠히 앉은 채 다시 말을 계속하였다.

"여보세요. 나는 어떻게 해야 좋을지 모른답니다. 내 가슴속이 마치 이 붉은 노을같이 타고 있어요. 아니, 이 노을보다 더 안타깝게 더 붉게 타고 있어요."

라고 그 여인은 한숨과 함께 내뿜듯 속삭이듯 말했다. 나는 혼자 고개를 끄덕였다.

그 여인은 오륙 년 전 미술전문 양화과를 나온 규수 화가이므로 나 같은 무지렁이 소설 줄이나 쓰는 인간보다 그 보고 느끼는 바가 다르구나, 라는 생각이 들었던 까닭이었다.

"아! 아! 나는……"

그 여인은 그만 두 팔로 머리를 휩싸 안고 소나무 둥치에 기댄 채 눈을 감았다. 나는 무어라 말하기 어려워 잠잠히 바라보고 있을 수밖에, 그가 진정될 때까지.

이윽고 그는 다시 한 줄기 눈물을 흘리며 잠잠히 그대로 앉은 채 입을 열었다.

"나는 사랑한답니다."

라고 외치듯 한마디 부르짖고 입술을 깨물었다. 나는 그 여인의 슬픔이 무엇인가 하는 호기심과 그 여인의 괴로워하는 모양에 잔뜩 동정하여 그 괴로운 이야기를 듣기에 가슴을 졸이고 있던 판이었는데, 이 한마디 부르짖는 말에 갑자기 쓴웃음이 터지고 말았다.

'에, 에 그까짓 사랑? 연애 관계로 이러는 것이로군. 그까짓 남의 연애 이야기를 들어 무엇하며, 그까짓 문제로 이렇게 괴로워하다니.'

라고 속으로 중얼거리며 나는 고개를 휙 돌리고 말았다.

그 아름다운 풍경 속에서 그 훌륭한 스타일과 애화적인 포즈를 가진 여인에게서 나는 무슨 신비스런, 그리고 아주 감상적인 아름다운 이야기가 듣고 싶었던 것이었다.

"여보세요. 당신은 나를 어떻게 보십니까?"

갑자기 여인은 나에게 말을 건넸다. 나는 속으로 이 여인이 사람에 미쳤나 보다. 무슨 말을 묻는 거야? 라고 반감 비슷한 생각이 들어 힐끔 여인을 둘러보았다. 그러나 그 여인은 소나무 둥치에 눈을 감고 기대어 앉은 채 혼자 명상에 잠겨 있는 듯하였다.

"무슨 말씀이세요. 당신을 어떻게 보다니? 지금 내 눈이 당신
과 같은 화가의 눈이라면, 그렇게 앉은 모양을 한번 그려보았으
면 싶을 따름이지요."
라고 느껴지는 대로 솔직하게 대답했다.

"아니 저 같은 젊은 미망인이란 몸이요, 더구나 단 하나이지마
는 아이까지 있는 몸으로서 사랑을 한다면…… 당신은 어떻게 생
각하시겠어요?"

그 여인의 이 말에 나는 놀랐다. 나는 이 여인의 남편은 죽고 없
는 줄을 몰랐던 것이다. 그리고 아들까지 하나 있는 줄은 몰랐었
다. 그러나 설령 그가 과부요, 자식이 있는 몸이라 하더라도 사랑
하고 싶으면 그만이지, 남편이 뚜렷이 있으면서 그런다면 생각할
문제가 되지마는 그까짓 것은 문제가 되지도 않는 일이라고 생각
되므로, 나는 어이가 없었다.

"하하하, 별말씀을 다 하시네. 사랑하시고 싶으신 분이 있거든
얼마든지 하시구려. 아드님이 방해된다면 내가 지금 아이를 낳지
못해 애쓰는 중이니 그만 나에게 양아들로 맡겨주시구려."

나보다 몇 해 위인 듯한 그에게 나의 이 대답이 조금 당돌하지
않았나? 하는 생각에 나는 얼굴이 또다시 붉어졌다. 그러나 그는
조금도 관심치 않고 그냥 그대로 움직임 없이 한숨을 내쉬었다.

"두서없이 말을 끄집어내어서 실례했습니다. 이제 차근차근 이
야기하지요. 나는 저…… 열일곱 살에 여학교를 졸업했어요. 그
리고 그해 가을에 결혼하여 열여덟 살 되는 겨울에 아이를 낳았
지요."

나는 그가 하는 말에 놀랐다. 아들이 있으면 이제 겨우 열 살 안되는 어린아이인 줄 알았던 터이라 조금 전에 나에게 양자로 달라고 하던 망발이 새삼스레 부끄러웠다.

"그러면 아드님이 올해 몇 살이세요?"

라고 물어보지 않을 수 없었다.

"그 애가 내 열여덟에 낳았으니까 올해 열여섯 살이에요. 중학교 2학년이나 됐어요. 내 나이 올해 서른둘이니까요."

"아이고머니…… 그렇게 큰 아드님이 있어요? 그러면 미술 전문은 어느 때 나오셨던가요?"

나는 기가 막혀 그를 바라보았다. 그러나 그는 여전히 움직임 없이 아까 그 자세대로 소나무 둥치에 기댄 채였다.

"네, 제가 스무 살 때 그 애 아버지가 죽었어요. 그래서 스물셋 때에 아이는 친정에 맡겨두고 저 혼자 동경으로 가서 이런저런 공부하는 척하다가 스물여덟에 비로소 미술전문을 나오게 됐어요. 제가 미술전문에 다닐 때 아주 재혼을 권하는 사람도 많았고, 또 직접 구혼하는 사람도 무척 많았어요."

여인은 또다시 한숨을 내품었다.

"왜 이때까지 그대로 계셨던가요? 진작 재혼하실 일이지……"

나는 무뚝뚝하게 말했다.

"글쎄요. 제 사정으로도 꼭 재혼을 해야 될 처지랍니다. 첫째 이유는, 제 죽은 남편은 단 형제뿐이었는데, 그의 형 되는 분이 스물둘에 죽었으므로 그 형수가 수절을 하고 있어요. 그러니 그 아우 되는 제 남편이 자식을 나면 제일 맏아들은 그 형수의 양자가 되어야 하지 않습니까? 그러니 제 아들은 나면서부터 그 수절하는 큰어머니의 아들이 됐지요. 나는 장차 또 아이를 많이 낳을 줄 알았던 것이 제 남편 역시 다음 아기가 들기 전에 죽었으니까 저는 아들이 있기는 하나 없는 것이나 다름없게 되었지요. 그리고 둘째로는, 제 친정에는 제가 단 하나 외딸이에요. 제 어머니는 저 하나밖에 낳지 않으셨고, 아버지 역시 남의 친자식을 양자하느니보다 딸이라도 자기의 친자식이 낫다 하시며 기어이 가독[1]을 나에게 상속시키려는 거랍니다. 그런데 제 친정이 종가요, 또 아버지 형제가 없으시니 제가 만일 이대로 죽고 만다면 제 친정의 뒤가 끊어지는 것이 되지 않습니까. 제 아들은 남편 집의 뒤를 이어야 되는 터이니까, 부득이 저는 재혼을 해야 될 처지랍니다."

여인은 길게, 길게 한숨을 쉬었다. 나는 가슴이 갑자기 답답해졌다.

"그러신데 왜 그대로 계세요. 얼른 시집가세요."

라고 나는 철없는 듯 조르듯 말했다.

"이제 이야기하겠어요. 제가 지금까지 이대로 있게 된 이유는 저에게 구혼하는 사람이 너무 많았던 탓입니다. 모두 일장일단이 있어 누구를 골라잡아야 좋을지 몰랐어요. 그런데도 그중에는 몹시 싫은 사람이 거의였으니 뒤에 남은 사람들 중에서 택하면 좋았겠지마는 제가 좋다고 생각하는 사람은 모조리 친정 부모님이 반대였으니 우스울 일이 아니에요?"

"그래서 지금까지 그대로 계신 게로군요."

"네. 내가 제일 미워하고 싫어하는 사람, 그 사람에게 부모님은 기어이 시집가라는 거랍니다."

"아이고, 딱하시네."

"아! 아! 이만한 일쯤은 저 역시 예사입니다. 당신도 소설 스토리로 이런 종류의 이야기는 많이 쓰시겠지요. 가장 평범하고 세상에 흔히 있는 일이니까요. 그런데 제 부모님이 기어이 그 사람을 고른 것은 그이가 직업이 의사이랍니다. 제 남편이 폐를 앓아 죽었으므로, 저도 앓아 폐가 약한가 봐요. 몸이 몹시 약하니까 저는 의사에게 시집가는 것이 제일 타당하다는 것이랍니다. 그래도 저는 그이가 싫은 것을 어떡해요."

"글쎄요."

나는 이 여인이 처음 이야기를 끄집어낼 때 그 낙망에서 점점 다시 귀가 기울여지기 시작하였다.

"그런데, 보세요. 우스운 일입니다. 어느 날이었어요. 전람회에 출품할 그림을 반입한 후 산보 겸해 한강에를 나갔다가 돌아오는 길에 본정통² 어느 찻집을 들어갔었지요. 그랬더니 공교롭게 그이가 저편 테이블에서 차를 마시다가 나에게 달려오겠지요."

"그이라니요?"

"그 싫다는 의사 말이에요! 저에게 구혼 중인 그이 말이에요……"

여인은 벌떡 몸을 일으켜 나를 바라보았다. 그의 눈빛은 찬란하게 빛나고, 그 많던 눈물 줄기도 거의 마른 창백한 얼굴이 노을 탓인지 붉게 상기되어 있었다. 나는 그의 얼굴에 긴장을 바라보며 저윽히 놀라 똑바로 그의 눈을 마주 바라보았다.

그는 이윽히 나를 바라본 후 힘없이 두 팔로 잔디를 짚어 몸을 지탱하며 두 눈의 찬란하던 광채는 사라지고 공허한 시선으로 변하며 중얼거리듯 입을 열었다.

"그 소년! 그 학생을 처음 본 때이랍니다. 그이가 나를 끌고 자기 테이블로 가자 나는 그 테이블에서 한 소년을 발견했던 거랍니다. 나는 모처럼 상쾌한 기분으로 들어온 찻집에서 그이를 만난 것이 불쾌하기 짝이 없었던 터이라, 얼굴을 찌푸린 채 그이가 가리키는 의자에 앉으며 무심코 마주 앉은 한 소년에게 시선이 갔던 거랍니다. 그 순간 나는 깜짝 놀랄 만치 기뻤어요. 아니 내 가슴이 전광을 만진 듯 기쁨에 일순간 마비된 듯하였어요."

여인은 잠깐 입을 다물고 그때 그 소년의 얼굴을 눈앞에 그리듯 공허한 눈 그대로 허공을 응시하고 있었다. 나는 그의 파랗게 질려지는 얼굴을 바라보며 몸에 소름이 끼칠 듯 정신이 바짝 차려져 그의 조그마한 얼굴의 움직임이라도 놓치지 않고 살피려 했다.

"그 소년은 내가 그림 붓을 든 후 오늘까지 머릿속에 그리고, 그리고 해오던 나의 이상의 얼굴이었어요. 나는 항상 머릿속에 그리기를 지극히 온순하고, 지극히 아름다우며, 끝없이 침착하고 점잖으며 그리고 맑고 순결하고 화기를 띠운 그리고 용감하고 고귀하며 단정한 얼굴을 단 한 폭 내 전생을 통하여 그려보려고 욕망하여왔던 거랍니다. 나의 이상의 남성 얼굴이라고 할까요. 그런 얼굴을 많이 많이 구상해보았으나 그때까지 머릿속에 그려내지 못했어요. 나의 그 욕망은 나에게 구혼하는 사람이 많으면 많을수록 높아가며, 이제 그 의사란 사람과의 약혼이 부모님들에게는 거의 결정적으로 진행 중에 있음에 따라 더 간절해져갔습니다. 단 한 장이라도 그려보았으면…… 그러한 얼굴이 이 세상에 있을 수 있을까. 있다면 얼마나 기쁘랴…… 그러한 얼굴이 있다면 단 한 번이라도 보기만 하면 그려낼 수 있으리라고 나는 생각했었습니다. 그리하여 나는 여가만 있으면 정거장에를 나가서 내리고 오르고 하는 많은 남자들의 얼굴을 바라보았었고, 길을 갈 때나, 전차를 탈 때나 나는 사람들의 얼굴만 유심히 살펴왔던 거랍니다. 그때에 그 욕망은 단지 내 그림을 위하여서의 욕망이었어요, 다른 아무 생각도 없었어요. 단지 그러한 얼굴을 꼭 한번 그려보리라는 그 결심뿐이었어요."

"네, 그러시겠지요. 저도 간혹 소설에 등장할 인물의 타입을 찾으려고 해보는 때가 있으니까요."

라고 나는 그의 이야기에 동감임을 표하였다.

"그 소년! 그때 나의 눈앞에 고개를 단정히 해가지고 눈을 내리뜨고 찻잔을 바라보고 있는 중학교 제복을 입은 그 소년의 얼굴…… 나는 모든 것을 잊고 그 소년에게 정신을 빼앗기고 말았더랍니다. 소년은 이따금 부끄러운 듯 나를 건너다보다가는 나의 맹렬한 시선에 마주쳐 얼굴을 붉히며 웃음을 짓다가는 고개를 내려뜨리곤 하였어요. 그이는 나에게 차를 받아주고 이야기를 건네며 그 소년은 자기의 단 하나 아우라고 소개하였어요. 나는 그의 말이 귀에 들어오지 않았어요. 겨우 대답을 하면서도 소년에게 너무 민망하여 시선을 돌리려 했으나 내 시선은 소년의 얼굴을 떠나주지 않았습니다. 그러는 사이에 전등이 켜지며 소년은 무엇을

느꼈음인지 조용히 일어서며

"형님, 저 먼저 가겠어요."

라는 말을 남기고 찻집을 나가버렸습니다. 나는 그 자리에 앉은 채 눈앞에 캔버스를 벌이고 이제 본 그 소년의 얼굴을 스케치하듯 눈을 감고 그려보았어요. 나는 날개가 돋친 듯 온몸이 으쓱해지며 기쁨을 참을 수가 없었어요. 나는 그 길로 집으로 달려와 밤을 새우든 몇 날을 지새우든 간에 한숨에 그려버리리라고 생각했습니다. 그이도 내 뜻은 모르나 나의 그 기뻐하는 얼굴을 보고 자기도 기뻤던 모양입니다. 나를 집까지 자동차로 바래다주었어요. 나는 그때까지 어느 남자하고라도 단둘이서 어디를 가는 것도 한 방에서 이야기하는 것도 싫어했고 한사코 거절하였던 터였으니까, 그날 밤에 그이는 자기와 단둘이서 우리 집 문 앞까지 자동차를 타게 된 것을 내가 그의 청혼에 반 이상 허락이나 한 줄로 알았을 것입니다. 아! 아!

나는 그대로 저녁밥도 먹지 않겠다고 돌아보지도 않고 집 방으로 달려가 옷 갈아입을 여가 없이 캔버스 앞에 섰지요. 그 밤이 깊기도 전에 나는 벌써 윤곽을 다 잡았어요. 너무나 기뻐 화필을 든 채 캔버스를 몇 번이나, 몇 번이나 끌어안았는지요. 한 번 그리고 기뻐하고 또 한 번 붓 대고 웃고, 두 눈에 들어박힌 그 소년의 얼굴, 나는 즐거웠어요. 그 즐거움……! 나는 참다못해 그리는 것까지 아까워서 소년의 얼굴을 눈 속에 잡아넣은 채 눈을 꽉 감고 그대로 침상에 뒹굴며 미친 듯했습니다. 그 이튿날 아침 나는 솜뭉치같이 피로하여 아침도 먹지 않고 그대로 잠이 들었어요. 눈을 떴을 때는 벌써 오후 2시였어요. 나는 부리나케 세수를 하고 식사를 마친 후 집을 뛰어나왔습니다. 내가 깜짝 정신이 들었을 때는 벌써 그이의 병원 진찰실 안에서 그이와 마주 서 있었어요. 내가 왜 그 병원에 갔는지 지금 생각해도 모를 일입니다. 나는 그이에게 인사말 대신

"선생님 아우님이 어디 계신가요."

라는 물음이었어요. 그이는 웃으며 내가 자기를 찾아온 구실로 그 아우를 찾는 줄 알았던 모양인지 그 대답은 없고 몸이 약하신데 바다로나 산으로 가시지 않으시겠냐고 도로 엉뚱한 말을 건네는 것이었어요. 나는 뭉클 성이 났으나 꾹 참으며

"아우님이 어디 있어요. 선생님은 어서 일 보세요. 저는 그동안 아우님과 이야기하고 놀 터입니다. 오늘 저녁에 또 찻집에 가시지 않으시겠어요?"

라고 나는 나대로 둘러대었지요. 그랬더니 그는 앞을 서서 나를 인도하여 2층으로 올라갔습니다. 2층은 그이의 서재인 듯 8조와 6조[3]의 넓은 다다미방이었어요. 나는 그이보다 앞서 실례되는 것도 잊고 방 안에 먼저 들어서니 6조 방 한옆 책상 앞에 그 소년이 턱을 고이고 물끄러미 앉아 있다가 우리를 보고 놀라 일어서서 일순간 몸을 감추려는 듯 사방을 살피며 머뭇거리더니 내가 너무나 그의 앞에 가까이 가 서 있음을 보고 마지못해 새빨개진 얼굴로 약간 고개를 굽혀 인사를 한 후 휙 몸을 날려 층층대로 내려가 버렸습니다. 나는 그 자리에 멍하니 선 채 소년이 사라진 곳을 응시하고 있었습니다. 그랬더니 그이가 무엇을 생각했는지 내 곁으로

가까이 오면서 내 두 어깨에다 두 손을 걸었어요. 나는 깜짝 놀라
한 걸음 물러서버렸어요. 그리고 나는 그이에게 저녁때가 되거
든 함께 어디로 식사를 하러 가든지, 찻집에를 가든지 하자고 말
하고 어서 내려가 환자 치료나 하시면 그동안 여기서 기다리겠노
라고 했었지요. 그러니 그이는 아주 기뻐하며 층층대로 내려가겠
지요. 나는 그이의 뒤통수를 향하여 당신의 아우님을 보내달라고
부탁했습니다. 그이는 싱긋 웃으며 그대로 내려가버렸어요. 나는
이윽히 그 자리에 서 있으며 방 안을 둘러봤습니다. 그는 얼른 놀
란 듯 고개를 돌리곤 했습니다. 이렇게 나는 그를 바라보고 그는
무료하게 이리저리 살피고 있는 그동안 다 같이 말 한마디 없습
니다. 얼마쯤 시간이 흘러갔어요. 그러고 있는 동안, 나는 커다란
환희에 가득 차 있었던 거랍니다. 그의 얼굴, 소년답지 않을 만치
침착하고 고상하며 온화하고 부드러운 그 얼굴, 그리고 어디인지
소년다운 선을 가진 순결한 그 입과 눈…… 나는 나를 잊고 도취
되어 있었던 거랍니다. 그때까지 아무리 유명한 동서양의 명화를
대해도 이만치 내 스스로 도취되어 바라보고 바라보아도 그치지
않고 신비로움을 느껴본 적은 없었습니다. 소년은 이윽고 무료함
을 못 이겼음인지 대담하게 나의 시선을 똑바로 바라보며
  "제 형님은 퍽이나 착하신 사람이랍니다."
라고 말했습니다. 나는 가슴이 섬뜩하여 휙 눈을 돌이키며
  "네."
하고 대답했지요. 그때 나는
  '당신 형님보다 나는 당신의 그 얼굴이 더 착하고, 아름답습

니다.'

라고 대답하려 했습니다마는 이상하게도 그때 제 귀에 '어머니!' 하고 부르는 내 아들의 음성이 들리는 듯하여 얼른 한다는 대답이 소년이 그 형을 자랑하는 데 동감임을 표하고 말았어요. 그의 형 되는 그이는 그때 나보다 한 살 위였으니까요. 그때 그 나이가 되도록 장가도 들어보지 못했고, 아니 안 했고, 이성을 사랑해보지도 못했다고 합니다. 그러니 그이의 사람 된 품이 얼마나 이지적이며 고지식했던가를 알 수 있지 않습니까. 물론 그에게 들으면 자기는 부모도 없고 다른 친척도 없고, 단지 하나 아우인 그 소년 하나가 유일의 육친이었으니까 그 소년을 두고 자기가 장가들기 민망하여, 소년이 중학교를 졸업하고 전문학교나 대학으로 가게 되어 집을 떠나면 그때는 장가들겠다는 것이었어요. 자기가 장가를 들어서 만일 아내가 아우에게 불손하다든지, 또는 아우에게 자기가 아내를 더 사랑함을 보이게 될까 하는 여러 가지 염려가 있었던 까닭이었겠지요. 좌우간 보기 드문 사람이었어요.

그 여인은 이렇게 말하며 길게 한숨지었다. 나는

"오라, 그이? 음, 음."

하고 느끼는 바가 있었던 것이다. 즉 그이라는 의사 김성규는 바로 나와 고향이 같은 그리 친한 사이는 아니라고 하나, 두어 번 진찰까지 받아본 적이 있었던 아는 사이였던 것이다. 그러니만큼 나는 그 여인의 이야기에 온통 정신이 쏠리고 말았다. 그 소년이란 성규의 아우 정규임도 잘 알겠고, 또 정규의 얼굴이 과연 범연하게 생기지 않았음도 내 이미 알고 있는 터였다.

"오, 그러면 김성규 씨 형제분이로군요."

나는 이렇게 그 여인의 말을 가로질러 입을 넣고 말았다.

"네, 그래요. 당신을 그이가, 성규 씨가 잘 안다고 말하더군요. 바로 말하면 제가 당신을 찾아서 이곳까지 오게 된 것도 당신이 성규 씨를 잘 아시는 까닭입니다."

하고 여인은 또 한숨지었다. 그 여인의 한숨 소리는 웬일인지 내 가슴에 바늘같이 파고드는 듯하며 정말 인상적이라고 느꼈었다. 그때 어디서 석양 마을을 향하여 길게 음메, 하고 새끼를 찾는 암소의 울음소리가 들려왔었다.

여인은 그 소리에 귀를 기울이며, 그 소리에 이윽히 귀를 기울이다가 다시 말을 계속하였다.

"성규 씨가 나에게 구혼하게 된 것은 그가 동경 ××의과대학에 다닐 때이고 내가 미술전문에 다닐 때부터랍니다. 그러나 나는 그이의 고지식한 성품이 싫었고 또 아이까지 있는 나로선 총각인 그에게 시집가기가 어색했어요. 그래서 아주 딱 거절했었는데 그이는 제 부모님에게 직접 운동을 했던 거지요. 어느 때라도 재혼을 하거든 그때는 자기에게…… 라고 아주 나의 부모님에게 단단히 간청을 했던가 봐요. 그러니까 나의 부모님은 총각이요, 더구나 의사요 돈도 있고 사람이 군건하고 어디 흠이라곤 없는 자리이니까 아주 단단히 그에게 약속했던 모양입니다. 그이의 청혼에는 정말 우리 부모가 황감하고 과분하고 아주 영우[4] 녹았던 모양입니다. 아! 아!

세상이란 정말 기막히게 어려운 실마리들의 맺음이에요. 부모님이 그만큼 기뻐하는 터이거든 나 역시 그만치 기뻐해야 순순히 다 평온무사하게 될 일인데 나는 왜 그다지 그이가 싫은지……
아이 참, 그뿐이라면 좋을 텐데 하필 또 무슨 까닭에 그이의 어린 아우가 그리도 나에게 잊히지 않게 되는지 생각하면 할수록 운명의 장난이 너무나 까탈스러워 원망스럽습니다. 그날! 소년과 처음 말을 나누어보던 그날 석양에 그이와 셋이서 레스토랑에 가서 저녁을 먹고 '송월'이라는 찻집에를 갔었지요. 성규 씨는 아직까지 소년에게 나를 단순히 친구로만 소개했던 모양입니다. 그사이에 소년과도 무관하게 친해져서 소년은 마음 놓고 이야기를 나에게 붙이기도 하였어요. 그날은 무척 즐거웠어요. 나는 그를 위하여 이야기도 하고 또 성규 씨 앞에서 나는 오랫동안 머릿속에 그려오던 얼굴 하나를 발견하였는데 무척 기쁘다고까지 말했지요.
그러니까 성규 씨는 자랑하듯
"우리 정규의 얼굴보다 더 훌륭한 모델은 없을 거요."
라고 웃으며 말하는데 소년은 짬짬이 나를 바라보더니 얼굴을 돌리며 혼자 미소하겠지요!
'나를 두고 하는 말이로구나, 그러니까 나를 그다지도 들여다본 것이로군!'
하는 표정이었어요. 나는 소년의 영리함을 그 순간 발견했던 거랍니다.
그날 밤은 그 형제분에게 전송을 받아 저의 집까지 돌아왔습니다. 우리 집 대문간에서 소년은 그 형이 내 곁에서 떨어져 선 틈을 타서

"이제부터는 집을 알았으니까 놀러 와도 좋아요?"

라고 속삭였어요. 나는 가슴이 몹시 괴로워져 소년을 바라보며 두 손을 내밀었지요. 소년은 와락 내 손을 잡으며 놀러 올 터이라고 다시 한번 다졌어요. 나는 경쾌하게 대답하려 애쓰며 형님에게 허락받아서 놀러 오라고 대답했었습니다. 소년은 다시 내 손을 흔들어주며

"오케이."

라고 말한 후 휙 돌아서 그 형과 가버렸어요. 나는 대문에 들어서면 왼편으로 있는 사랑인 내 방으로 들어가 얼른 캔버스 앞에 섰습니다. 지난밤에 그려둔 소년의 얼굴이 나를 바라보고 있었습니다. 나는 이윽히 그림을 들여다보는 사이에 또 하나 훌륭한 상(想)이 생겨났어요. 내가 전날 금강산 구경 갔을 때, 비로봉 위에 올라가 사방 경개를 이윽히 둘러보며 내 혼이 대자연 앞에서 무릎을 꿇고 엎드린 듯하여 명목하고 섰으려니까 마음과 몸이 다함께 인간 세상을 떠나 지극히 청정한 미의 세계로 간 듯하였어요. 그래서 문득 그때 생각이 나며 그 소년을 비로봉 위에 세워두는 생각을 했는가 합니다. 제 생각에는 비로봉을 정복한 그 소년을 그려서 자연에서 받은 나의 감명보다 더 큰 감격을 그 소년에게서 받았음을 표상하려는 뜻이었어요. 자연계의 극치를 인간의 극치가 정복하고도 남음이 있음을 그리려는 것이었습니다. 그래서 나는 그 밤부터 그림 제작을 시작했던 거지요. 먼저 세수를 하고 어머니 앞에 가서 차 한 잔을 마신 후 다시 내 방으로 돌아와서 잠시 눈을 감고 이윽히 구상에 잠겨 있었습니다. 그러고는 곧 그림 그

릴 준비를 개시했지요. 먼저 비로봉을 박은 사진을 죄다 들추어 보고 그때 눈에 박힌 인상을 되풀이해보며 인물을 배치할 화면도 대강 생각해보았습니다. 그러는 중에 그 밤도 꼬박 새우고 그 이튿날은 정오가 넘게 몸을 쉰 후 또다시 제작에 착수했습니다. 나는 두 다리가 붓고 머리에 현기가 나고 손이 떨려도 모르고 그림만 그렸습니다. 그날 해도 지고 밤도 깊었으나 잠잘 줄도 먹는 것도 잊어버리고 화필을 놓을 줄 몰랐어요. 그림은 화필의 움직임을 따라 깎아지른 바위산의 절벽 위에 크고 작은 바위가 놓여 있고 이름 모를 풀과 넝쿨이 엉키었으며 그 사이에 인물을 세울 자리를 두고 원경으로 산줄기와 흰 구름을 배치하여 내가 보기에 우선 훌륭한 짜임이었어요.

뒤에 남은 인물만 내 의도한 바에만 되게 그려질지가 문제였을 따름이었지요. 그러나 그 소년의 얼굴은 이미 내 눈에 박혀 있으니까 문제없으나 그의 포즈를 어떻게 할까……를 다시 생각에 자무러지게[5] 되었더랍니다.

자연계 극치의 미를 두 발로 힘 있게 눌러 디디고 선 씩씩하고 아름다운, 그리고 스스로 정화된 위풍이 늠름한 포즈를 생각해보는 것이었더랍니다. 생각에 지치고 주림에 못 이겨 어느 때든지 소년에게 한 포즈를 청해서 잠시 모델이 되게 하는 수밖에 없다고 결심한 후 비로소 자리에 들게 되었더랍니다. 그러나 내 머리는 혼돈하여 눈은 더욱 새롭게 뜨여져 좀처럼 잠들지 못하는데 시계는 새로 1시를 쳤습니다. 나는 억지로는 도저히 잠이 오지 않을 것을 깨닫고 벌떡 일어나 방 안을 수없이 걸은 후 그림 앞에 서 있

었습니다. 시계는 어느 결에 2시를 치고 또 3시를 치고 짧은 여름
밤이 거의 다 새어가는 4시가 울렸어요. 그사이에 나는 방 안을
몇백 차례 왕래하였고 머릿속과 눈앞에는 그 소년의 가지가지의
포즈가 어지럽게 번복되고 있었더랍니다. 일순간도 끊임없이 그
의 얼굴과 동작을 떠나 다른 생각은 해보지 못했지요. 새벽의 서
늘한 공기가 방 안에 꽉 차고 동편 하늘가가 조금씩 말쑥해져가
자 와야 될 잠은 영영 달아나고 정신은 더욱 새로워졌습니다. 나
는 인물의 포즈가 결정되기 전에는 도저히 잠을 이룰 수가 없음을
깨닫고 잘 것을 단념해버린 후 어서 아침이 되면 소년을 찾아가서
또 한 시간 동안이나마 포즈를 짓는 모델로 청하겠다고 결심한 후
자리에 가 누웠지요. 비로소 그때야 내 머리에서 소년의 그림자
가 사라지며 어서 아침이 되기만 기다리는 간절한 바람에 잠겨 있
게 되었는데 어느덧 잠이 들었던 모양입니다. 급히 눈을 뜨고 휘
둘러보니 벌써 정오가 넘었고 머리맡에 보지 못하던 종이가 놓여
있었으므로 얼른 들고 보니 만년필로 얌전히 쓴 두어 줄 글이 쓰
여 있으므로 놀라 들여다보았지요.

'퍽이나 숙면하십니다그려. 지나는 길에 잠깐 들렀더랍니다. 또
놀러 와도 좋을까요? 정규'
라고 쓰여 있지 않겠어요. 나는 와락 일어나 계집아이를 불러 나
없는 사이에 누가 오지 않았던가 물어봤으나 전혀 모른다는 대답
이었고 어머니도 아버지도 아무도 손님이라고는 오지 않았다는
대답이었어요. 나는 횡하니 내둘리는 머리를 겨우 진정하여, 그
소년이 내가 잠든 사이에 아무도 모르게 내 방에 들어왔다가 얼마

간 지체한 후 그대로 가버린 것을 깨달았어요. 가슴이 화끈해지며 나도 모르게 경대 앞으로 달려가 거울에 내 얼굴을 비춰 봤던 거랍니다. 얼마나 흉측한 얼굴로 잠을 잤을까, 그 소년이 나의 그 모양 없이 자는 꼴을 들여다보았을 터이라고 생각된 까닭이었어요. 거울에 비치는 파리한 내 얼굴을 바라보며

'아! 아! 잠이 들기 전에 세수를 할 것을……'

하고 후회했어요.

정말 당신에게 말씀드리기 부끄러운 심리입니다. 다음 순간에 나는 부끄러움을 참을 길 없었어요. 내 아들이 다녀갔다면 그렇게 당황해 거울 앞에 달려갔을 리가 없었을 터인데, 라고 생각이 든 까닭입니다. 그래서 나는 스스로 꾸짖으며 천천히 세수를 하고 밥을 먹은 후 집을 나섰지요. 부리나케 내 발은 걸어지며 성규 씨의 병원을 향해 갔어요. 병원 앞에 이르게 되자 나는 발길을 탁 멈추었어요.

'미쳤느냐! 네가 그림을 그리려는 그 정열만으로 이 집에를 오는 것이냐. 갑자기 그림에 그다지도 열이 났느냐. 만일 이 길로 소년을 대하면 어떠한 표정으로 대할 것인가. 그리고 성규 씨에게 어떠한 느낌을 줄 것인가. 네가 왜 이다지 무궤도한 감정에 끌려 광기에 가까운 생각과 행동을 감행하는고. 무슨 까닭에 며칠이나 자지도 않고 먹지도 않고 그림에 도취되었던가. 아, 아! 단순히 나는 단순히 그림에 열이 났다고만 할 수 있을까.'

하고 누군가 내 귀에다 속삭이는 듯했어요. 나는 휭 발을 돌려 얼른 병원 앞을 떠나 전찻길로 나섰지요. 그때 돌아서는 가슴속이

왜 그다지 괴로웠을까요. 나는 하늘이 무너지는 한이 있더라도 요사이 며칠간 나의 모든 정열을 뒤끓게 한 그 원인이 되는 소년에 대한 생각을 무시하려고 시집이요 나의 아들이 있는 집을 향해 갔습니다. 그 집 대문 앞에 이르자 집 안에서 내 아들 석주가 무엇이라 크게 말하는 소리가 들렸습니다. 나는 또다시 두 발이 땅에 딱 들어붙는 듯하며

'네가 어미냐! 네 아들이 지금 열여섯 살이나 되었다.'

라고 외치는 듯하여 나는 깜짝 놀란 듯 획 돌아서서 달아나듯 골목쟁이를 뛰어나오고 말았어요. 내 아들에게 대할 때 지극히 청정한 어머니로서 아니면 도저히 허락할 수 없다고 내 스스로가 느꼈던 탓입니다. 비록 사정에 못 이겨 내가 재혼을 한다는 것은 부득이한 일이니 내 양심에 거리낌이 없을 것 같기도 하지마는 그날 소년 정규가 더구나 내 아들보다 단 세 살밖에 차이가 없는 소년 정규, 아니 그보다도 그의 형과 약혼설이 진행 중에 있는 사이에 그에게 내 자는 얼굴이 행여 더러웠을까 염려되어 거울 앞에 부리나케 달려가던 그 마음을 가지고 내 어이 아들 석주의 앞에 나갈 수 있으리. 설령 이 순간부터 다 잊어버린다 한들 조금 전까지 이름도 없이 가슴이 괴로워 그 병원 앞까지 갔던 그 마음을 가렸던 몸이 어떻게 석주를 보랴! 하는 괴로움에 내 눈은 어두워졌어요. 허둥지둥 어디인지 걸어가다가 지나는 택시에 올라앉아 집으로 돌아오고 말았답니다.

먼저 안방으로 들어가 어머니와 천연스럽게 세상 이야기를 하는 사이에 내 마음은 저윽이 평온해졌으므로 과일을 먹고 집안일

에 얼마간 시간을 보낸 후 내일은 석주를 불러다 모델을 하여 그
림을 완성하리라 생각한 후 내 방으로 들어왔었지요.

방 안에 들어서자 내 눈은 그리던 화폭으로 끌려가고 대강 얼굴
윤곽만 나타난 그 얼굴은 소년 정규의 모습이 완연함에 내 마음은
전선줄에 부딪힌 듯 자르르 떨었습니다. 무의식간에 내 몸은 화
폭 앞에 가 서 있는 것이었어요. 그리고 얼마 후 나는 또 경대 앞
에 가 있는 것을 깨달았어요. 행여나 소년 정규가 다시 오지나 않
을까 하는 영감이 있는 듯하였지요.

"아하."

다음 순간 나는 손에 쥐었던 분첩을 힘껏 경대 속에 비친 내 얼
굴을 향해 때려 부순 후 와락 그림에 달려가 캔버스를 울러메어[6]
산산이 부수고 찢고 하려 했으나 힘이 모자라므로 가위를 찾아 화
폭을 되는대로 막 베고 뚫고 해버렸습니다. 그리고 나는

"석주야!"

하고 한번 불러보았어요. 그러나 내 눈앞에 나타난 얼굴은 내 사
랑하는 아들 석주가 아니고 그 소년 정규의 침착하고 부드럽게 나
를 바라보는 그 얼굴이었어요. 나는 휘 한번 방 안을 살펴보고 손
에 쥔 가위를 치켜들어보고 찢어진 화폭을 바라봤지요. 공교롭게
도 다 찢어진 화폭에서 소년의 얼굴만은 여전히 그대로 남아 있
지 않겠어요. 나는 와락 화폭을 안고 한껏 울었답니다. 슬픔이 자
꾸자꾸 샘같이 솟아올랐어요. 무슨 슬픔인지 나는 알지도 모르
면서……

그 미친 듯한 내 행동을 웃으시리라. 그러나 나는 화폭을, 그 찢

어지고 뚫린 화폭에 그대로 한 조각 남아 있는 소년의 얼굴 위에
다 내 뺨을 포개어 온몸이 타는 듯 괴로웠어요.

그리하여 그날 저녁도 어머니 염려하실까 먹는 척만 하고 그대
로 더운 방문을 끌어 닫은 채 다 잊고 잠이 들려고 뒹굴고 누웠지
요. 누웠으니 똑바로 천장만 쳐다보이고 그 천장에는 소년의 얼
굴이 있었어요. 나는 베개가 하묵이[7] 젖는 줄도 모르고 가슴이 타
는 듯하여 턱없이 울었답니다. 철없는 첫사랑에 깨어진 어린 소
녀같이!

그때 미닫이가 가볍게 흔들리는 듯하여 가늘게 들리는 인기척
이 있으므로 나는 온몸이 오싹해지며 심장이 깨어지는 듯 크게 한
번 뛰었어요. 벌떡 몸을 일으키며

"문 밖에 누가 있어요?"
하고 귀를 기울였지요. 그러나 창밖은 잠잠하였으므로 나는 신경
이 너무나 날카로워졌는가 하여 다시 누우려 하니 문득 내 몸은
작은 새같이 날쌔게 또다시 경대 앞으로 달려가고 있는 것이었어
요. 분첩이 때려 부쉈던 자리가 달을 그린 듯 주위에 분가루로 윤
곽이 되어 있는 것을 얼른 한 손으로 문지르고, 그 아래 떨어진 분
첩을 주워 얼굴을 대강 누른 후 벌떡 일어서 두어 번 방 안을 휘
돌아보며 찢어진 화폭을 걷어치우려고 캔버스에 손이 가자 방 미
닫이가 소리 없이 열렸고 그 소년 정규의 전체가 나타나 있음을
보았답니다. 나는 그 자리에 고정된 것처럼 멀뚱히 서 있었어요.

"실례이지요. 노하십니까!"
라고 소년은 나를 바라보며 사죄하듯 서 있습니다. 나는 당황하

게 내가 가져야 할 표정과 동작을 생각해내서 얼른 내 몸을 돌아
보며 비로소 파자마만 입고 있음을 인식하고

"아니 내가 도리어 실례입니다. 잠깐 눈 감아요. 내 얼른 옷 입
을게……"
라고 어색은 하나마 아이를 대한 어른답게 말했지요.

"그러면 돌아서지요."

소년은 웃으면서 새빨개진 얼굴로 휙 돌아섰어요. 나는 파자마
위에다 치마 적삼을 꿰입고

"자, 다 됐어요. 이리 봐요. 형님은 오시지 않았나?"
라고 어디까지든지 내 아들 석주의 동무로 또는 나와 결혼할지 모
르는 성규 씨의 어린 동생으로 대접하려 말을 낮춰가며 소년의 곁
에 가 그의 손을 끌고 방 가운데에다 앉힌 후 방문을 죄다 열어젖
히며 어색하게 웃고 어색하게 명랑했으며 서툴게 어른답게 하려
고 전 신경을 동원시켰더랍니다. 소년은 나의 말에 실수 없이 응
대하며 같이 웃고 같이 명랑한 음성을 내면서도 간간이 나를 날카
로운 눈으로 바라보는 것이었어요. 나이 든 사람같이 아니 그보
다 더 침착하고 심각한 눈이었어요. 나는 소년의 그 눈을 바라보
며 내 가슴속이 환히 다 들여다보이는 것 같아 숨이 막히는 것 같
았어요. 그러나 나 역시 그가 일부러 어린 척하려고 애쓰는 노력
을 느끼지 않는 바는 아니었습니다.

'안 될 말이다. 이대로 이 시간을 더 연장해나갈 수는 없는 일이
다. 아 아!'

나는 몸이 떨렸어요. 너무나 무서웠어요. 나는 서른이 넘은 여

인, 더구나 소년보다 단 세 살 떨어지는 아들이 있는 사람. 소년은 그의 형이 청춘을 희생하며 사랑하고 중히 여기는 철없는 소년이다.

아! 여보세요. 나는 이러한 생각을 하는 것조차 무섭고 얼굴이 찡그려지며 불쾌했어요. 그러므로 나는 얼굴을 찌푸린 채 묵묵한 태도로 잠잠히 방바닥을 응시하고 있었답니다. 그랬더니 소년은 갑자기 소리를 내어 웃으며

"왜 이랬어요. 막 찢었네! 제 얼굴이 미워서 찢었어요?"
라고 하며 우습다는 듯이 화폭 앞으로 벌떡 일어나 옮겨 가겠지요. 나는 그 소리에 번쩍 귀가 열리며 질겁을 하고 일어서며 화폭을 막아섰습니다.

"아니야 당신의 얼굴이 아니야. 아무리 그려도 잘 그려지지 않아서 속이 상해 찢은 거야. 금강산을 그리려는 거야."
라고 변명했습니다. 소년은 물러서며 그대로 웃으며

"다 알아. 나를 아주 멍청이로 아세요? 아까 들어오면서부터 다 봤는데…… 아주 이상적 얼굴을 발견하셨다고 하시기에 저는 속으로 무척 코가 높아졌는데 웬걸 이렇게 막 찢은 걸 보니 나를 아주 밉게 여기시는 거지요. 요즘 이삼 일간 오시지 않으시기에 나는 무엇 하시는가 했더니 제가 미워서 오시지 않으신 것이었습니다."
라고 웃으면서도 원망같이 말하며 물러가 앉았던 자리로 가서 도로 앉는 것이었어요. 나는 변명하지 않았더랍니다. 변명한다면…… 아, 나는 웃음을 지으며

"어디 당신을 두고 그런 것이라고!"

하며 태연하려 했습니다. 그러나 그 영리하기 어른들보다 더 영리한 소년이 나의 마음을 몰랐을 리 만무합니다. 그는 잠잠히

"흐응, 흐응, 그래요. 네."

라고 단순하게 내 말을 긍정하면서도 그의 음성과 두 눈은 내 괴로움을 알아차리고도 남음이 있고 위로하여주고 싶은 어른다운 생각에까지 미쳐 있음이 환히 나타났습니다. 그러나 나는 꼭지로부터 그를 무시하려고만 애쓰며 소년답지 않은 그의 침착한 얼굴을 차마 바라보기 부시어 자꾸 외면만 했더랍니다.

"저, 선생님. 뭐라고 불러요. 저는 아주머니라고 불러도 좋아요?"

소년은 얼른 화제를 돌렸습니다. 나는 얼른 대답이 나오지 않아 급히 세 번 네 번 고개만 크게 끄덕였지요.

"그러면 아주머니다. 아주머니! 날마다 놀러 와도 좋아요? 사랑 대문이 큰 대문과 한데 잇대어 있고 안채가 돌아앉았으니까 아무리 놀러 와도 아무도 모를 것 같아요. 낮에 왔을 때는 처음이라 겁도 났지만 이제는 예사랍니다."

라고 말하는 소년의 얼굴을 나는 눈도 깜짝이지 않고 바라봤지요. 그 말이 너무나 무서웠어요. 이 영리한 소년이 행여나 잘못된 길로 떨어지지나 않을까, 하는 이러한 생각은 나쁜 소년들이나 가지는 것이라고 느꼈던 것입니다. 그러나 소년의 얼굴, 그 얼굴은 청정무구하여 조금도 불량성이 없고 자연스럽고 세련된 완전한 한 개의 자아를 가진, 밀어 던져도 나쁜 길에 떨어질 리 만무한

얼굴이었어요. 나는 놀라 마지않았더랍니다. 다만 소년의 너무나 조숙함에 놀랐던 것입니다.

"아주머니, 염려 말아요. 제가 불량소년 같다고 여기십니까! 염려 없어요."

소년은 휘, 한숨을 지으며 어느새 나의 가슴속을 들여다보며 이렇게 말합니다. 나는 어이가 없어 눈을 크게 뜬 채 그를 바라볼 뿐이었어요.

"그렇게 나를 자꾸 무서운 눈으로 꾸짖지만 마시고 좋은 이야기나 들려주세요."

라고 어리광같이 말했어요. 나는 대답이 나오지 않아 자꾸 빤히 바라보았지요.

"아주머니 저, 아주머니, 제가 자꾸 무관하게 실례되는 것을 돌보지 않고 막 마음대로 굴어도 용서하세요. 상관없으시겠지요?"

라고 나의 팔을 잡아 흔들며 조르는 것이었습니다.

"그럼! 아무래도 좋아!"

나는 이렇게 대답하는 수밖에 없었어요.

"아이, 벌써 10시네. 형님이 염려하시겠군. 어서 가자!"

그는 벌떡 일어서더니 내가 누웠던 자리를 잠깐 유심히 바라보는 듯하더니,

"아주머니 저기 누워 주무세요? 아주 심심하시겠네."

라는 말을 남기고는 그대로 툇마루에 나섰습니다. 나는 압박되었던 공기에서 해방되려는 듯 가뿐하기도 하고 끝없이 서운하기도 하여 그의 뒤를 따라 툇마루로 나갔지요.

334

"아주머니."

소년은 구두를 신으려 걸터앉으려다가 나를 휙 돌아보며 할 말도 없이 불러보며 선뜻 내 어깨 위에 한 뺨을 기대고 정답게 비비려는 듯하더니 얼른 그대로 건너앉아버리며

"갑니다. 잘 주무세요. 그렇지만 심심하시겠어요."

라고 잠깐 돌아서 방 안을 들여다보며 팔짱을 끼고 한번 고개를 갸웃해보더니 휙 나가버렸어요.

"잘 가오."

나는 겨우 그의 발자취 소리가 사라지자 방 안으로 돌아왔답니다.

그 방이 그처럼, 그 순간처럼 넓고 텅 빈 줄은 그때만큼 깊이 느껴본 적이 없었어요. 나는 잠깐 가슴이 아린 듯 울듯 울듯 애처로워 어린아이 달래듯 방 안을 걸어보다가 참을 수 없어 뜰로 내려갔었지요. 하늘도 쳐다보고 꽃 냄새도 마셔보며

'어서 자자. 내 신경이 피로했구나.'

하고 자꾸 잠이 오게 애를 쓰다가 방으로 들어왔지요. 겨우겨우 잠이 든 때는 새로 1시가 넘어서였답니다.

그 이튿날 아침에 나는 누구에게 흔들려 잠이 깼어요.

"어머니!"

내 눈앞에 아들 석주가 앉아 있었어요. 나는 부끄러움과 죄송함과 반가움에 떨리는 음성을 진정시켜

"석주냐, 너 왜 왔니?"

라고 물었지요.

"그대로 왔지."

이 대답은 나를 보고 싶어 왔다는 뜻임을 아는 터이라 나는 벌떡 일어나려 했지요.

"어머니……"

석주는 어리광을 피우며 일어나려는 내 가슴에 머리를 부비며 내 팔을 베고 나를 안고 누웠어요. 그러고는 여느 때나 다름없이 바쁘게 젖을 찾아 쥐며 빨듯이 대들었어요. 그전 같으면 때려주든지 밀어 던지든지 해버릴 것이었으나 그날은 잠잠히 그의 머리를 쓰다듬어 재우듯 하였지요. 이윽히 그러고 있는 사이에 내 눈에서 한 방울 눈물이 떨어져 석주의 어깨 위에 떨어졌습니다.

"어머니! 왜 울어, 울지 말어."

석주는 내가 우는 모양을 어릴 때부터 보아온 터이라 얼른 일어나 앉아 나를 일으켜주며 위로하는 것이었습니다.

나는 참을 수 없어 와락 얼싸안고 말았답니다.

"엄마, 나 이제 다 컸어. 그러니 엄마도 시집가야지…… 응! 어서 가. 그러면 나 엄마 행복하게 사는 집에 날마다 갈 테야. 내가! 응 응 엄마, 아주 훌륭하게 되어서 엄마를 행복하게 기쁘게 해드릴 수가 지금 당장 있다면 어떻게라도 해보겠지만 아직 나는 나이가 어리니까 아직 틀렸지 뭐야. 아직 차래차래[8] 멀었지 뭐. 그러니까 그때까지 어머니가 나를 기다리고 이러고 있는 건 잘못이야. 바보지 뭐 응? 응 그렇지…… 그러니까 어머니 나 염려 말고 얼른 시집가. 그러면 그이 보고 나 아버지라고 불러도 좋지!"
라고 하지 않겠어요? 아비 없는 자식! 물론 석주는 벌써 나이가 그만하니까 나를 위로하려고 그러는 말이기는 하지마는 일생을 두고 아버지라는 것을 가져보지 못한 이 자식의 쓸쓸함을 생각할 때 내 가슴은 서리를 맞은 듯 따갑고 모든 오뇌가 자취 없이 사라지고 말았어요.

"엄마! 울지 말아요."

내 어깨를 잡아 흔들며 애타하는 석주를 앞에 앉히고 겨우 진정한 후 아침밥을 먹고 안방에서 어머니와 석주와 셋이서 재미있게 놀다가 사랑인 내 방으로 내려왔지요. 석주에게 여러 가지 포즈를 시켜보려는 생각이 났던 까닭입니다.

둘이서 막 방 안에 들어서니 소년 정규가 찢어진 화폭 앞에 팔짱을 끼고 물끄러미 서 있는 것이었습니다. 나는 가슴이 싸늘하게 고동치는 듯하며 그 팔짱을 끼었다가 천천히 팔을 풀어 한 손은 뒤허리에 젖혀 붙이고 한 팔은 반을 걷어붙인 채 화폭을 잡고 서 있는 그 포즈에 나는 정신을 빼앗기고 말았더랍니다. 소년은 나와 석주에게는 무관심하고 한마디 인사말도 없이 깊은 생각에 잠긴 양 묵묵히 화폭만 바라보고 서 있는 것이었어요. 석주는 방에 들어가다 말고 나를 돌아보는 것이었어요.

"들어가! 손님이야. 아니 네가 형님이라고 불러. 아주 좋은 학생이란다."

라고 횡설수설 주워대었지요. 석주는 그저 웃으며 고개만 끄덕이고 방으로 들어가므로 나는 소년의 곁으로 다가가 서서

"그만 보고 이 애는 내 아이니까 무엇이든 좋은 것 많이 가르쳐주어요."

라고 말했지요. 그제야 소년은 석주를 돌아보며,

"네 그러세요. 전들 뭐 압니까? 우리 동무 됩시다."

라고 석주에게 말을 건넨 후 얼굴을 붉히며 고개를 끄덕이는 석주
는 그대로 둔 채 나를 향하여

"아주머니 이 그림을 도로 그리세요. 다시 붙일 수가 없을까 하
고 지난날 새도록 연구해보았어요. 그러나 안 되는구면요. 그러
니 다시 그리시는 수밖에, 다시 그리세요."

반은 명령하듯 한 음성이었어요. 나는 고개만 끄덕여 보였답니
다. 그리고 석주 곁에 가 앉으며

"당신도 이리 와요."

하고 소년을 불렀습니다. 소년은 돌아서 물끄러미 나를 바라보더
니 잠깐 몹시도 답답한 듯한 표정을 지었다 말고 내 곁에 선뜻 걸
어와서 싱긋 웃으며 퍼질러 앉았습니다.

나는 먼저 손을 들어 소년의 어깨에 얹고 또 한 손으로는 석주
의 손을 잡고 무엇이라 할 말이 있을 듯하였어요. 그러나 내 입에
서는 아무 말도 나오지 않고 무거운 침묵만이 계속되었어요. 여
보세요, 당신은 소설을 쓰시는 이니까 그때의 내 가슴속을 얼마
만치라도 이해하실 수 있으신가요? 정말 그때 내 마음 가운데 불
순한 점이 있었다고 단정하시지는 말아주세요. 가령 내가 그 소
년을 동경하고 연모하여 내 나이가 소년에 비하여 너무나 늙었다
든가 또는 아무래도 그 연정을 만족시킬 수가 없으니까…… 라고
는 부디 상상도 마세요. 나는 그러한 생각은 일순간의 그림자만
치라도 염두에 두기가 불쾌했고 또 내 스스로 혹 내가 소년을 연

모하는 것이나 아닌가, 이만한 나이로서…… 라고 단 한 번이라도 생각해보기가 불쾌했어요. 나의 이 심정을 아시겠어요. 그러한 얼토당토않는 말도 안 되는 생각은 나는 할 수가 없었어요. 그러나 보세요. 웬일일까요. 내 가슴은 무슨 까닭에 뛰는 것이고 왜 그다지 갑갑하고 괴로운가요. 아마도 가슴이 괴롭다는 것은 그런 건가 봐요. 숨이 꽉 막힐 것 같고 갑갑해 못 견디겠고 눈물이 꽉 차 용솟음을 치는데도 한 방울 흘어지지도 않는, 아무 까닭을 따져볼 수도 없는 그러한 가슴이었어요.

"아주머니, 나는 그림은 전혀 문외한이랍니다. 아주 몰라요, 그래도 시나 시조 같은 것이나 소설 같은 건 조금 읽기도 했어요."

하고 소년은 그의 어깨 위에 놓여 있는 내 손을 들어다 제 무릎 위에 놓고 쓰다듬으며 말을 끄집어냈습니다. 나는 자다가 깬 것처럼 어리둥절하며 석주에게

"너는 무엇을 좋아하니?"

하고 물었지요.

"나? 나는 엄마의 아들이니까 그림이 좋다고 할까?"

석주는 아주 어리광을 피우며 웃어대는 것이었어요. 나는 잠잠히 앉았다가 소년에게 민망하여

"그러면 지금까지 읽은 소설 중에서 무엇이 제일 좋았어요?"

하고 물어봤습니다.

"좋은 건 하도 많으니까…… 그래도 나는 도스토옙스키의 『죄와 벌』의 라스콜니코프만치 감명 깊은 주인공은 없었어요. 그리고 시조로는 누구보다 노산의 것이 제일이었어요.

라고 그는 제법 나이 든 사내같이 이야기하는 것이었어요.

"아주머니, 내 하나 외울 테니 들어보세요. 석주도 들어요. '윗가지 꽃봉오리 아래 가지 낙화로다. 한 나무에 붙은 것이 성쇠 어이 이러하니 꽃 아래 섞인 노유(老幼)야 일러 무엇하리오.' 어떠십니까."

소년은 내 얼굴을 쳐다보는 것이었어요. 나는 하마터면 눈물이 떨어질 뻔한 것을 꿀꺽 삼키며

"석주야 너 그 뜻 아느냐."

고 공연히 필요 이상의 큰소리를 질렀더라오. 소년은 아무 말 없이 앉은 채로 나를 바라보며 묵묵히 앉았지요. 석주는 벌떡 일어나 종이와 연필을 찾아가지고 와서

"여기 써주세요."

라고 졸랐습니다. 소년은 선뜻 연필을 들고 엎드렸다가 한 팔을 내 무릎에 걸치며 내 팔은 제 가슴 아래 깔며 종이에다 쓰기 시작하였어요. 나는 연필 끝이 굴러가는 자리를 좇고 있었지요. 그 시조를 다 쓰고 나더니 또 하나 쓴다고 하며 제목은

"할미꽃이에요."

라고 전제를 두고 난 후

'겉 보고 늙다 마소. 속으로 붉은 것을 해마다 봄바람에 타는 안, 끄지 못해 수심에 숙이신 고개 알 이 없어 하노라.'

라고 쓰고 나더니 연필을 잡은 채 그대로 종이를 덮어 이마를 내려놓으며 길게 한숨지었어요. 나는 잠잠히 그의 뒤통수를 내려다보다가 무심한 듯

"어디 봅시다."

하고 그의 이마 밑에서 그 종이를 빼내려 했지요. 그랬더니 그는 제 가슴에 깔린 내 무릎을 꼭 껴안으며

"용서하세요."

라고 하였어요. 나는 무엇이라고 해야 옳을까요? 나는 바보인 양 하하 웃었답니다. 그리고 얼른 석주에게

"자, 너 그 종이 빼앗아라. 내 거들어줄 테니."

하고 소년의 양편 목으로 손을 넣어 그의 상체를 껴안듯 일으켰지요. 석주는 재미있는 듯 깔깔 웃으며 얼른 종이를 빼들고 바쁘게 읽기 시작하고 소년은 또 한번 긴 한숨을 쉬고는 벌떡 일어나 앉았어요.

"어디 나 좀 읽어보자."

나는 석주와 머리를 한데 대고 다시 그 노래를 읽습니다. 소년은 잠깐 바라보더니 다시 그 종이를 받아들고 이제는 휙 돌아앉아 또 무엇을 쓰더니 나의 어깨에다 머리를 얹어놓으며

"이건 어떻습니까! 어젯밤에 외운 것이랍니다."

하며 종이를 치켜들었어요.

"이름 잊자 취한다니 못 믿을 말이로다. 잊으려 잊을진대 임 여읜다고 슬플 것인가. 낙엽이 어지러운 밤은 더 못 잊어 하노라."

나는 소리를 내어 읽었어요. 그리고 잠잠히 우리 셋은 나를 가운데 두고 서로 뺨을 눌러대고 다시 읽고 또 한번 바라보고 하였답니다. 어느덧 내 뺨에는 눈물이 흘러내리고 석주는 종이를 뺏어 들고 저 혼자 엎드려 읽고 있으며 소년은 내 손을 힘껏 쥐며 내

뺨에 흐르는 눈물을 제 뺨에 받으며

　"울면 슬퍼! 용서하세요."

라고 무엇을 사죄하는지 초조함을 못 참는 듯했습니다. 나는 얼른 눈물을 씻고

　"벌써 저런 시조의 뜻을 알아?"

하고 생도를 꾸중하려는 늙은 선생님같이 물었어요.

　"모릅니다. 몰라요. 그저 좋은 것 같았을 뿐입니다. 공연히 썼지! 다시는 쓰지 않을 터입니다. 잘못했어요. 용서하세요."

　소년은 또 용서하라고 사죄합니다.

　'무엇을 용서하랴! 소년아, 너 나를 용서하라. 내 마음이 죄에 가득하였다.'

라고 나는 혼자 가슴속으로 되씹어보았답니다. 그리고 내 마음이 더 죄 된 생각이 일기 전에 오늘에라도 성규 씨를 찾아가 약혼을 허락해버려야겠다고 생각했어요. 물론 내가 왜 눈물을 흘렸는지 그리고 소년은 그 시조를 무슨 의미로서 써 보임일까. 단순히 좋은 시조이니까 써 보였음이라 하자. 그리고 그는 감격하면 내 뺨에 기대고 내 무릎을 안고…… 모두가 소년은 어머니도 누나도 없는 고독한 생활이었다. 그러니 나를 어머니에게 만족하여보지 못한 사랑을 찾는 것이다. 나 역시 무슨 별다른 의미가 있었으랴! 공연히 경계하고 공연히 소년의 감정에 내 스스로 감격하고 이름 없이 눈물이 난 것이다. 이제 두 사람의 가슴속을 예리한 메스로 해부하고 싶지 않다. 얼토당토않은 연정으로 이렇듯 감격하는 건 아니다, 아니다! 라고 나는 이를 갈듯 입을 꼭 다물었답니다. 그

리고 나는 벌떡 일어서며 소관이 있다고 핑계한 후 외출할 준비를
하였답니다. 두 소년은 일제히 손뼉을 치며

"어딜 가세요, 우리도 따라가요!"
라고 합니다. 나는 무서운 표정을 지으며

"안 돼! 멀리 간단다."
라고 딱 거절을 했지요. 그리고

"둘이서 놀아요!"
하고 방을 나와버렸지요. 그랬더니 두 소년은 서로 눈으로 무엇
이라 의논하는 것 같더니

"어서 다녀오세요. 오실 때 맛있는 것 사가지고 오세요."
라고 합니다.

　나는 무서운 가슴을 안고 집을 나서기는 했으나 갈 길이 없어
잠깐 망설인 후 어딘지 막 걸어갔습니다. 얼마를 걸었는지 내 몸
은 본정통 거리에 있었습니다. 나는 발끝으로 보도를 힘껏 차 던
지고 휙 돌아서 남편이 살았을 때 한번 가본 적이 있는 ××라는
정결한 레스토랑을 생각하고 그리로 발을 옮겨갔습니다. 벌써 점
심시간이 지난 때이기는 하나 식당 안은 반 이상 사람이 차 있었
으므로 나는 한옆에 가 힘없이 주저앉았지요. 그리고 두어 가지
요리를 시킨 후 가만히 머리를 두 팔에 의지하여 하염없이 앉아
있었답니다. 될 수 있는 대로 죽은 남편과 이곳에 왔던 때를 생각
해보려고 했습니다. 웬일일까요. 그때 내 눈앞에는 천진스런 석
주의 웃는 얼굴과 함께 나에게 애원하듯 호소하듯 원망하듯 애틋
한 얼굴로 물끄러미 바라보는 소년의 얼굴이 나를 괴롭게 할 뿐이

었습니다. 나는 머리를 흔들고 눈을 감고 소년의 환영을 털어버리려 애썼답니다.

내 앞에 갖다 놓는 요리 그릇 소리에 번쩍 정신이 나므로 간신히 포크를 잡았으나 하나도 입으로 가져가기가 싫었습니다. 두 소년은 점심을 어떻게 하는가. 나는 그 염려에 잠시도 그대로 앉아 있을 수가 없어 그대로 벌떡 일어섰지요.

"아하하!"

바로 내 등 뒤에서 들리는 웃음소리에 나는 두 자루의 총에 맞은 듯하여 얼른 돌아보지도 못하고 서 있었습니다.

"어머니!"

"아주머니!"

아! 아! 두 소년이 그 자리에 나타날 줄 내 어이 알았겠어요. 나는 천천히 그들을 바라보았어요.

애원하듯 원망하듯 호소하듯 입을 다물고 나를 바라보는 그 소년의 얼굴! 나는 나도 모르게 고개를 숙였습니다. 천신만고로 금강산 비로봉 위에 올라서던 그 순간에 마음과 몸이 함께 무한한 청정 앞에 무릎을 꿇던 그 순간과도 같은 감격이랄까요! 아니 그 비로봉 상상봉 위에서 자연의 극치의 미를 두 발 아래 내리누르고 서 있는 하나의 인물! 그것을 그리려던 나! 오오! 나는 그 소년의 그때 그 얼굴을 잊을 수 없습니다. 그 얼굴! 그 얼굴! 내 오래오래 이상으로 하여오던, 찾아 헤매던 그 얼굴 보세요! 나는 가슴이 떨리고 음성이 벙어리같이 나오지 않았답니다.

"누구를 기다리십니까? 방해되면 우리는 갈 테예요."

이윽고 소년은 입을 열며 나에게 다가서서 내 한 팔을 잡아 금방 쓰러질 듯한 내 몸을 지탱해주었습니다.

"⋯⋯"

나는 머리를 간신히 흔들었지요.

"누구를 기다리시면 상관있어요. 오거든 우리는 가버리지. 어머니 그렇지? 우리는 어머니 뒤를 이제껏 쫓아다니며 벌써부터 어머니 뒤에 서 있었지 뭐."

석주는 걸터앉으며 떠들어댔지요. 나는 잠잠히 다시 앉으며 소년에게도 앉으라고 하였지요. 그리고 다시 요리를 명하였더랍니다.

"흐흥!"

소년은 고개를 숙이고 무엇을 생각하는지 나이 많은 철학자와 같이 아니 한 많은 시인과도 같이 혼자 잠잠히 고개를 끄덕이며

"흐응, 흐."

하는 탄성을 내뿜고 있습니다. 그 태도는 너무나 소년답지 않았습니다. 그는 벌써 내 가슴속을 훤히 다 들여다보고 있는 것 같았습니다.

"흐음."

하는 그 탄성은 진리를 탐구하는 철학자가 때때로 스스로 긍정하는 그러한 종류입니다. 나는 소년의 그 탄성을 들을 수가 없었답니다. 너무나 내 속을 뚫고 들어오는 것 같았어요. 겨우 식사를 마치고 그 집을 나서자 소년은 발을 멈추고 지나가는 택시를 세운 후

"타세요."

하고 명령같이 말했습니다. 나와 석주는 로봇같이 아무 말 없이 올라앉았습니다. 그는 내 옆에 앉으며

"한강으로."

라고 명합니다. 석주는 좋아라고 손뼉을 쳤으나 나는 이 뜻하지 않은 소년의 태도에 어리둥절했습니다. 그러나 소년은 조금도 움직임 없이 깊은 생각에 잠긴 양 팔짱을 끼고 무릎만 내려다보고 있었습니다. 나는 몸에 소름이 쫙 끼쳤어요.

"자동차를 돌려주세요. ××동으로."

라고 나는 참다못하여 운전수에게 말했습니다. 그러나 소년은 잠잠히 그대로 앉아 있었어요. 그 길로 우리 집까지 셋이 함께 돌아오게 되었답니다.

나는 옷을 갈아입지도 않고 그림을 그리려는 듯이 서두르기도 하고 안방으로도 건너가고 석주에게 쓸데없이 설교도 하고 점잖은 어머니답게 서둘렀지요.

석양이 되어 석주와 함께 소년은 돌아갔습니다. 나는 그 자리에서 더 참을 수가 없었습니다. 나는 금방 뛰어나가 소년의 뒤를 따르고 싶었습니다. 내 방에 들어가니 넓은 사막에 간 것같이 공허하고 애끓었어요.

나는 내 마음을 꾸중하며 손가방에 행장을 수습하여 어머니께 허락을 받은 후 그 자리에서 집을 떠났습니다. 떠날 때는 금강산으로나 바다로나 멀리멀리 가보려고 생각했던 거랍니다. 그러나 내 손에 쥐인 차표는 불과 서울을 1백 리 남짓 떠난 ×× 가는 것이었습니다. 나는 그날 밤에 ××역에서 ××산 꼭대기에 있는

조그마한 절을 찾아 험한 산길을 무서운 줄도 모르고 올라갔습니다.

　그 조그마한 암자에 당도하였을 때에는 벌써 10시가 넘었으나 단 혼자 있는 늙은 여승은 반갑게 맞아주고 따뜻한 저녁까지 지어주셨습니다. 그리하여 나는 그 밤을 꼬박 여승 앞에서 새우고 이튿날 새벽부터 그 산꼭대기를 헤매기 시작했습니다. 육체의 피로로 말미암아 정신의 괴로움을 잊어버리려는 뜻이었어요.

　'돌길이 좁고 험해 홀몸도 어려워 늘 무거운 세상 시름 지고 안고 무삼일고.'
하는 시조 생각이 문득 나며 내 가슴은 아팠습니다. 보세요. 이상합니다. 내가 그때까지 그렇게 괴로워해본 적이라곤 없었답니다. 공연히 이름도 없는 그 괴로움, 다만 소년의 그 얼굴 그 얼굴이 내 눈에 떠오르면 내 가슴은 괴롭습니다. 답답하고 서럽고, 기쁜 듯 애끓는 듯합니다. 이 웬일일까요. 소년을 그리는 연정이라고는 부디 생각지 마세요. 나는 연정이라고는 머릿속에 잠시라도 생각해보기 불쾌합니다.

　그 얼굴 눈앞에 그리며 가슴 괴로운 그것뿐입니다. 그 심리를 예리한 메스로는 부디 해부하려 마세요.

　나는 그날 해가 지고 어둡스리하게[9] 저물 때 그만 가슴에 애가 똑똑 끊어지는 듯했습니다. 목구멍이 꽉 막히는 듯도 했어요. 산꼭대기 바위에 기대어 섰다가 나는 발을 탁탁 굴렀어요. 아! 못 견딜 일이었어요. 참을 수가 없었어요.

　무엇을 못 견디겠으며 무엇을 못 참아 그다지 애끓었는지 난 모릅니다. 그 소년의 얼굴을 보고 싶어 그런 것도 아니었어요. 그렇지 않고 또 다른 의미로 소년과 한자리에 있기를 원하는 마음도 아니었어요. 다만 눈앞에서 나를 바라보는 그 소년의 환영을 바라보며 나는 발을 구르고 가슴을 쥐어뜯고 머리를 부딪치고 못 견뎌해야만 되는 것 같았어요.

왜 웃으십니까? 당신은 내가 오랜 독신 생활을 계속해온 까닭에…… 라고 생각하십니까? 아! 아니꼬워!

제발 그렇게 생각하지 말아주세요. 나는 소년을 머리에 그릴 때 이성적 무슨 흥분을 상상해보지 못했습니다. 다만 그의 얼굴을 내 눈앞에 그리며 내 가슴이 괴로울 따름입니다. 아니 괴로움이란 말로써 표현할 수 없는 단순히 괴롭다고만 표현할 수 없는 기묘한 마음의 동요입니다.

그러나 나는 참았답니다. 잔인한 악마같이 나는 내 마음의 그 안타까워 못 견뎌 하는 양을 꾹 누르고 있었던 거랍니다.

그렇게 또 하루가 지났습니다. 나는 그 산중에서 내 몸과 혼이 고갈되어 티끌같이 흩어지는 한이 있더라도 내 가슴이 평온해지기 전에는 세상 밖에 나가지 않을 결심이었습니다.

산채를 반찬 삼아 점심을 먹은 후 나는 또다시 육체를 피로하게 하기 위하여 산속으로 들어갔습니다. 이리저리 계곡을 끼고 돌부리에 쉬어가며 새소리도 듣고 바람결에 위로도 받으며 작고 그늘진 바위 위에 걸터앉아 계곡물 소리에 귀를 기울이며 한결같이 소년의 얼굴을 눈앞에 그려보고 있었습니다. 벌써 이 산중에 온 지가 사흘이나 되었고 그만치 종일 헤매고 돌아다녔으니 몸의 피로는 비할 데가 없었습니다. 그러나 몸이 너무 피로하면 생각할 틈이 없으리라고 연상하였던 것은 틀린 생각이었나 봐요. 내 가슴은 조금도 변함없이 안타깝고 내 마음의 안심은 까마득하게 얻기 어려웠습니다. 나는 혀를 차고 고달픈 몸을 일으켜 차라리 절에 돌아가 편히 누워보려고 생각했습니다.

두어 걸음 암자를 향해 돌아오는, 내 눈에는 커다란 참나무 가지 사이에 그 소년의 얼굴이 있었습니다. 나는 물끄러미 바라보며 눈을 감았다 떴다 하며 걸어갔습니다. 내 눈앞에 나타난 그 환영에 나는 한 걸음 한 걸음 가까이 가는 것이었어요. 그랬더니 아!

"아주머니!"

그 참나무 가지 사이에서 나를 바라보던 그 소년의 환영이 나에게 달려오며 소리치지 않았겠습니까? 그 순간 나는 내 정신의 착각에 두 귀가 꽉 막히는 듯하였어요. 나는 내가 정신 이상에 걸렸구나! 하고 가슴속으로 외쳤답니다.

"아주머니 왜 여기 오셨어요. 나는 얼마나 찾았는지!"

소년은 내 어깨를 힘싸 안으며 내 뺨에 무수히 입 맞추었습니다. 나는 멀거니 서 있었지요. 눈물도 흐르지 않더구려.

"나는 아주머니가 어디로 가신가 하여 미친 듯이 헤매었지요. 그랬더니 오늘 아침 석주 군이 아주머니가 이리로 가 계신다는 엽서를 보여주겠지요."

소년은 나를 어린아이 만지듯 이리저리 돌려보며 흔들어보고, 따로 세워보고 안아도 보고 입 맞추어도 보고 하는 것이었습니다. 내가 이 산으로 올 때 이 산 앞 정거장에서 아무에게도 가르쳐주지 말라고 한 후 그곳에 와 있다는 간단한 엽서를 집으로 보냈더니 석주가 그 엽서를 가져다 그 소년에게 보였던 것인 줄 깨달았습니다. 나는 내 스스로 가슴속을 좌우할 수 없어 묵묵히 서 있었답니다.

"나는 다 알아. 글쎄 아주머니, 나는 다 안다니까요! 내가 미워서 이리로 숨으셨지 뭐, 나를 미워해서……"

소년은 그러면서도 그 두 눈에 기쁜 빛이 가득해 있었답니다. 나는 무엇이라고 하나요? 잠잠히 서 있었지요! 그 소년의 머리를 내 가슴에 한껏 껴안아버리고 싶은 것을 참았답니다. 장승같이 멀거니 참았답니다.

"아이 저것 보세요. 아주머니 저것 봐요."

소년은 내 얼굴을 두 손 사이에 넣어 치켜들어 나무 위를 보여줍니다. 나뭇가지에 이름 없는 두 마리 새가 정답게 지저귀며 가지런히 앉아 있습니다. 우리는 모든 것을 잊고 모든 것을 다 잊어버리고 꼭 껴안았답니다. 서로 뺨을 마주 대고……

그리고 우리는 그대로 얼마를 서 있었는지 해님은 숨어버리고 석양의 붉은 노을이 아! 석양의 붉은 노을이 나뭇가지 사이로 찬란하게 우리를 비춰주었어요. 꼭 지금 저 노을과 같이 몹시도 아름다웠답니다. 우리는 감격에 떨리는 가슴을 제각각 부여안고 마주 손을 잡은 후 암자로 돌아왔답니다.

"나는 가야 돼요. 형님이 기다리세요."

소년은 애처로운 얼굴로 일어섰습니다. 정거장까지 10리가 넘는데 어떻게 돌아갈까…… 나는 가슴이 어두워졌답니다. 그러나 그를 붙들 수 없었답니다.

그는 어두운 산길을 쾌활하게 웃어 보이며 내려가버렸어요. 나는 참을 수 없어 방 한가운데 가 우뚝 서 있었습니다. 얼마를 서 있었는지 내 눈에서 눈물이 얼마나 흘러내렸는지 나는 소리도 없이 울었답니다.

무엇을 울었는지 모릅니다. 묻지 마세요. 그 밤은 어떻게 새웠는지 그 이튿날 아침이 되었어요. 나는 산으로 헤맬 것도 잊어버리고 여승의 염려하는 얼굴을 무감각하게 바라보며 정오 가까이 그렇게 앉아 있었답니다.

"아주머니……"

아! 소년은 또 왔던 거랍니다. 그는 방 안에 들어오지도 않고

"아주머니 나는 곧 가야 돼요. 오후에 형님과 할 일이 있답니다. 1시 5분에 떠나는 기차를 타고 돌아가야 한답니다."

소년의 얼굴은 밝은 태양같이 빛났습니다.

"아아!"

그는 기쁨을 못 참아 했습니다.

"아주머니, 손 한번 쥐어주세요. 곧 갈 테니."

소년은 창턱으로 두 손을 내 앞으로 내밀었습니다. 나는 몹시 노한 얼굴을 지었습니다.

"왜 왔어? 이 먼 데 산길을 10리 밖에서 왔어. 곧 돌아갈 걸 왜 왔어요?"

라고 꾸짖었답니다. 그때 내 마음속을 이해하십니까?

"그래도! 그래도 왔지 뭐. 곧 갈 테니 노하시지 마세요."

소년은 원망스럽게 나를 바라봅니다. 나는 와락 그의 앞으로 달려가 그의 얼굴을 얼싸안았답니다.

"노한 것이 아니야. 공연히, 어저께 오고 오늘 또 왔어. 또 급히 돌아가고 하면 병날 것이니까, 응? 앞으로는 절대 오지 말아요. 오면 안 돼."

라고 달래듯 타일렀지요.

"응! 안 올 테야. 정거장에서 30분 걸었답니다. 막 달음박질쳤지요. 형님은 어디 가느냐고 야단이었지만 대답도 하지 않고 튀어나왔어요."

소년은 웃으며 이야기하는 것이었습니다.

"아이, 시간도! 가야 되겠네!"

한번 발길로 땅바닥을 차고 난 후

"아주머니 나는 참을 수 없어요. 내일 또 올지 모른답니다."

하는 말을 남기고 휙 돌아섰습니다. 나는 벌떡 일어나 밖으로 내달으며 그의 뒤를 따랐습니다. 그러나 소년은 돌아보지도 않고 막 달음질을 쳐 내려갑니다. 험한 산길을 날랜 맹호같이 이리 뛰고 저리 뛰며 몸을 날려 잠시간에 산모롱이 저쪽으로 사라져가고 말았습니다. 나는 꿈같았습니다. 그러나 내 몸에는 소름이 끼쳐요. 지금까지 그처럼 온순하고 정직하던 소년이 행여나 제 형에게 거짓말하는 것을 생각해내지 않을까, 하는 여러 가지로 소년에게 좋지 못한 영향이 되지나 않을까, 하고 나는 깊이 생각하였더랍니다.

그 이튿날 나는 행여나 또 소년이 올까 두려워 아니 그가 옴으로 말미암아 내 감정이 무궤도를 좇을까 두려워 아침을 먹은 후 얼른 방 안을 치워놓고 여승에게 소년이 오거든 지난밤에 집으로 돌아갔다고 말하도록 부탁한 후 산속으로 숨어 들어갔더랍니다. 아! 나는 여승, 부처님께 몸을 바친 그 성스런 일생을 가진 여승에게 거짓말을 가르쳤더랍니다. 나는 괴로운 가슴을 안고 깊숙한 바위틈에 끼어 앉아 해 지기를 기다렸답니다. 새들은 나를 나무 둥치로 알았는지 내 곁으로 날아가며 몹시도 우짖어요. 나는 수도하는 성자같이 그대로 앉아 박혔답니다.

하루 동안이란 길기도 하고 지나고 보니 짧기도 하여 어느덧 선뜻한 기운이 스며드는 것을 보아 석양이 가까웠음을 알았습니다.

"아주머니······"

"아주머니······"

산곡을 울리며 날 부르는 소리가 화살같이 내 두 귀에 날아와 꽂힙니다. 나는 내 스스로 참는 그중에 참았다는 승리감에 잠겨 있었던 터입니다. 나는 대답 대신 몸을 굽혀 바위 그림자에 숨어버렸습니다.

"아주머니······"

그 부르는 소리에 내 뼈는 좌르륵좌르륵 무너지는 듯하였답니다. 그러나 입술을 꼭 깨물고 두 귀를 꼭 막았습니다.

"아주머니······"

"아주머니 왜 이러고 계세요?"

소년의 음성이 내 귓결에 닿았습니다.

"아주머니······"

소년은 불길한 예감에 엄습을 당했는지 와락 내 어깨를 안아 일으켰습니다.

"아주머니······"

한없이 흘러내린 내 눈물을 소년은 내려다보며 고함쳐 불렀습니다. 나는 숨을 쉬지 않고 그대로 질식하여 숨을 끊어버릴 결심이었답니다.

"아주머니 싫어. 난 다 알아요. 내 말을, 나도 아주머니께 꼭 할 말이 있어요. 내 말을 들으세요, 네!"

안타깝게 내 가슴을 뒤흔들었답니다.

나는 그의 두 팔을 뿌리치고 일어섰습니다.

"왜 왔어! 나는 고요히 생각할 일이 있어 이러고 있는 거야!"
하고 몹시 성을 내며 눈물을 되는대로 훔쳤습니다.

"아주머니 노하시지 말아요. 나는 어립니다. 아직 어린아이예요. 그러나 남자랍니다. 사나이예요."

소년의 음성은 떨렸습니다. 나는 참을 수가 정말 없었답니다.

"정규! 내 말 들어요. 나를 괴롭게 말아. 이렇게 나를 찾아다니면 당신의 장래가 어떻게 되는 거예요. 나를 찾아와도 좋은 건 배울 수 없고 나쁜 것만 알게 되는 거니까 다시는 나를 찾지 말······"
라고 겨우 이렇게 타이르듯 했지요.

"아주머니, 내 나이는 어린애지마는 나도 사나이예요. 내가 해서 좋고 그른 것을 모를 내가 아니랍니다. 아무리 나를 나쁜 구렁으로 밀어 넣어도 나는 빠지지 않을 자신이 있답니다. 그리고 아주머니께 좋지 못한 것을 배운다고 하시지만 나는 세상에 악한 것이나 선한 것이나 모조리 있는 대로 다 알고 다 배우겠어요. 내 나이 어려서 악한 영향이 될까 두려워 마세요. 나도 어느 때까지 어린애로만 있을 게 아닙니다. 어느 때 누구에게서든지 배우고야 말 것이니까 형님이 나를 불량해질까 염려하실지 모르나 나는 우스워요. 모든 것은 내가 착한 사람이 되고 안 되는 데 있으니까 아주머니 까닭에 착하게 될 내가 악하게 될 리 없습니다."

소년은 어른 같은 어조였습니다. 나는 잠잠히 들었어요. 과연 소년은 제 말과 같이 한 개의 자아를 파악한 성인이었어요.

"여승님이 아주머니가 집으로 돌아가셨다고 하지마는 나의 이 육감이 번쩍하여 아무래도 이 산속에 계실 것만 같았어요. 정오 때부터 지금까지 이 산속을 모조리 헤맸답니다."

소년은 제 할 말을 다 했다는 듯 웃는 얼굴로 나를 이끌어 암자로 돌아왔습니다. 벌써 시계는 6시입니다. 7시에 떠나는 기차를 타야 될 소년입니다. 소년은 잠깐 몸을 쉰 후 일어섰습니다.

"아주머니, 정말 울지 말고 계세요. 내일 또 올 터입니다. 나 까닭에…… 아주머니 죄송합니다. 용서하세요."

소년은 표연히 이 말을 남기고 떠나갔습니다. 그는 점심도 굶고 온 산을 헤매다가 이제 또 걸어갑니다. 그러나 그의 얼굴에는 괴로운 빛이 없었어요. 몇 분 동안이나마 나의 얼굴을 마주 볼 수 있다면 어떠한 고초와 장애라도 걷어차겠으며 얼마나 오랜 괴로움이라도 우리 둘이 함께할 단 1분간을 위하여 그는 노력 분투할 것 같았습니다.

그 이튿날 정오 때쯤 하여 그는 또 왔습니다. 그의 얼굴은 수척하고 전신에 기운이 빠진 듯했습니다. 내 얼굴을 바라보자 그는 달려와 기쁘게 웃고 즐거운 새소리를 들으며 내 손을 잡아 흔들고 서늘한 바람이 불어오면 내 뺨에 기대며 철없는 듯 우리는 웃고 이야기하고 시간을 보냈습니다. 우리는 무척 즐거웠습니다. 괴로워할 것도 염려할 것도 아무것도 없었어요. 내가 무엇을 그다지 괴로워했는지 알 수 없었답니다.

우리는 다만 그러고 있기만 하면 그만입니다. 그 외에 다른 아무 욕망이 없었어요. 그는 어린아이처럼 되려고 애쓰고 나는 늙은 어른같이 보이려 애쓰고, 그러면서도 모든 것을 잊고 함께 감격이 되는 이야기가 나올 때는 서로 뺨을 기대고 하였답니다. 즐거운 시간이었습니다.

내가 나이 많은 것을 잊고 그가 어린애처럼 보이려 애쓰지 않는 그런 순간이 올 것만 같아 나는 가슴을 괴롭게 하기 시작했던 것입니다. 그 생각마저 즐거운 것이었어요.

이렇게 우리는 또 하루를 보내고 난 후 나는 집으로 돌아왔답니다.

돌아오던 그 이튿날 성규 씨에게서 엽서가 왔습니다. 그 엽서에 정규 소년이 앓는 중이니 미안하나 한번 오셔주시기 바란다는 것이었어요. 나는 마음에 동요를 억제하며 병원에 가보았습니다. 성규 씨는 반갑게 나를 맞아 2층으로 올라갔어요. 과연 소년은 얼음 베개에 누워 앓고 있었습니다. 내 두 다리는 떨리고 가슴은 불덩어리를 먹은 듯했습니다.

"아주머니! 아주머니!"

소년은 나를 부릅니다.

"왜 이러오."

나는 간신히 그의 곁에 가서 앉았습니다. 그리고 소년의 손을 잡았지요.

"아주머니 염려 마세요. 곧 낫습니다. 형님도 염려 마세요. 그저 열이 좀 났을 뿐인데……"

소년은 열심히 그의 형과 나를 안심시키려 했습니다.

"아주머니, 미안하지마는 내 곁에 있어주세요. 나는 아주머니가 곁에 있으면 곧 나아요."

하고 어리광같이 애원합니다. 나는 고개를 끄덕여 보였습니다. 성규 씨는 나에게 죄송한 듯

"너 그렇게 고집부리지 마라. 아주머니도 몸이 약하신데 어떻게 네 간호를 하시니."

하고 소년을 꾸중합니다.

나는 성규 씨에게 염려 말라고 한 후 소년의 베개도 고쳐주고 이불도 다시 덮어주고 했지요. 소년은 가끔 내 손을 더듬어 쥐고 감격에 찬 한숨을 내쉬며 열에 뜬 붉은 눈으로 물끄러미 바라보고 하는 것이었습니다.

그날 밤입니다. 해열제를 먹인 후 주사를 놓아 겨우 잠이 든 소년의 곁에 앉아 있는 나를 성규 씨는 손짓으로 밖으로 나가기를 청했습니다. 나도 피로하여 잠든 그를 홀로 눕혀둔 채 성규 씨와 아래층으로 내려왔습니다.

기막힐 일입니다. 성규 씨는 정규가 나를 그리워하는 것을 단순히 자기를 위하여 다시 말씀하면 성규 씨와 결혼하게 하려고 하는 어린 수단으로 여기는 모양이었습니다. 나는 뭐라고 말할 수 없었답니다. 그리고 그 자리에서 그와 결혼할 것을 허락했던 거랍니다.

내가 성규 씨와 결혼하게 되는 날 나와 소년은 완전히 구원을 받을 것으로 생각된 까닭입니다. 나와 소년은 어느 때라도 한집에 살 수 있고 서로 사랑할 수 있고 그러면 양심에 죄 있는 생각이나 잡념이 없이 순수한 육친의 사랑에 잠길 수 있으리라고 나는 생각했던 거랍니다. 소년도 얼마나 기뻐하랴! 언제든지 나와 한집에 있게 될 테니까.

나는 무척 기뻤습니다. 물론 성규 씨도 기뻐했어요.

소년은 그 이튿날 오후부터 열이 내리기 시작하여 사흘째 되는 아침에는 완전히 일어나게 되었습니다.

나는 그날 점심을 두 형제와 함께 먹고 집으로 돌아왔습니다. 돌아와서 막 옷을 벗으려는데 소년이 뒤쫓아 와 몇 번이나 감사하다는 인사를 한 후

"아주머니 꼭 제가 드릴 말이 있어요."

라 했습니다.

"무슨 말?"

나는 태연하게 반문했지요.

"내가 말하지 않아도 아시겠지……"

소년은 얼굴을 붉히는 것이었습니다.

"말해야 알지 나는 당신만치 영리하지 못해서 모르겠어요."
라고 했습니다.

"싫어요. 아시겠지 뭐! 알아주셔야 해요."

소년은 부끄러운 듯 내 어깨에다 이마를 문질렀습니다.

"할 말은 무슨 할 말이야. 다 그만두고 집으로 돌아가 편히 누워 계세요. 또 앓으면 안 돼!"

나는 웃어 보였답니다. 소년은 이윽히 내 방에 궁굴며[10] 즐거운 듯 책들을 펴보며 놀다가 돌아갔습니다. 나는 그날 밤 가슴이 갑갑하여 견딜 수가 없었습니다. 아무리 풀어도 풀 수 없는 산술 문제와도 같이 성규 씨와 나의 결혼이 이 갑갑한 가슴의 열쇠가 되지 못하는 것만 같았어요.

그러나 나는 무리를 해서라도 하나에 하나를 보탠 것이 셋이라는 답이 나와도 그것을 그대로 옳다고만 하려고 애쓰며 그날과 또 이튿날을 보냈던 것입니다.

이날 성규 씨가 찾아왔습니다. 결혼 청첩을 인쇄해가지고 온 것이었어요. 나에게 1백여 장 갈라놓은 후

"아는 분에게 보내세요. 나는 제일 먼저 정규에게 한 장 보낼 터입니다."
라고 하였어요. 그는 아우에게 자기의 결혼을 알리기 부끄러워 그대로 숨긴 채였던가 봐요. 그는 기쁜 듯 여러 가지 결혼에 대해서와 결혼 후에 대하여 이야기한 후 돌아갔습니다. 나는 몹시 슬펐습니다. 기뻐야 할 결혼을 앞에 두고 왜 그렇게 슬펐을까요.

나는 하나에 하나를 더하여 셋이란 답을 써놓고 왜 둘이라고만

긍정하려느냐? 하는 괴로움에 가슴을 짓찧었답니다.

아! 나는 그만 벌떡 일어나 성규 씨가 두고 간 그 청첩장을 온 방 안에 힘껏 내뿌리고 말았습니다. 그리고 그 위에 엎드려서 실컷 울었지요.

울다가 일어나니 아아! 그 소년이 창백한 얼굴로 손에 그 청첩장 한 장을 구겨 쥐고 벌벌 떨며 서 있지 않습니까!

나는 얼른 눈물을 닦고 바쁘게 웃는 얼굴을 지었답니다. 그리고

"기뻐해주겠지요? 이제는 실컷! 아니 한집에 살 수 있지 않아?"

하고 말했습니다. 내 가슴은…… 아니 당신께서도 상상하실 수 있으십니까? 나는 모순이라고 비웃으십니까? 결국 소년에게, 아니 우리는 연애를 하였던 것이라고 보십니까? 아! 아!

아니랍니다. 나는 소년과 결혼한다고 치더라도 기뻐할 리 없습니다. 나는 이후라도 그런 꿈을 생각하지 않았어요. 그저 슬펐던 거랍니다. 소년은 입술을 깨물더니 나를 뚫어지게 바라보았어요. 그러고는 힘없이 주저앉더니 후, 한숨을 내쉰 후

"흐응, 흐응!"

하고 그의 버릇인 그 탄성을 내며 이윽히 고개를 숙이고 앉아 있었습니다.

"아주머니…… 용서하세요."

"흐음."

그는 이윽히 고개를 내려뜨리고 있다가 벌떡 일어서서

"아주머니, 나 까닭에 사랑하지도 않는 형님과 결혼하시렵니

까? 나는 잘 알겠어요. 나는 아주머니를 잘 압니다."

라고 부르짖듯 외쳤습니다. 나는 그대로 무표정한 얼굴로 꼭 서 있습니다.

"아주머니……"

소년은 두 번 더 부르지 못하고 그 자리에 넘어질 뻔하다가 겨우 고쳐 서서 밖으로 나가버렸습니다. 나는 멍하니 선 채 아무 생각도 나지 않고 괴롭지도 서럽지도 답답하지도 않은 무상무념의 상태였습니다.

그 후 소년의 자취는 사라졌습니다. 나는 그대로 감각을 잃은 사람처럼 날을 보냈습니다. 그러자 결혼식 날이 다가왔어요. 그 전날 밤을 꼬박 방 가운데 선 채 새우고 난 나는 날이 새자 대문 밖으로 나가고 싶은 충동에 못 이겨 대문을 나섰습니다. 바로 대문 밖은 좁은 길이 있고 그 길에 평행하여 개천이 흐릅니다. 그 개천을 나는 내려다보았습니다. 그곳의 물이 깊다면 나는 금방 뛰어들고 싶었어요. 그러나 높기만 하고 물은 조금씩 흐르고 있을 뿐이었어요. 나는 이윽히 개천 둑에 서 있었습니다. 가슴이 적이 평온한 것 같았습니다.

"아주머니……"

나는 고개를 번쩍 들었지요. 아, 나를 부르는 그 음성……

나는 개천 저편 둑에서 나를 향해 걸어오는 소년을 바라보자

"아."

소리를 치고 앞으로 내달았어요. 소년도 두 손을 앞으로 내밀고 내달았어요. 우리는 그 순간 모든 것을, 모든 것을 다 잊었고 다

초월했답니다. 그 찰나에 우리의 괴로움도 번뇌도 다 사라지고
없어졌답니다.

아! 그러나 그 다음 순간 우리 두 몸은 개천 한가운데 떨어져
있었던 거랍니다. 그와 나는 그 순간 우리 사이에 있는 그 개천을
잊어버리고 그 개천 위를 내달렸던가 봐요. 우리는 다 함께 까무
러쳐서 인사불성에 빠졌던 거랍니다.

그리하여 둘이 함께 구원을 받아 응급 치료를 했으나 나는 늑골
한 개를 부러뜨렸고 소년은 가슴에 타박상을 입었으나 별로 상한
데는 없었답니다.

나는 더 듣고 있을 수 없었다. 그 찬란하던 노을도 이제는 거의
사라지고 어둠이 우리를 감싸오고 있었다. 나는 여인을 바라보았
다. 그는 눈을 내리깐 채 잠잠히 입을 다물고 있을 뿐이다.

"아하."

나는 길게 한숨을 쉬고 여인을 위로하려 했으나 그는 조금도 움
직이지 않음으로 내 가슴은 더욱 갑갑하였다.

"보세요. 이것은 얼마간 간수하여주세요. 필요를 느낄 때가 있
을 것입니다."

하며 그는 단단히 봉한 봉투 한 개를 나에게 주었다. 나는 말없이
받아들며

"집으로 갑시다. 가서 더 이야기하세요."

하고 먼저 일어섰다. 여인은 잠깐 머뭇거리다가 단념한 듯 일어
서 내 뒤를 따르는 것이었다.

그날 밤에 달은 몹시 밝고 서늘하기도 하여 나는 그 여인과 더

불어 뜰 가운데 평상을 내놓고 다시 이야기를 계속하였다.

그의 이야기를 들으니 그는 개천에 떨어진 후 그 길로 병원으로 실려가 3개월간이나 입원하여 겨우 거동하게 되자 어느 날 아무도 모르게 병원에서 도망하여 나왔던 것이었다. 물론 병원은 성규의 병원이 아니었다. 정규 소년은 제 몸이 나은 후는 날마다 남의 눈을 피하여 찾아왔으나 여인은 그가 찾아오는 것이 괴로워 달아났던 것이라 하였다.

여인과 나는 그 밤에 좀처럼 잠을 이루지 못한 채로 그가 병원에서 빠져나온 후 오늘까지 몸을 숨겨 깊은 산골과 인적 없는 벌판을 헤매며 그래도 씻지 못할 괴로움을 씻으려 괴로움과 싸우는 이야기를 하다가 나는 잠이 들어버렸다.

얼마를 자다가 나는 문득 잠이 깼다. 달그림자에 베개에 턱을 얹고 하염없이 눈물짓는 여인의 얼굴을 보았다.

"주무세요."

하고 나는 위로하듯 말을 건넸다.

"네."

여인은 조용히 눈물을 씻고 누웠다.

"보세요. 당신은 왜 그다지 그 귀한 일생을 눈물 속에서 썩혀버리시렵니까?"

나는 가슴에 가득한 말을 어떻게 무엇이라 표현할 수 없어 이렇게 말해보았다.

"네, 저 역시 내 삶이 귀한 줄 압니다. 그러기에 자살을 하지 않는 거랍니다. 나는 항상 내 손가락 하나를 희생하여 천 사람의 생명을 구할 수 있다 하더라도 선뜻 내어주지 못할 만치 내 몸을 중히 여겼어요. 나는 기어이 재혼을 해야 될 처지였고 그 많은 사내들의 간절한 구혼이 있어도 그대로 내 고집대로 살아왔어요. 내 스스로가 결혼이 필요할 때까지 나는 누가 뭐라고 말해도 끄덕도 하지 않은 성질이었어요. 그렇지만, 그렇지마는 이제는 내 그 귀한 생명을 바쳐서라도 그 소년을 위하려는 거랍니다. 내 마음이 이러한 결심을 하게 되는 날부터 행복했고 위로받을 수가 있고 해결이 되는 것이었어요. 나는 이름 없는 슬픔에 잠겨 산속을 헤매다가 문득 느낀 바가 즉 나는 그 소년을 위하여 생명을 던지리라는 것이었어요. 내 괴로움의 실마리는 이 결심으로써 풀어진 거랍니다. 이제는 흐르는 눈물도 행복한 것 같고 괴로운 환영도 나에게 즐거운 듯합니다. 위로가 되어요."

여인은 길게 한숨을 지었다.

어디서 새벽 닭 우는 소리가 들려오며 내 눈에서 한 줄기 눈물이 흐름을 깨달았다.

나의 어머니

* 『조선일보』, 1929년 1월.

1   소인극 아마추어들이 중심이 된 연극. 1920년대에는 농촌계몽 운동의 일환으로 소인극 운동이 활발히 전개되었다.

2   트레머리 1920년대 신여성들 사이에 유행한 머리 모양.

3   죽는가베 '죽는가 봐'의 경상도 사투리.

4   감스릿하게 가물가물 흐릿하게.

5   밀창 미닫이창.

6   어안이 막힌다는 듯이 기가 막힌다는 듯이.

7   오노 말이다 '오난 말이다'의 사투리.

8   에로나 정말로.

9   곧다 심하게 웃어서 뱃살이 뻣뻣해진 모양을 말하는 경상도 사투리.

10 감주 단술, 식혜.

11 재이며 뒤척이며.

꺼래이

*「꺼래이」는『신여성』1934년 1월~2월호에 처음 발표되었고, 1937년『현대조선 여류문학선집』에 수록되면서 개작되었다. 저자 생존 시 개작본을 정본으로 삼는 다는 원칙에 따라 여기서는 개작본을 수록하였다.

1   거러지 거지.

2   쿨니 중국의 하층 노동자.

3   뾰족삿게 러시아식 모자.

4   빨또 러시아어로 '외투'라는 뜻. 이 작품에 쓰인 러시아어는 작품 고유의 분위 기를 전달하기 위해 원문대로 표기했다.

5   팔찜 팔짱.

6   바람맞이 바람과 바로 마주치는 곳.

7   이윽한 후 한참 있다가.

8   치운데 '추운데'의 사투리.

9   치움 추움, 추위.

10   무지몰식한 무식하여 아는 바가 없는, 무지몽매한.

11   쓰까레 러시아어로 '어서 빨리'라는 뜻.

12   해삼위(海蔘威) 블라디보스토크.

13   집수새 지푸라기가 뭉쳐져 있는 것.

14   부리키 물통 양철 물통.

15   딸래장자 최초본에는 '딸래장사'로 되어 있는데 의미를 확정할 수 없다.

16   빈줄러내었는지 자리를 마련했는지.

17   배잡단 비좁다는.

18   삐루 맥주.

19   믹믹해졌습니다 밍밍해졌습니다, 밋밋해졌습니다.

20   스파시보 제브슈카 러시아어로 '고맙습니다, 아가씨'라는 뜻.

21   꾸쉬 러시아어로 '먹다'라는 뜻.

22   공띠어 준다길래 공짜로 떼어준다길래.

23   마우자 '러시아 사람'을 이르는 말.

24   설두(設頭) 먼저 앞서서 일을 주선함.

25 애호 슬프게 부르짖음.

26 동당발 제자리에서 발을 잘게 구르는 모양.

복선이

*『신가정』, 1934년 5월.

1 유록 저고리 연한 녹색의 저고리.

2 단 한 말에 두말할 것 없이.

3 지까다비 일본에서 노동자들이 주로 신던 신발.

4 엉둥덩둥하면서도 어리둥절하면서도.

5 단방(單房) 하나뿐인 방.

6 정주 부엌.

7 끼끔했고 깔끔했고.

8 간고기 소금에 절인 생선, 자반.

9 '보일' 치마 '보일'은 무명, 명주 등으로 짠 반투명의 얇은 천. 당시 여성들 사이
에서 유행하던 옷.

10 치레 치장, 나들이옷.

11 땅꾼 여기서는 '거지' '부랑자'라는 뜻으로 쓰였다.

12 올게 '올해'의 사투리.

13 지게문 마루와 방 사이에 나 있는 문, 혹은 부엌의 바깥문.

채색교

*「채색교」는『신조선』 1934년 10월호에 처음 발표되었고, 1939년『여류단편걸작
집』에 수록되면서 개작되었다. 저자 생존 시 개작본을 정본으로 삼는다는 원칙에
따라 개작본을 수록하였다.

1 튀적거리면서도 투덜거리면서도.

2 저윽히 '적이'의 경상도 사투리.

3 하머나 벌써.

4 물미가 나서 이력이 붙어서.

5 비어 베어.

6 당황, 석냥, 마치 모두 성냥의 다른 말.

7 화형 여기서는 '분위기를 즐겁게 하고 모임의 중심이 되는 사람'이라는 뜻으로 쓰였다.

8 종담장 담장보다 좀 낮은 간이 담장.

9 쇠통이 내리려 말문이 닫히려.

10 묵척 힘껏.

11 흐묵이 충분히.

12 뜸베질 소가 뿔로 물건을 들이받는 짓.

13 흥성드뭇 많은 숫자가 흩어져 있는 모양.

14 새끼점심 아침과 점심 사이에 먹는 새참.

15 동양저(東洋苧) 모시의 한 종류.

16 회장저고리 깃과 소매 끝에 다른 색의 회장을 댄 저고리.

적빈

* 「적빈」은 『개벽』 1934년 11월호에 처음 발표되었고, 1938년 『현대조선문학전집』에 수록되면서 개작되었다. 저자 생존 시 개작본을 정본으로 삼는다는 원칙에 따라 개작본을 수록하였다.

1 척당(戚黨) 친척.

2 낮잡아 얕잡아.

3 멍짜 멍청한 사람.

4 소롯이 오롯이.

5 감으러친 삐끗하여 다친.

6 심채릴 정신을 차릴.

7 당삭 아이를 밴 여자가 해산할 달.

8 꽁쳐 하나로 말아 뭉쳐서.

9 걸어맨 거칠게 꿰맨.

10 입추신 먹을거리를 챙기는 것.

11 태이거든 생기거든.

12 중발 자그마한 밥그릇.

13 간심 안간힘.

14 축신이 생각이나 행동이 모자라는 사람.

15 소리끼 없이 아무 소리도 내지 않고.

16 자취끼 없이 아무 기척도 없이.

17 쓰리 소매치기.

낙오

* 『중앙』, 1934년 12월.

1 맞히는 마음에 걸리는.

2 정말 진실의 말.

3 가슴에 끼지 않았다 마음에 담아두지 않았다.

4 메린스 모슬린.

5 고리탐삭하게 고리타분하게.

6 갯눔 바닷가 사람, 갯가 사람.

7 욱덕이며 여러 사람이 모여 북적북적 소란한 모양.

8 모닝 모닝코트, 낮에 입는 서양식 남자 예복.

9 젠 척하다 잘난 척하다.

악부자

* 『신조선』, 1935년 8월.

1 생며럿치 생멸치.

2 아고모찌 가네모찌, 모노모찌, 아고모찌는 모두 일본어이다. 가네(金), 모노(物), 아고(顎)는 각각 돈, 물건, 턱을 뜻하고, 여기에 가지다라는 뜻의 모츠(持つ)가 붙어 '~을 가진 사람'의 뜻이 된다.

3 모찌 모츠의 명사형인 '모찌'와 떡이라는 뜻의 '모찌'의 발음이 같은 것을 이용한 말장난.

4 옹무니 꽁무니. 여기서는 허리춤의 뜻으로 쓰였다.

5 씹스그리한 쓴맛이 나고 별맛이 없는.

6 어슬릇 슬그머니.

7 이마때기 '이마'의 속된 말.

8 대우도 많이도.

9 사드락병 폐병.

10 인사 잇고 처음 인사를 하고.

11 고무까시 '고마카스(ごまかす, 속이다)'의 오기로 보인다.

12 충수 일정한 수효를 채움, 또는 그 수효.

13 어덥스럼하다 어슴프레하다.

14 동게 포개어.

15 죽이 나물 같은 것을 한 줌 움켜쥔 양.

16 성글러 썰어.

17 짓다를 짓다를 의미를 명확히 파악할 수 없지만, 힘이 빠져 걷는 모양을 묘사한 것으로 추정된다.

18 꼬게꼬게 꼬깃꼬깃.

19 찡글치던 몹시 싫어 귀에 거슬리던.

정현수

*『조선문단』, 1935년 12월.

1 모잽이 옆쪽 방향.

2 초라니 귀신을 쫓는 굿의 등장인물. 기괴한 형상의 탈을 쓰고 붉은 저고리 푸른 치마를 입고 긴 대에 걸린 깃발을 흔든다.

3 보천교 증산교파의 하나.

4 나군더러질 나뒹굴어질.

5 낭하 복도.

6 수중에서 낙찰이 된 손에서 돈이 떨어진.

7 실는 긁는.

8 궁청궁청 구시렁구시렁.

9 졸급 심하게 안절부절함.

10 싱구이 끝끝내.

11 꾸리하게 속내를 감추고 음흉하게.

12 태를 빼물고 폼을 잡으며.

학사

*『삼천리』, 1936년 1월.

1 구지리한 구질구질한.

2 꼴자구니 골짜기.

3 허갈밭 거친 밭.

4 자래로 자기 멋대로.

5 울겁 과하게 겁을 먹는 것.

6 섭적 선뜻.

7 피육 비아냥거리는 말, 비웃음.

8 적에서 잠대내놓등앙끄 오식으로 추정되며, 의미를 확정할 수 없다.

9 담사리 남의 집에 기거하며 머슴이나 식모살이를 하는 사람, 또는 그 일.

호도

*「호도」는 『비판』 1936년 7월호에 「식인(食因)」이라는 제목으로 처음 발표되었고, 1939년 『여류단편걸작집』에 수록되면서 「호도」로 개제, 개작되었다. 저자 생존 시 개작본을 정본으로 삼는다는 원칙에 따라 개작본을 수록하였다.

1 만고 아주 오랫동안, 영원히 끝나지 않을.

2 아나뵈 '아나 봐'의 사투리.

3 돈절 아주 소식이 끊김.

어느 전원의 풍경

*『영화조선』, 1936년 11월.

1 빨뿌리 담배를 끼워 피우는 파이프.

광인수기

*『조선일보』, 1938년 6월 25일~7월 7일.

1 무덕더위 한여름의 무더운 더위.

2 따뜨무리하게 은근하게 따뜻한 정도를 표현한다.

3 반드라시 뻔뻔하게 드러누운 모양새를 가리키는 경상도 사투리.

4 처정처정 비가 쉼 없이 오는 상태를 표현한다.

5 쭈굴시고 쭈그리고.

6 빼물고서 시침을 떼고, 새침하게.

7 홋들치고 단정하고 빈틈없이.

8 빼틀처 뿌리쳐 빼내어.

9 할부정(割不正)이어든 불식(不食)하며 석부정(席不正)이어든 불좌(不坐) 『소학』에서
   임신한 여자가 지켜야 할 자세를 말한 것 중 일부. 바르지 않게 썬 것은 먹지
   않으며 바르지 않은 자리에는 앉지 않는다.

10 갈불게 '갈불다'는 '따지고 들어 괴롭히다'라는 뜻의 경상도 사투리. 굳이 따
    지고 들 일이.

11 목을 감고 목욕을 하고.

12 심청 심술.

13 말머리쟁이 말버릇, 말버르장머리.

14 노다지 무작정, 완전히.

소독부

* 『조광』, 1938년 7월.

1 꼬게꼬게 '꼬깃꼬깃'의 사투리.

2 뒤치움 뒷설거지.

3 비상 여기에서는 위험한 약을 통칭하는 의미로 사용되었다.

4 사립거리 사립문의 근처, 집 앞.

5 암창궂기도 앙큼하기도.

일여인

* 『사해공론』, 1938년 9월.

1 어마시 어머니.

2 딸켜야 입이 닳도록 참견을 해야.

3   손들 자식들.

4   헤찌마 1930년대 인기를 끈 화장품 상표. Hechima Cologne.

5   사당 사당패.

6   피죤. 해태 담배 상표.

7   쓰리캇슬 영국제 담배 상표. Three Castles.

8   비위병 비장과 위장에 생기는 병.

9   오복점 의류, 잡화 등을 팔던 상점.

혼명에서

*『조광』, 1939년 5월.

1   보문품경 불교 경전. 한자로 '普門品經'이지만, 원문에는 '寶門品經'으로 나와
    있다. 오자로 보인다.

2   문채 무늬.

3   뜨롭통 사탕통.

4   젓가지 가느다란 곁가지.

5   가석한 애석한.

아름다운 노을

*『여성』, 1939년 11월~1940년 2월.

1   가독(家督) 집안의 대를 이을 사람.

2   본정통(本町通) 일본식 지명. 주로 한 도시에서 가장 번화한 거리를 가리킨다.
    서울의 경우 충무로 일대를 본정통, 혼마치라 불렀다.

3   8조, 6조 일본식 장판인 다다미(たたみ, 疊) 한 장의 크기는 대략 910×
    1,820mm이다. 8조 방은 다다미 여덟 장, 6조 방은 여섯 장가량을 깐 방으로,
    그 넓이는 각각 13.2m², 9.9m² 정도다.

4   영우 매우.

5   자무러지게 깊이 빠지게.

6   울러메어 '둘러메어'의 사투리.

7   하묵이 흠뻑.

8   차래차래 까마득히.

9   어덥스리하게 어두운 기운이 약간 있는 상태. 어슴프레하게.

10 궁굴며 뒹굴며.

제도의 구속 안에 머물며 다른 세상을 꿈꾸다
─여성 작가로서의 백신애

서영인

1. 식민지 여성 작가의 정체성

백신애는 1908년 경북 영천에서 태어나 1939년 경성제국대학 병원에서 췌장암으로 죽었다. 31세, 요절이다. 대구·영천 일대의 현금 부자로 불렸던 집안의 외동딸로 태어나 병약한 어린 시절을 보냈고, 단신으로 상경하여 사회주의 여성단체에서 활약했던 투사였던가 하면, 시베리아·일본·중국을 거침없이 방랑하고 여행한 호기심 넘치는 모험가였다. 아버지는 개명한 사업가였지만, 딸의 교육에 대해서는 보수적 입장을 고집했다. 집안의 지원을 받지 못했던 백신애는 일본에서 고학하며 배우를 꿈꾸기도 했다. 집안의 강권을 이기지 못하고 결혼했으나 결혼 생활은 행복하지 않았고, 죽기 얼마 전 이혼했다. 그리고 그 생애 내내 소설을 썼다.

백신애는 1929년 『조선일보』 신춘문예에 「나의 어머니」가 당선되면서 등단했다. "여러 가지로 완고한 시골"(p. 8)에서 청년회 활동을 하는 젊은 여성이 주인공이다. 어머니는 청년회 주최의 '소인극(素人劇)' 연습을 하다가 밤늦게 돌아오는 딸을 걱정하고, 딸은 그러한 인습에 젖은 어머니에게 반발하지만 그 걱정이 결국은 자식에 대한 사랑임을 알고 있기에 번민한다. 소설에 등장하는 딸에는 백신애의 모습이 투영되어 있다. "××사건으로 감옥에 들어"(p. 8)간 오빠는 1926년 '제2차 조선공산당 검거 사건' 때 구속된 오빠 백기호이며 "보통학교 교원으로 있던 내가 여자 청년회를 조직하였다는 이유로 학교 당국으로부터 일조에 권고사직을 당"(p. 8)한 것은 백신애의 이력과 일치한다. 백신애가 경북 경산의 자인보통학교 교사로 재직하다가 권고사직을 당한 것은 1926년 1월이었다. 권고사직을 당하고 단신으로 상경한 백신애는 '경성여자청년동맹'의 일원으로 열성적으로 사회운동에 투신했지만 서울에서 활동한 기간은 생각보다 짧다. 1926년 8월 강연회에 참가한 것이 마지막 기록이다. 이후 고향으로 돌아온 백신애는 줄곧 지역에서 활동했다. '영천청년동맹' '신간회 영천지회' '근우회 영천지회' 등의 단체에서 역할을 맡아 지역운동을 이끌었다. 「나의 어머니」의 배경이 되는 시기는 서울에서 활동하다 다시 고향으로 돌아와 지역운동에 투신했던 때로 짐작된다.

「나의 어머니」가 소설가로서의 삶을 열어줄 법도 했지만 백신애가 본격적으로 소설을 쓴 것은 한참 뒤였다. 당선 소식을 듣고 얼마 되지 않아서 백신애는 일본으로 유학을 떠났다. 사회주의

사상에 기반을 둔 지역운동도 중단되었고, 소설가 경력 역시 시작과 동시에 한참 동안 단절되었다. 일본 유학의 이유나, 일본에서의 활동에 대해서는 알려진 바가 많지 않다. 집안의 결혼 강요를 피하기 위해서였을 수도 있고, 사상운동에 대한 탄압에 몰려 전향 후 고향을 떠났을 수도 있다. 집안의 지원을 받지 못한 유학 생활은 순탄하지 못했고, 결국 백신애는 외동딸에 대한 부모의 기대에 굴복했다. 1932년 약혼하고 이듬해 결혼했던 것이다. 소설 쓰기를 다시 시작한 것은 결혼 이후이다. 『신여성』 1934년 1월호에 발표한 「꺼래이」는 백신애의 재등단작이라 할 수 있다. 백신애 작품의 대부분은 1934년에서 그가 죽음을 맞은 1939년 사이에 집중적으로 발표되었다. 5년 남짓한 기간 동안 백신애는 소설 20여 편, 수필 30여 편을 남겼고, 생전에 작품집을 발간하지는 못했다. 백신애의 작품 세계를 한마디로 정리하기는 쉽지 않다. 뜨거운 사랑의 서사가 있는가 하면 궁핍한 현실의 밑바닥에 대한 절실한 묘사도 있다. 그럼에도 불구하고 백신애의 문학 세계를 한마디로 요약한다면 봉건적 인습의 굴레에 갇힌 여성들의 비극, 또는 그로부터 벗어나려는 의지이다. 여성 작가로서의 정체성을 끊임없이 재정립하려 한 백신애 문학의 궤적 역시 다시 한번 강조될 필요가 있다.

2. 갈등 속의 자신과 마주하는 고요한 시간

「혼명에서」는 백신애가 생전에 발표한 마지막 작품이다. 그는 1939년 6월 23일에 사망했고, 「혼명에서」는 같은 해 5월 『조광』에 발표되었다. 이미 병색이 짙어진 다음에 쓴 소설일 것이다. 어쩌면 병상에서 썼을지도 모르겠다. 발표 시기를 염두에 두고 1인칭 서간체로 된 소설을 읽다 보면 '혼명에서'라는 제목이 예사롭지 않게 다가온다. '혼명'은 지금은 잘 쓰이지 않는 단어이다. 백신애는 어려서 신식 교육을 받지 않았지만, 이모부를 독선생으로 두고 한문 공부를 해서 한자에 능했다. '혼명(混冥)'이라는 흔히 쓰지 않는 한자어를 제목으로 쓰는 것도 그래서 가능했을 것이다. 뒤섞인다는 뜻의 '혼(混)'과 어둡다는 뜻의 '명(冥)'을 조합한 '혼명'이라는 단어는 '혼돈스럽고 어둡다'는 뜻으로 볼 수도 있지만, '모든 것이 합해진 깊은 어둠'이라는 뜻으로 보는 것도 가능하다. 여기서는 고요한 정적 속에서 자신과 마주하는 깊은 어둠의 시간으로 해석할 수 있을 듯하다.

　　모든 음향과 움직임이 없는 털끝만치라도 외계의 구애가 없는 그러한 묵적한 가운데다 내 자신을 앉힌 후, 고요히 침착하게 냉정하게 진실한 나라는 것을 집어내어 과거와 현재, 미래에 있어서의 나라는 것을 똑바로 바라보며 차곡차곡 검토해보며, 나라는 인간이 어떠한 것이며 어떻게 살아가야 되는 것인가를 알아내려고 생각해왔던 것입니다. (pp. 271~72)

가족의 기대에 부응하기 위해 결혼했으나 결국 이혼하고 만 '나'는 이런 자신을 보살피려는 가족의 사랑에 괴로워한다. 결국 자신은 가족이 원하는 전통적 가족제도 내의 여성 역할을 해낼 수 없으리라는 것을 알기 때문이다. '나'에게 결혼이란 "하늘을 향하여 돌멩이를 던진 것과 같은"(p. 277) 것이었고, 이혼은 그 돌멩이가 땅으로 떨어지는 이치처럼 당연한 것이었다. 그리하여 "나의 이혼은 나에게 평화와 안심을 일시에 가져온 것"(p. 278)이 되었지만, 가족에겐 그렇지 않았다. 그들은 하늘을 향해 던진 돌멩이가 그대로 매달려 있는 기적을 바랐고, 이혼 후에는 이혼한 여자란 불명예를 회복하기 위하여 세상에 사죄하는 뜻으로 근신하고 얌전한 여인으로서의 본분을 지키길 바랐다. 그래야 새로운 행복이 '나'에게 오리라는 것이었다. 가족의 이러한 기대는 너무나 인습적이었지만 또한 그 기대가 순수하게 자신을 사랑하고 걱정하는 마음에서 비롯된다는 것을 알기 때문에 '나'는 가족들의 사랑을 배반할 수밖에 없는 자신이 괴로운 것이다.

　이혼 후의 갈등 때문에 괴로워하다가 충동적으로 집을 뛰쳐나온 '나'는 경주로 가는 기차 안에서 S를 만난다. S는 어머니의 눈물 때문에 괴로워하는 '나'를 꾸짖기도 하고 격려하기도 하면서 무엇보다 중요한 것은 바로 자기 자신이라는 점을 일깨워준다. 상황에 굴하지 않는 굳은 신념과 불굴의 의지만이 어머니를 불안에서 구할 수 있으므로 자신의 의지로 앞길을 개척하라는 격려에 '나'는 다시 힘을 얻는다. 경주로 가는 기차에서, 그리고 서울로 가는 길에서, 다시 S가 동경으로 가기 위해 탄 하행선 기차에서 마주치는 우연에 놀라워하며 '나'는 봄이 올 때까지 자신이 갈 길을 찾아보겠노라고, 다시 한번 생을 향한 의지를 불태우게 된다.

봄이 되면 만나기로 한 S가 급사했다는 소식을 듣고 비통에 젖지만, "당신의 죽음을 슬퍼만 하는 끝없는 눈물 속에 잠긴 내 몸을 건져내"(p. 304)어, "내가 가는 바른 궤도 위에다 올려놓"(pp. 304~05)겠다는 다짐으로 소설은 끝을 맺는다. 여기에서 S가 「춘향전」 공연을 위해 조선에 온 극단 신협(新協) 소속의 니키 히토리(仁木獨人)라든가, 실제로 이 소설을 쓰기 직전 이혼했다든가 하는 개인사를 거론하는 이도 있을 것이고, 결국은 S라는 남성에 이끌려 자신의 자아를 확인하는 여성 주체의 수동성을 비평하는 이도 있을 것이다. 그러나 S와의 만남, 이혼과 그로 인한 가족에 대한 번민, 그리고 세상을 떠난 S에 대한 비통한 애도의 와중에서 강한 여운으로 남는 것은 자신과 마주하는 고요한 묵적의 시간, 즉 '혼명'의 시간이다. 가족의 기대나 사랑에 연연하지 않고 자신이 꿈꾸는 길을 단호히 택했거나, 부유한 집안의 혜택을 누리면서 여성 문사로서의 명성으로 잃어버린 자기를 보상하며 살았다면 빠져들지 않았을지도 모르는 혼란스럽고 어두운 고민의 시간…… 그러나 숱한 갈등과 고민에서 벗어날 수 없는 자기를 냉정히 관찰해야 했던 깊고 고요한 어둠의 시간은 작가 백신애를 있게 했다. 자기로 침잠하는 이 냉정한 침묵의 시간이야말로 작가 백신애가 자기 자신을 넘어 주변의 타자들을 발견하고 그들을 읽을 수 있게 한 원동력이다. 꿈꾸던 자기 자신, 가족의 기대를 배반할 수 없어 머물렀던 가족 속의 자신, 그 사이에서 갈등하고 분열하는 자기 자신을 모두 버리지 않은 곳에서 백신애의 소설이 태어났다고 할 수 있을지 모르겠다. 등단작이었던 「나의 어머니」와 생전의 마지막 작품이었던 「혼명에서」가 그의 전 작품 중에서 유이하게 자전적이라는 것, 자신의 일과 가족 사이의 갈등이라는 주제를 처음과 끝의 작품이 이어가고 있었다는 것은 우연이 아니다. 백신애는 범박하게 말해 봉건적 가부장제하의 여성의 삶이라는 주제 내에 머물렀는데, 비약하지 않고 머물렀기 때문에 그 세계 안에서 지식인 여성의 삶과 지방 빈민 여성의 삶을 연결할 수 있었다. 이는 백신애 문학의 가장 중요한 성과이기도 하다.

3. 지식인 여성과 빈민 여성의 연대

공백 후의 복귀작이기도 한 「꺼래이」는 1934년 1월 『신여성』에 발표되었다. 그러나 오늘날 대부분의 독자들이 읽고 있는 「꺼래이」는 1934년 발표된 「꺼래이」가 아니다. 1937년 『현대조선여류문학선집』에 수록되면서 개작된 것이 지금 독자들에게 널리 알려진 「꺼래이」다. 후대에 발간된 백신애 작품집에 실려 있는 「꺼래이」가 대부분 『현대조선여류문학선집』 수록본을 저본으로 하고 있기 때문인데, 작가 생존 시 개작이 이루어졌기 때문에 개작본이 정본으로 읽히는 것이 문제가 될 것은 없다. 다만 백신애 문학세계를 이해하기 위하여 최초 발표본과 개작본의 차이를 짚고 넘어갈 필요는 있다.

34년본과 37년본의 가장 큰 차이는 중심인물이 지식인 여성 '나'에서 유민 처녀인 '순이'로 바뀌었다는 사실이다. 34년본 「꺼래이」는 '나'를 화자로 하여 '나'의 경험을 중심으로 서술된다. '나'는 모종의 이유로 시베리아로 가는 배에 몰래 탔다가 러시아 경찰 게페우에게 발각되어 감금된다. 그리고 그 감금의 장소에서 시베리아까지 쫓기듯 떠나온 동포들의 불행한 삶을 목격한다. 스스로를 이리에게 쫓기는 양 떼를 구할 목자라고 생각한 지식인 여성 '나'는 그들의 불행한 삶을 목격한 뒤 블라디보스토크로 가려는 자신의 목적을 포기하고 귀국을 결심한다. 이념적 지향으로서의 '블라디보스토크'가 아니라 그가 접촉하고 체험한 민중들의 삶을 선택했던 것이다. 34년본의 '나'가 경험한 사건은 37년본 '순이'를 중심으로 거의 그대로 반복된다. 그러나 이 변화의 의미는 크다. 지식인 여성 '나'가 관념 속의 블라디보스토크가 아니라 척박한 현실을 택하지 않았다면, 시베리아 벌판에서 떨고 있는 동포들의 삶에 연대하지 않았더라면 '순이'는 서사의 주인공이 될 수 없었을 것이다. 현실에 거리를 둔 계몽적 지식인으로서의 시점이 직접 현실과 접촉하고 그 현실을 감각하는 당사자의 시점으로 옮겨 오게 되는 것이다. 시점은 옮겨 오지만 '나'와 '순이'가 경험한 사건은 같다. 그러므로 '나'와 '순이'는 연대하고 공감하면서 연결된다. 이 연대의 감동적인 순간 역시 깊이 음미해볼 만한 장면이다.

노파의 외마디 소리가 나의 가슴에 아 화살같이 꽂혔습니다.

'이리에게 잡혀가는 목자 잃은 양 떼와도 같이 헤매어들은 국경의 험악한 길을 다시금 쫓겨 넘는 가엾은 흰옷의 꺼래이 떼…… 몇 날이 다 안 가서 나도 저와 같을 것을…… 이 몸도 꺼래이니 면할 줄이 있으랴!"

나는 처량하여져가는 가슴을 쾅 한번 두들겨보고 송판 우에 마음껏 사지를 펴보았습니다.

—「꺼래이」, 『신여성』, 1934. 1.

노파의 귀 익은 애호성이 화살같이 날아와 순이 세 식구가 내다보는 창을 두드렸습니다.

'이리에게 잡혀가는 목자 잃은 양 떼와도 같이 헤매어 넘어온 국경의 험악한 길을 다시금 쫓겨 넘는 가엾은 흰옷의 꺼래이 떼……'

눈물이 좌르륵 흘러내리는 순이 눈에 꼬챙이로 벽에 이렇게 새겨져 있는 것이 보였습니다.

'이 몸도 꺼래이니 면할 줄이 있으랴.'

바로 그 곁에 또 이렇게 씌어 있었습니다. 순이도 무엇이라고 새겨보고 싶었으나 자꾸만 눈물이 났습니다.

'아버지, 아버지는 왜 이 땅에 오셨습니까. 따뜻한 우리 집을 버리시고…… 할아버지와 어머니와 이 딸은 아버지 해골조차 모셔가지 못하옵고 이 지경에 빠졌습니다. 아버지의 영혼만은 고향집에 가옵시다. 순이.'

라고 눈물을 닦으며 손톱으로 새겼습니다.

—「꺼래이」, 『현대조선여류문학선집』, 1937.

34년본에서 시베리아에서 추방되는 노파의 외마디 소리를 들으며 홀로 외쳤던 '나'의 목소리는 37년본에서 누군가가 손톱으로 새긴 글자로 변모하여 '순이'에게 발견된다. 그러므로 "흰옷의 꺼래이떼……"를 기록하고 그 가없음을 새긴 자는 34년본의 지식인 여성 '나'이며 벽의 기록은 바로 그 '나'가 남긴 흔적이다. 그리고 그 벽에 새긴 흔적은 37년본의 '순이'에게 전달되고 '순이'는 다시 그 흔적 위에 자신의 흔적을 기록한다. 같은 공간에서 같은 꺼래이로 겪은 체험이 '나'에게서 '순이'에게로 전달되며, 이 체험의 전달과 공유는 새로운 여성 주체의 서사를 만들어낸다. 지식인 여성 '나'는 개작의 과정에서 사라지지만 기록하고 전달하며 공유하는 주체로서, 현실의 '순이'가 가야 할 길을 함께 걷는 동반자로서 자신의 흔적을 남긴다.

백신애는 1926년 가을 무렵 홀로 시베리아를 방랑하다가 죽을 고비를 넘긴 적이 있다. 백신애가 시베리아로 갔던 이유나 그곳에서 했던 경험에 대해서는 자세히 알려져 있지 않지만, 그가 함경도 웅기에서 출발하는 상선의 화물칸에 숨어 밀항을 감행했고 블라디보스토크의 국경 지역에서 러시아 특수경찰인 게페우에 체포되어 한 달간 감금당한 것은 사실인 듯하다. 사회주의 여성 단체였던 '경성여자청년동맹' 등에서 활동했던 백신애의 이력으로 볼 때 시베리아행은 그의 사상적 지향과 무관하지 않았을 거라고 짐작할 수 있다. 체포되어 감금당한 곳에서 그는 쫓겨온 '꺼래이'들의 참상을 목격한다. 사상적 지향으로서의 시베리아가 참혹한 현실의 현장으로 전환되는 체험이었을 것이다. 이후 거기에서 만난 사람들이 소설의 주인공이 되었다.

유치장에서 만난 현실은 고국에서 살아갈 수 없어서 농사지을 땅을 거저 나눠준다는 소문만 믿고 국경을 넘은 '꺼래이,' 살길을 찾아 천리 타국을 헤매다 죽은 가장의 시신을 찾으러 온 순이의 가족만이 아니었다. 역시 가난에 찌든 몸으로 시베리아에 도착한 중국인 노동자 쿨리, 귀화한 조선인 '얼마우자' 군인도 있었다. 또한 쫓겨 가는 순이 가족을 가여워하며 덧저고리를 덮어주는 러시아 군인도 역시 시베리아에서 만난 현실의 일부였다. '나(순이)'는 조선인 사이에서 앉을 자리조차 얻지 못하는 중국인 쿨리의 심정을 이해하고, 조선인도 아니고 러시아인도 아닌 얼마우자들의 삶을 헤아린다. 러시아 군인들 역시 "총만 가지지 않았으면 맘대로 친해질 수 있는 정답고 어리석고 우둔한 사람들"(p. 41)로 여겨질 뿐이다. 그리하여 시베리아는 단지 쫓겨 가는 꺼래이들이 겪는 가혹한 시련의 장소일 뿐 아니라 낯선 타자와 조우하고 그들과 공감과 우정을 나누는 연대의 공간이 된다. 제목의 상징성 때문에 「꺼래이」는 주체성 상실과 가난으로 고통받는 조선 민족의 수난을 그려낸 작품으로 흔히 읽히지만, 「꺼래이」가 함축하고 있는 세계는 이러한 민족적 동일성에 한정되지 않는다. 조선인과 중국인과 러시아인, 그리고 귀화한 이민족까지를 포함하는 모든 타자에 대한 애정과 관심, 그리고 보편적 연대감을 표현하고 있다는 데서 「꺼래이」의 문학적 성과는 더욱 빛난다. 지식인

여성 '나'가 그의 이야기를 '순이'에게 전달하고 순이에게 주인공
의 자리를 넘겨주는 개작의 과정은 백신애 문학이 가진 포괄적이
면서도 다층적인 타자와의 접촉면을 다시 확인하게 한다.

4. 침묵하는 하위 주체들

앞서 언급한 바와 같이 1934년 발표된 「꺼래이」는 본격적인 백
신애 소설의 출발을 알린 작품이다. 그리고 1937년의 개작은 백
신애의 대표작이 다수 발표된 후, 작가로서 입지를 꽤 다진 이후
에 이루어졌다. '조선 여류 작가'의 대표작을 모은 '선집'에 수록
되었다는 것 자체가 이미 백신애의 문학적 입지가 조선의 여성 작
가를 대표할 만한 위치에 올랐다는 것을 알려준다. 유학과 결혼
을 거쳐 본격적인 소설 쓰기를 시작할 무렵 백신애는 아직 지식인
여성 '나'의 시점을 벗어나지 않았다. 「나의 어머니」가 그랬듯이
「꺼래이」 역시 자전적 체험에서 소재를 가져왔다. 결혼 이후 고향
에 정착하여 창작한 작품들은 지식인 여성 '나'의 시점을 벗어나
현실을 발견하고 그 현실을 이해하는 과정을 보여준다고 할 수 있
다. 1934년 지식인 여성 '나'의 시점에서 1937년 '순이'의 시점으
로의 변환은 개인사적 체험을 넘어 현실의 타자들과 조우하고 그
것을 구체적 형상으로 담아내는 과정을 담고 있다. 「꺼래이」 이후
백신애가 쓴 소설들, 적나라한 가난과 시골의 여성들이 처한 비
극의 현장은 이러한 관점에서 설명할 수 있다.

「적빈(赤貧)」의 '매촌댁'이 처한 상황은 '새빨간 가난,' 그야말

로 '적나라한 가난'의 현장이다. 농사지을 땅은 물론 없고 남의
집 품팔이로 겨우 생계를 이어나가는데, 일할 자리를 찾지 못하
면 구걸로 연명하고 그마저도 못하면 굶기가 일쑤다. 「적빈」의 삶
이 충격적으로 다가오는 건 나락으로 떨어진 매촌댁의 삶이 인간
으로서 누려야 할 최소한의 존엄도 지키지 못할 지경에 이르렀다
는 점 때문이다. 가난하지만 품팔이로 돈을 모아 번듯하게 살아
보려는 꿈을 가졌던 시절의 매촌댁은 이웃의 멸시에 반발하며 자
신의 자존심을 지키려는 의지를 갖고 있었다. 그러나 집과 땅을
구하려던 돈을 사기로 잃고, 구걸로 연명하는 시간이 계속되자
매촌댁은 멸시나 동정에 아무런 반응을 보이지 않는 무감각한 인
간으로 변해간다. 그의 관심사는 오로지 죽지 않고 사는 것, 굶지
않고 먹는 것뿐이다. 그래서 며느리가 출산하는 날 분주하게 아
들의 집을 오가며 뒷바라지를 하는 매촌댁의 하루는 죽지 않고 살
기 위해 버둥대는 짐승의 삶과 별로 다를 것이 없어 보인다.

늙은이는 두 손을 제비같이 놀렸다. 탯줄을 거머쥐고 얼른 입으
로 가져갔으나 이미 뿌리만 남은 그의 이빨로는 어림도 없는 것을
알자 돼지가 달려들어 어금니로 썩둑 탯줄을 끊었다. 돼지는 벌겋
게 핏물이 묻은 입술을 닦을 줄도 모르고 꼬물거리는 고깃덩어리
를 신기하다는 듯이 내려다보고 있었다. (p. 93)

갓 태어난 생명에 대해 매촌댁이나 그의 아들 '돼지'는 아무
런 감정도 갖지 못한다. 생명의 신비나 아이를 얻은 감격과 기쁨

은 물론이고, 가난한 집안에서 출산이 주는 부담과 고충조차 토로되지 않는다. 그저 기계적으로 아이를 낳고 아이가 태어나자마자 아이와 산모를 굶기지 않기 위해 먹을 것을 구하기에 바쁠 뿐이다. 생명의 탄생이란 "새빨간 고깃덩어리가 방바닥에 내뿌리듯 떨어"(p. 92)지는 것일 뿐이다. '새빨간 가난'이 겨냥하는 현실이 여기에 있다. 인간다운 감정과 인식이 모두 사라지고 생존의 본능만 남은 인간의 벌거벗은 모습은 자못 충격적이기까지 하다.

이처럼 본능만 남은 출산의 과정에서 매촌댁과 아이 아버지인 돼지가 유일하게 감정을 표하는 대목은 태어난 아기가 아들이라는 사실이다. "이 아기가 사내란 것이 자기에게 무엇이 그리도 기쁜 일인지……"(p. 93) 알 수 없는 채로, 아기의 성별을 확인하고 아들이란 사실에 감격을 느끼는 것은 거의 본능처럼 각인되어 있다. 이렇게 본다면 「적빈」이 실제로 겨냥하고 있는 현실은 생존할 수 없을 정도의 가난이 아니라 그러한 가난 속에서 체면도 염치도 잃어가고 있는 인간성의 최후, 그리고 본능처럼 각인된 남아 선호로 대표되는 봉건적 습속이라 할 수 있다. 아들들이 모두 제구실을 하지 못하고 있는데도 아들네 식구들을 먹여 살리고 손자 보기를 기원하는 매촌댁은 이러한 봉건적 습속을 밑바닥까지 체화한 여성상으로 읽힌다.

농촌 지역에서 남성 중심성과 봉건적 인습의 야만성이 노골적으로 드러나는 현실을 바라보는 작가의 눈은 유독 냉혹하다. 「꺼래이」에서 보여주었던 풍부한 감성과 주변 타자들과의 감정적 연대와 비교하면 더욱 그렇다. 「호도」 역시 「적빈」과 마찬가지로 일

차적으로는 생존 본능만 남은 처참한 가난을 그려내는 작품으로 읽을 수 있다. '적빈(赤貧)'이 '새빨간 가난'을 뜻한다면 '호도(糊塗)'는 '목에 풀칠하는 길'이라고 해석할 수 있는 궁극의 가난을 뜻한다. 아이를 낳자마자 산후조리는커녕 기아를 면하기 위해 남의 집 일을 해야 하는 '옥계댁'의 삶 역시 「적빈」의 매촌댁과 다르지 않다. 처음에는 부끄러움이나 자존심 같은 감정을 가졌으나 결국은 먹고살기 위해 자신의 존엄을 모두 내던져야 하는 상황에 이르게 된 것이다.

그러나 옥계댁의 현실은 단지 가난으로만 해석할 수 없는 또 하나의 질곡 속에 있다. 그것은 구타와 욕설로 점철된 남편의 학대이다. "당장에 배때기를 푹 찔러 간을 빼어 지근지근 썹어놓을 년, 돈 10전이라도 내놓아라 응? 이년아"(p. 176) 같은 욕설이 소설의 서두에서부터 쏟아져 나온다. 남편의 욕설과 구타에 "죽은 것같이 쭉 뻗고 누웠다가"(p. 177), 남편이 사라지자 "부스스 일어나 앉"(p. 177)는 옥계댁은 폭력에 지쳐 저항할 생각조차 품지 못한다. 남편의 구타에 세 아이를 잃었고, 네번째 아이도 낳자마자 계집애라는 이유로 남편의 발길에 죽었다. 옥계댁은 목을 놓아 울었으나, 그 이상의 일을 생각하지 못한다. "구장에게 가서 죽었다는 말을 한 후, 호미를 가지고 공동묘지로 아기를 안고 가서 그곳에 파고 묻어버리는"(p. 185) 일을 그저 말없이 할 뿐이다. 소설은 좀처럼 옥계댁의 감정을 묘사하지 않으며, 화자 역시 이러한 옥계댁의 삶을 건조하게 전달할 뿐 별다른 감정을 투사하지 않는다. 그러나 그렇기 때문에 옥계댁의 삶과 죽음은 더욱 비극

적이고 충격적이다.

"아이고머니…… 옥계댁이가 죽지 않소."
하는 비명이 어느 여편네의 입에서 솟아나자, 일순간 잠잠해졌다.
그의 입을 가린 수건 사이에 콩나물 한 개가 걸려 있을 뿐, 그는
눈을 뜬 채 영원한 침묵 속으로 사라져갔다. (pp. 186~87)

죽은 아이를 묻고 열흘이 지난 후 옥계댁은 마을 공동 건물의
상량식 준비에 끼어 음식을 만든다. 나물을 볶다가 간을 보려고
콩나물을 한 점 입에 넣었을 뿐인데 제물에 손을 대었다고 동네
사람들에게 맞아 죽는다. 콩나물 한 가닥을 입에 문 채로 눈을 뜨
고 죽은 옥계댁의 모습은 처참하고 섬뜩하다. 자신이 낳은 아이
를 죽음에까지 이르게 하는 남편의 구타, 아이를 낳기 위해 남의
밭 생무를 뽑아 먹어야 하는 지독한 가난과 허기, 연민도 동정도
없는 이웃들의 비정함이 이 섬뜩한 침묵 뒤에 드리워져 있다. 기
괴하다고까지 할 수 있는 이 마지막 장면은 옥계댁의 죽음을 그녀
의 삶으로부터 분리해 갑작스러운 죽음이 말하는 바를 다시 생각
하게 한다. 남편의 구타에도 아이의 죽음에도 그저 잠깐 목 놓아
울 뿐인 옥계댁의 침묵, 걸인과 다를 바 없는 삶을 살면서 이웃의
멸시에도 그저 히죽이 웃을 뿐인 매촌댁의 몰염치, 이는 자신의
삶에 대해 스스로 말할 수 없기 때문에 침묵할 수밖에 없는 그녀
들의 처지에 대한 항변은 아닐까.
지식인 여성 화자를 내세운 소설에 등장하는 여성 인물들은 자

신이 처한 현실을 관찰하고 해석하며 그러한 현실에 처한 자신을 성찰한다. 자기를 재현하고 설명할 언어를 가지고 있기 때문이다. 자신의 언어를 갖지 못한 여성들, 도시가 아닌 농촌 사회의 습속에서 태어나 자란 여성들을 재현하는 방식은 좀 다르다. 인물들은 자기 자신을 설명하거나 해석하지 않고, 항의도 변명도 없이 그저 존재한다. 그녀들이 왜 그런 삶을 살게 되었는지, 어떤 방향으로 이끌려 나아가는지에 대한 설명과 분석도 생략된다. 그녀들의 삶 자체를 장면화하여 독자에게 제시함으로써, 미지의 침묵 그 자체에 주목하게 한다. 구타와 학대와 굶주림과 멸시를 죽은 듯이 견디는 이 여성들의 침묵에 주목하면서 우리는 생각보다 그녀들에 대해 아는 것이 없다는 걸 깨닫는다. 그들의 침묵 아래에 고인 언어들이 아직 발화되지 못했으므로 더 오래 주시할 수밖에 없는 것이다.

남편의 외도를 목격하고 미쳐버린 여성(「광인수기」), 열네 살에 시집와서 밤마다 남편의 성욕에 시달리는 어린 색시(「소독부」)는 모두 이러한 침묵하는 주체, 자신의 말을 얻지 못한 여성 주체를 재현한 산물이다. 남편을 죽인 것은 자신을 사모한 갑술이었지만, 남편의 사망과 동시에 어린 색시는 "간부와 공모하여 남편을 독살한 15세의 독부"(p. 251)가 된다. 미치지 않고서는 자신의 말을 할 수 없고, 남편을 죽이지 않고서는 자신의 욕망에 대해 말할 수 없었던 여성들의 이름은 소설에서 드러나지 않는다. 옥계댁이나 매촌댁처럼 이름을 가지지 못한, 말하지 못하는 여성들을 백신애는 한결같은 관심으로 주목하며 그 말하지 못하는 여성들

의 세계로 독자들을 끌어들인다. 그녀들은 대리되거나 구원될 대
상이 아니라, 여전히 침묵 속에 말길을 찾지 못한 여성 현실의 일
부이다. 그리고 침묵을 침묵 그대로 재현하는 방식으로 백신애는
쉽게 해결될 수도, 쉽게 이해될 수도 없는 가부장제하의 오래된
침묵을 고발한다.

5. 열정의 불꽃, 욕망의 심연

등단작인 「나의 어머니」를 맨 앞에 놓고 생전의 마지막 작품인
「혼명에서」를 끝에 놓고 본다면 백신애의 작품 세계는 자신의 일
과 가족 사이의 갈등, 또는 가족제도의 완강한 위력과 자유로운
삶의 욕망 사이의 갈등이라고 요약할 수 있다. 물론 자전적인 두
작품을 작가의 생애 자체와 동일시할 수 없으며, 또한 작가의 생
애를 작품을 해석하는 절대적 근거로 두어서도 안 된다. 자신의
이상을 펼치는 자유로운 삶을 향한 욕망과 그것을 제약하는 현실
사이의 갈등이란 많은 작가가 씨름해온 보편적인 주제라고도 할
수 있다.

백신애 문학은 이 갈등을 초월하기보다는 그 갈등 사이에 오래
머물렀고, 현실의 완강함과 제도의 견고함을 가벼이 여기지 않
았기 때문에 현실의 실체를 반복해서 그려내고 오래도록 주시했
다. 봉건적 가부장제에 전면적으로 노출되어 희생당하면서도 자
기를 발설할 언어를 갖지 못했고 그래서 기묘한 침묵으로 재현될
수밖에 없었던 백신애 문학의 특별한 주체들은 그 과정에서 탄생

했다. 백신애는 산문 등을 통해 좀더 직접적으로 현실에 대해 언급할 때에도 무시할 수 없는 현실의 위력을 고민하면서 조심스럽고 보수적인 관점에서 그 현실을 타파해나가야 한다는 입장을 취했다. "새로움을 직수입하지 말고 한번 자신의 생활에 비추어 소화하고 반추하여 확실한 나의 주관을 세워 옛것과 사이좋게 타협해야"(「인텔리 여성의 집」, 『오사카 마이니치 신문』 조선판, 1934. 7. 6.) 한다는 말을 통해서도 그러한 입장을 알 수 있다. 어머니의 사랑에 고민하면서 결국은 가족의 뜻에 따라 결혼하고 결혼 기간 동안 가정생활에 충실하고자 했던 백신애의 생애 역시 이러한 입장을 취한 결과였다고 할 수 있다.

그러나 열여덟의 나이에 시베리아로 밀항하고, 가족의 반대를 무릅쓰고 일본 유학을 다녀온 것에서도 알 수 있다시피 자기로 살고자 하는 욕망은 언제나 백신애의 삶을 '다른 곳'으로 이끌었다. 결혼식 전날 동경으로 떠나버리는 「낙오」의 '정희', 아들뻘의 소년과 사랑에 빠지는 「아름다운 노을」의 '순희'는 이러한 욕망이 추동한 인물들이라고 할 수 있다. 백신애가 사망한 뒤 유고작으로 발표된 「아름다운 노을」은 금기를 깨는 파격적인 설정으로 백신애 소설 중 단연 이채를 띠는 작품이다. 파격적인 설정 때문에 백신애의 작품 중 가장 돌출적인 것으로 보이지만 사실 이 작품은 제도에 구속된 여성의 삶과 욕망이라는 주제를 극단적으로 확장한 것이라는 점에서 백신애 문학의 일관된 문제의식과 이어져 있다. 남편과 사별하고 장성한 아들을 둔 과부의 재혼이 어떻게 강요되며, 그 안에서 갈등하는 여성의 사랑과 욕망은 어떻게 이해

되어야 하는가라는 질문을 계속 제기하고 있기 때문이다. 소설이 소설가인 화자와 욕망의 주체인 순희를 분리하여 서술하고 있는 것은 그래서 자연스럽다. 현실에 타협하는 자아와 자유로운 욕망을 추구하는 자아를 분리하는 것은 화해할 수 없는 욕망의 추구로 고통받는 자아의 갈등을 최소화하기 위한 방편이기 때문이다. 소설가인 '나'는 순희의 사연을 듣고 순희의 사랑에 한없는 안타까움과 공감을 표한다. 결혼과 이혼, 출산과 양육으로 이어지는 제도의 구속 안에서 사라져버린 여성의 욕망이라는 주제를 서술하기 위해서 '나'는 순희와 분리되어 그 이야기를 듣고 거기에 공감하는 또 다른 '자아' 혹은 '타자'를 자청하고 있는 것이다.

「아름다운 노을」의 순희는 결국 자신이 사랑하는 소년의 미래를 위해 자신을 희생하기로 결심하고 그것을 위로 삼아 살겠노라고 다짐한다. 제도의 구속을 넘어서는 욕망을 제도가 허용하는 미덕인 모성적 사랑으로 타협하겠다는 결심이기도 하다. 그러나 '나'는 순희의 이야기를 듣고 한 줄기 눈물을 흘린다. 적어도 '나'는 그 결심을 숭고한 희생으로 둔갑시키지 않았다. 제도에 타협하는 것으로 충족될 수 없는 여성의 욕망이 존재한다는 것을 인정하는 '나'의 시선은 곧 끊임없이 가족제도와 갈등하면서도 그 갈등 자체를 삶의 일부로 받아들인 백신애의 작가적 태도와도 상통한다.

백신애의 소설을 통해 '봉건적 가족제도와 여성의 욕망'이라는 해묵은 주제가 오늘날의 독자들에게도 여전히 풀리지 않는 과제로 존재하고 있음을 알게 된다. 백신애의 문학은 일탈도 비약도 아닌 방식으로 그 주제를 계속 갱신하고 있다.

1908년(1세)   5월 20일 경상북도 영천군 영천면 창구동 68번지에서 백
내유와 이내동의 1남 1녀 중 둘째로 태어남.

1919년(12세)   영천공립보통학교 2학년에 편입학. 이전까지는 건강 문
제로 학교에 다니지 못하고 이모부 김씨를 독선생으로 두고 한학
을 배움.

1920년(13세)   대구 신명여학교(현 종로초등학교)로 전학.

1921년(14세)   신명여학교 중퇴. 학적부에는 중퇴 이유가 '건강'이라고
쓰여 있음.

1922년(15세)   영천공립보통학교 4학년에 편입학.

1923년(16세)   경북도립사범학교 단기 강습과에 입학.

1924년(17세)   경북도립사범학교 졸업. 모교인 영천공립보통학교에 부
임. 이 무렵 조선여성동우회에 가입하여 여성단체 조직.

1925년(18세)   경산자인공립보통학교에 부임. 학교를 그만두고 상경하
여 '조선여성동우회' '경성여자청년동맹'에서 활동.

1926년(19세) 1월 5일 조선여성동우회와 문화소년회가 주최한 강연회에서 '가정생활 개선'을 주제로 강연. 1월 10일 조선여성동우회 간친회에서 감상담 발표. 1월 21일 천도회관에서 경성여자청년동맹 창립 1주년 기념식의 집회 허가를 받아내고 대회를 성사시킴. 3월 경성여자청년동맹 집행위원으로 선출됨. 8월 14일 시흥군 북면 노량진 청년회 주최 강연회에서 '여성해방과 경제 조건'을 주제로 강연. 8월 16일 화일(和一) 청년회가 주최한 '남녀 정사(情死) 비판 강연회'에서 주제 강연.

가을에 시베리아 기행. 웅기항에서 출발하는 상선의 화물칸에 숨어 블라디보스토크로 밀입국(「나의 시베리아 여행기」). 도착하자마자 검거되어 유치장에 감금, 한 달 후 추방당했고 두만강 국경 농가에서 한 달 남짓 머물다가 가짜 여권을 구해 귀국함.

1927년(20세) 10월 영천청년동맹 교양부 위원으로 선임됨. 11월 7일 영천청년동맹 주최 러시아혁명 기념 강연회에서 강연.

1928년(21세) 1월 신간회 영천지회 정치문화 상무로 선임됨. 5월 근우회 영천지회 설립준비위원으로 임시의장을 맡음. 6월 2일 근우회 영천지회 설립. 7월 영천청년동맹 벽(壁)신문 편집 책임자가 됨. 7월 근우회 임시전국대회에서 중앙집행위원으로 선출됨.

1929년(22세) 『조선일보』 신춘문예에 「나의 어머니」가 1등으로 당선됨. 3월경 일본 도쿄행.

1930년(23세) 도쿄에서 배우로 활동. 일본대학 예술과에 다녔다고 하지만 기록을 찾을 수 없음. 집안의 지원을 받지 못해 카페 종업원, 식모, 세탁부 같은 일을 했다고 함.

1931년(24세) 가을에 귀국.

1932년(25세)   이근채와 약혼.

1933년(26세)   3월 17일 대구 공회당에서 이근채와 결혼. 현대식으로 결혼식을 올리고 일본 규슈와 닛코로 신혼여행.

1934년(27세)   1월 단편 「꺼래이」를 발표하면서 본격적인 작품 활동 시작. 4월 『신가정』이 주최해 조양회관에서 열린 '대구 여성 좌담회'에 참석. 11월 『개벽』 속간호에 「적빈」 발표.

1935년(28세)   『소년중앙』 1월호에 소년소설 「멀리 간 동무」 발표. 아버지 백내유가 규슈에서 사망함.

1936년(29세)   1월 『삼천리』 주최 '여류 작가 좌담회'에 참석. 4월 『오사카 마이니치 신문』 조선판 '반도 여류 작가집'에 「악부자」가 번역되어 실림. 12월 반야월 괴전마을 과수원에 새집을 지어 이사함. 과수원 경영.

1937년(30세)   개작한 「꺼래이」가 수필 「자수」「금잠」과 함께 『현대조선여류작가선집』에 수록됨.

1938년(31세)   남편과 별거 시작. 만성 위장병에 시달리며 단편소설 「광인수기」「소독부」「일여인」 등을 발표. 오빠를 찾아 칭다오, 상하이 등을 여행. 11월 남편과 이혼.

1939년(32세)   3월 죽음을 선고받음. 수필 「어느 유언초」「봄 햇살을 받으며」「나의 시베리아 방랑기」「청도기행」, 소설 「혼명에서」 발표. 6월 23일 오후 5시 경성제국대학병원에서 췌장암으로 사망. 7월 2일 수필 「여행은 길동무」가 유고작으로 발표됨. 11월부터 이듬해 2월까지 『여성』지에 유고작 「아름다운 노을」이 연재됨.

1. 소설

작품명	발표지	발표 연월일	비고
나의 어머니	조선일보	1929. 1. 1~1. 6	신춘문예 1등 당선
꺼래이	신여성	1934. 1~2	개작하여 『현대조선 여류문학선집』(1937) 에 수록
복선이	신가정	1934. 5	
춘기(春飢)	신여성	1934. 5	
채색교(彩色橋)	신조선	1934. 10	개작하여 『여류단편 걸작집』(1939)에 수록
적빈(赤貧)	개벽	1934. 11	개작하여 『현대조선 문학전집』(1938)에 수록
낙오	중앙	1934. 12	
악부자(顎富者)	신조선	1935. 8	『오사카 마이니치 신문』 조선판 '반도여류 작가집'에 번역되어 수록됨(1936. 4)
의혹의 흑모	중앙	1935. 8	장편으로 기획되었으 나 1회만 실림
정현수	조선문단	1935. 12	
학사	삼천리	1936. 1	

작품명	발표지	발표 연월일	비고
식인(食因)	비판	1936. 7	「호도(糊途)」로 제목을 바꾸고 개작하여 『여류단편걸작집』(1939)에 수록
정조원(貞操怨)	삼천리	1936. 8/1937. 1	
어느 전원의 풍경	영화조선	1936. 11	
광인수기	조선일보	1938. 6. 25~7. 7	
소독부(小毒婦)	조광	1938. 7	
일여인	사해공론	1938. 9	
혼명에서	조광	1939. 5	
아름다운 노을	여성	1939. 11~1940. 2	유고작

2. 소년소설

작품명	발표지	발표 연월일	비고
멀리 간 동무	소년중앙	1935. 1	『조선아동문학집』(1938)에 수록
푸른 하늘	소년중앙	1935. 4~7	
바나나		1938	동아일보(5월 30일), 매일신보(5월 31일)에 소개되었으나 원본은 확인 불가

3. 콩트

작품명	발표지	발표 연월일	비고
상금 삼 원야	동아일보	1935. 7. 31~8. 1	
가지 말게	백광	1937. 6	

4. 시

작품명	발표지	발표 연월일	비고
붉은 신호등	신여성	1934. 6	

5. 산문

작품명	발표지	발표 연월일	비고
도취삼매	중앙	1934. 2	
백합화단	중앙	1934. 4	
연당	신가정	1934. 7	
인텔리 여성의 집	오사카 마이니치 신문	1934. 7. 4~7. 6	
제목 없는 이야기	신가정	1934. 10	
추성전문(秋聲前聞)	중앙	1934. 10	
사명에 각성한 후	신가정	1935. 2	
무상의 낙	삼천리	1935. 3	
종달새	신가정	1935. 5	
슈-크림	삼천리	1935. 7	
납량 2제	조선문단	1935. 8	
정차장 4제	삼천리	1935. 10	
매화	중앙	1936. 1	
여성단체의 필요	조선중앙일보	1936.1. 24/1. 28	
철없는 사회자	중앙	1936. 4	
울음	중앙	1936. 4	
일기 중에서	문예가 (文藝街)	1936. 12	

작품명	발표지	발표 연월일	비고
백안(白鷗)	조선일보	1937. 3. 5/3. 7	
춘맹(春萌)	조광	1937. 4	
자수	현대조선 여류문학 선집	1937. 4	
금잠(金簪)	현대조선 여류문학 선집	1937. 4	
초화(草花)	문원 2집	1937. 5	
금계납(金鷄納)	여성	1937. 6	
종달새 곡보	여성	1937. 6	개작 후 『조선문학독 본』(1939)에 수록
녹음하(綠蔭下)	조광	1937. 6	
석양에 비낀 금호강	조선일보	1937. 7. 30	
동화사	조광	1937. 8	
손대지 않고 능금 따기	소년	1937. 8	
사섭(私囁)	조광	1937. 9	
촌민들	여성	1937. 9	
눈 오던 밤의 춘회	여성	1938. 1	
이럴 데가 또 있습 니까	여성	1938. 9	
자서소전(自敍小傳)	여류단편 걸작집	1939. 1	
어느 유언초	매일신보	1939. 3. 26	
봄 햇살을 맞으며	국민신보	1939. 4. 9	

작품명	발표지	발표 연월일	비고
나의 시베리아 방랑기	국민신보	1939. 4. 23 /4. 30	
청도기행	여성	1939. 5	
여행은 길동무	국민신보	1939. 7. 2	

| 참고 문헌|

　　백신애 문학은 1980년대와 1990년대, 페미니즘의 시선으로 한국 여성 작가들을 조명하려 한 연구들에 의해 본격화되었다. 정영자의 『한국 여성문학 연구』(동아대학교 박사학위 논문, 1988), 서정자의 『일제강점기 한국 여류소설 연구』(숙명여자대학교 박사학위 논문, 1987), 송지현의 『1930년대 한국소설에 있어서의 여성 자아 정립 양상 연구』(전북대학교 박사학위 논문, 1991) 등 근대 여성 작가를 대상으로 한 논문들이 백신애 문학 연구에 선구적 업적을 남겼다.

　　한명환이 정리한 바에 따르면, 백신애 연구는 크게 당대 리얼리즘 문학의 관점에서 다루는 경향과 여성주의적 특성을 연구하는 경향으로 나뉜다(「백신애 문학 연구의 향방과 전망」, 『순천향 인문과학논총』 23집, 2009). 실제로 사회주의적 관점에 근거한 빈궁문학으로 접근하거나, 봉건적 가부장제를 비판하고 여성 주체에 주목한 연구들이 다수 제출되었다. 그러나 백신애 문학에는 어떤 특정한 관점, 예컨대 민족주의적 관점이나 계급주의적 관점, 또는 여성주의적 관점만으로 명쾌하게 해석되지 않는 부분이 있다. '이중적 타자성'(최혜실, 「백신애 문학의 이중적 타자성」, 『현대소설연구』 24집, 2004), '경계인의 정체성'(김지영, 「백신애 소설 연구: 경계인의 정체성과 모성 강박을 중심으로」, 『현대소설연구』 38집, 2008), '잔여적인 것'(김대성, 「문학사의 조각, 조각난 문학」, 제3회 백신애문학 심포지엄 자료집, 2009), '정념적 주체'(김경연, 「파토스의 윤리학과 문학의 (불)가능성, 『여성학연구』 26권 2호, 2016) 등은 기존의 개념으로 쉽게 해석되지 않는 백신애 문학의 잉여를 구명하기 위해 창안된 용어라고 할 수 있다. 백신애 문학이 품고 있는 다층적 의미를 해석하기 위해 아직 더 많은 연구가 필요하다는 뜻이기도 하다.

백신애의 생애 및 작품과 관련된 사항은 주로 백신애의 고향인 영천의 문인들에 의해 정리되었다. 경산의 시인 김윤식은 오랜 추적 끝에 백신애의 개인사와 관련된 내용을 정리하여 「백신애 연구抄」(『경산문학』 2집, 1986)을 발표하면서 실증적 작가론의 초석을 마련했다. 김윤식이 편한 『꺼래이』(조선일보사, 1987)는 백신애 문학의 전모를 보여주는 최초의 작품 선집이다. 영천의 시인 이중기는 김윤식을 비롯한 기존 연구의 오류를 바로잡고 실증적 확인을 거쳐 작가론 『방랑자 백신애 추적보고서』(도서출판 전망, 2014)를 냈다. 백신애의 생애에 대해서는 가장 정확하고 세밀한 연구서라 할 수 있다. 이중기는 여기에 더해 기존의 작품 선집의 오류를 바로잡은 『백신애 선집』(현대문학사, 2009), 원본의 표기를 최대한 살린 『원본 백신애 전집』(도서출판 전망, 2015), 수필집 『슈크림』(만인사, 2010)을 펴냄으로써 정본에 가깝게 백신애 문학의 텍스트를 정리했다.

백신애의 고향 영천에서는 해매다 '백신애 문학제'가 열린다. 2007년부터 시작된 '백신애 문학제'는 2019년 현재 13회를 맞았고, 2008년 1회 수상작을 낸 '백신애 문학상'은 2019년 현재 12회째 계속되고 있다. 매해

열리는 '백신애 문학제'에서는 백신애 문학을 주제로 한 심포지엄도 함께 개최된다. 10년이 넘게 축적된 연구 성과가 백신애 문학 연구의 다양한 가치를 섬세하게 밝혀낸 바 있다. 심포지엄의 성과를 주축으로 하고 그 밖에 주목할 만한 백신애 연구를 모아 펴낸 연구서 『백신애 연구』(구모룡 엮음, 도서출판 전망, 2011), 『백신애 문학의 안과 밖』(서영인 엮음, 도서출판 전망, 2018)이 발간되었다. 백신애를 모델로 한 장혁주와 이시카와 다쓰조(石川達三)의 소설을 번역하고 연구한 『백신애, 소문 속에서 진실 찾기』(서영인·이승신 엮음, 한티재, 2017) 역시 '백신애 기념사업회'의 기획으로 빛을 보았다. 덕분에 백신애의 생애와 작품에 대한 연구는 여느 근대 작가 못지않게 풍부한 성과를 축적할 수 있었다. 이 책에 실린 작품을 추리고 백신애의 생애를 정리하는 데도 위의 자료들이 바탕이 되었음을 밝혀둔다.

한국문학전집을 펴내며

오늘의 한국 문학은 다양한 경험과 자산에서 비롯된 것이지만, 그 중에서도 우리 앞선 세대의 문학 작품에서 가장 큰 유산을 물려받고 있다. 그럼에도 우리는 가끔 우리의 문학 유산을 잊거나 도외시한다. 마치 그것 없이는 살아갈 수 없는 소중한 물을 쉽게 잊고 사는 것처럼 그동안 우리는 우리가 이루어놓은 자산들을 너무 쉽게 잊어버리고 있었는지도 모르겠다. 인기 있는 외국 작품들이 거의 동시에 번역 출판되고, 새로운 기획과 번역으로 전 세계의 문학 작품들이 짜임새 있게 출판되고 있는 요즈음, 정작 한국 문학 작품들을 체계적으로 정리하지 못하고 있었다는 점을 최근에 우리는 깊이 반성하게 되었다. 그리고 이러한 때늦은 반성을 곧바로 '한국문학전집'을 기획하는 힘으로 전환하였다.

오늘의 시점에서 '한국문학전집'을 기획한다는 것은, 우선 그동안 양적으로나 질적으로 괄목할 만한 수준에 이른 한국 문학 연구 수준을 반영하는 새로운 시각이 전제되어야 할 것이다. 그리고 '우리 것을 지키자'는 순진한 의도에서가 아니라, 한국 문학이 바로 세계 문학이 되는 질적 확장을 위해, 세계 문학 속에서의 한국 문학의 정체성을 찾 는 일을 간과해서는 안 될 것이다.

이번 기획에서 우리가 가장 크게 신경 썼던 점은 크게 두 가지이다. 하나는, 그동안 거의 관습적으로 굳어져왔던 작품에 대한 천편일률적인 평가를 피하고 그동안의 평가에 대한 비판적 평가와 더불어 새로운 평가로 인한 숨은 작품의 발굴이었다. 그리하여 한국 문학사를 시기별로 구분하여 축적된 연구 성과들 위에서 나름대로 중요한 작품들을 선별하는 목록 작업에 가장 큰 공을 들였다. 나머지 하나는, 그동안 여러 상이한 판본의 난립으로 인해 원전 텍스트가 침해되고 있는 심각한 상황을 고려하여 각각의 작가에게 가장 뛰어난 연구자들을 초빙하여 혼신을 다해 원전 텍스트를 확정하였다는 점이다.

장구한 우리 문학사의 주옥같은 작품들을 한자리에 모아, 세대를 넘고 시대를 넘어 그 이름과 위상에 값할 수 있는 대표적인 한국문학전집을 내놓는다. 이번에 출간되는 한국문학전집은 변화된 상황과 가치를 반영하는 내실 있고 권위를 갖춘 내용으로 꾸며질 것이며, 우리 문학의 정본 전집으로서 자리매김해 한국 문학의 전통을 계승하고 발전시키는 데 기여하고자 한다. 이 기획이 한국 문학의 자산들을 온전하 게 되살려, 끊임없이 현재성을 가지는 살아 있는 작품들로, 항상 독자 들의 옆에 있게 되기를 기대한다.

㈜**문학과지성사**

01 감자 김동인 단편선

최시한(숙명여대) 책임 편집

수록 작품 약한 자의 슬픔/배따라기/태형/눈을 겨우 뜰 때/감자/광염 소나타/배회/발가락이 닮았다/붉은 산/광화사/김연실전/곰네

극단적인 상황과 비극적 운명에 빠진 인물 군상들을 냉정하게 서술해낸 한국 근대 단편 문학의 선구자 김동인의 대표 단편 12편 수록. 인간과 환경에 대한 근대적 인식을 빼어난 문체와 서술로 형상화한 김동인의 주옥같은 작품들을 만날 수 있다.

02 탈출기 최서해 단편선

곽근(동국대) 책임 편집

수록 작품 고국/탈출기/박돌의 죽음/기아와 살육/큰물 진 뒤/백금/해돋이/그 밤/전아사/홍염/갈등/먼동이 틀 때/무명

식민 치하 빈궁 문학을 대표하는 최서해의 단편 13편 수록. 식민 치하의 참담한 사회적 현실을 사실적으로 전해주는 작품들. 우리 민족의 궁핍한 현실에 맞선 인물들의 저항 정신과 민족 감정의 감동과 울림을 전한다.

03 삼대 염상섭 장편소설

정호웅(홍익대) 책임 편집

우리 소설 가운데 서울말을 가장 풍부하게 살려 쓴 작품이자, 복합성·중층성의 세계를 구축하여 한국 근대 장편소설의 대표작으로 꼽히는 염상섭의 『삼대』. 1930년대 서울의 중산층 가족사를 통해 들여다본 우리 근대의 자화상이다.

04 레디메이드 인생 채만식 단편선

한형구(서울시립대) 책임 편집

수록 작품 논 이야기/레디메이드 인생/미스터 방/민족의 죄인/치숙/낙조/쑥국새/당랑의 전설

역설과 반어의 작가 채만식의 대표 단편 8편 수록. 1920~30년대의 자본주의적 현실 원리와 민중의 삶을 풍자적으로 포착하는 데 탁월했던 채만식. 사실주의와 풍자의 절묘한 조합으로 완성한 단편 문학의 묘미를 즐길 수 있다.

05 비 오는 길 최명익 단편선

신형기(연세대) 책임 편집

수록 작품 폐어인/비 오는 길/무성격자/역설/봄과 신작로/심문/장삼이사/맥령

시대를 앞섰던 모더니스트 최명익의 대표 단편 8편 수록. 병과 죽음으로 고통받는 인물 군상들을 통해 자신이 예감한 황폐한 현대의 징후를 소설화한 작가 최명익. 무나 현대적이어서, 당시에는 제대로 평가받을 수 없었던 탁월한 단편소설들을 만난다.

06 사하촌 김정한 단편선

강진호(성신여대) 책임 편집

수록 작품 그물/사하촌/항진기/추산당과 곁사람들/모래톱 이야기/제3병동/수라도/인간
단지/위치/오끼나와에서 온 편지/슬픈 해후

리얼리즘 문학과 민족 문학을 대표하는 김정한의 대표 단편 11편 수록. 민중들의 삶을
통해 누구보다 먼저 '근대화의 문제'를 문학적으로 제기하고 예리하게 포착한 작가
김정한의 진면목을 본다.

07 무녀도 김동리 단편선

이동하(서울시립대) 책임 편집

수록 작품 화랑의 후예/산화/바위/무녀도/황토기/찔레꽃/동구 앞길/혼구/혈거부족/달/
역마/광풍 속어

한국적이고 토착적인 전통 세계의 소설화에 앞장선 김동리의 초기 대표작 12편 수록.
민중의 삶 속에 뿌리 내린 토착적 전통의 세계를 정확한 묘사와 풍부한 서정으로
형상화했던 김동리 문학 세계를 엿본다.

08 독 짓는 늙은이 황순원 단편선

박혜경(인하대) 책임 편집

수록 작품 소나기/별/겨울 개나리/산골 아이/목넘이마을의 개/황소들/집/사마귀/소리/닭제/
학/묵장수/뿌리/내 고향 사람들/원색오뚝이/곡예사/독 짓는 늙은이/황노인/늪/허수아비

한국 산문 문체의 모범으로 평가되는 황순원의 대표 단편 20편 수록. 엄격한 지적
절제와 미학적 균형으로 함축적인 소설 미학을 완성시킨 작가 황순원. 극적인 사건
전개 대신 정적이고 서정적인 울림의 미학으로 깊은 감동을 전한다.

09 만세전 염상섭 중편선

김경수(서강대) 책임 편집

수록 작품 만세전/해바라기/미해결/두 출발

한국 근대 소설의 기념비적 작품인 「만세전」, 조선 최초의 여류화가인 나혜석의 삶을
소설화한 「해바라기」, 그리고 식민지 조선의 현실을 담아내고 나름의 저항의식을
형상화하기 위한 소설적 수련의 과정을 단적으로 보여주는 「미해결」과 「두 출발」
수록. 장편소설의 작가로만 알려진 염상섭의 독특한 소설 미학의 세계를 감상한다.

10 천변풍경 박태원 장편소설

장수익(한남대) 책임 편집

모더니스트 박태원이 펼쳐 보이는 1930년대 서울의 파노라마식 풍경화. 근대
자본주의 사회의 이데올로기와 일상성에 대한 비판에 몰두하던 박태원 초기 작품의
모더니즘 경향과 리얼리즘 미학의 경계를 넘나드는 역작. 식민지라는 파행적
상황에서 기형적으로 실현되던 근대화의 양상을 기층 민중의 생활에 초점을 맞춰
본격화한 작품이다.

11 태평천하 채만식 장편소설

이주형(경북대) 책임 편집

부정적인 상황들이 난무하는 시대 현실을 독자적인 문학적 기법과 비판의식으로
그려냄으로써 '문학적 미'를 추구했던 채만식의 대표작. 판소리 사설의 반어, 자기
폭로, 비유, 과장, 희화화 등의 표현법에 사투리까지 섞은 요설로, 창을 듣는 듯한
느낌과 재미를 선사하는 작품. 세태풍자소설의 장을 열었던 채만식이 쓴 가족사
소설의 전형에 해당한다.

12 비 오는 날 손창섭 단편선

조현일(홍익대) 책임 편집

수록 작품 공휴일/사연기/비 오는 날/생활적/혈서/피해자/미해결의 장/인간동물원/유
실몽/설중행/광야/희생/잉여인간/신의 희작

가장 문제적인 전후 소설가 손창섭의 대표 단편 14작품 수록. 병적이고 불구적인 인간
군상들을 통해 전후 사회 현실에서의 '절망'의 표현에 주력했던 손창섭. 전쟁 그리고
전쟁 이후의 비일상적 사태를 가장 근원적인 차원에서 표현한 빼어난 작품들을
선별했다.

13 등신불 김동리 단편선

이동하(서울시립대) 책임 편집

수록 작품 인간동의/흥남철수/밀다원시대/용/목공 요셉/등신불/송추에서/까치 소리/저승새

「무녀도」의 작가 김동리가 1950년대 이후에 내놓은 단편 9편 수록. 전기 작품에
이어서 탁월한 문체의 매력, 빈틈없는 구성의 묘미, 인상적인 인물상의 창조, 인간에
대한 깊이 있는 통찰이라는 김동리 단편의 미학을 다시 한 번 경험할 수 있는 기회
이다.

14 동백꽃 김유정 단편선

유인순(강원대) 책임 편집

수록 작품 심청/산골 나그네/총각과 맹꽁이/소낙비/솥/만무방/노다지/금/금 따는 콩밭/떡/
산골/봄·봄/안해/봄과 따라지/따라지/가을/두꺼비/동백꽃/야앵/옥토끼/정조/땡볕/형

고단한 삶을 살아가는 순박한 촌부에서 사기꾼에 이르기까지 다양한 삶의 모습을 문학
속에 그대로 재현한 김유정의 주옥같은 단편 23편 수록. 인물의 토속성과 해학성,
생생한 삶의 언어와 우리 소리, 그 속에 충만한 생명감을 불어넣은 김유정 문학의
정수를 맛본다.

15 소설가 구보씨의 일일 박태원 단편선

천정환(성균관대) 책임 편집

수록 작품 수염/낙조/소설가 구보씨의 일일/애욕/길은 어둡고/거리/방란장 주인/비량/진
통/탄제/골목 안/음우/재운

한국 소설사상 가장 두드러진 모더니즘 작품으로 인정받는 「소설가 구보씨의 일일」을
비롯한 박태원의 대표 단편 13편 수록. 한글로 쓰여진 가장 파격적이고 실험적인
작품으로 주목 받은 박태원. 서울 주변부 중산층의 삶이라는 자기만의 튼실한 현실
공간을 구축하여 새로운 소설 기법과 예술가소설로서의 보편성을 획득한 작품들이다.

16 날개 이상 단편선

김주현(경북대) 책임 편집

수록 작품 12월 12일/지도의 암실/지팡이 역사/황소와 도깨비/공포의 기록/지주회시/동해/날개/봉별기/실화/종생기

근대와 맞닥뜨린 당대 식민지 조선의 기념비요 자화상 역할을 하는 이상의 대표 단편 11편 수록. '천재'와 '광인'이라는 꼬리표와 함께 전위적이고 해체적인 글쓰기로 한국의 모더니즘 문학사를 개척한 작가 이상. 자유연상, 내적 독백 등의 실험적 구성과 문체로 식민지 근대와 그것에 촉발된 당대인의 내면을 예리하게 포착해낸 이상의 문제작들을 한데 모았다.

17 흙 이광수 장편소설

이경훈(연세대) 책임 편집

한국 최초의 근대 장편소설 『무정』을 발표하면서 한국 소설 문학의 역사를 새롭게 쓴 이광수. 『흙』은 이광수의 계몽 사상이 가장 짙게 깔린 작품으로 심훈의 『상록수』와 함께 한국 근대계몽소설의 전위에 속한다. 한국 근대 문학사상 가장 많이 연구되고 있는 작가의 대표작답게 『흙』은 민족주의, 계몽주의, 농민문학, 친일문학, 등장 인물론, 작가론, 문학사 등의 학문적·비평적 논의의 중심에 있는 작품이다.

18 상록수 심훈 장편소설

박헌호(성균관대) 책임 편집

이광수의 장편 『흙』과 더불어 한국 농촌계몽소설의 쌍벽을 이루는 『상록수』. 심훈의 문명(文名)을 크게 떨치게 한 대표작이다. 1930년대 당시 지식인의 관념적 농촌 운동과 일제의 경제 침탈사를 고발·비판함으로써, 문학이 취할 수 있는 현실 정세에 대한 직접적인 대응 그리고 극복의 상상력이란 두 가지 요소를 나름의 한계 속에서 실천해냈고, 대중적으로도 큰 호응을 불러일으킨 작품이다.

19 무정 이광수 장편소설

김철(연세대) 책임 편집

20세기 이래 한국인이 가장 많이 읽고 가장 자주 출간돼온 작품, 그리고 근현대 문학 가운데 가장 많이 연구의 대상이 된 작가 이광수의 대표작 『무정』. 씌어진 지 한 세기가 가까워오도록 여전히 읽히고 있고 또 학문적 논쟁의 중심에 서 있는 『무정』을 책임 편집자의 교정을 충실하게 반영한 최고의 선본(善本)으로 만난다.

20 고향 이기영 장편소설

이상경(KAIST) 책임 편집

'프로문학의 정점'이자 우리 근대 문학사의 리얼리즘의 확립을 결정적으로 보여주는 이기영의 『고향』. 이기영은 1920년대 중반 원터라는 충청도의 한 농촌 마을을 배경으로 붕건 사회의 잔재를 지닌 채 식민지 자본주의화가 진행되어가는 우리 근대 초기를 뛰어난 관찰로 묘파한다. 일제 식민 치하 근대화에 대한 문학적·비판적 성찰과 지식인의 고뇌를 반영한 수작이다.

21 까마귀 이태준 단편선

김윤식(명지대) 책임 편집

수록 작품 불우 선생/달밤/까마귀/장마/복덕방/패강랭/농군/밤길/토끼 이야기/해방 전후

'한국 근대소설의 완성자' '단편문학'의 명수. 이태준은 우리 근대 문학의 전개 과정에서 결코 간과할 수 없는 역할을 담당했던 작가 가운데 한 사람이다. 문학의 자율성과 예술성을 상실하지 않으면서도 현실 문제에 각별한 관심을 보여주었던 그의 단편은 한국소설사에서 1930년대를 대표하는 것으로 인정받고 있다.

22 두 파산 염상섭 단편선

김경수(서강대) 책임 편집

수록 작품 표본실의 청개구리/암야/제야/E선생/윤전기/숙박기/해방의 아들/양과자갑/두 파산/절곡/얼룩진 시대 풍경

한국 근대사를 증언하고 있는 횡보 염상섭의 단편소설 11편 수록. 지식인 망국민 으로서의 허무적인 자기 진단, 구체적인 사회 인식, 해방 후와 전후 시기에 대한 사실적 증언과 문제 제기를 포함한 대표작들을 통해 횡보의 단편 미학을 감상한다.

23 카인의 후예 황순원 소설선

김종회(경희대) 책임 편집

수록 작품 카인의 후예/너와 나만의 시간/나무들 비탈에 서다

인간의 정신적 순수성과 고귀한 존엄성을 문학의 제일 원칙으로 삼았던 작가 황순원. 그의 대표작 가운데 독자들의 가장 많은 사랑을 받은 장편소설들을 모았다. 한국 전쟁을 온몸으로 체득하면서 특유의 절제되고 간결한 문장으로 예술적 서사성을 완성한 황순원은 단편에서와 마찬가지로 변함없는 감동의 세계를 열어놓는다.

24 소년의 비애 이광수 단편선

김영민(연세대) 책임 편집

수록 작품 무정/소년의 비애/어린 벗에게/방황/가실/거룩한 죽음/무명/꿈

한국 근대소설사와 이광수 개인의 문학 세계에서 중요한 의미를 갖는 단편 8편 수록. 이광수가 우리말로 쓴 최초의 창작 단편 「무정」, 당시 사회의 인습과 제도를 비판한 「소년의 비애」, 우리나라 최초의 서간체 소설인 「어린 벗에게」, 지식인의 내면적 갈등과 자아 탐구의 과정을 담은 「방황」, 춘원의 옥중 체험을 바탕으로 씌어진 「무명」 등 한국 근대문학의 장르와 소재, 주제 탐구 면에서 꼼꼼히 고찰해야 할 작품들이다.

25 불꽃 선우휘 단편선

이익성(충북대) 책임 편집

수록 작품 테러리스트/불꽃/거울/오리와 계급장/단독강화/깃발 없는 기수/망향

8·15 해방과 분단, 6·25전쟁으로 이어지는 한국 근현대사의 열병을 깊이 있게 고찰한 선우휘의 대표작 7편 수록. 평판작 「불꽃」과 「깃발 없는 기수」를 비롯해 한국 근현대사의 역동성과 이를 바라보는 냉철한 작가의식이 빚어낸 수작들을 한데 모았다.

26 맥 김남천 단편선

채호석(한국외대) 책임 편집

수록 작품 공장 신문/공우회/남편 그의 동지/물/남매/소년행/처를 때리고/무자리/녹성당/길 위에서/경영/맥/등불/꿀

카프와 명맥을 같이하며 창작과 비평에서 두드러진 족적을 남긴 작가 김남천. 1930년 대 초, 예술운동의 볼셰비키화론 주장과 궤를 같이하는 「공장 신문」 「공우회」, 카프 해산 직후 그의 고발문학론을 담은 「처를 때리고」 「소년행」 「남매」, 전향문학의 백미로 꼽히는 「경영」 「맥」 등 그의 치열했던 문학 세계의 변화를 일별할 수 있는 대표작 14편 수록.

27 인간 문제 강경애 장편소설

최원식(인하대) 책임 편집

한국 근대 여성문학의 제일선에 위치하는 강경애의 대표작. 일제 치하의 1930년대 조선, 자본가와 농민·노동자의 대립 구조 속에서 농민과 도시노동자가 현실의 문제를 해결하고자 하는 주체로 성장하는 과정과 그들의 조직적 투쟁을 현실성 있게 그려낸 작품. 이기영의 『고향』과 더불어 우리 근대 소설사에서 리얼리즘 소설의 수작으로 꼽힌다.

28 민촌 이기영 단편선

조남현(서울대) 책임 편집

수록 작품 농부 정도룡/민촌/아사/호외/해후/종이 뜨는 사람들/부역/김군과 나와 그의 아내/변절자의 아내/서화/맥추/수석/봉황산

카프와 프로문학의 대표 작가 이기영. 그가 발표한 수십 편의 단편소설들 가운데 사회사나 사상운동사로서의 자료적 가치가 높으면서 또 소설 양식으로서의 구조미를 제대로 보여주는 14편을 선별했다.

29 혈의 누 이인직 소설선

권영민(서울대) 책임 편집

수록 작품 혈의 누/귀의 성/은세계

급진적이고 충동적인 한국 근대의 풍경 속에 신소설이라는 새로운 서사 양식을 창조해낸 이인직. 책임 편집자의 꼼꼼한 텍스트 확정과 자세한 비평적 해설을 통해, 신소설의 서사 구조와 그 담론적 특성을 밝히고 당시 개화·계몽 시대를 대표하는 서사 양식에 내재화된 일본적 식민주의 담론을 꼬집는다.

30 추월색 이해조 안국선 최찬식 소설선

권영민(서울대) 책임 편집

수록 작품 금수회의록/자유종/구마검/추월색

개화·계몽시대의 대표적인 신소설 작가 3인의 대표작. 여성과 신교육으로 집약되는 토론의 모습을 서사 방식으로 활용한 「자유종」, 구시대적 인습을 신랄하게 비판한 「구마검」, 가장 대중적인 신소설 가운데 하나로 꼽히는 「추월색」, 그리고 '꿈'이라는 우화적 공간을 설정하여 현실 비판의 풍자적 색채가 강한 「금수회의록」까지 당대의 사회적 풍속과 세태의 변화를 민감하게 반영한 작품들을 수록했다.

31 젊은 느티나무 강신재 소설선

김미현(이화여대) 책임 편집

수록 작품 안개/해방촌 가는 길/절벽/젊은 느티나무/양관/황량한 날의 동화/파도/이브 변신/강물이 있는 풍경/점액질

1950, 60년대를 대표하는 여성 작가 강신재의 중단편 10편을 엄선했다. 특유의 서정적인 문체와 관조적 시선, 지적인 분석력으로 '비누 냄새' 나는 풋풋한 사랑 이야기에서 끈끈한 '점액질'의 어두운 욕망에 이르기까지, 운명의 폭력성과 존재론적 한계를 줄기차게 탐문한 강신재 소설의 여정을 한눈에 볼 수 있는 기회다.

32 오발탄 이범선 단편선

김외곤(서원대) 책임 편집

수록 작품 일요일/학마을 사람들/사망 보류/몸 전체로/갈매기/오발탄/자살당한 개/살모사/천당 간 사나이/청대문집 개/표구된 휴지/고장난 문/두메의 어벙이/미친 녀석

손창섭·장용학 등과 함께 대표적인 전후 작가로 꼽히는 이범선의 대표작 14편 수록. 한국 현대사의 비극에 대한 묘사를 바탕으로 하면서도 잃어버린 고향, 동양적 이상향에 대한 동경을 담았던 초기작들과 전후의 물질적 궁핍상을 전통적 사실주의에 기 해 그리면서 현실 비판적 성격을 강하게 드러낸 문제작들을 고루 수록했다.

33 메밀꽃 필 무렵 이효석 단편선

서준섭(강원대) 책임 편집

수록 작품 도시와 유령/깨뜨려지는 홍등/마작철학/프레류드/돈/계절/산/들/석류/메밀꽃 무렵/삽화/개살구/장미 병들다/공상구락부/해바라기/여수/하얼빈산협/풀잎/낙엽을 태우면서

근대 작가의 문화적 정체성이 끊임없이 흔들렸던 식민지 시대, 경성제대 출신의 지식 인 작가로서 그 문화적 혼란기를 소설 언어를 통해 구성하고 지속적으로 모색했던 이효석의 대표작 20편 수록.

34 운수 좋은 날 현진건 중단편선

김동식(인하대) 책임 편집

수록 작품 희생화/빈처/술 권하는 사회/유린/피아노/할머니의 죽음/우편국에서/까막잡기/ 그리운 흘긴 눈/운수 좋은 날/발/불/B사감과 러브 레터/사립정신병원장/고향/동정/정조와 약가/신문지와 철창/서투른 도적/연애의 청산/타락자

한국 근대 단편소설의 형식적 미학을 구축하고 근대적 사실주의 문학의 머릿돌을 놓은 작가 현진건의 대표작 21편 수록. 서구 중심의 근대성과 조선 사회의 식민성 사이에서 방황하는 지식인의 내면 풍경뿐만 아니라, 식민지 조선의 일상을 예리하게 관찰함으로써 '조선의 얼굴'을 담아낸 작가 현진건의 면모를 두루 살폈다.

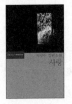

35 사랑 이광수 장편소설

한승옥(숭실대) 책임 편집

춘원의 첫 전작 장편소설. 신문 연재물의 제약에서 벗어나 좀더 자유롭고 솔직한 그의 인생관이 담겨 있다. 이른바 그의 어떤 장편소설보다도 나아간 자유 연애, 사랑에 관한 작가의 생각을 엿볼 수 있는 작품. 작가의 나이 지천명에 이르러 불교와 『주역』 등 동양고전에 심취하여 우주의 철리와 종교적 깨달음에 가닿은 시점에서 집 된, 춘원의 모든 것.

36 화수분 전영택 중단편선

김만수(인하대) 책임 편집

수록 작품 천치? 천재?/운명/생명의 봄/독약을 마시는 여인/화수분/후회/여자도 사람인가/하늘을 바라보는 여인/소/김탄실과 그 아들/금붕어/차돌멩이/크리스마스 전야의 풍경/말 없는 사람

1920년대 초반 자연주의, 사실주의적 색채가 강한 작품 세계로 주목받았던 작가 전영택의 대표작선. 이들 작품에서 작가는, 일제 초기의 만세운동, 일제 강점기하의 극심한 궁핍, 해방 직후의 사회적 혼돈, 산업화 초창기의 사회적 퇴폐상에 대한 자신의 경험을 소박한 형식 속에 담고 있다.

37 유예 오상원 중단편선

한수영(동아대) 책임 편집

수록 작품 황선지대/유예/균열/죽어살이/모반/부동기/보수/현실/훈장/실기

한국 전후 세대 문학의 대표 작가 오상원의 주요작 10편을 묶었다. '실존'과 '행동'에 초점을 맞춘 그의 작품은, 한결같이 극한 상황에 처한 인간 존재의 의미를 묻는 데 천착하면서 효과적인 주제 전달을 위해 낯설고 다양한 소설적 실험을 보여준다.

38 제1과 제1장 이무영 단편선

전영태(중앙대) 책임 편집

수록 작품 제1과 제1장/흙의 노예/문 서방/농부전 초/청개구리/모우지도/유모/용자소전/이단자/B녀의 소묘/O형의 인간/들메/며느리

한국 농민문학의 선구자로 평가받는 이무영의 주요 단편 13편 수록. 이들 작품에서 작가는, 농민을 계몽의 대상이 아닌, 흙을 일구는 그들의 삶을 통해서 진실한 깨달음을 얻는 자족적 대상으로 바라본다. 이무영의 농민소설은 인간을 향한 긍정적 시선과 삶의 부조리한 면을 파헤치는 지식인의 냉엄한 비판 의식이 공존하고 있다.

39 꺼삐딴 리 전광용 단편선

김종욱(세종대) 책임 편집

수록 작품 흑산도/진개권/지층/해도초/GMC/사수/크라운장/충매화/초혼곡/면허장/꺼삐딴 리/곽 서방/남궁 박사/죽음의 자세/세끼미

1950년대 전후 사회와 60년대의 척박한 삶의 리얼리티를 '구도의 치밀성'과 '묘사의 정확성'을 통해 형상화한 작가 전광용의 대표 단편 15편 모음집. 휴머니즘적 주제 의식, 전통적인 서사 형식, 객관적이고 냉철한 묘사 태도, 짧고 건조한 문체 등으로 집약되는 전광용의 작품 세계를 한눈에 살필 수 있는 계기.

40 과도기 한설야 단편선

서경석(한양대) 책임 편집

수록 작품 동경/그릇된 동경/합숙소의 밤/과도기/씨름/사방공사/교차선/추수 후/태양/임금/딸/철로 교차점/부역/산촌/이녕/모자/혈로

식민지 시대 신경향파·카프 계열 작가로서 사회주의 리얼리즘 문학을 추구한 작가 한설야의 문학적 특징을 잘 드러내는 단편 17편을 수록했다. 시대적 대세에 편승하며 작품의 경향을 바꾸었던 다른 카프 작가들과는 달리 한설야는, 주체적인 노동자로서의 삶을 택한 「과도기」의 '창선'이 그러하듯, 이 주제를 자신의 평생 과제로 삼아 창작에 몰두했다.

41 사랑손님과 어머니 주요섭 중단편선

장영우(동국대) 책임 편집

수록 작품 추운 밤/인력거꾼/살인/첫사랑 값/개밥/사랑손님과 어머니/아네모네의 마담/북소리 두둥둥/봉천역 식당/낙랑고분의 비밀

주요섭이 남녀 간의 애정 문제를 주로 다룬 통속 작가로 인식되어온 것은 교정되어야 마땅하다. 그는 빈민 계층의 고단하고 무망(無望)한 삶을 사실적으로 재현하는 데 탁월한 기량을 보였으며, 날카로운 현실인식과 객관적 묘사의 한 전범을 보여주었고 환상성을 수용함으로써 보다 탄력적인 소설미학을 실험하기도 하였다.

42 탁류 채만식 장편소설

우찬제(서강대) 책임 편집

채만식은 시대의 어둠을 문학의 빛으로 밝히며 일제 강점기와 해방기의 우리 소설사를 빛낸 작가다. 그는 작품활동 전반에 걸쳐 열정적인 창작열과 리얼리즘 정신으로 당대의 현실상을 매우 예리하게 형상화했다. 특히 『탁류』는 여주인공 봉의 기구한 운명의 족적을 금강 물이 점점 탁해지는 현상에 비유하면서 타락한 당대의 세계상을 여실하게 드러내주고 있다.

43 벙어리 삼룡이 나도향 중단편선

우찬제(서강대) 책임 편집

수록 작품 젊은이의 시절/별을 안거든 우지나 말걸/옛날 꿈은 창백하더이다/여이발사/행랑자식/벙어리 삼룡이/물레방아/꿈/뽕/지형근/청춘

위험한 시대에 매우 불안하게 살았던 작가. 그러나 나도향은 불안에 강박되기보다 불안한 자유의 상태를 즐기는 방식으로 소설을 택한 작가였다. 낭만적 환멸의 풍경이나 낭만적 동경의 형식 등은 불안에 대한 나도향 식 문학적 향유의 풍경으로 다가온다.

44 잔등 허준 중단편선

권성우(숙명여대) 책임 편집

수록 작품 탁류/습작실에서/잔등/속습작실에서/평대저울

한국 근대소설사에서 허준만큼 진보적 지식인의 진지한 자기 성찰을 깊이 형상화한 작가는 없었다. 혁명의 연성을 기꺼이 인정하면서도 혁명과 해방으로 인해 궁지와 비참에 몰린 사람들에 대해 깊은 연민과 따뜻한 공감의 눈길을 던진 그의 대표작 다섯 편을 한데 모았다.

45 한국 현대희곡선
유치진 함세덕 오영진 차범석 이근삼 최인훈 이현화 이강백 이윤택 오태석

이상우(고려대) 책임 편집

수록 작품 토막/산허구리/살아 있는 이중생 각하/불모지/국물 있사옵니다/옛날 옛적에 훠어이 훠이/카덴자/봄날/오구 — 죽음의 형식/심청이는 왜 두 번 인당수에 몸을 던졌는가

한국 현대희곡 100년사를 대표하는 작품 열 편. 1930년대부터 1990년대까지 각 시기의 시대정신과 연극 경향을 대표할 만한 희곡들을 골고루 선별하였고, 사실주의 희곡과 비사실주의희곡의 균형을 맞추어 안배하였다.